TARDE DEMAIS

TARDE DEMAIS

COLLEEN HOOVER

1ª edição

— *Galera* —

RIO DE JANEIRO

2024

CIP-BRASIL. CATALOGAÇÃO NA PUBLICAÇÃO
SINDICATO NACIONAL DOS EDITORES DE LIVROS, RJ

H759e   Hoover, Colleen, 1979-
            Tarde demais / Colleen Hoover ; tradução Alda Lima. - 1. ed. -
        Rio de Janeiro : Galera Record, 2024.

            Tradução de: Too late
            ISBN 978-65-5981-385-8

            1. Ficção americana. I. Lima, Alda. II. Título.

23-87227   CDD: 813
                                CDU: 82-3(73)

Gabriela Faray Ferreira Lopes - Bibliotecária - CRB-7/6643

Copyright © 2016 by Colleen Hoover

Todos os direitos reservados.
Proibida a reprodução, no todo ou em parte, através de quaisquer meios.
Os direitos morais da autora foram assegurados.

Texto revisado segundo o Acordo Ortográfico da Língua Portuguesa de
1990.

Direitos exclusivos de publicação em língua portuguesa somente para o
Brasil adquiridos pela
EDITORA GALERA RECORD LTDA.
Rua Argentina, 120 – Rio de Janeiro, RJ - 20921-380 - Tel.: (21) 2585-2000,
que se reserva a propriedade literária desta tradução.

Impresso no Brasil

ISBN 978-65-5981-385-8

Seja um leitor preferencial Record.
Cadastre-se e receba informações sobre nossos
lançamentos e nossas promoções.

Atendimento e venda direta ao leitor:
sac@record.com.br

EDITORA AFILIADA

Queridos leitores,

Este livro começou em 2012 como um projeto no qual eu trabalhava enquanto passava por um bloqueio criativo de escrita. Nunca tive a intenção de publicá-lo porque não se parece em nada com as outras histórias que escrevo. É mórbido e vulgar, mas foi uma válvula de escape divertida quando empaquei no livro mais sensível que eu estava escrevendo.

Falei sobre esse projeto inacabado anos atrás e alguns leitores pediram para ler o que eu já havia escrito. Então coloquei os capítulos em uma plataforma gratuita, e passei a acrescentar ocasionalmente mais capítulos nos anos seguintes. O que começou como algo que eu nunca pretendi que alguém lesse se transformou em algo que eu mal podia esperar para concluir, graças a todos vocês que estavam lendo durante meu processo de escrita. Eu escrevia e postava os capítulos com frequência, então a história foi escrita em tempo real, diferentemente dos meus outros romances. O lançamento e o feedback imediatos de cada capítulo tornaram-se um vício para mim e para os leitores que viraram fãs da história. Quando enfim estava finalizado, disponibilizei o livro de graça no Amazon Kindle, porém sem nunca o ter publicado oficialmente.

Agora que o livro está finalmente chegando às livrarias, com a ajuda da Grand Central Publishing, eu quis revisitar a história e retrabalhar parte do conteúdo. Pela forma como o livro foi originalmente escrito e lançado, havia coisas que eu teria mudado caso tivesse passado por uma edição. Fiz o máximo para manter a história e os personagens da primeira versão intactos, mas tomei a liberdade de ajustar algumas cenas, retirar outras, e até acrescentar umas coisinhas.

Se você está lendo este livro pela primeira vez, espero que goste apesar de ele ser completamente diferente das minhas outras histórias. Para alguns de vocês, será uma leitura divertida. Para outros, pode não ser o que você está procurando. Independentemente do grupo a que você pertença, gostaria de agradecer-lhe por fazer parte de cada um dos meus livros, sejam romances que passei meses ou anos escrevendo, sejam histórias como esta, escritas em um rompante, para uma leitura destinada apenas a adultos. Por favor, tenha em mente que este livro não é, em hipótese alguma, apropriado para crianças e pré-adolescentes. Prossiga com cautela.

Atenciosamente,
Colleen Hoover

Os avisos de gatilhos desta obra incluem linguagem de baixo calão, descrições gráficas de cenas de sexo, assassinato, agressão sexual e uso de substâncias ilícitas.

Este livro é dedicado a cada membro do grupo *Too Late* do Facebook.

Obrigada por tornar esta uma das minhas experiências de escrita favoritas.

Especialmente você, Ella Brusa.

UM

SLOAN

Dedos quentes se entrelaçam aos meus, pressionando ainda mais minhas mãos no colchão. Minhas pálpebras estão pesadas demais para abrir por causa da privação de sono desta semana. Da privação de sono do mês inteiro, na verdade.

Caramba, da merda do *ano* inteiro.

Solto um gemido e tento fechar as pernas, mas não consigo. Há pressão em todo lugar. No meu peito, no meu rosto, entre minhas pernas. Demoro alguns segundos para afastar o estupor sonolento, mas estou acordada o bastante para saber o que ele está fazendo.

— Asa — balbucio, irritada. — Sai de cima de mim.

Ele continua empurrando o peso contra mim, gemendo no meu ouvido, sua barba matinal arranhando minha bochecha.

— Estou quase terminando, gata — sussurra ele junto ao meu pescoço.

Tento tirar as mãos de baixo das dele, mas Asa as aperta com mais força, me lembrando de que não sou nada além de uma prisioneira na minha própria cama, e que ele é o guarda do quarto. Asa sempre conseguiu fazer com que eu me sentisse como se meu corpo estivesse à sua disposição. Ele nunca é mau nem força a barra; é apenas carente — o que acho muito inconveniente.

Tipo agora.

Às seis horas da manhã, cacete.

Adivinho a hora pela luz do sol entrando pela fresta da porta, e pelo fato de Asa estar vindo se deitar só agora depois da noite da festa de ontem. Eu, por outro lado, tenho que chegar na aula em menos de duas horas. Não era assim que eu teria gostado de ser arrancada do meu sono após três horas dormindo, se tivesse escolha.

Envolvo a cintura dele com as pernas e torço para que ache que estou curtindo. Quando pareço meio interessada, ele termina tudo mais depressa.

Ele agarra meu seio direito e dou o gemido esperado, assim que ele começa a estremecer.

— *Porra* — geme ele, enterrando o rosto no meu cabelo, balançando-se lentamente na minha direção.

Depois de vários segundos, ele cai em cima de mim e solta um suspiro pesado, então beija meu rosto e rola para o seu lado da cama. Ele se levanta e tira a camisinha, jogando-a no lixo, e pega uma garrafa de água na mesa de cabeceira. Então leva a garrafa aos lábios, dando uma olhada na minha pele exposta. Sua boca exibe um sorriso preguiçoso. Ele fica de pé, confiantemente nu, ao lado da cama, e termina de beber o resto da água.

Apesar da boa aparência, Asa tem seus defeitos. Na verdade, a aparência deve ser a única coisa na qual *não* vejo defeitos. Ele é arrogante, tem um temperamento forte, é difícil de lidar às vezes. Mas me ama. Ele me ama pra cacete. E eu estaria mentindo se dissesse que não o amo também. Se pudesse, eu mudaria muitas coisas em Asa, mas ele é tudo o que tenho no momento, então aguento. Ele me levou para casa quando eu não tinha mais para onde ir. Ninguém mais com quem contar. Eu só o aturo por esse motivo.

Não tenho escolha.

Asa ergue uma das mãos e seca a boca, jogando a garrafa vazia no lixo. Passa as mãos pelo cabelo castanho e grosso e pisca para mim. Então se joga na cama e se aproxima, dando um beijo suave na minha boca.

— Boa noite, gata — diz ele, deitando-se de costas.

— Você quer dizer bom dia — corrijo, me levantando com relutância da cama.

Minha camiseta está enrolada até a cintura, então a puxo para baixo e pego uma calça e outra camisa. Atravesso o corredor até o chuveiro, aliviada por nenhum dos nossos incontáveis colegas de apartamento estarem ocupando o único banheiro do andar de cima.

Verifico a hora no celular e estremeço quando percebo que não vou ter tempo nem para tomar um café. É a primeira aula do semestre e já estou planejando usá-la para colocar o sono em dia. Isso não é nada bom.

Não tenho como continuar assim. Asa nunca vai para a faculdade, mas ele passa quase com nota máxima em todas as matérias. Estou me esforçando para me manter de pé, e não faltei um dia sequer no semestre passado. Bem, pelo menos fisicamente. Como moramos com várias outras pessoas, nunca há silêncio na casa. Acabo pegando no sono durante a aula com frequência; é o único momento em que tenho paz e tranquilidade. A impressão é de que está rolando uma festa a qualquer hora do dia e da noite, independentemente de quem tem aula no dia seguinte. Não existe uma separação entre fins de semana e dias úteis, e o aluguel não tem influência sobre quem mora aqui.

Na maior parte do tempo, não sei nem *quem* mora. Asa é o dono da casa, mas ele ama estar rodeado de pessoas, então gosta do esquema "entra e sai de graça". Se eu tivesse condições, arranjaria um lugar só para mim em um piscar de olhos. Mas não tenho. Isso significa mais um ano de completo inferno antes de me formar.

Mais um ano até ficar livre.

Tiro a camiseta e a largo no chão, depois abro a cortina do chuveiro. Assim que aproximo a mão da torneira, grito o mais alto que consigo. Desmaiado na banheira, totalmente vestido, está nosso mais novo colega de apartamento em tempo integral, Dalton.

Ele acorda com um susto e, quando bate a testa na torneira logo acima, solta um grito. Eu me abaixo e pego minha camiseta assim que a porta se escancara e Asa entra correndo.

— Sloan, você está bem? — pergunta ele freneticamente, me virando para ver se me machuquei.

Assinto com veemência e aponto para Dalton na banheira. Ele geme.

— Eu que não estou bem.

O rapaz põe a palma da mão na testa recém-machucada e tenta sair da banheira.

Asa olha para mim, para meu corpo nu coberto pela camisa em minhas mãos, e então de volta para Dalton. Fico com medo de que entenda tudo errado, então começo a explicar, mas ele me interrompe com uma gargalhada alta e inesperada.

— Você fez isso com ele? — pergunta, apontando para a cabeça de Dalton.

Faço que não.

— Ele bateu a cabeça na torneira quando gritei.

Asa ri ainda mais e estende a mão para Dalton, ajudando-o a sair de vez da banheira.

— Vamos lá, cara, você precisa de uma cerveja. O melhor remédio para ressaca.

Ele empurra Dalton para fora do banheiro e segue atrás dele, fechando a porta ao sair.

Fico ali paralisada, ainda agarrando a camiseta contra o peito. A parte triste é que esta é a terceira vez que isso acontece. Um idiota diferente cada uma das vezes, desmaiado na banheira. Faço uma anotação mental para, de agora em diante, checar a banheira antes de tirar a roupa.

DOIS

CARTER

Tiro a tabela com a grade horária das aulas do bolso e a desdobro para procurar o número da sala.

— Que droga — digo ao telefone. — Me formei na faculdade há três anos. Não me inscrevi nessa merda para fazer lição de casa.

Dalton ri alto, me forçando a afastar o telefone da orelha.

— Que pena — diz ele. — Tive que dormir numa merda de banheira ontem à noite. Se acostuma, cara. Interpretar faz parte do trabalho.

— Fácil dizer. Você se inscreveu em uma aula por semana. Eu tenho três. Por que Young só te deu uma?

— Talvez eu faça um boquete melhor — responde Dalton.

Olho meus horários e de volta para o número da sala à minha frente, e percebo que eles batem.

— Preciso ir. *La clase de Español.*

— Carter, espera.

O tom de voz dele fica mais sério. Dalton pigarreia e se prepara para a "conversa de incentivo" dele. Tenho sofrido com isso diariamente desde que começamos a trabalhar juntos. Ele não precisa ficar me lembrando o motivo de estarmos aqui. Sei que tenho um dever a cumprir, que é realizar o trabalho que fui pago para fazer... que é derrubar o maior esquema de drogas na história das universidades. O problema com drogas na faculdade da cidade tem piorado muito nos últimos três anos. E dizem que Asa Jackson é o cabeça por trás de tudo. Asa e as pessoas que andam com ele, o que explica minha presença e a de Dalton aqui, para identificarmos as pessoas-chave na operação. Dalton e eu somos peixes pequenos no esquema, mas são as pequenas partes que formam o todo, e nossos papéis são essenciais. Até mesmo o de fingir ser um estudante universitário. *De novo*. Eu preferia ter começado o semestre na semana passada, assim como o restante desta turma, mas o departamento demorou séculos para me colocar no sistema.

— Tenta se divertir, cara — continua Dalton. — Estamos muito perto de conseguir tudo o que queremos... Você vai ficar aqui por no máximo dois meses. Encontra uma gostosa, isso vai fazer os dias passarem mais rápido.

Olho pela janelinha de vidro na porta da sala. Está praticamente lotada, com apenas três cadeiras vazias. Meu olhar logo se fixa numa garota no fundo, ao lado de um dos lugares vagos. O cabelo escuro cai no rosto enquanto ela apoia a cabeça nos braços. Está dormindo. Tudo bem me sentar ao lado dos dorminhocos; são os tagarelas que não consigo tolerar.

— Olha só. Já encontrei a gostosa ao lado de quem me sentar. Falo com você depois do almoço.

Encerro a ligação e abro a porta da sala, colocando o celular no silencioso. Aperto a alça da mochila e caminho até o fundo da sala. Eu me espremo ao passar por ela e chegar ao lugar vazio, então largo a mochila no chão e o telefone na mesa. O barulho que o aparelho faz quando bate na madeira acorda a garota. Ela ergue a cabeça na hora, arregalando os olhos. Olha ao redor, meio frenética e confusa, e depois olha para o caderno na sua mesa. Puxo a cadeira e me sento ao seu lado. Ela olha feio para meu celular largado na mesa à nossa frente, e então me encara.

Seu cabelo está uma bagunça e um rastro brilhante de saliva escorre do canto da sua boca, descendo até o queixo. Ela me encara como se eu tivesse interrompido o único minuto de sono que já teve na vida.

— Ficou acordada até tarde? — pergunto.

Depois me abaixo e abro a mochila, tirando o livro de exercícios de espanhol que eu provavelmente poderia recitar de cor.

— A aula acabou? — questiona ela, estreitando os olhos para o livro que estou colocando na mesa.

— Depende.

— Do quê?

— De quanto tempo você ficou apagada. Não sei exatamente a que aula veio assistir, mas esta aqui é a de espanhol das dez horas.

Ela apoia os cotovelos na mesa e resmunga, esfregando o rosto com as mãos.

— Eu dormi cinco minutos? Só isso? — Ela se recosta e relaxa, apoiando a cabeça no encosto da cadeira. — Me acorda quando terminar, ok?

Ela fica me olhando, esperando que eu concorde. Bato o dedo no queixo.

— Tem uma coisa bem aqui.

Ela seca a boca e examina a mão. Achei que fosse ficar envergonhada por ter saliva escorrendo pelo rosto, mas ela apenas revira os olhos e puxa as mangas compridas até cobrirem as mãos. Seca a poça de saliva na mesa com a manga, e então relaxa novamente na cadeira e fecha os olhos.

Já fiz faculdade. Sei como são as noites em claro, as festas, os estudos, e nunca ter tempo para tudo. Mas essa garota parece estressada ao máximo. Estou curioso para saber se é por trabalhar durante a noite ou por festejar além da conta.

Estendo o braço até a mochila e pego o energético que comprei a caminho daqui. Acho que ela precisa mais do que eu.

— Toma. — Coloco-o na mesa à frente dela. — Beba isto.

Ela abre os olhos devagar, como se suas pálpebras pesassem quinhentos quilos cada. Olha a bebida, e então a pega depressa e a abre. Bebe freneticamente, como se fosse a primeira coisa que bebesse em dias.

— De nada.

Eu rio.

Ela termina e coloca a lata de volta na mesa, secando a boca com a mesma manga que usou para secar a saliva antes. Não vou mentir: seu comportamento desgrenhado e descuidadamente sexy é muito excitante, de um jeito estranho.

— Obrigada — diz ela, afastando uma mecha de cabelo dos olhos.

Ela olha para mim e sorri, espreguiçando os braços em seguida e bocejando. A porta da sala se abre e todo mundo se remexe nas carteiras, o que indica a entrada do professor, mas não consigo tirar os olhos da garota para ao menos confirmar a presença dele.

Ela desembaraça as mechas do cabelo com os dedos. Ainda está ligeiramente úmido, e dá para sentir o cheiro floral do xampu quando ela o joga para trás. É comprido, escuro e espesso, assim como os cílios de seus olhos. Ela olha para a frente e abre o caderno, então faço o mesmo.

O professor nos cumprimenta em espanhol, e damos respostas coletivas e fragmentadas. Ele começa a dar instruções sobre uma tarefa quando meu telefone acende na mesa entre nós dois. Olho para baixo e leio a mensagem de Dalton.

E essa gostosa do seu lado tem nome?

Imediatamente viro a tela do telefone para baixo, torcendo para que a garota não tenha lido. Ela leva a mão à boca para abafar uma risada.

Merda. Ela leu.

— Gostosa, é? — comenta.

— Desculpe. Meu amigo... Ele se acha engraçado. E também gosta de fazer da minha vida um inferno.

Ela ergue uma das sobrancelhas e se vira para mim.

— Então você *não* me acha gostosa?

Quando ela me encara, tenho a primeira chance de realmente observá-la. Vou apenas dizer que agora estou oficialmente apaixonado por esta aula. Dou de ombros.

— Com todo o respeito, você está sentada desde que te conheci. Nem vi sua bunda ainda.

Ela ri novamente.

— Sloan — responde, estendendo o braço para me cumprimentar.

Aperto a mão dela. Há uma pequena cicatriz em forma de lua crescente no seu polegar. Passo o dedo pela marca e giro a mão dela para trás e para a frente, inspecionando-a.

— Sloan — repito, pronunciando seu nome devagar.

— Geralmente é nesta hora que a pessoa responde *com o próprio nome*.

Volto a encarar seu rosto, e ela puxa a mão de volta, com um olhar de curiosidade.

— Carter — respondo, mantendo o personagem que preciso interpretar.

Foi bem difícil chamar Ryan de Dalton nas últimas seis semanas, mas me acostumei. Já usar o nome Carter… aí é outra história. Mais de uma vez, vacilei e quase disse meu nome de verdade.

— *Mucho gusto* — diz ela, com um sotaque quase perfeito, voltando a atenção para a frente da sala.

Não. O prazer foi *meu*. Pode acreditar.

O professor orienta a turma: devemos nos virar para o colega mais próximo e dizer três fatos sobre a outra pessoa em espanhol. Este é meu quarto ano de espanhol, então deixo Sloan começar para não intimidá-la. Viramos um para o outro e aceno com a cabeça na direção dela.

— *Las señoras primero* — digo.

— Não, vamos revezar. Você primeiro. Pode começar, diga um fato sobre mim.

— Ok — concordo, rindo de como ela assumiu o controle. — *Usted es mandona.*

— Isso é uma opinião, não um fato. Mas admito que sou.

Inclino a cabeça na direção dela.

— Você entendeu o que acabei de dizer?

Sloan assente.

— Se sua intenção era me chamar de autoritária, então entendi. — Ela estreita os olhos, mas deixa escapar um sorrisinho.

— Minha vez. *Su compañera de clase es bella.*

Eu rio. Ela acabou de elogiar a si mesma ao dizer que minha colega de turma é bonita? Balanço a cabeça, concordando.

— *Mi compañera de clase esta correcta.*

Vejo seu rosto corar um pouco, mesmo com a pele queimada de sol.

— Quantos anos você tem? — pergunta ela.

— Essa é uma pergunta, não um fato. E em inglês, ainda por cima.

— Preciso fazer uma pergunta para chegar ao fato. Você parece um pouco mais velho que a maioria dos veteranos de espanhol.

— Quantos anos você acha que eu tenho?

— Vinte e três? Vinte e quatro?

Quase acertou. Tenho vinte e cinco, mas ela não precisa saber disso.

— Vinte e dois — respondo.

— *Tiene veintidós años* — diz ela, escolhendo um segundo fato a meu respeito.

— Você roubou — devolvo.

— Precisa dizer isso em espanhol se for um fato sobre mim.

— *Usted engaña.*

Pelo jeito como ela arqueia a sobrancelha, percebo que não esperava que eu soubesse dizer aquilo em espanhol.

— Você já falou três — diz ela.
— Você ainda tem um.
— *Usted es un perro.*
Caio na gargalhada.
— Você acabou de me chamar de cachorro sem querer.
Ela balança a cabeça.
— Não foi sem querer.
O telefone dela vibra. Sloan o tira do bolso e foca na tela. Recosto-me na cadeira e pego meu celular, fingindo fazer o mesmo. Ficamos sentados em silêncio enquanto o restante da turma termina a tarefa. Pelo canto do olho, observo-a digitar, os polegares tocando rapidamente a tela do celular. Ela é bonitinha. Acho que agora estou mais animado para esta aula. De repente, três dias por semana não parece o suficiente.

Ainda tem cerca de quinze minutos de aula e estou me esforçando para não encará-la. Ela não falou mais nada desde que me chamou de cachorro. Observo-a desenhar no caderno, sem prestar atenção a uma palavra do que o professor diz. Ou está terrivelmente entediada, ou está em um lugar diferente. Eu me debruço sobre a mesa, na tentativa de ver melhor o que ela está escrevendo. Me sinto um intrometido, mas, pensando bem, ela leu minha mensagem mais cedo, então acho que tenho esse direito.

A caneta se move sem parar sobre o papel, o que deve ser um efeito do energético que ela tomou. Leio as frases conforme ela as escreve. Não fazem o menor sentido, não importa quantas vezes eu as releia.

Trens e ônibus roubaram meus sapatos e agora preciso comer lula crua.

Rio da aleatoriedade de todas as palavras espalhadas pela folha, e ela ergue os olhos para mim. Eu a encaro de volta, e ela sorri maliciosamente.

Sloan volta a olhar para o caderno e bate nele com a caneta.

— Fico entediada — sussurra ela. — Minha capacidade de concentração não é muito boa.

Eu costumo ter uma ótima capacidade de concentração, mas, pelo visto, não quando estou sentado ao lado dela.

— A minha também não é — minto. Estico o braço e aponto para as palavras no caderno. — O que é isso aí? Um código secreto?

Ela dá de ombros e larga a caneta, deslizando em seguida o caderno na minha direção.

— É só uma coisa boba que faço quando estou entediada. Gosto de ver em quantas coisas aleatórias consigo pensar sem de fato *pensar*. Quanto menos sentido fizer, mais eu ganho.

— Mais você ganha? — repito, querendo uma explicação. Essa garota é um enigma. — Como você poderia perder se é a única jogando?

O sorriso desaparece e Sloan desvia o olhar, encarando o caderno. Passa delicadamente o dedo pelas letras de uma das palavras. O que acabei de dizer para mudar seu comportamento de forma tão drástica e rápida, cacete? Ela pega a caneta de volta e a entrega a mim, deixando para trás seja lá quais pensamentos tenham acabado de deixá-la triste.

— Experimenta — sugere ela. — É muito viciante.

Pego a caneta da mão dela e encontro um lugar vazio na página.

— Então é só escrever qualquer coisa? Qualquer coisa que venha à mente?

— Não. É exatamente o oposto. Tenta não pensar. Tenta não deixar *nada* vir à sua mente. Só escreve.

Encosto a caneta no papel e faço exatamente o que ela diz. Apenas saio escrevendo.

Deixei cair uma lata de milho na máquina de lavar, agora minha mãe chora arco-íris.

Largo a caneta, sentindo-me meio bobo. Ela tapa a boca para conter uma risada depois de ler. Vira a página e escreve *Você nasceu para isso*, me devolvendo a caneta.

Obrigado. Suco de unicórnio me ajuda a respirar quando escuto música disco.

Ela ri novamente e pega a caneta da minha mão assim que o professor dispensa a turma. Todo mundo joga os livros na mochila e pula da cadeira depressa.

Todo mundo menos nós dois. Estamos encarando a página, sorrindo, imóveis.

Ela põe uma das mãos no caderno e o fecha devagar, deslizando-o pela mesa e guardando-o na mochila. Ela olha de volta para mim.

— Não levanta ainda — diz ela, ficando de pé.

— Por que não?

— Porque sim. Precisa ficar sentado aí enquanto me afasto para decidir se minha bunda é gostosa ou não.

Ela pisca para mim e dá meia-volta.

Ai, meu Deus. Faço exatamente o que ela manda, fixando o olhar na sua bunda. E, para minha sorte, é perfeita. Cada pedacinho do seu corpo é perfeito. Fico sentado sem me mexer enquanto a observo alcançar a saída.

De onde veio essa garota? E onde esteve durante toda a minha vida? Torço para que, seja lá o que tenha acabado de acontecer entre nós dois, não seja tudo o que pode acontecer. Nunca é bom começar um relacionamento com mentiras. Ainda mais com mentiras como as minhas.

Ela olha para trás antes de passar pela porta, e ergo o olhar de volta para os olhos dela. Faço um sinal de positivo com o polegar. Ela ri e desaparece da sala.

Junto minhas coisas e tento tirá-la da cabeça. Preciso estar focado hoje à noite. Há coisas demais em jogo para que eu me distraia com uma bunda linda e perfeita.

TRÊS

SLOAN

Termino o dever de casa na biblioteca, sabendo que não vou mais conseguir me concentrar no momento em que pisar em casa. Assim que fui morar com Asa, eu estava a uma noite de ser despejada do sofá onde dormia... sem falar de todos os outros problemas financeiros com os quais precisava lidar. Estávamos namorando havia dois meses, mas eu não tinha outro lugar para ir.

Isso foi há mais de dois anos.

Eu sabia, com base nos carros que ele dirigia e no tamanho da casa, que Asa tinha dinheiro. O que não sabia era se o dinheiro vinha da família ou se ele estava envolvido em alguma coisa na qual não devia estar. Eu esperava que fosse a primeira opção, mas a esperança e eu nunca tivemos muita química. Nos primeiros dois meses, ele se esforçou para esconder que vendia drogas, justificando os gastos com a ilusão de que tinha recebido uma boa herança. Acreditei por um tempo. Não tinha escolha a não ser acreditar.

Quando pessoas que eu não conhecia começaram a aparecer em horários estranhos e percebi que Asa só conversava com elas a portas fechadas, ficou cada vez mais óbvio. Ele tentou explicar seus motivos e jurou que só vendia drogas "inofensivas" para pessoas que, no fim das contas, se não comprassem dele comprariam de outro fornecedor. Eu não queria ter nada a ver com aquilo, então, quando ele se recusou a parar, fui embora.

O único problema era que eu não tinha para onde ir. Dormi nos sofás de alguns amigos, mas nenhum deles tinha espaço nem dinheiro para continuar me sustentando. Eu teria apelado para um abrigo antes de voltar para Asa, mas não era minha vida que me preocupava, era a do meu irmãozinho.

Nunca foi fácil para Stephen. Ele nasceu com vários transtornos, tanto mentais quanto físicos. Recebia auxílio do governo para o tratamento, e finalmente havia sido alojado em um bom lar, no qual eu confiava. Mas quando cortaram esse auxílio, eu não podia arriscar que o mandassem de volta para minha mãe. Não queria que ele voltasse para aquela vida, e faria qualquer coisa para me certificar de que Stephen nunca mais fizesse parte daquilo.

Eu tinha deixado Asa havia duas semanas, quando o auxílio governamental do meu irmão foi cancelado. Não tinha condições para que Stephen ficasse comigo, e, se o tivesse tirado do lar onde estava, ele teria perdido o acesso ao cuidado de que precisava. Fiquei sem ninguém a quem recorrer a não ser Asa, porque ele era a única pessoa disposta a nos ajudar. Bater de novo à sua porta e pedir ajuda foi a coisa mais difícil que já tive que fazer. Era como se correr de volta para os braços dele fosse o equivalente a renunciar a minha própria dignidade. Ele me deixou voltar a morar lá, mas não sem consequências. Depois que soube exatamente o quanto eu dependia dele para poder bancar os cuidados necessários para meu irmão, parou de esconder o que fazia. Cada vez mais pessoas apareciam lá, e as transações eram feitas a céu aberto, e não a portas fechadas.

Agora, há tantas pessoas entrando e saindo de casa sem parar que é difícil saber quem mora, quem só apaga, todos completos estranhos. Toda noite é uma festa, e toda festa é um pesadelo.

A cada semana que passa, o clima fica mais e mais perigoso, e, mais do que nunca, quero ir embora. Tinha um trabalho de meio período na biblioteca do campus, mas este semestre eles não têm vaga para mim. Estou na lista de espera, e tenho me candidatado a outros empregos, tentado desesperadamente guardar mais dinheiro para conseguir escapar. Não seria tão difícil se eu só tivesse que cuidar de mim mesma, mas com Stephen na jogada vou ter que arranjar um dinheiro que não tenho. Um dinheiro que não vou ter por um tempo.

Enquanto isso, preciso manter as aparências, agir como se ainda devesse minha vida a Asa, quando na verdade sinto que ele a está arruinando. Não me leve a mal, eu o amo.

Amo quem sei que ele poderia ser um dia, mas também não sou ingênua. Por mais que Asa tenha feito promessas de que está diminuindo o ritmo dos negócios para se preparar para abandonar o barco, sei que isso não vai acontecer. Já tentei enfiar algum juízo na cabeça dele, mas, quando você tem o poder nas mãos e o dinheiro no bolso, é difícil sair. Ele nunca vai sair. Vai fazer isso até ser preso... ou até morrer. E não quero estar por perto quando isso acontecer.

Nem tento mais identificar os veículos na entrada da garagem. Todo dia há um novo. Estaciono o carro de Asa e pego minhas coisas, então entro em casa para mais uma noite infernal.

Quando abro a porta, tudo está estranhamente quieto, então a fecho e sorrio, aproveitando que todos estão nos fundos, na piscina. Nunca tenho chance de ficar sozinha, então tiro vantagem disso. Ponho os fones de ouvido e começo a limpar. Sei que não parece divertido, mas para mim é a única válvula de escape.

Sem falar que a casa vive num constante estado de chiqueiro.
Começo pela sala. Jogo fora garrafas de cerveja, em quantidade suficiente para encher um saco de lixo de cem litros. Quando chego à cozinha e vejo a montanha de pratos empilhados na pia, sorrio. Isso vai levar pelo menos uma hora. Organizo os pratos sujos à esquerda e começo a encher a pia de água. Começo a dançar com a música em meus ouvidos. Não me sinto tão em paz

nesta casa desde os dois primeiros meses em que morei aqui. Na época do Asa *legal*. O Asa que costumava dizer coisas fofas para mim, que me levava em encontros e que me colocava acima de qualquer outra pessoa.

Lembro-me de momentos em que de vez em quando ficávamos sozinhos em casa. Quando ele pedia delivery para jantarmos e ficávamos juntinhos no sofá assistindo a algum filme.

Assim que as lembranças do Asa por quem me apaixonei surgem na minha mente, sinto os braços dele me envolverem por trás. Tenho um sobressalto, mas então sinto o cheiro do seu perfume, o mesmo Dior que usou no nosso primeiro encontro. Ele começa a se balançar no ritmo da música comigo, me segurando com delicadeza. Sorrio, mantendo os olhos fechados, e ponho as mãos nas dele, apoiando as costas no seu peito.

Asa beija minha orelha, entrelaça os dedos nos meus e me gira até eu estar de frente para ele. Quando abro os olhos, ele está sorrindo com uma expressão genuinamente fofa. Não vejo essa expressão há tanto tempo que meu coração dói ao perceber como senti falta dela.

Talvez ele realmente esteja tentando. Talvez também esteja cansado desta vida.

Ele levanta meu rosto com as mãos e me beija — um beijo longo e apaixonado de que havia me esquecido que ele era capaz de dar. Nos últimos tempos, só sou beijada quando ele está em cima de mim na cama. Envolvo o pescoço dele com os braços e retribuo o beijo. Eu o beijo desesperadamente. Beijo o antigo Asa, sem saber quanto tempo ainda vou tê-lo aqui comigo.

Ele se afasta e tira os fones do meu ouvido.

— Alguém está querendo uma continuação de hoje de manhã, hein?

Eu o beijo novamente e sorrio, assentindo. Eu quero. Se este for o Asa que vou ter na cama, então eu realmente quero.

Ele põe as mãos nos meus ombros e ri.

— Não na frente das visitas, Sloan.

Visitas?

Fecho os olhos, com medo de me virar para trás, sem saber que estamos sendo observados.

— Tem alguém que eu gostaria que você conhecesse — comenta Asa.

Ele me gira e abro um dos olhos, e então o outro, esperando que meu estado de choque não esteja estampado no rosto. Inclinado no batente da porta, de braços cruzados e com uma expressão séria, está o um metro e oitenta de Carter.

O cara com quem fiquei flertando na aula algumas horas atrás.

Arfo, em grande parte porque ele é a última pessoa que eu esperava ver aqui. Estar diante dele, do nada, é mais intimidador do que estar sentada ao seu lado na aula hoje de manhã. Ele é muito mais alto do que imaginei — mais alto até do que Asa. Não tem o corpo tão definido quanto meu namorado, mas Asa malha todo dia e, com base no tamanho do seu bíceps, ele provavelmente usa esteroides. Carter tem um corpo mais natural, pele e cabelo mais escuros e, neste momento, olhos muito escuros e zangados.

— Ei — diz ele, suavizando a expressão com um sorriso, estendendo a mão para mim sem um rastro de reconhecimento no rosto.

Percebo que está fingindo que não me conhece para meu próprio bem, ou talvez para *seu* próprio bem. Aperto sua mão, me apresentando pela segunda vez hoje.

— Meu nome é Sloan — digo, trêmula, torcendo para que ele não consiga sentir minha pulsação acelerada pela palma da mão. Interrompo rapidamente o contato e me afasto. — E aí, como você e Asa se conheceram?

Não sei bem se quero saber a resposta, mas a pergunta sai de todo jeito.

Asa envolve minha cintura com os braços e me gira para a direção contrária a Carter.

— Ele é meu novo sócio, e agora temos negócios para discutir. Vai limpar outro lugar.

Ele me dá um tapinha na bunda, me enxotando como a um cachorro. Eu me viro para trás e olho feio para ele, mas não é nem de perto tão intenso quanto o ódio transbordando dos olhos de Carter ao presenciar a cena.

Não costumo forçar as coisas com Asa, ainda mais na frente de outras pessoas, mas não consigo me controlar. Fico furiosa com sua atitude arrogante de trazer outra pessoa para cá, apesar de ter me prometido que ia largar tudo. Também não posso negar o fato de estar puta por essa pessoa ser Carter. Estou zangada comigo mesma por ter tido uma falsa primeira impressão dele na aula hoje. Achei que eu fosse melhor em identificar as pessoas, mas ele estar envolvido com Asa me mostra que não sou boa nisso. Ele é igual a todos os outros, mas a esta altura eu já devia imaginar. Por mais que eu tente — por mais difícil que tenha sido sair da casa onde cresci para fugir deste mesmo estilo de vida, apenas para voltar a ele —, me sinto ignorante. Meus pais haviam sido usuários de drogas e jurei que, assim que tivesse a chance de me afastar desse estilo de vida perigoso, iria embora e nunca mais olharia para trás. Mas aqui estou, aos vinte e um anos, vivendo uma vida que é tão ruim quanto a vida em que cresci. Como posso desejar e me esforçar tanto para ter uma vida normal e ainda assim continuar caindo bem no meio dessa merda? É uma maldição do cacete.

— Asa, você prometeu. — Gesticulo na direção de Carter. — Contratar novas pessoas não é largar... é afundar ainda mais.

Eu me sinto uma hipócrita pedindo que ele pare de fazer o que faz. Todo mês deixo que Asa mande um cheque para os cuidados de Stephen com o mesmo dinheiro sujo que eu queria que ele não estivesse ganhando. Mas é fácil permitir aquilo, considerando que não é para mim. Aceitaria dinheiro mais sujo ainda se garantisse o bem-estar do meu irmão mais novo.

Os olhos de Asa ficam sombrios e ele dá um passo na minha direção. Gentilmente põe as mãos nos meus braços e os esfrega. Ele aproxima a boca do meu ouvido e aperta meus braços, espremendo-os até eu me retrair de dor.

— Não me envergonha — sussurra ele, baixo o suficiente para que só eu escute, então afrouxa o aperto e leva as mãos até meus cotovelos, depois me beija com carinho na bochecha para se exibir. — Coloca aquele vestido vermelho sexy. Vamos dar uma festa hoje à noite para comemorar.

Ele se afasta e me solta. Olho para Carter, que ainda está na soleira da porta, observando Asa como se fosse arrancar sua cabeça a qualquer instante. Ele me encara e, por um segundo, tenho a impressão de que seus olhos ficam mais suaves, mas não fico tempo o suficiente ali para ter certeza. Dou meia-volta e subo correndo a escada até o quarto. Bato a porta e me jogo na cama. Os músculos dos meus braços latejam de dor, então eu os esfrego até passar. É a primeira vez que ele me machuca fisicamente na frente de alguém, mas meu orgulho ferido dói muito mais. Nunca devia tê-lo questionado na frente de alguém. Sei muito bem disso.

Provavelmente vou ter hematomas nos braços amanhã, mas pelo menos não vão ser permanentes como as cicatrizes que meus pais deixaram em mim. Olho para a cicatriz no polegar, uma lembrança dos meus doze anos, quando minha mãe tentou me queimar com o acendedor de cigarro do carro. Não faço ideia do porquê ela estava irritada comigo, mas tirei a mão assim que percebi quais eram as suas intenções. Só que não fui rápida o bastante. E agora, sempre que olho para a cicatriz, sou lembrada de como era a minha vida com ela.

Os hematomas vão sumir, mas o quanto vai demorar até que Asa deixe cicatrizes mais permanentes em mim? Sei que não mereço o que ele acabou de fazer comigo. Ninguém merece. No entanto, se eu não sair logo desta vida, só vai piorar. Situações como essa quase nunca mudam para melhor. Sinto vontade de pegar minhas malas e juntar tudo o que tenho. Quero ir embora e nunca mais voltar. Quero sair daqui. Quero sair daqui, quero sair daqui, quero sair daqui.

Mas ainda não posso. Porque eu não seria a única afetada.

QUATRO
CARTER

— Desculpe por isso — diz Asa, virando-se para mim.

Abro as mãos, que estavam cerradas em punhos, e tento esconder o desdém. Eu o conheço há apenas três horas e nunca desprezei tanto alguém em toda a minha vida.

— Tudo bem — respondo.

Ando até o bar e me aconchego casualmente num dos bancos, apesar de querer correr lá para cima e ver se Sloan está bem. Minha mente ainda está acelerada por descobrir que ela está envolvida nisso. Dalton nunca falou em detalhes sobre a namorada de Asa, só tinha mencionado que existia. Com certeza não falou nada sobre ela estar em uma das minhas aulas.

Sloan era a última pessoa que eu esperava encontrar aqui. Ver Asa a beijar daquele jeito — e vê-la correspondendo — fez com que eu me arrependesse oficialmente da missão. Tudo acabou de se tornar muito mais complicado.

— Ela mora com você? — pergunto.

Asa pega uma cerveja na geladeira para mim, então eu tiro a tampa e levo a garrafa à boca.

— Mora. E vou cortar seu pinto fora se olhar para ela do jeito errado.

Olho com irritação para Asa, mas ele não se intimida. Fecha a porta da geladeira e desfila até a cadeira do outro lado do bar, como se aquela frase nunca tivesse saído da sua boca. Ser capaz de machucá-la fisicamente como acabou de fazer e depois agir como se ligasse para ela me deixa abismado. Tenho vontade de estourar a porra da garrafa na cabeça dele, mas a seguro com mais força e me obrigo a manter a calma.

Ele abre a própria cerveja e ergue a garrafa.

— Ao dinheiro — diz ele, batendo a cerveja na minha.

— Ao dinheiro.

E a assistir aos babacas receberem o que merecem.

Dalton entra, interrompendo no momento certo. Olha para mim e acena com a cabeça, depois volta a atenção para Asa.

— Ei, cara. Jon quer saber o que fazer quanto à bebida. Hoje à noite cada um traz a própria bebida ou vamos providenciar tudo? Porque não temos porra nenhuma aqui.

Asa bate a garrafa de cerveja na mesa e empurra a cadeira para trás para se levantar.

— Mandei aquele babaca fazer um estoque ontem.

Ele sai como um furacão da cozinha.

Dalton inclina a cabeça na direção da porta da frente, então me levanto e o sigo até o lado de fora. Quando ficamos sozinhos no meio do jardim da entrada, ele se vira para mim e toma um gole da cerveja para continuar no papel, até porque Dalton detesta cerveja.

— Como foi? Você acha que está dentro? — pergunta ele.

Dou de ombros.

— Acho que sim. Ele está desesperado atrás de alguém que fale espanhol. Eu disse que era bom, mas não fluente.

Dalton me olha boquiaberto.

— Simples assim? Nenhuma pergunta? — Ele balança a cabeça, incrédulo. — Nossa, ele é um idiota. Por que os novatos acham que são tão intocáveis? Cretino pretensioso do inferno.

— Pois é — digo, concordando completamente.

— Avisei a você sobre este trabalho, Luke. Vai foder sua cabeça ter que viver assim. Tem certeza de que quer entrar nesta?

Não tenho como recuar agora, não sabendo como Dalton e os outros estão perto de pegá-lo.

— Você acabou de me chamar de Luke.

— Merda. — Dalton chuta a grama e olha de volta para mim.

— Foi mal, cara. Ainda vamos nos encontrar amanhã? Young quer um relatório completo agora que você está dentro.

— Alguns de nós têm aula amanhã — digo, esfregando na cara dele mais uma vez que fiquei com a parte ruim da missão. — Mas acaba meio-dia.

Dalton assente e se volta para a casa.

— Você convidou a gostosa da aula de espanhol para a festa?

— Não é o estilo dela.

Para não mencionar o fato de que ela não precisa de convite. Está metida bem no meio desta merda.

Ele assente, sabendo que convidar alguém para este estilo de vida é algo que eu nunca faria. Dalton já teve relacionamentos sérios e duradouros enquanto trabalhava disfarçado, e chegou inclusive ao ponto de pedir uma delas em casamento uma vez, só para manter as aparências. Óbvio que, assim que o trabalho termina, ele não vê problema em desaparecer. Mas uma grande parte de mim sabe que toda pessoa que conheço quando sou Carter continua sendo isso... uma *pessoa*. Não quero enganar ninguém desnecessariamente, então faço questão de manter a guarda erguida e nunca deixar essas coisas ficarem sérias demais.

Ele fecha a porta e eu fico sozinho no jardim, encarando a casa que acabou de se tornar minha missão pelos próximos dois meses. Trabalho infiltrado não foi exatamente o que me levou a entrar para a polícia, mas sou bom nisso. Infelizmente, estou com uma sensação bem ruim quanto a esse caso... e só estou aqui há um dia.

Passo as duas horas seguintes escoltado por Asa para dentro e para fora de vários cômodos, cumprimentando mais pessoas do que consigo contar. No começo, tento fazer anotações mentais sobre todos que encontro e como eles interagem com Asa, mas lá pela quarta cerveja que colocam na minha mão, paro de tentar. Vou ter tempo de sobra para conhecer todo mundo. Não preciso ficar tão focado agora. Ainda sou desconhecido demais para essa galera, então não quero despertar suspeitas em ninguém.

Finalmente me afasto para procurar um banheiro. Quando encontro um, descubro que o cara que sei que se chama Jon e duas garotas que não devem ter mais do que dezenove anos estão lá dentro. Fecho a porta mais rápido do que a abri, então subo a escada na esperança de encontrar um banheiro que não esteja sendo usado como bordel.

Fico no banheiro por uns bons dez minutos a mais do que realmente preciso. Jogo a cerveja na pia e encho a garrafa com água da torneira, porque já passei e muito do meu limite da noite. Preciso passar as semanas seguintes completamente sóbrio.

Eu me encaro no espelho, torcendo para que consiga dar conta do caso. Não sou da região, então não me preocupo em ser reconhecido. O que me preocupa é que não sou como Dalton. Não consigo simplesmente me ligar e me desligar como ele. As coisas que vejo aqui são as mesmas que vejo à noite quando fecho os olhos. E a julgar pelo que presenciei entre Sloan e Asa hoje, não vou dormir muito.

Enfio uma toalha debaixo da torneira e molho o rosto, me forçando a ficar sóbrio antes de sair do banheiro. Depois jogo a toalha no cesto, que está cheio até a borda com roupas sujas, e me pergunto se Sloan é a única garota que mora aqui. Imagino que ela precise lidar com toda a roupa para lavar. Sem falar no restante da casa.

Quando Asa e eu entramos e a vimos limpando a cozinha esta tarde, ele parou na porta e a observou lavar a louça por algum tempo. Fiquei olhando por cima do ombro dele, surpreso por ser a mesma menina da aula de hoje de manhã... e mais ainda por ela estar tão bonita dançando ao ritmo da música. A letra da icônica "Jessie's Girl", de Rick Springfield, passava por minha cabeça enquanto eu estava ali parado atrás de Asa, vendo-o observar Sloan. Queria que fosse eu a observá-la daquela forma.

Como se ela fosse minha.

Respiro fundo e abro a porta do banheiro. Meus olhos são atraídos para a pessoa parada do outro lado do corredor. Ela dá meia-volta quando escuta a porta se abrir, e seu vestido justo gira com seu corpo. Quando Sloan para, não consigo tirar os olhos do vestido, que a abraça em todos os lugares certos, as alças finas sustentando uma parte de cima pequena que aperta os seios, sem deixar espaço para nenhum tipo de sutiã. Fico puto por estar mentalmente agradecendo a Asa por mandá-la colocar esta roupa.

Respire, Luke. Respire.

Meus olhos finalmente encontram os dela, e sua expressão não combina com a roupa sexy e confiante que está usando. Parece que Sloan andou chorando.

— Tudo bem? — pergunto, dando um passo na sua direção.

Ela olha para a escada com uma expressão de medo nos olhos, e então de volta para mim. Confirma com a cabeça e começa a descer, mas a alcanço e pego sua mão, puxando-a de volta.

— Sloan, espera.

Ela me encara. A garota para quem estou olhando agora não é aquela que conheci na aula hoje. Essa garota é frágil. Assustada. Machucada.

Sloan dá um passo em minha direção, com os braços cruzados. Olha para baixo, para o espaço entre nós dois, mordendo o lábio inferior.

— Por que você está aqui, Carter?

Não sei o que responder. Não quero mentir, mas também não posso contar a verdade. Tenho certeza de que não seria muito seguro contar o verdadeiro motivo da minha presença para a namorada do cara que estou tentando prender.

— Fui convidado — digo.

Ela ergue a cabeça.

— Sabe o que quero dizer. Por que está envolvido nisso tudo?

— Você está namorando o exato motivo para eu estar aqui — respondo, referindo-me ao nosso envolvimento mútuo com Asa. — É só trabalho.

Ela revira os olhos como se já tivesse escutado essa desculpa. Provavelmente de Asa. Mas a diferença entre a minha desculpa e a dele é que a minha é verdadeira. Ela só não faz ideia de que realmente é um trabalho.

Suspiro e tento aliviar um pouco da tensão entre nós.

— Acho que posso dizer que nós dois deixamos alguns fatos importantes de fora da nossa tarefa na aula hoje.

Ela dá uma risada nervosa.

— Pois é. O professor devia ter mandado a gente citar mais alguns. Acho que cinco teria dado conta.

— É. Cinco fatos provavelmente teriam sido suficientes para eu ter uma pista de que você namora — comento.

Ela olha para mim, o queixo voltado para baixo.

— Sinto muito — diz ela baixinho.

— Pelo quê?

Sloan relaxa os ombros e baixa ainda mais a voz.

— Pelo modo como agi na aula hoje. Por ter flertado com você. Eu não devia ter dito algumas das coisas que disse. Juro que não sou esse tipo de garota. Eu nunca teria...

— Sloan — interrompo, levantando o queixo dela com o dedo. Eu a encaro, sabendo muito bem que devia tirar a mão dali e correr para longe dela. — Não penso nada disso sobre você. Foi só uma brincadeira inofensiva, só isso.

A palavra *inofensiva* paira no ar feito uma nuvem pesada e escura. Nós dois sabemos que Asa é tudo menos inofensivo. Falar com ela na aula, estar com ela aqui no corredor... são momentos como esses que, se acontecerem com frequência, vão acabar sendo muito mais do que só inofensivos. A ameaça de Asa mais cedo ecoa na minha cabeça. Qualquer contato com esta garota está fora de cogitação. Asa deixou claro... Minha *carreira* deixa claro. Por que não consigo deixar para lá?

Começo a baixar a mão quando uma voz atrás de mim faz nós dois nos sobressaltarmos.

— Está perdendo a festa, cara.

Eu me viro e vejo Dalton no topo da escada, me olhando como se estivesse prestes a me dar uma surra. Ele tem todo o direito, considerando a confusão na qual quase me meti.

— É. — Respiro fundo e me volto para ela. — A gente se fala na aula — sussurro.

Ela assente e solta a respiração, aliviada pela voz no alto da escada pertencer a Dalton, e não a Asa. E não foi a única a ficar aliviada com isso.

Ela dá meia-volta e entra no quarto, em vez de descer. Sabendo onde ela mora, agora entendo por que nunca dorme.

Assim que a porta se fecha, eu me viro e dou de cara com Dalton. As narinas dele estão infladas, um sinal evidente de que está prestes a me bater. Ele me empurra contra a parede e encaixa o braço entre meu peito e meu pescoço.

— Não estrague essa merda — dispara. Ele bate com a palma da mão na lateral da minha cabeça. — Seja inteligente.

CINCO
ASA

Espero até Jess terminar e limpar o nariz para então me inclinar para a frente. Cubro uma das narinas e cheiro a segunda carreira. Então me recosto na cabeceira, sentindo a onda.

— Você tinha razão — digo para Jon, que está parado à porta.

— Essa é das boas.

Jess se deita na cama de barriga para cima, encarando o teto. Ela é a garota mais recente de Jon, mas ainda não tinha parado para dar uma boa olhada nela. Até que é bonitinha. Nada comparado à Sloan, mas bonita o suficiente para que eu fique com tesão.

Faço um gesto para que Jon venha pegar a bandeja, então ele se aproxima da cama e a pega.

— Quer que eu feche o negócio? — pergunta ele.

— Quero. Vai lá fazer isso — digo, ainda sem tirar os olhos da namorada dele. Jon faz menção de pegar a mão de Jess, mas eu o interrompo. — Vai sozinho. Deixa que eu faço companhia para a Jess.

Ele me encara, a expressão confusa. Jess está olhando de um para o outro.

— Vai. Fecha o negócio — mando. — Ela vai estar aqui quando você voltar.

Jon sai do quarto e bate a porta com força. Desço da cama e tranco a porta. A garota se ergue no colchão, me encarando com uma expressão preocupada. Ou quem sabe seja ansiedade. Dou um sorriso tranquilo para ela, para que se sinta segura na minha presença. Eu me sento novamente na cama e me recosto enquanto a observo.

— Tira o vestido.

Jess me observa por um instante, parecendo não saber se decidir entre fugir dali ou subir no meu colo. Mas consigo ver que o efeito da cocaína está batendo, porque seus olhos começam a se enevoar e escurecer. Inclino na direção dela e seguro sua mão, incentivando-a a se aproximar de mim, até que ela está enfim no meu colo e não fugindo.

Deslizo a mão pela sua coxa até subir por baixo do vestido dela.

Trinta segundos depois, o vestido está no chão ao lado da minha camisa. A garota está em cima de mim, me montando, com a língua praticamente enfiada na minha garganta.

Ela sabe o que está fazendo, o que pode ser ao mesmo tempo bom e ruim. Gosto de garotas que sabem trepar, mas também fico pensando em quantos caras já tiveram que foder para ficarem tão boas. Alcanço a mesinha de cabeceira, pego uma camisinha e entrego a ela.

— Você coloca — ordeno. Ela mantém os olhos fixos nos meus enquanto abre o pacote, e então leva as mãos até o botão do meu jeans. Agarro seus punhos e balanço a cabeça. — Com a boca.

Ela sorri e começa a abaixar a cabeça, mas então escuto passos. Alguém tenta girar a maçaneta.

Porra.

— Asa, abre a porta! — diz Sloan do lado de fora.

— Merda!

Empurro Jess de costas e me levanto para pegar a calça, vestindo-a enquanto Jess na cama olha da porta para mim. Pego o vestido dela e o jogo no armário, apontando para que ela se esconda também.

A garota se levanta parecendo insultada, balançando a cabeça.

Se ela realmente acha que vai sair deste quarto com Sloan ali, do lado de fora da porta, está louca. Eu a agarro pelos ombros e a empurro para o armário.

— É rapidinho — murmuro.

Tento soar gentil, mas não há gentileza nenhuma nesta situação. A garota sabe disso, e tenta protestar sibilando o meu nome.

Se essa piranha avisar a Sloan que está aqui, vai me ferrar. Sinto a raiva emergindo dentro de mim. Deixo de lado a tentativa de ser legal e me aproximo dela, segurando o seu queixo.

— Se você der um pio, vai se arrepender, gatinha.

Aperto o seu queixo até seus olhos se arregalarem e ela assentir, assim que Sloan bate à porta pela segunda vez.

Quando tenho certeza de que a garota entendeu a situação, dou um sorriso falso a ela.

— Dois minutos, Jess. Vou me livrar dela — sussurro.

Fecho a porta do armário, pego uma camisa do chão e limpo o cheiro de Jess das mãos e da boca. Vou até a porta do quarto e a abro.

— São quatro da tarde. Por que você está dormindo?

Sloan passa por mim, entrando no quarto.

Está indo em direção ao armário, então a pego pela cintura e a deito na cama. Sloan dá um suspiro relutante quando eu sorrio para ela, pedindo silenciosamente pelo seu perdão.

— Desculpa. Tive aula o dia inteiro. Estou cansado.

Nem lembro a última vez que fui a uma aula, mas espero que a mentira amanse a fera.

E dá certo.

Ela relaxa e se enrosca no meu peito.

— Você foi mesmo à aula hoje?

Assinto e levo as mãos até seu rosto, afastando uma mecha de cabelo dos seus olhos e colocando-a atrás da orelha. Eu a deito de costas e pairo acima dela. Os roxos distintos nos seus braços chamam minha atenção, e lembro que nem pedi desculpas pelo incidente na cozinha.

— Fui — minto, deslizando os dedos pelos braços dela, pelas marcas que deixei neles. — Estou levando a sério, Sloan. Tudo que prometi a você. Quero melhorar as coisas. — Eu me inclino e beijo os roxos que a ponta dos meus dedos deixaram. — Às vezes esqueço como sua pele é delicada.

Ela aperta os lábios e engole em seco. Percebo que está tentando não chorar. Isso vai dar um pouco mais de trabalho do que pensei. Ela ainda está chateada comigo.

— Juro que vou melhorar. Por nós dois, ok?

Pego seu rosto entre as mãos e a beijo intensamente. Sei que garotas gostam que o cara segure seu rosto enquanto se beijam; como se beijar fosse a única intenção dele.

Que mentira do cacete. Se dependesse de nós, nossas mãos nunca se aventurariam acima dos peitos.

— Eu te amo — digo mais uma vez, descendo a mão até sua cintura.

Meu pau incha na calça, ficando muito mais duro do que a vadia do Jon no armário conseguiu deixar.

Por mais que já tenha transado com várias garotas, posso dizer sinceramente que Sloan me excita mais do que qualquer uma. Não sei o que ela tem que acho tão mais atraente do que as outras. Seus peitos não são tão grandes, e ela nem tem tantas curvas assim.

Acho que é a inocência. Gosto de saber que sou o primeiro e único cara que a comeu. Gosto de saber que vou ser o *único* cara que vai comê-la.

Deslizo a mão sob a camisa de Sloan e puxo a renda do sutiã para baixo.

— Deixa eu te compensar — sussurro.

Pressiono os lábios na fina camada de tecido que cobre seu mamilo, e o pego entre os lábios. Ela geme e arqueia as costas, mas então empurra meu peito.

— Asa, acabei de vir da academia. Estou toda suada. Deixa eu tomar um banho antes.

Solto o mamilo dela quando Sloan fala sobre sair do quarto. Isso vai me dar tempo para me livrar daquela qualquer.

— Vai lá tomar banho. A gente vai sair hoje.

Ela sorri.

— Nós vamos? Tipo um date?

— Não *tipo* um date. *Vai ser* um date.

Ela abre um sorriso e pula de cima de mim, depois segue na direção da porta.

— Tranca depois de sair — digo.

— Por quê?

Agarro o volume na minha calça.

— Preciso terminar o que você começou.

Ela franze o nariz e revira os olhos, mas tranca a porta. Levanto depressa e verifico a fechadura, então me viro assim que Jess está saindo do armário. Ela aponta um dedo para mim e praticamente cospe veneno quando fala:

— Seu escroto!

Rapidamente levo uma mão à sua boca para cobri-la, e então agarro o braço esticado e o dobro, prendendo-o nas costas da garota. Estou encarando Jess de cima, com um alerta silencioso para que fique de bico calado. Quando escuto o chuveiro ser ligado, removo aos poucos a mão da boca dela. Seus olhos estão vermelhos e ela parece assustada, o que é bom. O medo vai impedir que me dedure para Sloan. Pego o vestido que está nas suas mãos e coloco por cima da cabeça dela.

— Põe seu vestido e cai fora. Eu e a Sloan temos um date hoje à noite — digo.

SEIS

SLOAN

Entro no banheiro antes da aula para checar rapidamente meu cabelo e minha maquiagem. Nunca me importei em parecer que tinha acabado de sair da cama, mas saber que Carter estaria sentado a centímetros de mim durante a próxima hora me deixou mais preocupada que o habitual.

As luzes fluorescentes não perdoam. Minhas olheiras revelam a verdade sobre ontem à noite. Só de olhar para o meu reflexo, vejo uma garota que ficou até tarde se preocupando com o cara que prometeu levá-la a um date, mas não apareceu.

Asa saiu com um amigo dele, Jon, enquanto eu estava no chuveiro, me arrumando para sairmos juntos pela primeira vez em mais de cinco meses. Apesar de nenhum dos dois estar em casa, o lugar ainda estava cheio de gente. Fiquei acordada, preocupada com Asa, até não conseguir mais ficar de olhos abertos. Quando ele finalmente se deitou na cama, subiu em cima de mim, mas fiquei tão puta que comecei a chorar.

Ele nem percebeu. Ou não se *importou*.

Chorei o tempo inteiro em que ele ficou se mexendo em cima de mim, me fodendo como se não desse a mínima para *quem* estava embaixo dele, desde que houvesse *alguém* ali. Quando terminou, rolou para o lado e dormiu sem dizer uma palavra. Nem um pedido de desculpas. Nem um agradecimento. Nem um *eu te amo*. Simplesmente rolou para o lado e dormiu sem uma única preocupação na cabeça. Eu me virei para o outro lado e continuei chorando.

Chorei por deixar que ele fizesse isso comigo. Chorei por sentir que não tenho escolha. Chorei por ainda estar com ele, apesar da pessoa que se tornou. Chorei por não ter saída, por mais que eu queira ir embora. Chorei porque, apesar de todas as coisas horríveis em Asa, eu ainda morri de preocupação quando ele não voltou para casa. Chorei porque percebi que não importa quem ele tenha se tornado, uma parte de mim ainda sente carinho por ele... porque não sei como *não* sentir.

Eu me afasto do meu reflexo e vou para a aula, porque não quero mais olhar para mim. Estou com vergonha de quem me tornei.

Carter já está sentado à nossa mesa quando entro na aula de espanhol. Percebo que ele me observa pelo canto do olho, mas me recuso a retribuir o olhar.

Depois de assistir a uma hora de aula com ele outro dia, acho que posso dizer que estou um pouco atraída. Já fico empolgada só de pensar em passar um tempo com ele três dias na semana; uma sensação que havia se tornado totalmente estranha para mim. Mas vê-lo na minha casa, com Asa ainda por cima, destruiu qualquer fantasia que eu poderia ter criado. Nunca tive a intenção de que acontecesse qualquer coisa com Carter. Como poderia? Não tenho como sair do meu rolo com Asa, e não sou de trair. Eu só estava animada para ter um crush. Animada para flertar um pouquinho. Animada para me sentir desejada.

Agora, sabendo que Carter é mais parecido com Asa do que eu poderia ter imaginado, não quero me envolver. Nem um pouco. O fato de que ele agora é mais uma presença constante na nossa casa faz com que esteja ainda mais fora de cogitação. Se Asa suspeitasse de que havia outro cara falando comigo, o cara estaria morto. Eu gostaria de dizer que não literalmente, mas essa é a verdade. Do jeito que ele não tem juízo, acredito cem por cento que Asa é capaz de matar alguém.

E é exatamente por este motivo que não vou colocar Carter nessa situação. Fico repetindo para mim mesma que Carter não passa de um Asa com aparência diferente. Não vale a pena o risco. Devo lidar com essa situação exatamente como ela é: mais um empecilho para minha futura fuga.

Olho ao redor da sala em busca de um lugar vazio que não seja ao lado dele. Devo ter passado tempo demais no banheiro, porque a sala já está quase lotada. Há duas cadeiras na segunda fila, mas ficam bem na frente de onde Carter está. Evito o olhar dele e ando até os lugares vazios com a cabeça baixa. Não sei se consigo fingir que não notei sua presença, mas com certeza vou tentar.

Escolho uma das cadeiras e me sento, então pego meus livros e os coloco na mesa à minha frente. Escuto uma súbita comoção vindo da fileira atrás de mim e não consigo evitar olhar. Carter está arrastando a mesa com a mochila em mãos. Ele se levanta e puxa a cadeira vazia ao meu lado, então se senta.

— O que aconteceu com você? — pergunta ele, virando-se para me encarar.

— Como assim *o que* aconteceu comigo? — pergunto, abrindo o livro na página onde paramos na segunda-feira.

Sinto que ele está me encarando, mas não diz nada. Continuo fingindo ler, e Carter continua me encarando silenciosamente até eu não aguentar mais e me virar para ele.

— O que foi? — questiono, irritada. — O que você quer?

Ele continua em silêncio. Fecho o livro com força e me viro na direção dele. É impossível ignorar o fato dos nossos joelhos estarem pressionados uns contra os outros. Ele olha para nossas pernas e noto um ligeiro sorriso surgindo nos cantos da sua boca.

— Bom, eu meio que gostei de me sentar do seu lado no outro dia, então pensei em fazer isso de novo. Mas acho que não é o que você quer, então...

Ele começa a juntar os livros e uma boa parte de mim quer arrancá-los das suas mãos e fazê-lo ficar ali, bem onde está. Mas uma parte ainda maior está aliviada por ele ter se tocado.

Carter enfia o caderno na mochila e fico quieta. Se eu abrir a boca, sei que vai sair um pedido patético para que ele continue aqui.

— Você está no meu lugar — diz uma voz seca e monótona.

Carter e eu olhamos para cima e nos deparamos com um cara parado na nossa frente, nos encarando com uma expressão de indiferença.

— Eu já estava saindo, cara — responde Carter, ao colocar a mochila em cima da mesa.

— Você nunca devia ter se sentado aí para início de conversa. *Eu* sento aí. — O cara se volta em minha direção e estende o braço direito, apontando para mim. — E você não senta aí. Outra garota sentou aí na segunda, então você não pode ficar aí.

O cara parece muito incomodado. Está absurdamente incomodado por estarmos em lugares diferentes hoje. Sinto pena, reconhecendo um dos traços do meu irmão quando olho para ele. Começo a dizer que vamos sair, que ele pode ficar com o lugar, mas a raiva de Carter interrompe minha resposta. Ele se levanta.

— Tira o dedo da cara dela — exige ele.

— Sai da minha cadeira — insiste o cara, voltando a atenção para Carter.

Carter ri e larga a mochila no chão.

— Cara, o que é isso? Jardim de infância? Vai achar a porra do seu lugar.

O garoto baixa o braço e, chocado, olha para Carter. Ele começa a responder, mas fecha a boca e anda na direção da fileira do fundo, derrotado.

— Mas esse lugar é meu — balbucia ele, afastando-se.

Carter pega o caderno na mochila e o coloca de volta na mesa.

— Acho que você vai ter que ficar comigo. Agora não saio daqui de jeito nenhum.

Balanço a cabeça e me inclino na sua direção.

— Carter — sussurro. — Dá um tempo para o cara. Acho que ele está no espectro do autismo, não é culpa dele.

Carter vira a cabeça para mim.

— Não brinca. Está falando sério?

Confirmo com a cabeça.

— Meu irmão tinha autismo. Conheço os sinais.

Ele esfrega o rosto com as mãos.

— Merda — grunhe Carter. Ele se levanta depressa, pegando minha mão. Levanto-me com ele. — Pega suas coisas — pede ele, indicando minha mochila e meu caderno. Carter se vira e põe seus pertences na mesa que ocupava antes, em seguida pega minha mochila e faz o mesmo. Ele olha para o sujeito e aponta para onde estávamos. — Foi mal, cara. Não sabia que eram seus lugares. A gente vai sair.

O cara volta depressa à nossa fileira antes que Carter mude de ideia. Ao perceber que o restante da turma provavelmente está acompanhando a comoção, não consigo conter o sorriso. Amei que ele tenha feito aquilo.

Nós dois voltamos para as cadeiras que ocupamos na segunda-feira, e então colocamos nosso material na mesa.

De novo.

— Obrigada por ter feito aquilo — digo.

Ele não responde. Carter dá um meio sorriso e fica grudado no telefone até a aula começar.

As coisas ficam meio estranhas quando o professor começa a falar. Não querer me sentar ao lado de Carter fez com que ele me questionasse. Sei disso porque é exatamente o que está escrito com tinta preta bem diante de mim quando olho para o papel que ele acabou de deslizar na minha direção.

Por que não quis se sentar do meu lado?

Rio da simplicidade da pergunta. Pego a caneta e escrevo uma resposta.

Cara, o que é isso? Jardim de infância?

Ele lê e juro que consigo vê-lo fazer uma careta. Estava tentando ser engraçada, mas acho que ele não percebeu. Carter escreve alguma coisa, algo demorado, e desliza o papel de volta para mim.

É sério, Sloan. Ultrapassei algum limite ontem? Desculpe se foi isso. Sei que está com Asa e respeito isso. Só achei você legal e gostaria de me sentar do seu lado. Fico muito entediado em espanhol, e ficar perto de você faz a vontade que tenho de furar meus olhos parecer um pouco menos iminente.

Encaro o bilhete por muito mais tempo do que levo para terminar de ler. Carter tem uma caligrafia impressionante para um homem, e um jeito ainda mais impressionante de fazer meu coração acelerar.

Ele me acha legal.

É um elogio simples, mas que me afeta mais do que eu queria. Não tenho ideia do que responder, então pressiono a caneta no papel e não penso ao escrever.

As pessoas no Wyoming não existem de verdade, e nunca encontro a roupa certa para usar quando vou comprar pinguins.

Deslizo o papel de volta para Carter. Quando ele ri alto, cubro minha própria boca, escondendo meu sorriso. Adoro o fato de que ele entende meu senso de humor, mas ao mesmo tempo odeio.

Cada segundo que passo com ele só me dá vontade de passar mais *dois* segundos com ele.

Carter devolve o papel.

Mosquitos sussurram nada no meu barril de macacos que demoraram demais para trazer a pizza que pedi.

Rio e aperto a barriga. Ver a palavra *pizza* me lembra de como estou com fome. Estava chateada demais para jantar ontem à noite, então não como nada há mais de vinte e quatro horas.

Pizza parece uma boa.

Deixo minha caneta na mesa e não devolvo a folha para ele. Não sei por que dessa vez escrevi uma coisa em que de fato estava pensando.

— Concordo — diz ele em voz alta.

Olho para Carter, que me olha de volta com um sorriso que chega a doer. Ele é tudo o que eu quero, e tudo de que não preciso, e isso literalmente, *fisicamente*, dói.

— Depois da aula — cochicha ele. — Vou levar você para comer pizza.

A frase sai tão depressa da sua boca que parece que ele sabe que não devia estar falando isso, muito menos *fazendo*.

Mas concordo com a cabeça.

Droga, eu concordo com a cabeça.

SETE

CARTER

Quando a aula termina, caminhamos lado a lado até o estacionamento. Pela força com que Sloan segura a mochila e o jeito como fica olhando para trás, percebo que está prestes a desistir. Quando ela para, virando-se para mim na calçada, nem sequer dou chance para que comece a falar.

— Está na hora do almoço, Sloan. Você precisa comer. Vamos comer pizza. Para de tentar fazer isso parecer mais do que é, ok?

Seus olhos se arregalam de surpresa por eu saber o que ela estava pensando. Sloan aperta os lábios e assente.

— É um almoço — diz ela, dando de ombros e tentando casualmente convencer a si mesma de que isso é perfeitamente ok. — *Eu* almoço. *Você* almoça. Qual o problema de almoçarmos ao mesmo tempo? No mesmo restaurante?

— Exatamente.

Nós dois sorrimos, mas o medo em nossos olhos diz tudo.

Estamos ultrapassando um limite e sabemos disso.

Quando chegamos ao meu carro, vou por instinto na direção da porta do carona para abri-la, mas mudo de ideia e sigo para o lado do motorista. Quanto menos eu tratar isso como um encontro, menos vai *parecer* um encontro. Não quero deixá-la mais nervosa do que já está com nosso "almoço casual". A verdade é que estou nervoso por nós dois. Não sei que merda acho que estou fazendo, mas sempre que fico perto dela, só consigo pensar em ficar ainda mais perto dela.

Fechamos as portas e ligo o motor para sair do estacionamento. Ir embora da faculdade com ela no carro quase se assemelha a brincar de roleta-russa. Minha pulsação está acelerada e minha boca, seca, sabendo que estar com Sloan é um suicídio profissional em potencial. Para não mencionar o que aconteceria se Asa descobrisse.

Afasto Asa da cabeça e olho para Sloan, decidindo que se este for meu último dia na Terra, vou focar nela e aproveitar até não poder mais.

— Tenho que confessar uma coisa — solta Sloan, me olhando envergonhada.

— O quê?

Ela põe o cinto de segurança e entrelaça as mãos sobre o colo.

— Não tenho dinheiro.

Fico com vontade de rir, mas no fundo fico triste por ela.

— É por minha conta — digo, porque teria sido de qualquer jeito. — Mas se eu não tivesse convidado você para almoçar hoje, como teria comido?

Ela dá de ombros.

— Não costumo almoçar. Almoços custam dinheiro, e dinheiro é algo que não tenho muito no momento. Estou economizando para uma coisa mais importante.

Ela olha pela janela, um sinal evidente de que não tem a intenção de revelar para o que está poupando. Não insisto. Mas insisto em uma resposta sobre o fato de que ela não tem dinheiro para comer.

— Por que não pede para o Asa? Ele tem dinheiro. Aposto que se soubesse que a namorada não tem almoçado, te daria um pouco.

Ela balança a cabeça.

— Não quero o dinheiro sujo dele. Prefiro morrer de fome.

Não respondo. Não quero lembrá-la de que pensa que trabalho para Asa, o que me levaria a pagar por nosso almoço com o mesmo dinheiro sujo. Mudo o assunto para algo mais leve.

— Me conta sobre seu irmão — peço, virando o carro na direção da rodovia.

— Meu irmão? — pergunta ela, receosa. — Qual deles? Eu tinha dois.

— O com autismo. Não sei muito sobre isso. Um vizinho meu em Sacramento tinha. Não sabia que era algo possível de superar, mas você falou que seu irmão *tinha*... tipo, no passado.

Ela olha para baixo e entrelaça os dedos.

— Não é uma coisa que se supera — responde Sloan, baixinho.

Mas ela realmente falou no passado. Ou... acho que se referiu a *ele* no passado. *Sou um babaca insensível. Por que toquei nesse assunto, cacete?*

— Sinto muito. — Estendo o braço e aperto de leve a mão dela. — De verdade.

Sloan puxa a mão de volta e pigarreia.

— Tudo bem — diz, forçando um sorriso. — Foi há muito tempo. O autismo não era a única coisa com a qual ele precisava lidar, infelizmente.

E, com essa revelação, chegamos ao restaurante. Estaciono e desligo o motor. Nenhum de nós dois se mexe. Acho que ela está esperando que eu saia do carro, mas parece que acabei com seu bom humor.

— Eu oficialmente arruinei nosso almoço. Tem volta? — pergunto.

Ela dá uma gargalhada e sorri.

— Podemos elevar o nível do jogo da escrita. Tentar deixar o clima um pouco mais leve. Em vez de escrever coisas aleatórias sem pensar, podemos passar o almoço *falando* coisas aleatórias sem pensar.

Concordo e indico o restaurante.

— Vai na frente — digo. — Lontras embaçam minha visão igual pudim de chocolate.

Ela ri e abre a porta.

— Tubarões-tigre de uma perna são mais saudáveis que verduras.

OITO
ASA

— Jon! Estou segurando o celular com tanta força que não me surpreenderia se o aparelho se despedaçasse na minha mão. Inspiro pelo nariz e expiro pela boca, me acalmando, tentando dar a ela um voto de confiança antes de surtar completamente.

— Jon!

Escuto, por fim, os passos dele subindo a escada. Minha porta se abre e ele entra no quarto.

— Que merda foi essa? Eu estava cagando.

Olho para o relatório do GPS no meu celular.

— O que tem na Ricker Road, número 1262?

Ele olha para o teto, tamborilando os dedos no batente da porta.

— Ricker Road — repete ele. — Restaurantes, principalmente, eu acho. — Ele olha para o próprio telefone e digita o endereço. — Por quê? A gente tem uma entrega?

Balanço a cabeça.

— Não. Sloan está na Ricker Road.

Jon inclina a cabeça.

— O carro dela quebrou? Ela precisa de carona para algum lugar?

Reviro os olhos.

— Ela não precisa de uma porra de carona, seu imbecil. Ela está na Ricker Road quando devia estar no campus. Quero saber que merda ela está fazendo ou com quem ela está, cacete.

Finalmente ele parece entender.

— Ah, merda. Você quer ir lá ver? — Ele mexe de novo no telefone. — Acho que é italiano. Um lugar chamado Mi Amore.

Jogo o celular no colchão e me levanto, andando de um lado para o outro.

— Não — respondo. — Já está na hora do almoço, demoraria demais para chegar lá com o trânsito. Ela já vai ter ido embora quando a gente chegar.

Respiro fundo e aperto a ponte do nariz com as pontas dos dedos, tentando me acalmar.

Se ela está transando por aí, eu vou descobrir. E, se eu descobrir, ela está morta. O filho da mãe com quem estiver transando não vai ter tanta sorte.

— Vou descobrir — digo a Jon. — Hoje à noite.

NOVE
SLOAN

Carter segura a porta para mim. É a primeira vez que piso num restaurante em meses. Esqueci como o cheiro é bom.

Pensamentos de Asa descobrindo que estou aqui insistem em passar pela minha cabeça, mesmo que eu esteja fazendo meu melhor para focar no fato de que só estou almoçando. Por mais inocente que eu possa fingir que seja, se Asa descobrir...

Não quero nem pensar no que ele faria.

A recepcionista sorri para nós e pega dois cardápios.

— Mesa para dois?

— Sim, por favor — diz Carter. — Bananas gostam de água fervente em Reno — acrescenta ele, com uma expressão séria.

Caio na gargalhada. A recepcionista nos olha, confusa, e balança a cabeça.

— Sigam-me.

Carter me alcança e pega minha mão, me puxando. Não apenas segura minha mão até a mesa, mas entrelaça os dedos nos meus e sorri para mim, fazendo meu coração palpitar como um tambor.

Ai, meu Deus, isto é tão, tão, tão errado...

Quando encontramos nossa mesa, e ele solta a minha mão para se sentar, meu coração de fato dói por ter que deixar de tocá-lo. Nós nos sentamos e apoiamos os cotovelos na mesa. Olho para as mãos dele... para a que acabou de segurar a minha. Não há nada particularmente especial ali. É estranho como o mais leve toque daquela simples mão foi capaz de causar algo tão grande dentro de mim. É só uma mão. *O que tem de tão especial na mão dele, cacete?*

— O que foi? — pergunta Carter.

O som de sua voz interrompe meu devaneio e olho para ele. Sua cabeça está inclinada, e os olhos, focados nos meus. Fixos. Como se ele estivesse tentando ler meus pensamentos.

— O que foi *o quê*? — pergunto de volta, fingindo ignorância.

Ele se recosta na cadeira e cruza os braços.

— Eu só estava me perguntando no que você estava pensando. Você olhou para as minhas mãos como se quisesse decepá-las.

Não me dei conta de que minha expressão estava tão descarada. Sinto o rosto ficar quente, mas me recuso a parecer envergonhada. Então me recosto na cadeira e deslizo na direção da parede para não ficar mais sentada exatamente diante dele. Coloco os pés na cadeira ao lado de Carter e cruzo os tornozelos, me acomodando.

— Eu só estava pensando — respondo.

Ele põe os pés para cima ao meu lado e também cruza os tornozelos. Não sei se está só se acomodando ou me imitando.

— Sei que estava só pensando. Quero saber *no que* estava pensando.

— Você é sempre tão enxerido assim?

Ele sorri.

— Quando se trata da segurança dos meus membros... sim.

— Bom, eu não estava pensando em decepar suas mãos, se isso faz você se sentir melhor.

Ele mantém os olhos fixos nos meus e a cabeça levemente apoiada na parede.

— Me conta — pede ele.

— Você é insistente — digo, pegando o cardápio.

Seguro-o na minha frente para bloquear a visão de Carter. Seus olhos escuros penetrantes fazem com que seja difícil dizer não, então decido não olhar para ele.

Seus dedos deslizam até o cardápio e ele o puxa, me olhando, ainda à espera de uma resposta. Baixo o cardápio e suspiro.

— Tem um motivo para ninguém ler a mente de ninguém, Carter.

Ele estreita os olhos e se inclina para a frente.

— Eu não devia ter segurado sua mão? Você ficou chateada com isso?

O tom sensual e suave da sua voz faz cócegas na minha barriga como se fosse uma pena, mas tento me convencer de que só estou com fome.

— Não fiquei chateada — respondo, ainda evitando sua urgência por uma resposta.

O problema em ter segurado minha mão foi que eu gostei. Muito. Mas não vou contar isso a ele.

Desvio os olhos e pego o cardápio mais uma vez. Não quero ver sua reação. Leio as opções de pizza por um tempo, muito consciente do silêncio entre nós dois. Estou enlouquecendo por Carter não falar nada. Sinto que está me encarando, me desafiando a olhar para ele.

— Posso escolher uma pizza? — pergunto, quebrando o gelo e mudando de assunto.

— Pode escolher o que quiser — responde ele, finalmente pegando seu cardápio.

— Pepperoni e cebola. — Ponho o cardápio de volta na mesa. — E água. Vou ao banheiro.

Faço menção de deslizar pelo banco, mas os pés dele ainda estão em cima da cadeira ao meu lado, bloqueando o caminho. Sou forçada a olhar para ele, que continua lendo o cardápio. Lentamente tira um pé da cadeira, depois o outro, com um ligeiro sorriso nos lábios o tempo todo. Saio da mesa e vou até o banheiro, trancando a porta atrás de mim. Apoio as costas na porta e fecho os olhos, soltando um profundo e reprimido suspiro.

Maldito Carter.

Maldito por se sentar ao meu lado na aula.

Maldito por aparecer na minha casa.

Maldito por estar envolvido com Asa.

Maldito por me trazer aqui.

Maldito por segurar minha mão.

Maldito por ser tão legal.

Maldito por ser tudo o que eu queria que Asa fosse e tudo o que eu queria ter.

Lavo as mãos pelo menos umas três vezes, mas continuo com a sensação do seu toque. Sinto seus dedos entrelaçados aos meus, a pele áspera da sua palma contra a minha, o jeito como ele me puxou, me guiando pelo restaurante... o formigamento na minha mão que não passa, não importa com quanta força eu esfregue.

Ponho mais sabão nas mãos e as lavo pela quarta vez, então tomo coragem para finalmente sair do banheiro e me sentar de novo à mesa.

— Achei que você ia querer um pouco de cafeína — comenta Carter, apontando para o refrigerante na minha frente.

Ele imaginou certo. *Maldito.*

Pego a bebida e coloco o canudo entre os lábios.

— Obrigada.

Ele coloca de novo os pés na cadeira ao meu lado, bloqueando o caminho novamente.

— De nada — diz ele, abrindo um sorriso quase sedutor, e até um pouco presunçoso.

Fico encarando seus lábios um segundo a mais do que deveria, e seu sorriso se alarga ainda mais.

— Não fica sorrindo para mim desse jeito — disparo, irritada por ele estar tornando isso mais difícil para nós dois com seus flertes sutis.

Forço as costas na cadeira e coloco os pés na cadeira ao lado dele.

O sorriso desaparece do seu rosto quando ele olha para meus braços. A raiva volta aos seus olhos quando nota as marcas roxas estampadas em mim como se eu fosse propriedade de alguém.

É assim que me fazem sentir, pelo menos.

De repente, eu me sinto exposta, então passo as mãos pelos braços a fim de cobri-los.

— Não quer que eu sorria para você? — questiona ele, com uma expressão confusa.

— Não. Não quero. Não quero que sorria para mim como se gostasse de mim. Não quero que se sente ao meu lado na aula. Não quero que segure minha mão. Não quero que flerte comigo. Não quero nem que pague meu almoço, mas estou com fome demais para me importar com isso agora.

Levo a bebida até a boca para me calar. Odeio estar sendo tão cruel com ele, mas quanto mais tempo eu estiver nos colocando em perigo por estar aqui com ele, mais vou ficando irritada com a minha própria burrice.

Carter olha para seu copo e passa o dedo nas bordas, limpando as gotinhas de água.

— Quer que eu seja grosseiro com você? — Ele me olha com uma expressão tão fria que nem o reconheço. — Quer que eu te trate mal? Como Asa trata? — Ele se recosta, cruzando os braços sobre o peito largo. — Quando a gente se conheceu não achei que você levava jeito para capacho.

Devolvo seu olhar furioso com a mesma raiva.

— Não achei que você levava jeito para traficante — rebato.

Ficamos nos encarando, nos recusando a ser o primeiro a desviar o olhar.

Ele desiste primeiro, um sorriso arrogante surgindo no seu rosto.

— Acho que tenho mesmo esses atributos. Traficante? Sim. Babaca? Sim. Quer que eu seja um merda com você? Parece dar certo com Asa.

As palavras cruéis são como um soco no meu estômago, e me deixam sem fôlego.

— Vai se foder — digo, entre dentes.

— Não, obrigado. Pelo jeito eu teria que bater em você antes, e isso não faz muito meu estilo.

Mesmo depois disso, consigo dar um jeito de conter as lágrimas. Passei a vida inteira aprendendo a não chorar na frente de babacas. Eu consigo.

— Me leva de volta para o carro — digo.

Carter parece querer se desculpar de repente. Ele esfrega as mãos no rosto, resmungando em frustração. Ou arrependimento.

— Levo você depois que comer alguma coisa.

Deslizo na cadeira até minhas coxas encostarem nos seus pés.

— Não estou com fome. Me deixa sair.

Ele não move os pés, então levanto as pernas e subo na cadeira, pulando por cima dele. Ando até a porta; nunca quis tanto sair de perto de alguém em toda minha vida.

— Sloan. Sloan! — chama ele.

Abro a porta e saio. Uma rajada de vento frio atinge meu rosto, e ofego em busca de ar. Eu me curvo e ponho as mãos nos joelhos, inalando pela boca e expirando pelo nariz várias vezes. Quando a ameaça de lágrimas diminui, eu me empertigo e ando até o carro dele. O alarme toca duas vezes e as portas destravam. Eu me viro para trás, mas ele não está ali; ainda está no restaurante.

Maldito. Ele acabou de destrancar o carro para mim.

Bato a porta com toda a força após entrar. Espero ele sair, mas Carter não se move. Vários minutos se passam, e percebo que ele não tem nenhuma intenção de vir atrás de mim. Vai comer. Ele é ainda mais babaca do que imaginei.

Pego o boné no painel e o coloco na cabeça, puxando-o para baixo para proteger meus olhos do sol. Se vou ter que esperar Carter almoçar antes de me levar de volta ao carro de Asa, vou pelo menos tirar um cochilo.

DEZ
CARTER

— Pode botar para viagem? — pergunto, entregando nossas bebidas para a garçonete. — E a pizza também?
— É pra já — responde ela, e se afasta.
Eu me inclino para a frente, apoiando a cabeça nas mãos.
Não faço ideia do que me deu. Nunca deixei uma garota me afetar assim. Muito menos uma garota que nem estou namorando.
Mas que maldita! É tão frustrante... Não entendo como ela pode ser tão cabeça-dura e tão confiante quando está perto de mim, mas na própria casa age como se fosse alguém completamente diferente. E então, do nada, me repreende por ser *legal* com ela? Que porra é essa? Sei que algumas mulheres são atraídas por homens como Asa. Estou nesta profissão há tempo suficiente para saber disso. Tento ser compreensivo, mas não me entra na cabeça o motivo de Sloan ainda estar nessa situação. É terrível ter que ficar sentado enquanto assisto, porque não sei o que a prende ali.
Mesmo que não seja minha responsabilidade, não posso ficar sozinho com Sloan e perder a oportunidade de convencê-la de que ela é melhor que isso. Apesar de eu ter certeza de que chamá-la de capacho e dizer as merdas que eu disse não são exatamente o jeito certo de convencê-la.
Sou mesmo um idiota, porra.
— Seu pedido está no balcão — comunica a garçonete, me entregando a conta.
Pego a nota e pago, e então saio com a comida de Sloan.
Quando me aproximo do carro, paro antes de abrir a porta. Ela está sentada no banco do carona com os pés apoiados no pai-

nel. Está com meu boné enfiado na cabeça, puxado para baixo, cobrindo os olhos. Seu cabelo escuro está jogado sobre o ombro direito, esparramando-se pelos braços, que estão cruzados sobre o peito.

Vê-la naquela noite com o vestido vermelho mexeu tanto com minha cabeça que não dormi a noite toda. Mas vê-la aqui, descansando no meu carro, com meu boné...

Acho que nunca mais vou dormir.

Abro a porta e ela tira os pés do painel, mas não ergue o boné. Sloan aproxima ainda mais o corpo da porta do carona, e eu estremeço diante do movimento.

Eu a magoei. Ela já estava abalada e eu a machuquei ainda mais.

— Aqui — digo, oferecendo o copo para viagem.

Ela levanta a aba do boné e me olha. Fico surpreso ao ver que seus olhos não estão vermelhos. Eu tinha presumido que o boné era para disfarçar o choro, mas ela não derramou uma única lágrima.

Sloan pega a bebida da minha mão, então estendo a caixa de pizza para ela, que aceita. Eu me sento no banco do motorista. Sloan abre imediatamente a tampa e pega uma fatia, enfiando-a na boca. Depois vira a caixa de modo que a pizza fique de frente para mim, então a levanta, me oferecendo um pedaço. Pego um e começo a sorrir, mas lembro que ela me pediu para não fazer isso. Dou uma mordida na pizza e ligo o carro.

Não conversamos durante o caminho de volta ao campus. Sloan está terminando a terceira fatia quando paramos na vaga ao lado do seu carro. Ela dá um grande gole no refrigerante, fecha a tampa da caixa e a coloca no banco traseiro.

— Pode levar a pizza — digo, minhas palavras rompem o silêncio e a tensão que surgiu entre nós.

Ela coloca o copo no suporte e tira meu boné, ajeitando o cabelo.

— Não posso — responde, baixinho. — Ele vai querer saber onde arranjei isso.

Ela se vira para mim e alcança sua mochila no banco de trás. Voltando-se para a frente, enfia a mochila debaixo dos braços.

— Eu agradeceria pelo almoço, mas é que basicamente acabou com meu dia — começa ela.

Sloan abre a porta do carro e sai antes que eu consiga processar suas palavras. Quando a porta bate, desligo o motor e desço também.

— Sloan — digo, dando a volta até alcançá-la.

Ela joga a mochila dentro do próprio carro e bate a porta de trás. Abre a do motorista e a usa como uma barreira entre nós dois.

— Não, Carter — diz ela, recusando-se a olhar para mim. — Você deixou claro seu ponto de vista, e estou puta demais para escutar um pedido de desculpas agora.

Ela pode pedir para eu não me desculpar o quanto quiser, mas de jeito nenhum vou deixar Sloan entrar no carro antes de eu dizer o que preciso.

— Desculpa — digo mesmo assim. — Eu não devia ter dito aquelas coisas. Você não mereceu aquilo, mas, você é melhor que isso, Sloan. Acredite em você mesma e se afaste daquele cara — digo, balançando a cabeça.

Ela se recusa a olhar para mim enquanto falo, então coloco uma das mãos sob seu queixo e levanto seu rosto. Sloan olha para a direita, ainda teimosamente se recusando a fazer contato visual comigo. Eu me espremo entre a porta dela e meu carro até que ela esteja bem diante de mim. Seguro seu rosto, desesperado para ela me olhar. Preciso que escute o que tenho a dizer.

— Olha para mim — imploro, segurando seu rosto com gentileza até que ela finalmente me encara. — Desculpa. Eu passei dos limites.

Sloan mantém os olhos fixos nos meus enquanto uma gota solitária e grossa escorre pela sua bochecha. Ela a seca com as costas da mão antes que eu tenha a chance de fazê-lo.

— Você não tem ideia de quantas vezes ouvi essa mesma desculpa — sussurra ela.

— *Não* é a mesma desculpa, Sloan. Não pode me comparar com ele.

Ela ergue os olhos para o céu e ri, tentando conter mais lágrimas.

— Você não é melhor que ele. A única diferença entre vocês dois é que nada do que Asa já tenha me falado me machucou tanto quanto o que você disse hoje. — Ela tira minha mão do seu rosto e entra no carro. Alcança a maçaneta e olha de volta para mim. — Você não é diferente. Vai salvar outra pessoa.

Ela bate a porta e sou forçado a dar um passo para trás. Fico observando-a desmoronar completamente dentro do carro. Sloan não olha outra vez para mim, mas vejo as lágrimas escorrendo pelo seu rosto enquanto ela dá ré.

— Desculpa — repito, observando-a ir embora.

ONZE

ASA

Depois de tudo que fiz por ela — depois de tudo que estou *fazendo* por ela —, é bom Sloan ter uma porra de uma boa desculpa para estar me fazendo passar por isso.

Ela não seria nada se não fosse por mim. Eu a acolhi quando ela não tinha nenhum outro lugar para ir. Se não fosse por mim, teria que rastejar de volta para a prostituta viciada em crack da mãe dela. Com base apenas nas coisas que Sloan me contou de sua infância, está muito melhor comigo e sabe disso. Uma mãe que traz para casa um novo marido de quinta categoria a cada dois meses? Queria vê-la voltando para aquela merda.

Mas se está trepando por aí, lá é o primeiro lugar onde vou largá-la. Vou ser o primeiro a enfiá-la porta adentro da casa da mãe puta e viciada — de volta para um trailer cheio de padrastos temporários que se masturbam escondidos no armário dela enquanto Sloan troca de roupa.

— Quer que eu tente outra coisa? — pergunta Jess, trazendo minha atenção de volta ao momento. Ela está de joelhos na beirada da cama. — Não está ficando duro.

Eu me apoio nos cotovelos e olho de cima para ela.

— Se você soubesse fazer essa porra direito... — resmungo.

Eu me levanto e a empurro alguns centímetros para trás, apoiando as mãos na parede. Fecho os olhos e imagino Sloan ajoelhada na minha frente. Mas a imagino chorando, implorando para eu continuar com ela. Implorando para eu salvá-la de novo, do jeito que a salvei da última vez que fez uma coisa tão idiota assim.

Quem em sã consciência levaria Sloan a um restaurante, sabendo que ela pertence a mim? Pertence a Asa Jackson? Seja lá quem for, nunca teria tido a coragem se soubesse as coisas que posso fazer. Ninguém quer morrer tanto assim.

— Porra — digo, irritado com a maneira como a camisinha me atrapalha a sentir a língua dela. Tiro o pau da sua boca, arranco a camisinha e deixo que ela termine enquanto finjo que é a Sloan fazendo.

༄

Quando desço, Jon está sentado no bar com Dalton e Carter. Pego uma cerveja na geladeira e me acomodo ao lado deles.

— Você não me contou que Jess fazia garganta profunda — digo a Jon, abrindo a cerveja. — Seu filho da puta sortudo.

Jon me olha feio, recostando-se na cadeira.

— Eu não sabia que ela fazia.

Rio.

— Bom, acho que ela também não sabia até uns cinco minutos atrás.

Jon suspira e balança a cabeça.

— Porra, Asa. Falei para pegar leve com ela.

Rio novamente e tomo um gole da cerveja, colocando a garrafa de volta na mesa.

— A única garota com quem pego leve é Sloan.

Carter leva sua cerveja até a boca, me olhando enquanto joga a cabeça para trás e toma um gole. Este moleque tem um problema sério de encarar.

— Falando em Sloan — diz Jon, chamando minha atenção —, quando você vai retribuir o favor?

Ele ri e leva a garrafa até a boca.

O babaca está *rindo*? Acha que fez a porra de uma *piada*? Jogo a perna para trás e chuto a cadeira dele com toda a força, jogando Jon e sua cerveja para trás, diretamente para o piso de cerâmica. Eu me levanto e o olho de cima, com os punhos cerrados.

— Sloan *não é* uma puta, porra! — grito.

Jon se levanta do chão, depois se curva para mim como o idiota que é.

— Não é? Então você deve ter descoberto por que ela estava na Ricker hoje. Não estava trepando com um cara qualquer como você achou?

Avanço nele e dou um soco na sua maldita boca suja. Ele cai no chão e eu o chuto nas costelas. Ajoelho e tento socá-lo de novo, mas Dalton e Carter me tiram de cima dele antes que eu tenha a chance. Jon foge de mim e limpa a boca ensanguentada. Ele olha para sua mão e depois de volta para mim.

— Seu filho da puta maldito — diz ele.

— Engraçado. Foi a mesma coisa que sua namorada disse quando tirei meu pau da garganta dela.

Jon fica de pé e avança para mim novamente. Entro na onda dele e deixo que me acerte em cheio no queixo. Carter fica entre nós dois, empurrando-o para a geladeira enquanto Dalton segura meus braços com força.

— Vai lá para cima! — ordena Carter. — Vai ver como Jess está e tenta se acalmar.

Jon assente e Carter o larga. Dalton não me solta até Jon ter subido a escada.

Coloco a mão no queixo e estalo o pescoço.

— Vou estar lá atrás. Me avisem assim que Sloan chegar.

DOZE

CARTER

Assim que Asa sai pela porta dos fundos, agarro minha nuca, apertando-a.

— Caralho!

— Eu sei — concorda Dalton, sem fazer a menor ideia do que está se passando pela minha cabeça no momento.

— Preciso dar um telefonema. Espera aqui e não deixa os dois se atracarem de novo — digo.

Saio pela porta da frente e vou até meu carro. Tiro o celular do bolso e deslizo os dedos pelos contatos, à procura do número de Sloan. Dalton disse que havia gravado o número de todos que moram aqui no meu telefone assim que fui escolhido para esta missão. Procuro na letra S, mas não encontro o nome dela. Quando estou prestes a jogar meu celular longe de tão frustrado, o contato *Namorada de Asa* chama minha atenção. Clico nele. Clico várias vezes seguidas, torcendo para que ligue mais rápido.

Levo o telefone ao ouvido e escuto tocar. Na quarta chamada, ela finalmente atende.

— Alô?

— Sloan! — exclamo desesperadamente.

— Quem é?

— É o Lu... Carter. É o Carter.

Ela suspira alto.

— Não, não desliga — peço, torcendo para que ela espere tempo suficiente para escutar que não estou ligando para pedir desculpas mais uma vez. — Ele sabe. Ele sabe que você foi almoçar na Ricker Road hoje.

Ela fica em silêncio por vários segundos.

— Você contou? — pergunta, a voz cheia de mágoa.

— Não. Não, eu nunca contaria... Ouvi Jon dizer alguma coisa sobre descobrir com quem você estava almoçando. Ele não sabe que era eu.

Olho para trás, para conferir se a barra está limpa. Dalton está parado na janela, me observando.

— Mas... como ele pode saber?

Dá para ouvir o medo na sua voz.

— Talvez ele rastreie seu telefone. Onde você está?

— Acabei de sair da academia. Estou a cinco minutos de casa. Carter, o que eu faço? Ele vai me matar.

O medo na sua voz faz com que eu me arrependa de cada segundo do dia de hoje. Nunca deveria ter colocado Sloan nesta situação.

— Escute. A caixa da pizza ainda está no banco de trás do meu carro. Vou mantê-lo ocupado nos fundos. Quando você chegar aqui, pega a pizza e leva para o quintal. Aja como se não tivesse nada a esconder. Diz que estava com fome, foi almoçar num restaurante e comprou pizza, e então a ofereça para a gente. Se você tocar no assunto antes, deve dar tudo certo.

— Ok — diz ela, ofegante. — Ok.

— Ok — repito.

Vários segundos se passam em silêncio e minha pulsação começa a se regularizar aos poucos.

— Sloan?

— Oi? — sussurra ela.

— Não vou deixar ele machucar você.

Ela fica em silêncio por um momento. Escuto-a suspirar e depois desligar. Olho para meu telefone e respiro fundo, então volto para a casa.

— Quem era no telefone? — pergunta Dalton, me olhando com curiosidade assim que passo pela porta. — A gostosa da aula de espanhol?

Concordo com a cabeça.

— É. Vou lá para os fundos. Quer me ajudar a acalmar Asa? Dalton começa a me seguir.

— *Você* é que parece estar precisando se acalmar.

Abro a porta e Asa está sentado numa espreguiçadeira ao lado da piscina, tamborilando os dedos nos joelhos. Eu me sento ao lado dele e jogo os pés para o alto, tentando parecer o mais relaxado possível. Não ligo se ele descobrir que era eu quem estava almoçando com ela. Não ligo se ele cumprir a ameaça. Só me importo em não deixar que encoste mais nenhum dedo em Sloan.

Dalton e eu mantemos Asa ocupado falando sobre uma negociação futura que ele quer fazer. Pouco depois, escutamos Sloan estacionar. Percebo que Asa fica tenso e que parou de falar no meio de uma frase. Começa a se levantar, imagino que para ir até ela na entrada. Faço o possível para distraí-lo.

— E essa mina do Jon? — pergunto.

Ele se vira para mim.

— O que tem?

— Só curiosidade. Ela faz mesmo garganta profunda?

Até fingir que estou interessado faz eu me sentir um babaca.

Asa sorri e começa a responder quando a porta dos fundos se abre. Sloan entra com uma caixa de pizza nas mãos. Sinto a raiva transbordar de Asa quando seus punhos se cerram.

— Oi, pessoal — cumprimenta ela, andando na nossa direção. — Alguém com fome? Trouxe as sobras.

Ela estende a caixa de pizza e mantém o sorriso fixo.

Dalton se levanta e vai até ela, tirando a caixa das suas mãos.

— Pode crer — diz ele, pegando uma fatia.

Ele entrega a caixa para mim, então pego uma também. Passo a caixa para Asa enquanto Sloan se senta na espreguiçadeira com ele. Ela se inclina para beijá-lo, mas ele se afasta.

— Onde você pegou isso? — pergunta Asa, fechando a tampa para ler o que está escrito.

Ela dá de ombros, tomando cuidado para não olhar para mim.

— Em um restaurante italiano. Uma das minhas aulas de hoje foi cancelada e eu estava com fome, então fui almoçar.

— Sozinha? — pergunta ele, colocando a caixa no chão.

Ela sorri.

— É. Estou de saco cheio da comida do campus. — Ela pega a caixa de volta e escolhe uma fatia. — Prova um pedaço — diz, oferecendo a ele. — É muito boa. Trouxe para você provar.

Asa pega a pizza das mãos dela e a larga de volta dentro da caixa. Ele se aproxima de Sloan e a segura pela mão, puxando-a para ele.

— Vem aqui — diz, colocando-a no seu colo e agarrando sua nuca para beijá-la.

Desvio o olhar. Não tenho opção.

Asa se levanta com Sloan ainda grudada nele. Vejo pelo canto do olho enquanto ele a levanta pela bunda, beijando seu pescoço. Ele anda na direção da casa, e eu ergo a cabeça assim que ela olha para mim por cima do ombro do namorado. Sloan me observa de olhos arregalados até Asa passar com ela pela porta de trás e carregá-la para dentro, provavelmente até sua cama.

Eu me recosto na cadeira e respiro fundo, passando as mãos pelo cabelo. Como devo ficar sentado aqui, sabendo o que está rolando dentro daquela casa?

— Queria que a gente pudesse acabar com ele hoje — digo a Dalton.

— Não gosto de como ela olha para você — comenta Dalton, com a boca cheia de pizza. Olho para ele e percebo que continua encarando a porta dos fundos. — Ela é encrenca.

Pego a caixa de pizza e pego mais uma fatia.

— Está com ciúmes? — Eu rio, tentando aparentar indiferença diante do comentário. — Você sempre pode ficar com Jess. Ouvi dizer que Jon é bem mais generoso que Asa.

Dalton ri e balança a cabeça.

— Essas pessoas são muito fodidas.

Nem todas.

— Acho que podíamos usá-la — continua Dalton.

Olho para ele e noto seu cérebro tramando algo.

— Usá-la como?

— Ela gosta de você — explica ele, sentando-se reto. — Precisa tirar vantagem disso, se aproximar dela. Essa garota provavelmente sabe mais sobre as pessoas que trabalham com Asa do que conseguiremos descobrir disfarçados.

Merda. A última coisa que quero é envolvê-la nisso.

— Acho que não é uma boa ideia.

Dalton se levanta e diz:

— Palhaçada. A ideia é perfeita. A garota é a brecha que estávamos esperando neste caso.

Ele começa a digitar um número no celular, andando na direção da porta dos fundos.

Usar mulheres para chegar mais perto de ganhar um caso não é nada para ele. Fez isso em quase toda missão em que trabalhamos juntos.

Mas não é algo que estou disposto a fazer.

Ainda assim, pode ser uma decisão que não cabe a mim...

TREZE

SLOAN

— Seu coração está acelerado... — comenta Asa, me soltando no colchão.

Óbvio que está. Estes devem ter sido os cinco minutos mais assustadores da minha vida, sem saber se conseguiria mentir. Graças a Carter, funcionou.

— Você me beijou pela casa toda — justifico. — Óbvio que está acelerado.

Asa sobe em cima de mim e pressiona os lábios nos meus, em um beijo delicado. Passa os dedos pelo meu cabelo, beijando meu queixo e meu pescoço inteiro. Para e me olha diretamente nos olhos.

— Você me ama, Sloan? — pergunta ele, o que me pega totalmente desprevenida.

Engulo em seco e confirmo com a cabeça.

Ele se ergue sobre as palmas das mãos.

— Bom, então fala.

Forço um sorriso e olho para ele.

— Eu te amo, Asa.

Ele me encara por um instante, como se tivesse um detector de mentiras embutido e estivesse esperando para descobrir se passei. Ele baixa lentamente o corpo em cima do meu e apoia a cabeça no meu pescoço.

— Também te amo — diz ele. Então rola para o lado e me puxa na sua direção. Asa me segura, fazendo círculos suaves com as mãos nas minhas costas. Não me lembro da última vez em que ele me tocou na cama sem ter diretamente a ver com sexo. Ele beija a lateral da minha cabeça e suspira. — Não me deixa, Sloan — acrescenta, com firmeza. — Nem sonha em me deixar.

A expressão determinada, mas desesperada nos olhos dele me paralisa. Balanço a cabeça.

— Não vou te deixar, Asa.

Os olhos dele examinam cada centímetro do meu rosto. Deitada nos braços de Asa, sentindo-o me olhar com tanta intensidade... Não sei se deveria me sentir amada ou apavorada. É um pouco das duas coisas.

Ele pressiona a boca na minha e me beija com força. Enfia a língua no fundo da minha garganta, como se tentasse reivindicar cada pedaço meu de dentro para fora. Não há nenhum carinho no gesto, e quando ele afasta a boca da minha, está ofegante. Então fica de joelhos e tira a camisa.

— Fala de novo — exige ele, tirando minha camisa e meu sutiã por cima da cabeça ao mesmo tempo. — Fala que me ama, Sloan. Que nunca vai me deixar.

— Eu te amo. Nunca vou te deixar — sussurro, rezando para que a segunda frase em breve se torne uma mentira.

Ele volta a me beijar e passa as mãos pela minha barriga até alcançar minha calça. Está me beijando com tanta intensidade que é difícil respirar. Ele tenta baixar minha calça, mas não parece capaz de parar de se concentrar na minha boca por tempo suficiente para fazer isso. Levanto os quadris e tiro a roupa, exatamente como a putinha que me tornei para ele.

Essa não é a definição de puta? Alguém que comprometa a própria dignidade por ganhos pessoais? Mesmo que meus ganhos pessoais sejam altruístas e não tenham nada a ver comigo e tudo a ver com meu irmão, isso não muda o fato de que estou fazendo sexo em troca de alguma coisa. O que, por definição, me torna uma puta.

A puta *dele*.

E pela expressão possessiva em seus olhos, isso é tudo que Asa vai me permitir ser.

CATORZE
___

CARTER

Existem poucas coisas piores que meu timing. Assim que abro a porta dos fundos para entrar na casa, meus ouvidos são invadidos pelo som derradeiro dos grunhidos de Asa vindo do andar de cima. Paro na cozinha, sem ter certeza de por que estou escutando o que ele está fazendo com ela. Só de pensar nisso, meu estômago se revira, especialmente sabendo o que ele fez com Jess há apenas duas horas.

Quando escuto passos no andar de cima e a porta do banheiro se fecha com um baque, saio do transe e vou até a geladeira. Grudado na porta, há um quadrinho branco de avisos cheio de telefones. Pego uma das canetas, a encosto no quadro e começo a escrever. Passos descem a escada e coloco o marcador de volta no lugar, me virando para trás a tempo de ver Asa se aproximar.

— Ei — diz ele. Está descalço e usando apenas uma calça jeans desabotoada. Seu cabelo está desgrenhado, e ele exibe um sorriso presunçoso. — E aí? — pergunta ele. Eu me encosto na bancada e o observo andar até o armário da cozinha e pegar um saco de batatas chips. Asa abre a embalagem e se apoia no outro lado da bancada. — Como foi a noite passada? Nem tive a chance de falar com você.

— Foi boa. Mas fiquei curioso. E se a gente pudesse contatar diretamente o fornecedor? Se o único motivo para ter um intermediário é a tradução, não há mais necessidade de mantê-lo.

Asa enfia mais uma batata chips na boca e lambe os dedos.

— Por que acha que eu trouxe você? — Ele larga o saco e abre a torneira da pia, molhando as mãos. — Minha mão está com gosto de boceta, porra — diz ele, esfregando-a com sabão.

Este é um dos poucos momentos da minha carreira em que eu gostaria de ter escolhido algo um pouco menos deprimente. Algo um pouco menos emocionalmente desgastante. Eu devia ter me tornado professor de literatura.

— Há quanto tempo você namora aquela garota? — pergunto.

Parte do meu trabalho aqui é sondar, mas as únicas perguntas para as quais pareço querer respostas são as relacionadas a Sloan.

Ele seca as mãos numa toalha e pega o saco de batatas, sentando-se em seguida em um banquinho no bar. Fico onde estou.

— Já faz um tempo. Dois anos, talvez?

Ele joga algumas batatas na boca e limpa a mão na calça jeans.

— Ela não parece gostar do seu trabalho — digo, sondando com cautela. — Acha que deduraria você algum dia?

— Porra, duvido — responde ele rapidamente. — Sou tudo o que ela tem. Sloan não tem escolha a não ser aceitar.

Assinto e seguro com força a beira da bancada atrás de mim. Não confio em uma única palavra que sai da boca deste cara, então espero de fato que esse papo de Sloan ter só a ele seja apenas mais uma das suas mentiras.

— Só me certificando. Tenho dificuldade em confiar nas pessoas, se é que me entende.

Asa estreita os olhos e se inclina para a frente.

— Nunca confie em *ninguém*, Carter. *Especialmente* nas putas.

— Achei que você tinha dito que Sloan não era uma puta — digo de forma desafiadora.

Ele mantém o olhar fixo em mim — imóvel e furioso. Por um instante, fico com medo de que faça comigo o que fez com Jon mais cedo. Mas ele leva a mão ao queixo e estala o pescoço, recostando-se no banco. O vislumbre de raiva nos seus olhos se dissipa com o som dos passos de Sloan descendo a escada. Ela entra na cozinha e para quando nos vê.

Asa desvia o olhar de mim e encara a garota. Ele ri e se levanta, puxando-a para perto.

— As pessoas precisam ganhar minha confiança — devolve ele, olhando por cima do ombro na minha direção. — E Sloan conseguiu.

Ela põe as mãos no peito dele e o empurra, mas ele não a solta. Asa se senta de volta no banquinho e a puxa para si, de um jeito que Sloan fica entre as pernas dele, com as costas apoiadas no peito dele, e de frente para mim. Asa passa os braços em volta da barriga dela e apoia o queixo no seu ombro, retomando o contato visual comigo.

— Gosto de você, Carter — diz Asa. — Você é profissional.

Forço um meio sorriso, apertando a bancada com toda minha força enquanto tento não olhar nos olhos de Sloan. Não suporto o medo que vejo neles toda vez que Asa encosta nela.

— Falando em negócios, volto daqui a algumas horas. Tenho umas coisas para fazer — digo.

Endireito as costas e passo por Sloan e Asa, seguindo para a porta da frente. Quando faço isso, ela me lança um olhar agradecido.

Asa baixa a cabeça e beija o pescoço de Sloan; em seguida leva uma das mãos aos seios dela. Ela fecha os olhos com força e faz uma careta, então vira as costas para mim.

Continuo andando na direção da porta, me sentindo completamente impotente. Preciso lembrar a mim mesmo que estou aqui por um motivo... E esse motivo não é Sloan.

Mando uma mensagem para Dalton antes de sair da casa e digo que vou até a delegacia fazer alguns relatórios... Mas, na verdade, saio com o carro sem a mínima ideia de para onde ir. Ligo o rádio e tento me livrar dos pensamentos assassinos que estou tendo em relação a Asa, mas todos os meus outros pensamentos se resumem a Sloan... e toda vez que me lembro dela, volto a pensar em matar Asa.

Asa está arruinando várias vidas, e Sloan é só uma delas. Posso focar no que vim fazer aqui e ajudar a derrubar todos os envolvidos nesta operação, o que vai salvar vidas, ou posso salvar uma garota do namorado abusivo.

Ter que distinguir entre o que eu deveria fazer do que *quero* fazer torna essa situação parecida com a teoria do general Patton, de como às vezes é necessário sacrificar as vidas de alguns pelo bem de muitos.

Parece que estou sacrificando a vida de Sloan pelo bem das outras vidas que Asa está arruinando. E pensar nisso me dói.

Fico duvidando se nasci ou não para trabalhar com isso pela terceira vez esta semana.

Depois de dirigir durante uma hora sem rumo, resolvo voltar para a casa de Asa. Dalton fica lá a maior parte do tempo, mas disse que eu moro no campus durante uma conversa com Asa há alguns meses. Por isso, precisei realmente arrumar um apartamento no campus caso algum dia Asa resolva me investigar a fundo. No entanto, fico mais tempo na casa dele, porque é onde vou conseguir mais informações, no fim das contas. Por estar por perto da sua "galera" e... possivelmente de Sloan.

Sei que Dalton tem razão. Sei que preciso usar Sloan para ajudar na investigação, mas ela precisaria permanecer na situação em que está para isso. Eu preferiria dar algum dinheiro a ela e forçá-la a fugir para o mais longe que pudesse.

Quando chego à rua dele, vejo Sloan sentada num banco de parque a duas quadras da casa. Está com alguns livros abertos numa mesa de piquenique. Desacelero e paro perto da calçada. Olho ao redor para me certificar de que está sozinha.

Fico sentado no carro observando-a por um tempo, pensando no que eu deveria fazer. Se eu fosse mais esperto, não estaria fechando a porta e me preparando para atravessar a rua.

Se eu fosse mais esperto…

QUINZE

SLOAN

Nunca vi Asa estudar. Estudo todos os dias, independentemente de como as coisas possam estar loucas ao meu redor. Tipo agora que precisei sair de casa e andar até o parque só para ter um pouco de paz e silêncio.

Como é que ele pode ter uma média 8? Não duvido de que esteja subornando os professores.

— Oi.

Pego as chaves, com direito a spray de pimenta e tudo, e lentamente me viro para trás. Carter anda na minha direção com as mãos nos bolsos da calça jeans. O cabelo escuro está bagunçado e caído na testa, na frente dos olhos.

Ele para a alguns metros de mim, esperando minha permissão para se aproximar mais. Não está sorrindo desta vez. *Pelo menos ele presta atenção.*

— Oi — respondo, em um tom seco. Largo as chaves de volta na mesa. — Asa mandou você vir me buscar?

Ele chega perto da mesa de piquenique e passa uma das pernas sobre o banco, sentando-se. Está me olhando ainda com as mãos nos bolsos. Observo meus livros e me recuso a encará-lo de volta. O pequeno interesse que tive por Carter na aula se transformou em algo com potencial para se tornar uma verdadeira merda gigantesca depois do almoço na pizzaria. Preciso manter distância, e olhar para ele *não* está me dando vontade de ficar longe.

— Eu estava passando de carro e vi você sentada aqui. Pensei em ver como você estava.

— Estou bem — digo, voltando a atenção para o dever diante de mim.

Talvez eu devesse agradecer pelo aviso de hoje mais cedo. Se ele não tivesse ligado, não consigo nem imaginar o que aquela situação teria virado. Mas ele também podia estar avisando só para salvar a própria pele.

Mas sei que não foi o caso. Percebi a preocupação no seu tom de voz antes de desligar o telefone. Estava com medo por mim. Estava com medo por mim, assim como eu estava por ele.

— Verdade? Bem mesmo? — pergunta ele, cético.

Olho para ele. Carter simplesmente não consegue deixar as coisas para lá, né?

Largo o lápis na mesa e me viro para ele. Está sempre pressionando. Sempre querendo saber no que estou pensando. Se é isso o que ele quer, é melhor eu despejar logo de uma vez. Respiro fundo e me preparo para responder todas as perguntas que ele já fez, e até mesmo as que ainda não conseguiu fazer.

— Sim, estou bem. Não estou ótima. Não estou péssima. Só estou *bem*. Estou bem porque tenho um teto sob o qual dormir e um namorado que me ama, apesar de fazer escolhas péssimas. Se eu queria que ele fosse uma pessoa melhor? Queria. Se eu tivesse como, largaria ele? Largaria, com certeza. Se eu queria que não tivesse tanto entra e sai naquela casa para que eu pudesse ter um canto quieto para fazer meu dever de casa, ou, minha nossa, dormir um pouco? Pode apostar que sim. Se eu queria poder me formar mais cedo e me livrar dessa confusão toda? Também. Se tenho vergonha de como Asa me trata? Tenho. Se eu queria que você não fizesse parte disso? Queria. Se eu queria que você fosse o cara que achei que era quando te conheci na aula? Aham. Se eu queria que você pudesse me salvar? — Deixo escapar um suspiro breve, me sentindo derrotada, e olho para as mãos. — Eu queria muito, Carter — sussurro. — Queria que você pudesse me salvar de toda esta merda, queria tanto. Mas você não pode. Não estou nesta vida por mim. Se estivesse, teria ido embora há muito tempo.

Como ele poderia me salvar? Ele *faz parte* desta vida. Se eu fugisse de Asa para os braços de Carter, seria exatamente o mesmo estilo de vida... apenas um par de braços diferentes. E Carter não faz ideia de que o único motivo que me prende não tem a ver comigo ou com o que eu costumava sentir por Asa.

Balanço a cabeça para toda essa situação infeliz na qual estamos e pisco para tentar conter as lágrimas.

— Eu o deixei uma vez. No começo, quando descobri como ele ganhava dinheiro. Eu não tinha para onde ir, mas o deixei porque sabia que eu merecia algo melhor.

Faço uma pausa, escolhendo as palavras certas. Quando olho novamente para Carter, a primeira coisa que noto é uma preocupação genuína nos seus olhos. É uma sensação estranha confiar mais em alguém que você mal conhece do que na pessoa com quem divide a cama.

— Eu tinha dois irmãos mais novos. Eles nasceram quando eu tinha dois anos. Gêmeos. Minha mãe era viciada, então nasceram com complicações. Drew morreu aos dez anos. O outro, Stephen, precisa de muitos cuidados. Cuidados com os quais não consigo arcar sozinha, e quero construir uma vida boa para nós. Quando ele fez dezesseis anos, finalmente foi aceito em uma instituição onde poderia morar e receber a atenção necessária vinte e quatro horas por dia. As coisas estavam ótimas, até algumas semanas depois, quando resolvi terminar com Asa. O fundo de Stephen foi cancelado pelo governo e eu não tinha para onde levá-lo, não tinha um lugar para cuidar dele. Minha única opção era pagar a taxa do meu bolso, mas são milhares de dólares por mês. Eu não podia bancar, e a última coisa que eu queria era que ele fosse forçado a voltar a morar com minha mãe. Não é seguro para ele lá. Ela é uma viciada e não consegue nem cuidar de si mesma, muito menos de Stephen. Quando me dei conta da situação na qual havia nos colocado, me vi sem a quem mais recorrer. Quando Asa se ofereceu para pagar pelos cuidados de Stephen se eu desse uma segunda chance a ele, não tive como dizer não. Voltei a morar com ele. Agora sou forçada a fingir que ele é bom para mim. Finjo não ver as coisas horríveis que ele faz. E, em troca, ele manda um cheque todo mês para pagar as despesas de Stephen. E é por isso que ainda estou aqui, Carter. Porque não tenho escolha.

Ele me encara em completo silêncio. Por um momento, quase me arrependo de ter me aberto tanto. Nunca contei nada disso a ninguém. Por mais que Asa não me mereça, ainda sinto vergonha de só estar com ele por causa da ajuda. É constrangedor admitir a verdade a alguém.

O almoço de hoje parece ter sido eras atrás. Tanta coisa aconteceu entre hoje de manhã e este momento. Ele parece diferente. Não é o Carter brincalhão da aula, nem o Carter arrependido de depois do almoço.

Ele parece... não sei... uma pessoa diferente. Quase como se estivesse fingindo ser alguém que não é e, pela primeira vez, estivesse me lançando um olhar genuíno.

Ele desvia os olhos por um segundo e o noto engolir em seco para então falar:

— Respeito o que você está fazendo pelo seu irmão, Sloan. Mas como vai ajudá-lo se estiver morta? Aquela casa não é segura para você. Asa não é seguro para você.

Suspiro e seco uma lágrima.

— Faço o que posso. Não tenho como me preocupar com hipóteses.

Seus olhos acompanham a lágrima escorrendo pelo meu rosto, ele ergue uma das mãos e a seca.

De todas as lágrimas que já chorei para Asa, ele nunca tentou secá-las.

— Vem aqui — diz Carter, pegando minha mão. Ele me puxa para perto e se aproxima mais de mim. Olho para a palma da mão dele segurando a minha e tento afastá-la. Ele a aperta e agarra meu cotovelo com a outra mão. — Vem aqui — sussurra ele de forma tranquilizadora, me puxando para ainda mais perto.

Ele me envolve com os braços e leva minha cabeça até seu ombro. Depois me aperta com força, me embalando com uma das mãos. Ele encosta a bochecha quente no topo da minha cabeça e me segura.

É só isso que ele faz.

Não inventa desculpas. Não mente e diz que tudo vai ficar bem, porque nós dois sabemos que não vai. Não faz promessas que não pode cumprir como Asa faz. Apenas me segura, com nada mais do que um simples desejo de me reconfortar — e é a primeira vez que sinto isso.

Eu me aproximo mais e relaxo no corpo dele, escutando o som do seu coração batendo depressa dentro do peito. Fecho os olhos e tento me lembrar de alguma vez, ao longo desta minha vida louca e fodida, em que tenha sentido que eu importava, mas não consigo me lembrar de nada. Vivo neste planeta há vinte e um anos, e esta é a primeira vez que sinto alguém realmente se importar comigo.

Agarro sua camisa e tento me aproximar ainda mais, querendo me enroscar nele e desfrutar desta sensação para sempre. Carter ergue o rosto e pressiona de leve os lábios no topo da minha cabeça.

Ficamos assim, agarrados um ao outro, como se o destino do mundo dependesse daquele abraço.

A camada fina da camisa de Carter está úmida por causa das lágrimas que escorrem dos meus olhos. Não sei nem por que estou chorando. Talvez porque, até este momento, eu não fizesse ideia do que era ser valorizada. Do que era ser respeitada. Até este momento, eu não fazia ideia do que era ser cuidada.

Ninguém deveria levar uma vida sem nunca se sentir verdadeiramente cuidado — nem mesmo pelos pais que o criaram. E, no entanto, vivi isso durante vinte e um anos.

Até este momento.

DEZESSEIS
CARTER

Fecho os olhos e continuo abraçando-a enquanto ela chora baixinho no meu peito. Eu a abraço até escurecer e o restante da luz ser engolida por um cobertor de estrelas.

Eu a abraço até escutar um carro prestes a virar a rua. Levanto a cabeça, mas o veículo dá meia-volta e segue na direção oposta. Ela continua encostada na minha camisa, mas não paro de pensar na possibilidade de Asa ou até mesmo Dalton nos ver.

Não devia estar reconfortando Sloan. Isso só pode trazer mais problemas para ela.

Porque ela tem razão. Não posso salvá-la. Por mais que eu queira, estamos sem saída. Não posso correr o risco de arruinar uma coisa que é muito maior que nós dois. Não posso sacrificar o que vim fazer aqui só para ajudá-la a fugir. Isso é uma coisa que ela vai ter que fazer sozinha e quando for financeiramente capaz.

E cada momento que passo com Sloan nos braços, cada vez que pego sua mão, cada vez que me sento ao seu lado na aula, cada vez que a coloco em mais e mais situações inofensivas como estas, estou empurrando-a para a beira de um penhasco. Se eu não descobrir como me afastar dela... vou destruí-la.

Paro de apertá-la e me afasto um pouco, mas Sloan continua agarrada à minha camisa. Pego suas mãos e as afasto. Ela ergue a cabeça e me encara, os olhos vermelhos e inchados como eu, de repente, desejo que seus lábios estivessem.

Para de pensar assim, Luke.

Fico de pé e ela pega minha camisa para me puxar de volta, a confusão surgindo nos seus olhos.

— Solta — sussurro.

Suas mãos caem no colo, e ela desvia o olhar. Põe os pés em cima do banco e agarra os joelhos, chorando nos próprios braços. Sair de perto dela vai acabar comigo.

— Você tem razão, Sloan — digo, me afastando. — Não posso salvar você.

Dou meia-volta e começo a andar na direção do carro, cada passo mais difícil que o anterior. Não olho para trás quando abro a porta. Entro no carro e dirijo até a casa dela sem olhar para trás nenhuma vez.

∽

Quando passo pela porta da frente e vejo o estado da sala de estar e ouço o barulho vindo do jardim, sei que vai ser uma noite longa.

Atravesso a casa até chegar ao quintal. Há várias pessoas espalhadas por ali, e ninguém me nota quando passo. Quatro garotas na piscina fazem um espetáculo. Duas estão sentadas nos ombros das outras duas enquanto tentam derrubar umas às outras na água. Jon e Dalton estão em pé na beira da piscina, cerveja nas mãos, torcendo para aquela em quem apostaram.

Asa está sentado na beirada, os pés dentro da água. Não está olhando para as garotas. Está me encarando com olhos sérios e desconfiados. Aceno com a cabeça na sua direção, fingindo não notar a expressão nos seus olhos.

Dalton me vê e grita:

— Carter! — Ele dá a volta na piscina correndo, um pouco desequilibrado. Está rindo o tempo todo, derramando metade da cerveja. Quando me alcança, ele me abraça e se aproxima. — Não se preocupe, não estou tão bêbado quanto pareço. Conseguiu alguma coisa com a Sloan?

Eu me afasto e olho para ele.

— Como sabe que eu estava com ela?

Ele dá uma risadinha.

— Eu não sabia. Mas bom trabalho — elogia ele, apertando meu ombro. — Você age depressa. Acho que ela sabe mais do que imaginamos.

Balanço a cabeça.

— Acho que ela não sabe de porra nenhuma. Focar nela seria perda de tempo.

Olho por cima do ombro de Dalton e noto Asa nos encarando. Ele tira os pés da água e se levanta.

— Ele está vindo para cá — aviso.

Dalton ergue uma sobrancelha e dá um passo para trás, erguendo a cerveja. Ele sorri e se vira.

— Aposto cem que consigo ficar debaixo da água por mais tempo do que qualquer babaca aqui!

Jon imediatamente aceita a aposta. Os dois jogam as cervejas longe e mergulham na piscina.

Asa anda na minha direção, mas então passa direto e entra na casa sem fazer contato visual comigo.

Não sei o que me deixa mais nervoso: suspeitar de cada movimento dele ou o fato de que ele parece suspeitar *de mim*.

DEZESSETE
SLOAN

Depois que Carter vai embora, demoro meia hora para me recompor o suficiente a fim de guardar minhas coisas e voltar a pé para casa. Faz dez minutos que cheguei na entrada escura da garagem. Encaro a calçada e então faço o caminho com os olhos. Seria muito fácil continuar andando. Não há nada naquela casa que eu queira. Nada de que ao menos precise. Poderia continuar andando pela calçada até estar longe demais para voltar.

Queria que fosse tão fácil quanto parece, mas... não é apenas por minha causa. E ninguém a não ser *eu* vai poder mudar isso.

Carter não pode me salvar. Asa com certeza não vai me salvar. Só preciso continuar economizando até ter dinheiro para sobreviver por conta própria e levar meu irmão comigo.

Piso na grama em direção à casa, mas hesito. É o último lugar onde eu gostaria de estar neste momento. Queria estar no parque de novo, naquele banco, nos braços de Carter. Quero aquela sensação outra vez, mas tenho vergonha de admitir que também quero mais que aquilo. Quero saber como é ser beijada por alguém que me respeita.

Só esse pensamento já me faz sentir muito culpada. Que eu saiba, Asa é fiel a mim. Cuida de mim. Cuida financeiramente do meu irmão... uma responsabilidade que nem é dele. Faz isso porque me ama e sabe que quero ver meu irmão feliz. Não posso tirar esse crédito. É mais do que qualquer pessoa já fez por mim em toda a minha vida.

Jogo a mochila com os deveres de casa feitos dentro do carro de Asa e passo pela porta da frente. Continuo até chegar à cozinha.

Faço como todas as noites: pego alguma coisa para comer e beber no meu quarto. Vou ficar lá sozinha e tentar dormir apesar do barulho de música e risadas e às vezes alguns gritos abafados. Vou dormir e esperar que Asa me dê pelo menos umas boas quatro horas de sono até me acordar de novo.

Programo o micro-ondas e encho um copo com gelo. Fecho a porta do freezer e estou prestes a abrir a geladeira quando uma caligrafia familiar no quadro branco chama minha atenção. Prendo a respiração quando leio.

Preocupações voam dos lábios dela como palavras aleatórias fluem dos dedos. Estendo o braço e tento pegá-las, agarrá-las. Gostaria de ficar com cada uma delas.

Olho para as palavras dele, evidentemente escritas para qualquer um ler, mas sei que são destinadas apenas para mim. É óbvio que fez errado. *Pensou* no que ia dizer antes de escrever desta vez. Sorrio com isso. *Traidor.*

Apago as palavras, mas não sem antes gravá-las na mente. Pego o marcador e o encosto no quadro.

DEZOITO
ASA

Minhas mãos estão molhadas de suor. O ar-condicionado quebrou de novo e está quente demais lá fora para sair. Passo as palmas suadas pelo braço de couro do sofá, deixando um rastro de suor.

De onde será que vem o suor?

De onde será que vem o couro?

Minha mãe disse que vem das vacas, mas sei que ela é uma mentirosa, então não acredito. Como couro poderia ser feito de vacas? Já toquei numa vaca e sei que elas são peludinhas. Não parecem couro. Couro parece mais ser feito de dinossauros do que de vacas.

Aposto que na verdade couro é feito de dinossauros. Não sei por que minha mãe sempre mente para mim. Ela mente para o papai também. Sei que mente para ele porque toda hora se dá mal por mentir.

Papai sempre me diz para não confiar em putas. Não sei o que é uma puta, mas sei que é algo que ele odeia.

Às vezes, quando fica zangado com minha mãe, ele a chama de puta. Talvez puta seja outra palavra para mentirosa, e por isso meu pai as odeia tanto.

Queria que minha mãe não fosse uma puta. Queria que parasse de mentir, para não se meter em tanta encrenca. Não gosto de ver ela se dando mal.

Mas papai diz que é bom para mim. Diz que se eu quero crescer e me tornar um homem, preciso ver como é uma mulher chorando. Papai diz que as lágrimas de uma mulher enfraquecem os homens, e quanto mais eu vir suas lágrimas enquanto sou novo, menos vou *acreditar nas mentiras delas quando estiver mais velho. Às vezes, quando ele castiga minha mãe por ser uma puta, me obriga a vê-la chorar para eu crescer sabendo que todas as putas choram e que eu não preciso me preocupar.*

"Não confie em ninguém, Asa", ele sempre diz. "Especialmente nas putas."

∽

Pego a tira de couro amarrada em volta do meu braço e a aperto mais, depois um tapa na pele. Agora sei que couro não é feito de dinossauros.

Minha mãe não estava mentindo sobre *isso*, pelo menos.

Não me lembro de muita coisa da briga no quarto deles aquela noite. A gritaria havia se tornado diária, então não era nenhuma novidade para mim. Naquela noite, a novidade foi o silêncio. A casa nunca havia ficado tão quieta. Eu me lembro de estar deitado na cama, escutando minha própria respiração, porque era o único som na casa inteira. Eu odeio silêncio. *Odeio.*

Ficamos dias sem saber o que ele fez com minha mãe. Encontraram o corpo enrolado num lençol ensanguentado, enfiado debaixo da casa e meio coberto de terra. Sei disso porque saí e os vi tirarem minha mãe de baixo da casa.

Depois que a polícia prendeu meu pai, fui mandado para a casa da minha tia, onde morei até fugir, aos catorze anos.

Sei que ele está na prisão em algum lugar, mas nunca tentei procurá-lo. Não o vi nem ouvi falar dele desde aquela noite.

Acho que também não se deve confiar em *homens* que se casam com putas.

Apoio a ponta da agulha no meu braço e faço um pouco de pressão. Quando espeta a pele, aperto o êmbolo o mais devagar possível. A inserção inicial e a ardência são minhas partes preferidas.

Empurro o polegar para baixo, sentindo o calor descer pelo meu punho e subir direto até meu ombro.

Deslizo a agulha para fora e a jogo no chão, então desamarro a tira de couro, deixando-a cair no chão também. Dobro o braço na direção do peito e o seguro com a outra mão enquanto encosto a cabeça na parede. Fecho os olhos e sorrio sozinho, aliviado de não ter acabado com uma puta como minha mãe.

Pensar que Sloan estava com outro cara deixou perfeitamente claro por que meu pai odiava putas. Acho que nunca tinha entendido de verdade, não até aquele momento, quando senti por Sloan o ódio que ele sentia por minha mãe.

Estou aliviado de Sloan não ser uma puta.

Deixo o braço cair no colchão, mole.

Porra, isso é tão bom...

Escuto os passos de Sloan subindo a escada.

Ela vai ficar puta por eu estar fazendo isto no nosso quarto. Sloan acha que eu só vendo essa merda, que não uso.

Depois de tudo que já me fez passar hoje, é bom ela não dizer nem uma palavra sobre isso quando entrar no quarto.

Porra... tão bom.

DEZENOVE

CARTER

Ela voltou para casa há uns dez minutos. Vi as luzes da cozinha serem acesas.

Estou sentado na beira da piscina com Jon, Dalton e um cara chamado Kevin. Os três estão concentrados num torneio ao vivo de pôquer, ao qual estão assistindo pelo laptop que Kevin colocou em cima da mesa. Pelo jeito, vão ganhar alguma coisa com aquilo.

Sei que Dalton está fazendo anotações mentais, seguindo as conversas como uma partida de pingue-pongue. Eu o deixo. Minha mente está exausta demais, por causa do dia que tive, para acompanhar, e não consigo parar de me preocupar com onde Asa se meteu e o que Sloan está fazendo.

Estou com o olhar fixo na casa. Observo as janelas enquanto ela anda pela cozinha, preparando algo para comer. Quando parece que desapareceu no andar de cima, aproveito a oportunidade para dar um tempo. Preciso pôr a cabeça no lugar, voltar o foco para a conversa ao meu redor. Só preciso de alguns minutos sozinho. Algumas pessoas se recarregam com a energia dos outros.

Eu não sou uma dessas pessoas.

Uma vez li que a diferença entre um extrovertido e um introvertido não é como a pessoa age em grupo; é se essas situações em grupo recarregam ou esgotam você. Um introvertido pode parecer um extrovertido por fora, e vice-versa. Mas tudo se resume a como essas interações afetam você por dentro.

Definitivamente sou introvertido, porque pessoas me esgotam. E agora preciso de silêncio para recarregar.

— Quer uma cerveja? — pergunto a Dalton.
Ele balança a cabeça, então me levanto e vou até a cozinha. Nem quero beber. Só quero silêncio. Como Sloan vive assim todos os dias e ainda funciona é algo inacreditável para mim.

Passo pela porta dos fundos e a primeira coisa que noto quando entro na cozinha é a nova mensagem escrita no quadro de avisos da geladeira. Chego um pouco mais perto e leio.

Ele abriu as mãos e largou as preocupações dela, sem conseguir pegá-las para si. Mas ela as pegou de volta e espanou a poeira. Quer lidar com isso sozinha agora.

Releio sem parar, até a porta do quarto do andar de cima bater e me tirar do transe. Dou um passo para longe da geladeira, assim que Sloan vira no corredor e entra na cozinha. Ela para de repente ao me ver. Leva as mãos depressa até o rosto e seca as lágrimas. Noto que ela dá uma olhada na geladeira, e então de volta para mim.

Ficamos parados em silêncio, a apenas meio metro um do outro, nos encarando. Os olhos dela estão arregalados e observo seu peito subir e descer a cada respiração.

Três segundos.

Cinco segundos.

Dez segundos.

Perco a conta de quanto tempo se passa enquanto simplesmente nos olhamos, os dois sem sabermos o que fazer com a corda invisível entre nós, que nos puxa e nos junta com uma força muito maior que nossa força de vontade.

Sloan funga e põe as mãos nos quadris, depois olha para baixo.

— Eu odeio ele, Carter — sussurra ela.

Pelo tom de voz, sei que aconteceu alguma coisa quando ela subiu. Olho para o teto na direção do quarto dos dois, imaginando o que pode ter sido. Quando volto o olhar para Sloan, ela está me encarando.

— Asa apagou. Está usando de novo — explica ela.

Eu não devia ficar aliviado por ele estar apagado, mas é exatamente como me sinto.

— De novo?

Sloan dá dois passos até onde estou e apoia as costas na bancada, dobrando os braços. Ela seca mais uma lágrima.

— Ele fica... — Ela respira fundo e sinto que para Sloan é difícil falar sobre isso. Eu me aproximo e paro ao seu lado. — Ele fica paranoico. Começa a achar que está prestes a ser pego e a pressão é demais para ele. Acha que não percebo essas coisas, mas percebo. Então ele começa a usar e quando isso acontece, as coisas... ficam ruins para todo mundo.

Estou dividido. Quero reconfortá-la, mas também quero pressioná-la de forma egoísta para obter mais informações.

— Todo mundo?

Ela confirma com a cabeça.

— Eu. Jon. Os caras que trabalham para ele. — Ela inclina a cabeça na minha direção. — *Você*.

Sloan diz aquela última palavra com uma dose de amargura. Ela morde o lábio inferior e olha na direção oposta. Continuo encarando a garota. Suas mãos estão retorcendo as mangas da camisa enquanto ela se abraça cada vez mais.

Não está mais chorando. Está com raiva agora, e não sei se é de mim ou de Asa.

Olho de volta para as palavras no quadro.

Ele abriu as mãos e largou as preocupações dela, sem conseguir pegá-las para si. Mas ela as pegou de volta e espanou a poeira. Quer lidar com isso sozinha agora.

Entendo tudo ao reler aquelas palavras e vê-la ali. Esse tempo todo estive preocupado com Sloan. Preocupado com a possibilidade de ela estar sofrendo uma lavagem cerebral e não ter ideia de que tipo de pessoa Asa é.

— Eu estava errado sobre você — digo.

Ela me olha novamente. Desta vez, com uma expressão de curiosidade

— Achei que precisava ser protegida. Achei que talvez fosse ingênua em relação a Asa. Mas não é. Você o conhece melhor do que ninguém. Achei que ele estava usando você... mas é você que está usando *ele*.

Sua mandíbula fica tensa com minhas palavras e ela cerra os dentes.

— Eu estou *usando* o Asa?

Confirmo com a cabeça.

Sua curiosidade vira raiva e ela estreita os olhos.

— Eu também estava errada sobre você. Achei que fosse diferente. Mas não passa de um canalha, assim como o restante deles.

Ela se vira para ir embora, mas agarro seu cotovelo e a puxo de volta. Ela arfa quando a viro para mim e seguro seus braços.

— Ainda não terminei — digo.

Ela parece chocada. Relaxo o aperto, passando os polegares por sua pele para, com sorte, abrandar um pouco sua raiva.

— Você ama o Asa? — pergunto.

Ela respira profunda e lentamente, mas não responde.

— Não — respondo por ela. — Não ama. Provavelmente amava, mas a única coisa que faz um amor sobreviver é o respeito. E você não tem isso dele.

Ela continua calada, esperando eu terminar meu raciocínio.

— Você não ama o Asa. Ainda está aqui não porque é fraca demais para ir embora, mas porque é *forte* demais para isso. Você aguenta essa merda porque sabe que não é só por você mesma.

Não é sobre sua própria segurança. Você faz isso pelo seu irmão. Tudo o que você faz, faz pelos outros. Poucas pessoas têm esse tipo de coragem e força, Sloan. É inspirador pra caralho.

Ela abre a boca e inspira um pouco de ar. Com base nessa reação, eu diria que Sloan não está acostumada a ser elogiada. E isso é triste.

— Desculpe por ter dito aquelas coisas a você no restaurante. Você não é fraca. Você não é o *capacho* do Asa. Você é...

Uma lágrima escorre do seu olho esquerdo e escorre pela bochecha. Ergo a mão e toco seu rosto, deixando a lágrima cair no meu polegar. Não a seco. Se bobear fico com vontade de colocá-la numa garrafinha e guardar. Esta é provavelmente a primeira vez que ela chora por causa de um elogio em vez de um insulto.

— Eu sou o quê? — pergunta ela, a voz suave e esperançosa.

Sloan está olhando para mim, *precisando* que eu termine a frase. Meu olhar foca na sua boca e meu peito aperta quando imagino a sensação dos seus lábios nos meus. Engulo em seco e termino de dizer as palavras que sei que ela precisa ouvir.

— Você é uma das pessoas mais fortes que já conheci. Você é tudo o que Asa não merece — sussurro.

E tudo o que eu quero, penso.

Ela suspira suavemente e estamos tão próximos que sinto sua respiração em meus lábios — tão perto que já sinto seu gosto. Passo a mão por seu cabelo para puxá-la para mim, mas assim que nossos lábios quase se tocam, a porta da cozinha começa a se abrir. Nos afastamos e viramos para direções opostas, tentando disfarçar o que quase acabou de acontecer. Abro a geladeira exatamente no momento em que Jon entra na cozinha. Desvio o olhar dele, mas não antes de notar a compreensão no seu rosto. A suspeita.

Merda.

Escuto Sloan abrir a porta de um armário atrás de mim. Olho dentro da geladeira.

— Quer uma cerveja? — pergunto a Jon, estendendo uma garrafa na sua direção.

Ele dá dois passos lentos e deliberados até mim, me olhando com seriedade, e pega a cerveja da minha mão. Depois olha para Sloan e abre a garrafa.

— Interrompi alguma coisa?

Espero para ver se Sloan quer responder, mas ela não faz isso. O silêncio se prolonga. Pego mais uma cerveja na geladeira e fecho a porta, olhando para Sloan. Ela está de costas para nós dois, servindo-se de um copo de água da pia.

Eu poderia reagir como se Jon estivesse exagerando. Poderia fingir inocência. Mas Jon perceberia. Sei o que parecia quando ele entrou aqui — nós dois nos virando de costas um para o outro, nos afastando, parecendo culpados.

Jon não me conhece. Pelo que sabe, sou igual a ele. Fazê-lo pensar que não me importo com as consequências provavelmente me faria ganhar mais respeito dele.

Olho de novo para Jon e dou uma piscadela, deixando-o pensar o que quiser. Caminho com confiança para fora e, assim que a porta se fecha atrás de mim, apoio a mão na parede e solto o ar com força.

Sinto a atração em cada parte do meu corpo, o sangue correndo até minha cabeça enquanto meus pulmões puxam todo o ar que Sloan tirou de mim na cozinha. Ou tirou *de Luke*, na verdade. Porque era eu lá, puxando-a para mim, querendo beijá-la. Aquilo não teve nada a ver com o motivo que me trouxe aqui.

E recebi exatamente o que merecia por permitir que isso acontecesse. Jon sabe que interrompeu alguma coisa, e agora preciso descobrir como dar um jeito nisso antes que Asa descubra.

Essa merda acabou de ficar séria.

VINTE
SLOAN

Sinto as mãos tremendo ao beber um copo de água. Sei que Jon ainda está na cozinha, em algum lugar atrás de mim, mas não quero me virar. Ele me dá quase tanto nojo quanto Asa, e saber que ele acha que viu alguma coisa entre nós lhe dá vantagem. Sei como ele funciona. Não sou burra.

Ponho o copo na bancada e olho para trás. Jon está apoiado na geladeira, olhando para as palavras que escrevi. Ele ergue a mão e circula com o indicador as palavras no quadro, em seguida passa o dedo por cima delas, apagando-as.

— Mas que porra significa isso? — pergunta ele, olhando de volta para mim.

Eu o encaro, com os braços cruzados. Odeio como seus olhos examinam meu corpo. Odeio o jeito como ele me olha, como se eu fosse a única coisa que não pode ter. Mas agora que acha que Carter quase me teve, acho que pensa que me tornei mais alcançável.

Meu coração parece estar subindo pela garganta. Sinto a pulsação no pescoço quando Jon dá alguns passos na minha direção.

— Cadê o Asa? — pergunta ele, os olhos fixos nos meus seios e, em seguida, no meu rosto.

— No quarto — respondo, querendo que ele saiba que Asa está bem aqui dentro de casa.

Não menciono que ele está apagado e provavelmente não vai acordar nas próximas horas.

É engraçado como as coisas são às vezes. Tenho mais medo de Asa que de qualquer pessoa, mas ele também é minha única proteção contra as pessoas nesta casa.

Jon olha para o teto.

— Está dormindo?

Nego com a cabeça.

— Não. Desci para buscar alguma coisa para ele beber.

Vejo nos seus olhos que ele sabe que estou mentindo. Sabe que só estou tentando me proteger. Ele dá mais alguns passos na minha direção, até me alcançar. Alguma coisa muda na sua expressão. Vejo algo sinistro nos seus olhos — ódio — e abro a boca para gritar. Quero gritar para Carter voltar para cá. Quero gritar para Asa descer. Mas não posso, porque a mão de Jon se fecha em volta do meu pescoço, abafando minha voz.

— Quer saber do que estou de saco cheio? — pergunta ele, me olhando feio, e aperta ainda mais meu pescoço. Meus olhos estão arregalados, mas não consigo balançar a cabeça. Agarro sua mão na tentativa de afastá-lo de mim. — Estou de saco cheio de Asa ter tudo o que quer. E de não me deixar ter a mesma merda também.

Fecho os olhos com força. Alguém vai entrar em breve. Carter, Dalton... alguém vai interromper isso.

Assim que penso isso, a porta dos fundos se abre e me encho de alívio. Abro os olhos e Jon se vira para trás, ainda agarrando meu pescoço.

Meus olhos encontram os de Kevin, que para na soleira da porta e nos encara. Mal o conheço, pois ele não vem muito aqui, mas não me importo. Está aqui agora, e Jon acabou de ser pego. Vai ser obrigado a me soltar.

— Cai fora daqui — vocifera Jon para Kevin.

Kevin analisa a cena: Jon me prensando, com uma das mãos nos meus quadris e a outra no meu pescoço, o medo estampado no meu rosto. Tento sacudir a cabeça para implorar silenciosamente a Kevin para não ir embora, mas ele não entende a situação, porque ri. Ou... talvez tenha entendido. Talvez não se importe. Talvez seja tão doentio quanto Jon. Kevin ergue as mãos e diz:

— Foi mal, cara.

Ele volta para o quintal.

Mas que porra foi essa?

Jon me vira e me empurra na direção da sala de estar. Tento gritar, mas não sai nada. Sua mão ainda está apertando meu pescoço.

A sala está escura e vazia, e me esforço para me soltar dele, mas estou ficando cada vez mais fraca, pois Jon aperta ainda mais toda vez que inspiro. Sinto o pânico chegando, mas me forço a reprimi-lo. Não posso perder o autocontrole logo agora.

Ele me empurra para o sofá e, assim que solta meu pescoço, eu arfo, respirando com dificuldade, tossindo e cuspindo até ter ar suficiente nos pulmões para gritar. Mas antes que eu consiga fazer isso, alguma coisa fria é colocada contra meu pescoço. Uma coisa afiada.

Ai, meu Deus.

Fecho os olhos assim que a outra mão de Jon começa a afastar meus joelhos. Nunca fiquei tão horrorizada na vida. Já estive em situações perigosas, geralmente nas mãos de Asa. Mas nunca tive medo de morrer.

Jon é diferente. Jon me machucaria só para punir Asa.

Sua mão sobe pela minha coxa e para entre minhas pernas, que sinto que estão tremendo devido ao medo que me domina.

— Asa acha que não tem problema comer as garotas dos outros, mas só ele pode provar um pedaço seu? — Ele leva a boca até o meu ouvido. — Ele me deve uns favores, Sloan. E preciso que pague agora.

— Jon — engasgo. — Por favor, para. Por favor.

Ele leva a boca até a minha.

— Diz "por favor" de novo — sussurra ele.

— Por favor — imploro mais uma vez.

— Gosto quando você implora.

Assim que a boca dele encosta na minha, sinto o gosto da bile subir pela garganta. Não há nada de gentil na sua língua forçando a entrada por entre meus lábios. Quanto mais tento me soltar, mais forte ele aperta a lâmina contra meu pescoço.

Em meio a todo o medo e toda a luta, de alguma maneira consigo escutar o silencioso gatilho de uma arma.

Jon fica paralisado em cima de mim e, quando abro os olhos, vejo a ponta de metal encostada na têmpora dele.

— Sai de cima dela, porra — diz Carter.

Ai, meu Deus. Obrigada, Carter. Obrigada, obrigada, obrigada.

A mão de Jon solta meu pescoço devagar. Ele a apoia nas costas do sofá.

— Vai se arrepender disso — retruca ele.

Olho para Carter e noto algo que nunca tinha visto nos seus olhos enquanto ele encara Jon.

— Está errado — responde ele, com a voz firme. — A única coisa da qual vou me arrepender é de não ter atirado em você três segundos atrás.

Jon engole em seco e aos poucos começa a se afastar de mim. Enquanto ele se senta, Carter não afasta a arma da sua cabeça. Então aponta o cano para a testa de Jon e o encara de cima.

— Pede desculpas para ela.

Jon não perde nem um segundo.

— Desculpa — diz ele, com a voz trêmula.

Afasto as pernas das dele e me esforço para me levantar do sofá. Eu me afasto e vou para trás de Carter. Levo a mão ao pescoço, esfregando-o, tentando massageá-lo para melhorar a dor do aperto.

Carter dá um passo para trás, mas mantém a arma apontada para Jon.

— Acho que nós dois temos segredos que gostaríamos de esconder de Asa. Você não me viu na cozinha com Sloan e eu não vi se forçando para cima dela. Concorda?

Não sei o que acho de ser a barganha. Mas sei que se Jon contar a Asa sobre suas suspeitas depois do que viu na cozinha, ele vai machucar Carter. E isso é a última coisa que eu quero.

Jon assente.

— Não vi nada.

— Que bom. Então estamos quites — diz Carter, e então pressiona a ponta da arma na testa de Jon, empurrando a cabeça dele nas costas do sofá. — Mas se encostar na Sloan de novo, não vou nem me preocupar em contar a Asa. Eu mesmo vou matar você.

Carter usa toda a força para bater com a arma na lateral da cabeça de Jon, que não tem nem chance de desviar. Ele cai no braço do sofá, o corpo inteiro mole. Apagado com um único golpe na cabeça.

Estou olhando para Jon em choque quando sinto Carter pegar meu rosto. Olho para ele e percebo que está me examinando, à procura de algum machucado.

— Você está bem? — pergunta ele.

Confirmo com a cabeça. Assim que começo a assentir, as lágrimas caem. Carter me puxa para perto e meu corpo inteiro começa a sacudir com os soluços.

Ele passa a mão pela minha nuca e encosta os lábios no meu ouvido.

— Sloan, odeio pedir isto a você, até porque o último lugar onde eu gostaria que você estivesse agora é com Asa. Mas vai estar mais segura lá em cima. Vai para o seu quarto e não sai de lá até amanhã, está bem?

Concordo com a cabeça, porque sei que ele tem razão. Asa é o diabo em pessoa às vezes, mas pelo menos nunca deixaria alguém na casa me machucar. Além disso, está desmaiado. Assim como Jon.

Carter me leva até a escada.

— Está com seu celular?

— Estou.

— Me liga se precisar de mim. Caso contrário, vejo você de manhã — diz ele, acariciando meu rosto.

Eu me esqueci completamente de amanhã. Tenho aula amanhã. Com Carter. Estar com ele na faculdade — longe de toda esta merda — é a única coisa pela qual anseio neste momento.

— Ok — respondo, com a voz ainda trêmula por causa da última meia hora.

Ele se inclina para perto e beija minha testa, depois me solta. Jon começa a se remexer no sofá, então Carter indica a escada com um aceno de cabeça, querendo que eu saia do cômodo antes que Jon acorde. Eu me viro para subir os degraus, chocada com o quanto a vida dentro desta casa é diferente da vida lá fora.

Normalmente, quando alguém é atacado, o fato é reportado à polícia. Mas nesta casa, tudo é resolvido internamente. Tudo é usado como barganha. E, em vez de ir à polícia, subo a escada para ficar com um cara que é dez vezes mais perigoso do que a pessoa que quase me estuprou.

Esta casa não segue as mesmas regras do mundo lá fora. Esta casa é uma prisão com as próprias regras.

E Asa é o guarda. Sempre foi.

Mas acho que ele não sabe que, agora que Carter está aqui, pode facilmente ser derrubado.

Espero que *nunca* saiba. Porque não seria bom para nenhum de nós.

VINTE E UM
ASA

Minha boca está seca pra caralho. Parece que fiquei chupando a merda de uma toalha a noite toda.

Rolo para o lado atrás de uma das garrafas de água que Sloan sempre deixa do lado da cama. Não consigo abrir os olhos porque minha cabeça parece prestes a explodir, então tateio a mesinha de cabeceira até encontrar uma. Minhas mãos tremem. Já quero mais uma dose. Mas vou ser mais inteligente da próxima vez. Não vou usar quando estiver tão fodido de uísque, para não desmaiar e desperdiçar a onda como aconteceu ontem.

Levo a garrafa de água até a boca e tomo tudo em dois goles enormes. Jogo a garrafa vazia do outro lado do quarto e me deito de volta no travesseiro.

Ainda estou com sede.

Estico os braços e acidentalmente bato no ombro de Sloan. Olho para ela, mas minha cabeça está grogue demais para focar. Ela se remexe um pouco, mas não acorda. Olho para o despertador e estreito os olhos. São 4h30. Ainda faltam duas horas para Sloan se levantar e se arrumar para a aula.

Levo um minuto para me ajustar à escuridão e conseguir olhar bem para ela. Então me deito de lado e a observo dormir.

Sloan dorme de barriga para cima. Nunca de lado, nunca de bruços. Quando eu era criança, meu pai sempre dormia de barriga para cima, até quando estava apagado no sofá por causa de seja lá qual substância tivesse abusado no dia. Uma vez perguntei por que dormia daquele jeito e ele respondeu: "Quando você está deitado de costas, está preparado para qualquer coisa. É mais fácil acordar e se proteger. Se ficar confortável demais, baixa a guarda."

Fico pensando se Sloan dorme de barriga para cima para ter um jeito de se proteger. Se ela dorme de barriga para cima para se proteger de *mim*.

Não. Ela não tem medo de mim assim. Sloan me idolatra pra caralho.

Mas antes dormia de bruços. Talvez eu precise comprar um colchão novo. Vai ver ela não gosta desta cama.

Sloan também dormia nua, mas não faz isso há mais de um ano. Diz que é porque tem gente demais em casa e ela não se sente confortável. Eu ficava incomodado quando subia nela durante a noite e percebia que estava com a porra de um pijama e eu não podia meter antes de tirá-lo.

Depois de eu reclamar bastante, Sloan finalmente cedeu e passou a dormir só de camiseta. Mais fácil acesso, mas eu ainda preferia que estivesse nua.

Abaixo as cobertas, com cuidado para não acordá-la. Às vezes gosto de observá-la enquanto dorme. Gosto de pensar que está sonhando comigo. Às vezes toco nela, de leve para não despertá-la, mas o suficiente para fazê-la gemer durante o sono.

Sua camiseta está enrolada em volta da cintura. Eu a levanto devagar, centímetro por centímetro, até seus seios ficarem de fora. Então me deito de volta, enfiando as mãos debaixo das cobertas e por dentro da cueca. Pego meu pau e começo a me acariciar enquanto a observo dormir, seus seios subindo e descendo a cada respiração lenta.

Ela é bonita pra cacete. Todo este cabelo comprido e escuro. Os cílios. A boca. Sinceramente nunca vi uma garota tão bonita quanto ela na vida. Soube que seria minha desde a primeira vez que a vi. Eu não poderia permitir que algo tão perfeito fosse de outra pessoa.

Mas não me permiti ir atrás dela logo de cara, porque gostava de como Sloan olhava para mim. Via a inocência nos seus olhos quando ela me olhava na aula. Eu a deixava curiosa. E, apesar de fingir que não a notava, ela *me* deixava curioso. Eu percebia que era diferente de qualquer garota com quem já ficara.

Nada me dá medo, não desde que eu era criança. Mas a maneira como eu era obcecado por ela chegava bem perto de dar medo. A possibilidade de poder corromper algo tão doce me fazia pensar nela mais do que em qualquer outra coisa.

Antes de Sloan, eu não era o tipo de cara que amava garotas. Não no sentido tradicional. Eu usava a maioria delas para o que a maioria delas serve. Uma trepada rápida tarde da noite, às vezes uma antes do café da manhã, mas nunca depois das oito da manhã nem antes das oito da noite. Caras que permitem a presença de garotas em suas vidas entre as oito da manhã e as oito da noite só podem ter merda na cabeça.

Esta frase saiu diretamente da boca do meu pai.

Eu me lembrava disso toda vez que olhava para Sloan, antes de tomá-la para mim. Toda vez que a flagrava me observando na aula. Toda vez que meu pau inchava na calça quando eu pensava nela.

Merda na cabeça.

Quanto mais eu a observava, mais eu começava a questionar meu pai e se ele sabia ou não de que porra estava falando quando eu era mais novo. Ele provavelmente nunca havia tido uma garota como Sloan. Uma garota que esperava para ser corrompida por um homem. Uma garota tímida demais para saber flertar com um cara. Uma garota que ainda não tinha tido a chance de virar puta.

Prometi a mim mesmo que iria testá-la. Ver se Sloan era a exceção à regra. Eu me aproximei em um dia qualquer depois da aula e perguntei se queria almoçar. Pensando bem, foi a primeira vez que chamei uma garota para sair. Eu esperava que ela sorrisse e aceitasse timidamente, mas Sloan me olhou de cima a baixo, deu as costas e continuou andando.

Foi quando percebi que estava enganado sobre ela. Sloan não era tímida. Não desconhecia como as pessoas podem ser cruéis. Sabia *exatamente* como o mundo é cruel e por isso se mantinha longe de todos.

Mas ela não sabia que seu falso desinteresse me fez querê-la ainda mais. Me fez querer ir atrás dela até que desejasse cada parte de mim... inclusive a crueldade. Me fez querer que ela *implorasse* por aquilo.

Não foi tão difícil quanto achei que seria. É incrível como a beleza e o humor podem levar você longe.

E... boas maneiras. *Quem diria?*

Basta abrir a porra da porta para uma garota e ela automaticamente vai achar que você é um cavalheiro. Vai achar que você é o tipo de cara que trata a própria mãe como uma rainha. Garotas veem caras educados e acham que não tem como serem perigosos.

Abri cada porra de porta para Sloan.

Até segurei um guarda-chuva para ela uma vez.

Mas isso foi há muito tempo. Na época que ela dormia de bruços. *Nua.*

Às vezes me pergunto se Sloan não é mais feliz como era antes. Ela me deixou uma vez, e eu odiei pra cacete. Cada segundo longe dela parecia que eu havia me tornado todas as coisas que meu pai temia que eu me tornasse quando crescesse. *Um idiota apaixonado. Cheio de merda na cabeça.*

Mas eu amo Sloan. Foda-se meu pai e suas filosofias idiotas sobre o amor. Ela é a melhor coisa que já aconteceu comigo — descobri isso quando ela me deixou.

Sabia que se Sloan fosse embora de vez, uma hora ela encontraria outra pessoa. E eu não suportava imaginar a boca de outro sujeito na dela. Outras mãos tocando nela. Um pau nojento dentro dela. Até então, só eu estivera ali. Ela era minha.

E fiz o que foi preciso para Sloan voltar — mesmo que ela não perceba que não fiz isso por mim. Fiz pelo bem dela, porque eu a amo. E sei que ela me ama. Quando Sloan voltou para mim e pediu minha ajuda, nunca senti tanto orgulho de mim mesmo. Porque naquele instante eu soube que o jogo estava ganho. Ela seria minha para sempre.

Mas ainda tem aquela pequena falha em nosso relacionamento que me faz questionar quanto tempo vai durar. Ela se recusa a aceitar meu estilo de vida, sempre me fazendo prometer que um dia vou largar tudo. No entanto, nós dois sabemos que isso jamais vai acontecer. Sou bom no que faço... Mas acho que talvez eu tenha que provar a ela que posso fazer as duas coisas. Ser o que ela precisa sem ter que comprometer meu trabalho.

Preciso garantir que Sloan nunca vá para outro lugar. Preciso que faça parte da minha vida para sempre.

Eu poderia me casar com ela. Poderia comprar uma casa, uma onde só nós dois morássemos. É claro que eu ficaria *nesta* casa aqui entre as oito da manhã e as oito da noite, considerando que pelo visto sou o único que sabe comandar as coisas direito.

Mas Sloan poderia ficar na casa nova, cuidando dos bebês. Quando eu chegasse em casa à noite, ela poderia me alimentar, faríamos amor, e eu dormiria ao seu lado. Com ela de bruços.

Nunca tinha pensado em casamento. Por que será que essa ideia brilhante só surgiu agora?

Ela nunca tocou no assunto. Não sei nem se concordaria. Mas se engravidasse, não teria escolha. Infelizmente, Sloan toma a pílula com mais frequência do que meu pau é chupado. Não que eu não pudesse adulterar o contraceptivo. Só que, além disso, ela me força a usar uma porra de camisinha toda vez que transamos.

Mas... camisinhas são mais uma coisa que eu poderia adulterar. Imagino como seria estar dentro dela sem camisinha. Ela já deixou por alguns segundos, só para prepará-la antes de começarmos a foder. Mas nunca gozei dentro de Sloan.

Sua boceta quente apertando meu pau enquanto gozo nela, aproveitando cada sensação sem nenhuma barreira.

Gemo só de pensar naquilo e começo a bater com mais força. Porra, isso é bom. Olhar para ela, pensar em estar dentro dela. Preciso tocá-la. Eu me inclino para perto, levando a boca até seu seio exposto. Normalmente tento não acordá-la, mas não vai ser a primeira vez que Sloan acorda comigo tocando uma punheta para ela.

Lambo seu mamilo e a provoco, circulando-o lentamente. Ela estende o braço pelo travesseiro e geme. Gosto que ainda esteja dormindo. Gosto de ver o quão perto de um orgasmo posso levá-la sem acordá-la.

Ponho os lábios em volta do mamilo e o chupo com delicadeza. Ele imediatamente se enrijece dentro da minha boca.

— Humm — geme ela de novo, sua voz adormecida e sem fôlego. — Carter.

Minha mandíbula fica tensa com a porra do mamilo ainda dentro da boca.

Que porra foi essa que ela acabou de dizer?

Imediatamente me afasto, largando seu mamilo. Olho para a porra da cara dela e solto meu pau. Acabei de brochar com o som daquele nome saindo dos lábios de Sloan.

Que porra foi essa?

Que.

Porra.

Foi.

Essa?

Meu peito dói. Parece que alguém acabou de esmagá-lo. De jogar um tijolo em cima. De jogar a porra de um *prédio* em cima.

Em algum momento entre gemer o nome dele e recuperar a consciência, Sloan cobriu os seios com a camiseta novamente.

Em algum momento entre ela gemer o nome dele e recuperar a consciência, envolvi o pescoço dela com a mão.

Ela está me olhando. Seus olhos estão arregalados de medo. Aposto que é assustador acordar com a mão do seu namorado apertando seu pescoço, mas Sloan devia agradecer por não estar sentindo o mesmo que *eu* neste momento.

— Você está trepando com ele?

Preciso me esforçar muito para não ter que gritar com ela. Minha voz está calma e contida, diferentemente de cada outra parte de mim. Não estou apertando o pescoço com muita força.

Ainda.

Minha mão está simplesmente ao redor dele, então Sloan *devia* estar me respondendo. Ela pode falar, mas não me responde. A vadia fica apenas me encarando como se tivesse acabado de ser pega.

— Sloan? Você está trepando com Carter? Ele comeu você?

Ela nega imediatamente com a cabeça. Aperta as mãos no colchão e se empurra na direção da cabeceira da cama. Minha mão não desgruda do seu pescoço.

— Do que você está falando? Não. É claro que não. Por *Deus*, não — diz ela.

Ela me olha como se eu estivesse louco. É muito convincente.

Minha mãe também era convincente. Olha no que deu.

Aperto seu pescoço e observo seu rosto ficar um pouco mais corado. Ela estremece e soca os lençóis ao lado do corpo. Seus olhos começam a se encher de lágrimas.

Que bom que meu pai me ensinou a não deixar as lágrimas de uma mulher me enganarem.

Eu me aproximo de Sloan até ficar a cinco centímetros de distância dela. Analiso seus olhos, sua boca, cada parte mentirosa do seu maldito rosto.

— Você acabou de dizer o *nome* dele, Sloan. Eu estava com a porra do seu mamilo na boca, tentando dar *prazer* para você. Aí você gemeu a porra do nome dele. Você disse *Carter*.

Sloan balança a cabeça. Ela é tão enfática, sacudindo tanto a cabeça, que solto um pouco seu pescoço para que consiga falar. Depois de pegar ar, ela dispara:

— Eu não disse *Carter*, seu idiota de merda. Eu disse *arder*. Estava acordada e senti você me beijando. Falei para você meter até *arder*.

Eu a encaro.

Levo um momento para entender.

Deixo a explicação dela amenizar a dor no meu peito até que eu consiga respirar novamente.

Aos poucos, deslizo a mão pelo seu pescoço até chegar à base.

Porra.

Estou ficando paranoico.

Por que eu acharia que ela sonha com outro cara enquanto dorme ao *meu* lado? Ela não me trairia. Não *pode*. Sloan não tem mais ninguém. Seria o pior erro da sua vida, e ela sabe.

Preciso sair desta casa. Ficar longe de toda esta gente. Tenho mais certeza agora do que há dez minutos de que preciso engravidá-la. Torná-la uma esposa. Dar a ela um lugar só nosso, onde outros homens nunca estão rondando para me deixar paranoico assim.

Sloan se aproxima de mim e agarra a barra da camiseta, tirando-a. Ela a joga no chão e me empurra para a cabeceira da cama, escorregando para o meu colo.

E, rápido assim, estou duro novamente.

Ela encosta o seio na minha boca e se oferece para mim. Pego seu mamilo com os lábios novamente e dou o que ela quer. Chupo com tanta força que machuca. Quero que sinta a dor que minha boca vai deixar nela pelo resto da porra do dia.

Sloan agarra meu cabelo com as mãos, me puxando em sua direção enquanto geme e diz meu nome.

— *Asa*.

Ela fala *três* vezes.

O *meu* nome.

Agarro seus quadris e a levanto ligeiramente até deixá-la posicionada bem em cima do meu pau. Depois a puxo para baixo até estar enterrado nela, e tenho quase certeza de que nunca estive tão profundo. Nossa, como ela é gostosa. É tão gostosa quando não a odeio...

Eu não gostava da sensação de odiá-la.

— Você é minha, Sloan — digo, subindo os lábios pelo seu pescoço até encontrar a boca.

— Sua, Asa — sussurra ela.

Enfio a língua na sua boca até ela gemer, então a solto. Agarro seu pescoço de novo com a mão direita e guio seu quadril para cima e para baixo com a esquerda. Ela estremece um pouco quando aperto seu pescoço, e me pergunto se o machuquei mais cedo. Tiro a mão e vejo uma marca. Já está até meio roxo.

Porra. Eu a machuquei. Eu a machuquei muito mais do que pretendia.

Eu me aproximo e beijo com delicadeza o hematoma, me desculpando silenciosamente. Então olho em seus olhos enquanto ela monta em mim.

— Quero me casar com você, Sloan. Quero que seja minha para sempre.

Ela não diz nada de imediato. Seu corpo todo se enrijece e ela para de se mexer.

— O quê? — pergunta, a voz vacilante.

Porra. *Eu acabei de pedi-la em casamento?* Por mais estranho que pareça, a ideia não me deixa apavorado. Sorrio e desço pelas suas costas com as mãos, agarrando sua bunda.

— Eu disse para se casar comigo, gata. Para ser minha esposa.

Eu a tiro de cima de mim e a deito de costas. Deslizo mais uma vez para dentro dela, saboreando o fato de estar sem camisinha. Eu me mexo para dentro e para fora, aproveitando cada sensação, enquanto ela me encara, sem palavras.

— Vou comprar uma aliança para você enquanto estiver na faculdade hoje. A maior que encontrar. Só preciso que diga sim primeiro.

Uma lágrima escorre do olho dela. E então tenho certeza de que Sloan me ama. A ideia de ficar comigo para sempre acabou de fazê-la chorar.

Nossa, eu amo essa garota.

Falo entre as estocadas, olhando diretamente dentro de seus olhos cheios de lágrimas.

— Eu te amo, Sloan. Tanto. Preciso ouvir você dizer sim.

Eu gemo, sentindo que estou perto de gozar. De gozar *dentro* dela. Experimentando uma coisa nova com Sloan pela primeira vez. Beijo a lateral da sua cabeça e levo a boca até seu ouvido.

— Preciso ouvir você dizer sim, gata.

Ela finalmente solta um "Sim" baixinho.

Aquela palavra me deixa tão feliz que só preciso enfiar mais uma vez para gozar. E gozo dentro dela. Dentro da minha *noiva*.

Escuto o arquejo dela enquanto termino, mas é o único som que ela faz. Alguns instantes se passam, estou tremendo acima de Sloan, mas ela ainda está quieta. Talvez pelo choque do que acabou de acontecer. Ela não se mexeu ou falou porque não esperava um pedido de casamento. Ainda mais no meio da noite. Ou da manhã. Sei lá que porra de hora que é agora.

Eu a beijo e me deito de lado, encaixando meus dedos no dela. Sorrio, pensando no que acabou de acontecer. E então fecho os olhos e adormeço ao lado da minha noiva. Minha noiva nua que vai voltar a dormir de bruços.

Nunca achei que esse dia chegaria para mim, mas este talvez seja o momento mais feliz da minha vida. *Foda-se meu pai e suas filosofias idiotas sobre o amor.*

VINTE E DOIS

CARTER

— Não vou repetir. Não quero a Sloan envolvida nisso.

Dalton — *Ryan* — cerra os punhos e se recosta de volta na cadeira, frustrado comigo.

— Ela já está envolvida, Luke. Você não a está colocando em perigo. Ela já morava lá antes mesmo de a gente começar isso.

— Ryan se inclina para mim novamente. — Isso não foi um problema no último trabalho. Lembra da Carrie?

Eu me lembro da Carrie.

— Carrie era *seu* projeto. Não meu. Nunca me envolvi com ninguém por causa de uma missão, Ryan.

Ele ergue uma sobrancelha.

— Mas vai se envolver com uma enquanto está *numa* missão, apesar de não ser *pela* missão? Vai deixar que o que sente por ela coloque nós dois em perigo?

Empurro a cadeira para trás e me levanto.

— Não estou colocando a gente em perigo. Não está acontecendo nada. Não sei quantas vezes vou ter que repetir.

Odeio o fato de que ele tem razão, mas nunca vou admitir. Fico de frente para o espelho unidirecional da sala de interrogatório e encaro meu reflexo. Pareço cansado. Passo uma das mãos pelo cabelo e fecho os olhos.

— Acredita mesmo que, seja lá o que está acontecendo, ela é inocente? Que não está nos colocando em risco de certa forma? — pergunta Ryan. — Você não atacou Jon, o *melhor amigo* de Asa, porque ele estava beijando Sloan ontem à noite?

Olho feio para ele pelo espelho.

— *Beijando?* — Eu me viro para ficar de frente para Ryan. — Ele estava prestes a *estuprá-la*, Ryan! O que queria que eu fizesse? Voltasse lá para fora e dobrasse minha aposta na porra do jogo de pôquer?

Eu me volto para o espelho e o observo. Ele sabe que teria feito o mesmo se tivesse visto aquela cena.

É bem adequado estarmos fazendo isso dentro de uma sala de interrogatório, porque a avaliação deste caso está começando a parecer justamente um inquérito.

Ficamos em silêncio por um tempo. Passo as mãos pelo rosto e suspiro.

— Como é que induzir essa garota a acreditar que sinto algo por ela pode ajudar no caso?

Ryan dá de ombros.

— Não sei. Pode não ajudar. Mas vale a pena tentar. Ainda mais considerando que você já parece ter uma amizade que ela valoriza. Ela baixaria a guarda perto de você. Pode revelar segredos que não sabemos ainda.

Ele se levanta e dá a volta na mesa, apoiando-se nela em seguida.

Tecnicamente, ele é meu superior. Preciso me lembrar disso pela quantidade de vezes que já tivemos que interagir e dos muitos trabalhos disfarçados que já fizemos juntos. Ele faz isso há uns cinco anos a mais que eu, e sei que sabe do que está falando. Por mais que eu não queira admitir.

— Não estou pedindo para se apaixonar pela garota. Não estou nem pedindo para *fingir* que gosta dela. Só estou pedindo para tirar vantagem do que ela sente por você. Pelo bem da investigação.

— E como eu faço isso? Asa está sempre por perto. Seria mais perigoso para nós envolvê-la.

— Sempre existem saídas — insiste Ryan. — Você tem aula com ela hoje. Começa por lá. Sei que ela visita o irmão aos domingos. Vai com ela no próximo.

Eu rio.

— É, aposto que Asa acharia isso supertranquilo.

— Ele não vai saber. Asa comentou com Jon sobre a gente ir ao cassino no domingo. Vamos ficar fora o dia todo. Finge que tem outro compromisso e se ofereça para ir com Sloan. Vai passar um dia inteiro com ela, sem interrupções e sem ser monitorado por alguém que conheça Asa.

Sei que eu devia responder não. Mas a verdade é que eu me ofereceria para ir com Sloan quer ajudasse quer atrapalhasse o caso. É dessa forma patética que tenho feito as coisas nos últimos tempos. Nada deveria ficar acima do trabalho. Ainda mais alguém do *outro lado* do trabalho.

— Tudo bem — cedo. Pego a jaqueta e a visto. Antes de abrir a porta para sair, eu paro. Lentamente me viro para trás e olho para ele. — Como sabe que tenho aula com ela?

Ryan dá um sorriso largo.

— Ela é a gostosa da aula de espanhol, Luke. Não sou idiota. — Ele pega a própria jaqueta e a veste também. — Por que você acha que foi inscrito nessa aula, cacete?

VINTE E TRÊS

SLOAN

Ainda estou tremendo quando entro no prédio. Passaram-se horas desde o incidente com Asa, mas meu estômago se revira de novo só de lembrar. Nunca senti tanto medo na vida. Nem ontem à noite, quando Jon subiu em cima de mim com uma faca no meu pescoço.

Não acredito que falei o nome de Carter enquanto dormia. Eu não só poderia ter me metido num problema sério com Asa como poderia ter sido responsável por seja lá o que ele teria feito com Carter.

Não sei como me safei tão bem. E ainda bem que o nome de Carter soa como "arder".

Mas não estou aliviada com o que aconteceu depois. As coisas que Asa me disse. Sobre casamento.

E não ter usado camisinha.

Não sei o que Asa faz quando não estou por perto. Ninguém nunca me falou que ele me trai, exceto o que Jon disse ontem à noite. Mas não sei o que aquilo significa. Também nunca o flagrei me traindo, mas não confio nele para pôr minha saúde e minha vida em risco.

Mas aquilo aconteceu de manhã, e é tudo em que consigo pensar. Assim que deu oito horas, liguei para meu médico e marquei uma consulta para a semana que vem para fazer os testes. Tomo pílula religiosamente, então não estou preocupada com a possibilidade de engravidar. No entanto, estou preocupada com tudo o mais que ele poderia me passar.

Vou tentar não pensar nisso até semana que vem. E vou fazer o que puder para me certificar de que não aconteça novamente. Nunca o vi me olhar com tanto ódio quando achou que tinha me escutado gemer o nome de Carter.

Quando ele me escutou gemer o nome de Carter.

Antes de entrar na sala e dar de cara com Carter, paro no banheiro e tento me acalmar. Como não estou debaixo do mesmo teto que Asa, consigo respirar melhor. Mas não faço ideia de como garantir que eu não fale mais durante o sono. Se isso significar nunca mais dormir na presença de Asa novamente, vou dar um jeito de fazer isso.

Quando termino o que estava fazendo no banheiro e vou até o corredor, a primeira coisa que vejo é Carter encostado perto da porta da sala.

Está me esperando.

Quando me vê, se endireita e espera eu alcançá-lo.

— Você está bem? — pergunta, e seu olhar vai diretamente para meu pescoço.

Há alguns roxos por causa do que Jon fez ontem à noite, mas é provável que fiquem ainda piores hoje, graças ao que Asa fez de manhã.

Caramba, que vida de merda estou levando para ser esganada por dois homens diferentes em um espaço de doze horas?

— Estou bem — afirmo, pouco convincente.

Carter ergue um dedo e toca meu pescoço.

— Está roxo. Asa notou?

Ele passa o dedo pela minha pele. Sei que é por preocupação, mas sempre que ele faz algum contato comigo — não importa o motivo —, pareço me lembrar do quanto sou capaz de sentir as coisas. Ao longo desses últimos dois anos, aprendi a me anestesiar com Asa, e Carter acaba com todo o meu esforço.

— Ele notou, mas não desconfiou. Achou que ele mesmo havia feito.

Minhas palavras fazem Carter estremecer. Seus olhos fitam os meus.

— Sloan — sussurra ele, balançando a cabeça.

Ele tira a mão do meu pescoço e a passa pelo próprio cabelo. Percebo que o que Carter engole em seco provavelmente é o ódio completo que sente ao imaginar as mãos de Asa em mim. É evidente que ele se preocupa comigo, o que é compreensível. Mas também sabe por que continuo com Asa, e não parece me julgar. De fato entende minha situação e é empático. Gosto disso nele, da sua empatia.

Algo que Asa provavelmente nunca sentiu por ninguém em toda sua vida.

Carter encosta suavemente a mão no meu cotovelo.

— Vem. Vamos sentar.

Ele tenta me levar até a porta, mas eu o impeço.

— Carter, espera.

Ele se vira para mim outra vez, dando um passo para o lado para deixar dois alunos entrarem. Olho pelo corredor para a esquerda e depois para a direita.

— Preciso te contar uma coisa.

Qualquer raiva que ele estava sentindo parece ser substituída por preocupação. Ele assente e me guia pelo corredor, procurando um lugar mais reservado. Passamos por outra porta e ele espia pela janelinha de vidro, depois tenta girar a maçaneta. Está aberta, então ele a empurra e entra comigo.

É uma sala de música vazia, com diversos instrumentos pendurados em uma parede e várias mesas dispostas em círculo no meio da sala. Quando a porta se fecha e finalmente conseguimos alguma privacidade, espero Carter me perguntar o que preciso contar. Em vez disso, ele me puxa para perto assim que me viro e me envolve, embalando minha cabeça no seu ombro.

Ele me abraça.

Só isso. Ele me abraça forte sem dizer uma só palavra, mas mesmo assim sinto tudo o que está implícito. Percebo que, desde ontem à noite — desde tudo que aconteceu com Jon —, ele deve estar morrendo de preocupação. Devia ter querido me abraçar e me reconfortar na noite passada. Assim que me viu hoje de manhã. Mas mesmo abraços não são tão simples na minha vida.

Jogo os braços em volta dele e afundo o rosto na sua camisa, sentindo a fragrância suave da colônia. Carter tem cheiro de praia. Fecho os olhos e desejo que estivéssemos em uma. Longe de toda essa merda.

Ficamos em silêncio por vários minutos, sem nos mexer. Depois de um tempo, não consigo mais identificar quem está abraçando quem, quem está segurando quem. É como se estivéssemos quase suspensos, agarrados um ao outro, com medo de cair se um de nós soltar.

— Eu falei seu nome enquanto dormia — sussurro, quebrando o silêncio.

Carter imediatamente se afasta e olha para mim.

— Ele ouviu?

Confirmo com a cabeça.

— Ouviu. Mas acho que disfarcei bem. Falei que ele tinha entendido errado, que eu havia dito outra coisa. Mas ele ficou com muita raiva na hora, Carter. Mais raiva do que nunca. E eu só... achei que você devia saber. Acho que precisamos ter mais cuidado. Quer dizer, sei que não tem nada entre a gente, mas...

Carter me interrompe e diz:

— Não tem mesmo? Sei que tecnicamente não fizemos nada, mas isso não é uma coisa inocente, Sloan. Se Asa descobrir que tenho aula com você...

— Exatamente — concordo.

Carter assente, sabendo o que aquilo significaria. Ele não pode falar comigo na casa. Caramba, ele nem devia olhar mais na minha direção. Depois do que aconteceu esta manhã, Asa vai ficar desconfiado mesmo se tiver acreditado em mim. A última coisa que quero é causar problemas para Carter, mas parece que já o fiz.

— Desculpa — digo.

— Por que está se desculpando? Porque sonhou comigo?

Confirmo com a cabeça.

Carter leva uma das mãos ao meu rosto e o canto da sua boca se ergue e forma um sorriso.

— Se vamos pedir desculpas por isso, então já te devo um monte de desculpas.

Mordo minha bochecha para esconder o sorriso. Ele desce a mão e a apoia na minha lombar.

— Vamos nos atrasar se não formos logo.

Rio um pouco com a ideia de chegar atrasada. Qual o problema de chegar atrasada na aula comparado a todas as outras merdas acontecendo na nossa vida? Muito, muito pouco. Mas ele tem razão.

Eu o sigo porta afora e pelo corredor até a sala de espanhol. Antes de entrarmos, ele se aproxima e cochicha:

— Se vale de alguma coisa, você está muito linda hoje. Eu quase perdi o fôlego.

Ele continua andando, apesar de as palavras terem cravado meus pés no chão.

E foram só isso. *Palavras*. Algumas simples palavras ditas juntas, mas poderosas o bastante para me paralisar.

Levo a mão à boca enquanto respiro lentamente. Eu me forço a conter o sorriso que quer se abrir em meu rosto e de alguma forma obrigo meus pés a entrarem na sala. Ergo a cabeça e vejo Carter puxando duas cadeiras na fileira do fundo, então vou até ele.

Meus joelhos parecem prestes a ceder. *É assim que devia ser. É assim que garotos deviam fazer as garotas se sentirem.*

Por que eu dei bola para Asa algum dia?

Quando chego ao meu lugar, ele ainda está de pé, esperando que eu me sente antes. Dou um breve sorriso de agradecimento a ele e me sento. Tiro os livros da bolsa e ele faz o mesmo. O professor entra justamente quando estamos prontos. Ele vira de costas e começa a escrever no quadro.

Gritei demais no jogo de futebol ontem. Estou sem voz. Leiam do capítulo oito até o dez e retomamos a aula semana que vem.

Metade da turma ri do recado. A outra metade resmunga. Carter abre o livro na página certa. Eu me inclino sobre a mesa e abro o meu para começar a ler. Não chego muito longe, porque Carter pega uma caneta e começa a escrever um bilhete. Estou inebriada de animação, esperando que seja para mim e não alguma anotação para a aula.

Nem me sinto culpada. Mas devia. Especialmente porque Asa me pediu em casamento hoje de manhã e, com medo pela minha própria vida, me senti forçada a dizer sim. Um pedido de casamento deveria ser algo bom, mas o jeito que Asa fez me deixou com a sensação de ser mais uma punição por alguma coisa horrível que devo ter feito em uma vida passada.

Sinto como se estivesse no inferno a maior parte do tempo. Ultimamente só me sinto feliz quando estou com Carter.

Ele desliza o bilhete para mim. Está dobrado ao meio, então levanto o papel e leio. Espero alguma coisa aleatória, como aquele jogo que já fizemos na aula. Mas é um simples pedido.

Coloque a mão debaixo da mesa.

Leio o bilhete duas vezes e olho para minhas mãos. O bilhete é meio aleatório, mas não como o jogo que ensinei a ele. Só parece aleatório porque me deixou confusa. Ponho o bilhete embaixo do livro e levo a mão para baixo da mesa, à espera de ele me entregar o que quer que seja.

Para minha surpresa, Carter não me dá nada. Sua mão quente escorrega pela minha e ele entrelaça nossos dedos, apoiando nossas mãos na minha perna.

Então volta a atenção para o livro, retomando a leitura como se não tivesse acabado de tentar me fazer pegar fogo.

É exatamente assim que me sinto com ele tocando minha perna, nossas mãos juntas. Sinto como se alguém precisasse apagar meu fogo com água. Meu coração dispara e tenho a sensação de que meu corpo inteiro está formigando.

Ele está segurando minha mão.

Puta merda.

Eu não sabia que dar as mãos podia ser melhor que um beijo. Melhor que sexo. Sexo com Asa, pelo menos.

Fecho os olhos e foco no peso da mão de Carter na minha. A largura dos seus dedos entre os meus. O modo como seu polegar ocasionalmente vai para a frente e para trás.

Depois de uns quinze minutos fingindo ler o livro à minha frente, ele afasta a mão da minha. Mas não me solta. Apenas começa a traçar círculos com as pontas dos dedos na palma da minha mão. Carter toca cada pedacinho da minha mão, da minha palma, dos meus dedos, *entre* meus dedos. A cada minuto que passa, começo a imaginar como seriam aqueles dedos acariciando minha perna. Meu pescoço. Minha barriga.

Minha respiração fica mais pesada. Começo a respirar mais depressa a cada minuto que se aproxima do fim da aula.

Não quero que a aula termine. Quero que não termine nunca.

Depois de explorar duas vezes cada parte da minha mão, os dedos de Carter deslizam até minha perna. Ele começa a acariciar meu joelho, cerca de sete centímetros da parte interna da minha coxa, e depois volta ao joelho. Meus olhos estão fechados e estou segurando com força o livro nas mãos. Ele faz isso por mais alguns minutos, me deixando completamente louca, quase a ponto de ter que levantar e ir ao banheiro para jogar água fria no rosto.

Mas não faço isso, porque de algum jeito os cinquenta minutos de aula terminam e todo mundo começa a se aprontar para sair.

Encontro forças para abrir os olhos e encará-lo. Ele está me observando, os olhos estreitos e ardentes, lábios molhados que não consigo parar de encarar. Ele pega minha mão novamente e a aperta.

— Sei que eu não devia...

Balanço a cabeça.

— Não devia.

Nem sei o que ele ia dizer, mas tenho uma ideia do que ela está pensando agora, porque estou pensando na mesma coisa.

— Eu sei. Mas eu... não consigo ficar tão perto assim de você sem te tocar.

— E eu não posso deixar.

Carter respira fundo, depois solta a respiração e larga minha mão. Ele junta os livros e os enfia dentro da mochila. Fica de pé e joga a mochila no ombro. Olho para ele, que me encara de cima. Espero que se despeça ou vá embora, mas nada disso acontece.

Ficamos nos observando por mais alguns segundos antes de Carter tirar a mochila e se sentar de volta na cadeira. Ele segura meu cabelo com a mão e encosta a testa na lateral da minha cabeça. Não tenho ideia do que ele está fazendo, mas o desespero no jeito como se pressiona contra mim faz eu me encolher.

— Sloan — sussurra ele, sua boca bem perto do meu ouvido.
— Quero tudo em você. Pra caralho. A ponto de essa vontade estar me cegando.

Suas palavras me fazem arfar.

— Por favor, toma cuidado. Até eu conseguir ajudar a tirar você de lá. Não sei quando isso vai acontecer, mas, por favor, toma muito, muito cuidado.

Fecho os olhos com força quando ele dá um beijo na lateral da minha cabeça. O que eu não daria para aqueles lábios estarem beijando minha boca agora...

Como posso sentir tanta coisa por alguém que acabei de conhecer? Por alguém que ainda nem beijei? Por alguém que é praticamente tudo o que quero, mas que também está envolvido com tudo o que mais detesto?

— Se eu for na sua casa hoje à noite, não vou nem olhar para você — continua ele. — Mas saiba que você é tudo o que vejo lá. Você é tudo o que vejo lá, Sloan.

Ele me solta tão de repente quanto me segurou. Pega a mochila de volta e se levanta. Eu o escuto se afastar, mas permaneço sentada e completamente imóvel, meus olhos fechados e meu coração martelando dentro do peito.

Quero mais de seja lá o que ele me faz sentir. Mas quero longe daqui. Longe dessa cidade. Longe de Asa. Sei que Carter quer que eu vá embora, e eu também quero. Quero muito, mas preciso estar mais preparada para que isso aconteça. E se eu for embora... Carter tem que ir embora também. Ele não só precisa cortar laços com Asa, como também preciso que corte laços com o estilo de vida corrupto que Asa criou.

Nós dois temos que ir embora.

Antes que seja tarde demais...

VINTE E QUATRO
ASA

Nunca fui o tipo de cara que lida com merda demais. Mais uma pérola de sabedoria que meu pai me ensinou.

Se não é vantajoso para você, não deveria importar porra nenhuma.

Esse deve ter sido o melhor conselho que ele já me deu. Aplico esse ensinamento a cada aspecto da minha vida. Minhas amizades. Meus parceiros de negócios. Minha educação. Meu império.

Sim, eu disse império. Não estou exatamente lá ainda, mas vale o pensamento positivo e essa palhaçada toda, certo?

Quando comecei a traficar, eu era pequeno. Traficava o que podia, quando podia, para quem podia. Em grande parte, era ecstasy para quem tinha desistido da faculdade. Quando percebi que não era ali que o dinheiro nem o poder estavam, comecei a estudar.

Durante um ano inteiro, mais ou menos, na época em que comecei a faculdade, eu estudava cada minuto do dia. E não estou falando das baboseiras dos livros didáticos, que fazem você arranjar um emprego em tempo integral sentado num escritório e ganhando o suficiente por ano para comprar uma casa, um carro e uma esposa. Estou falando de estudo *de verdade*. Conhecer pessoas. Tornar-se quem os outros querem conhecer. Experimentar as merdas boas, heroína, cocaína, só para sentir que tipo de droga se encaixa melhor em qual grupo demográfico. Saber não se viciar nessas porras. Conhecer tão bem seu traficante que você se torna o melhor amigo do traficante do seu traficante. Conquistar a confiança de quem tem mais poder que você, mas mantendo-se discreto o bastante para que não percebam quando de repente você tiver mais poder que eles.

Aprendi muito e do jeito mais difícil. Do jeito *certo*. Do fundo do poço ao topo.

Não trafico mais as merdas pequenas, tipo bala, maconha e pílulas. Muito menos maconha. É um peso. Você quer maconha? Compre um vale-presente na lojinha de maconha. Não desperdice a porra do meu tempo.

Mas se quer coisa boa de verdade, a merda que faz você se sentir como se estivesse beijando pessoalmente os pés da porra do Criador, aí pode contar comigo. Não vou vender um Ford, mas vou vender a porra do Bugatti mais raro que você vai encontrar.

Ainda estou construindo. Sempre vou estar construindo. No segundo que alguém na minha posição sentir que não tem mais nada para aprender, vai ser superado pelo próximo da fila. Pelo que sei, não há mais vagas disponíveis acima de Asa Jackson na cidade. Tenho uma boa equipe sob meu comando. Caras que sabem seus lugares. Caras que sabem que vou ser justo com eles se forem justos comigo.

Ainda estou conhecendo o cara novo, Carter. A maioria das pessoas é transparente, mas ele é tipo a porra de um rio lamacento. A maioria das pessoas, especialmente as que trabalham para mim, puxam meu saco porque sabem que é uma sorte da porra terem minha confiança.

Carter é diferente. Parece não se importar. Sua indiferença me dá nos nervos. Ele me faz lembrar um pouco de mim mesmo, e não sei se isso é bom. Só há espaço para um Asa.

Meu cara mais antigo, Jon, está começando a ficar desleixado. Já foi meu braço direito, mas ultimamente se tornou a porra do meu calcanhar de Aquiles.

O que me leva ao meu raciocínio inicial.

Se não é vantajoso para você, não deveria importar porra nenhuma.

Estou com dificuldade para entender como Jon ainda me beneficia. Ele parece não fazer nada além de fazer merda. Semana passada ele perdeu um dos meus melhores clientes porque não conseguiu ficar com o pau dentro das calças quando viu a esposa do cara. Até *eu* sei colocar limites entre meu pau e minha carteira.

Diferentemente de Jon, Carter é uma vantagem. É um bom tradutor, é quieto, aparece onde precisa estar e faz o que preciso que ele faça. E só por esse motivo ainda não me livrei dele, apesar das minhas suspeitas. Ele ainda não é um *peso*.

Mas Jon... Jon está se tornando um peso morto.

Só que também sabe demais, o que é um problema maior ainda.

Para ele. Não para mim.

Tirando os negócios, cortei tudo o que pesa da minha vida. A não ser Sloan. Mas ela está longe de ser um peso. Se eu tivesse que compará-la a uma droga, Sloan seria heroína. Heroína é legal. Heroína deixa você maduro. Tendo em boa quantidade, a heroína seria uma coisa que você poderia alegremente injetar todo dia pelo resto da vida.

Talvez seja estranho comparar pessoas a drogas, mas quando drogas são tudo que você conhece, é normal.

Jon seria metanfetamina. Ele é presunçoso demais, fala demais, e às vezes é difícil demais. Difícil pra caralho.

Dalton seria pó. Sociável, amigável, faz você querer cheirar mais. Gosto de pó.

Carter seria...

O que Carter seria?

Acho que não conheço Carter bem o bastante para definir **de qual** droga ele me lembra. Mas por uns dois minutos na noite passada, quando pensei ter escutado Sloan dizer o maldito nome dele, Carter foi a filha da puta de uma overdose.

Mas ela não disse o nome dele. Pelo que sei, nunca nem falou com o cara. E, se ele for esperto, também nunca falou com ela além de quando foram apresentados na cozinha.

Logo, logo não vou mais ter que me preocupar com os caras por aqui porque Sloan não vai mais morar nesta casa. Vai morar na *nossa* casa.

Merda.

Porra!

Eu devia ter ido comprar a merda da aliança hoje. Sabia que estava esquecendo alguma coisa.

Vou até o armário e me visto. Cogito usar o Armani. Sabe como é... dia especial e tal. Mas uma camisa de botão azul-escura que sei que Sloan gosta e uma calça. Na verdade, não importa muito o que escolho no armário, é tudo espetacular pra caralho. Sempre me vesti no nível de respeito que quis receber.

E não, não foi o bosta do meu pai quem me ensinou isso. Ele provavelmente teria durado muito mais no mundo aqui fora se não tivesse passado a vida vestido como a porra de um vagabundo que era.

Quando chego ao pé da escada e olho para a cozinha, noto Jon parado de frente para a pia e de costas para mim, segurando um saco de gelo na cabeça.

— O que aconteceu com você?

Ele se vira para mim, e a porra da lateral do seu rosto está completamente azul e preta.

— Nossa, cara. Com quem você se meteu?

Jon larga o saco de gelo na pia.

— Ninguém importante.

Entro na cozinha. O rosto dele está ainda pior de perto. E se ele acha que não vai me contar quem fodeu assim com ele, está enganado. Se perdeu mais um cliente nosso, o lado esquerdo do seu rosto vai ficar muito pior que o direito. Pego as chaves na bancada e pergunto mais uma vez:

— Quem fez essa porra com você, Jon?

Ele estala a mandíbula e desvia o olhar.

— Um babaca qualquer me flagrou com a mulher dele ontem à noite. Me pegou desprevenido. Parece pior do que foi.

Idiota de merda. Eu rio.

— Não, tenho certeza de que foi tão ruim quanto parece. — Ando até a despensa e confiro o estoque de álcool. Está vazio, como sempre. Bato a porta com força. — Vamos comemorar hoje. Preciso que abasteça o estoque. Tenho que resolver uma coisa.

Jon assente.

— Ocasião especial?

— É. Estou noivo. Escolha com classe. Nada de merdas baratas. — Vou até a porta da frente e escuto Jon gargalhar. Quando olho para trás, o escrotinho ainda está sorrindo. — Falei algo engraçado? — pergunto, voltando à cozinha.

Ele balança a cabeça.

— Tem alguma coisa que *não* seja engraçada em você se casar, Asa?

Eu rio. E então acabo com o lado esquerdo do rosto dele.

Peso morto da porra.

VINTE E CINCO
CARTER

Vou até meu carro no estacionamento. Não sei como. Agarro o volante e jogo a cabeça para trás.

Não faço ideia de qual é o limite agora, a linha está tão borrada... Estou tentando fazer o trabalho que vim fazer aqui, mas ao mesmo tempo Sloan está me fazendo questionar se esta é realmente a vida que eu quero. Não faço ideia se agora há pouco era Carter ou Luke com ela. Luke está virando Carter.

Estou me dedicando demais a este trabalho, mas não faço ideia de como não ser eu mesmo quando estou com ela. Todas as coisas que quero dizer... As coisas que eu queria poder fazer com ela. A verdade que eu queria poder contar.

Se eu contasse a verdade sobre quem sou e o que vim fazer aqui, estaria arriscando tudo. Minha vida. A vida de Ryan. Possivelmente a *dela*. Quanto menos ela souber, melhor.

Apoio a testa no volante e tento prever a inevitável tempestade de merda vindo na nossa direção.

Quero ficar com Sloan. Quero ficar com Sloan sendo Luke. Mas isso não pode acontecer até termos o bastante sobre Asa para prendê-lo para sempre. E não vamos conseguir prendê-lo para sempre até ele vacilar. E ele está sendo cauteloso. É mais esperto do que pensei.

Porém, quanto mais tempo leva para conseguirmos estar no ponto em que precisamos nesta investigação, Sloan corre mais perigo. E sabendo o que sei agora sobre Asa, deixá-lo seria a pior coisa que ela poderia fazer. Ele nunca a deixaria em paz. Ele a machucaria. E eu não me surpreenderia se machucasse o irmão dela também.

Sloan está presa até ele se dar mal, e isso pode levar meses.

Recosto-me de volta no banco e pego o telefone. Como se eu estivesse numa pegadinha, aparecem duas mensagens de Asa.

Asa: Cadê você?

Asa: Me encontra para almoçar ao meio-dia.
No Peralta's. Estou com fome pra caralho.

Fico encarando as mensagens por vários segundos. Isso não é típico dele. Asa não me manda mensagens de texto do celular pessoal quando se trata de trabalho, então... literalmente só quer *almoçar*?

Eu: Chego em dez minutos.

Vinte minutos mais tarde, abro caminho pelo restaurante até onde Asa está sentado. Ele está olhando para o celular quando me sento.

— Oi — diz ele, e nem sequer levanta a cabeça. Termina de digitar e põe o telefone de lado. — Está ocupado hoje à noite?

Balanço a cabeça e pego o cardápio.

— Não. Por quê?

Olho para o cardápio, mas não preciso fazer contato visual com ele para saber que está sorrindo. Asa pega algo no bolso de trás e coloca o objeto em cima da mesa. Baixo o cardápio e meus olhos se fixam numa caixinha.

Uma caixa de joia.

Que porra é essa?

Ele a abre e a segura para que eu veja. Encaro o anel, e o pânico faz minha pele coçar. *Ele vai pedi-la em casamento?*

Tento não rir. Ele está viajando se acha que Sloan vai aceitar. Ele também não conhece Sloan tão bem quanto pensa, porque este anel não tem nada a ver com ela. É espalhafatoso e exagerado. Ela vai odiar esta merda.

— Vai pedi-la em casamento? — pergunto, devolvendo a caixinha e pegando o cardápio de volta como se não estivesse muito interessado.

— Não, já pedi. Hoje é a comemoração.

Meu olhar se desvia depressa do cardápio e se fixa nos olhos dele.

— Ela aceitou? — Eu não fazia ideia que assentir podia ser algo presunçoso até então. Forço um sorriso. — Parabéns, cara. Ela parece mesmo ser para casar.

Por que Sloan não me contou isso hoje de manhã? Por que concordaria em se casar com ele? Acho que se sente presa. Ela não pode dizer não a Asa na posição em que está. Concordar foi realmente a coisa mais segura a fazer, mesmo que revire meu estômago.

Só não entendo por que Sloan não me avisou.

Ele guarda a caixinha no bolso do casaco.

— Ela é para casar. Ela é heroína.

Ergo uma sobrancelha.

— Heroína?

Ele dispensa minha pergunta e chama o garçom.

— Quero uma cerveja. Qualquer chope que você tiver. E um cheeseburger completo.

O garçom olha na minha direção.

— O mesmo para mim — digo.

Devolvemos os cardápios e sinto meu celular vibrar no bolso. Provavelmente é Dalton. Mandei uma mensagem para ele a caminho daqui para avisar que eu ia almoçar com Asa. Não faço ideia do que se trata este almoço, mas queria garantir que a equipe soubesse onde eu estava. Especialmente depois de Sloan dizer meu nome enquanto dormia. Eu meio que achei que aceitar o convite era uma missão suicida.

Bebo um gole da água que já estava na mesa.

— Então, quando vai ser o grande dia?

Asa dá de ombros.

— Não faço ideia. Logo. Quero que ela saia da porra daquela casa antes que se machuque. Não confio em ninguém perto dela.

Quanta consideração da parte dele. Mas está um dia atrasado, embora eu duvide que Jon tenha revelado o que fez.

— Achei que ela gostava de ficar lá — minto. — Vocês não têm um relacionamento aberto? Como isso funciona?

Asa estreita os olhos.

— Não, a gente não tem a porra de um relacionamento aberto. Por que acha isso?

Eu rio e casualmente cito os motivos pelos quais alguém na minha posição *poderia* pensar aquilo, mesmo sabendo que não devia.

— Jess? A garota que você comeu no seu quarto? A garota na piscina?

Asa ri.

— Você tem muito a aprender sobre relacionamentos, Carter.

Eu me apoio no encosto da cadeira. Tento manter a conversa fluindo sem parecer interessado demais, mas quero saber cada detalhe de por que ele está desperdiçando o tempo de Sloan.

— Talvez seja isso. Eu achava que a maioria dos relacionamentos era entre duas pessoas, mas devo estar errado. Relacionamentos me confundem. Assim como o seu o faz.

— *Assim como o meu o faz?* — repete ele. — Quem fala assim, porra?

Somos interrompidos pelo garçom que traz as cervejas. Nós dois bebemos, depois Asa põe o copo de lado e se debruça sobre a mesa, tamborilando o indicador no tampo.

— Deixa eu te ensinar uma coisa sobre relacionamentos, Carter. Caso um dia você tenha um.

Isso vai ser interessante.

— Seu pai ainda está vivo? — pergunta ele.

— Não. Morreu quando eu tinha dois anos.

É mentira. Ele morreu há três anos.

— Bem, aí está seu problema número um. Foi criado por uma mulher.

— Isso é um problema?

Ele confirma com a cabeça.

— Você aprendeu sobre a vida com uma mulher. Muitos homens aprendem, tudo bem. Mas é isso que há de errado com a maioria. Homens precisam aprender com homens. Funcionamos de forma diferente do que a sociedade faz as mulheres acreditarem.

Não respondo. Espero que ele continue esta rara demonstração de caridosa *genialidade*.

— Homens, por natureza, não foram feitos para serem monogâmicos. Está enraizado em nós espalhar nossas sementes. Para manter a população crescendo. Somos procriadores por natureza, e não importa o que a sociedade tenta nos forçar, seremos procriadores até nos matarmos. É por isso que temos tanto tesão o tempo todo.

Olho para minha esquerda, na direção das duas mulheres mais velhas que estão boquiabertas ouvindo a definição de Asa sobre o gênero masculino.

— São as mulheres que dão à luz — alego. — Elas também não são procriadoras? Também não estaria na química delas querer colocar mais pessoas no mundo?

Ele nega com a cabeça.

— Elas são protetoras. É trabalho delas manter a espécie viva. Não criá-la. Além disso, mulheres não gostam tanto de sexo quanto homens.

Eu queria estar gravando isso.

— Não gostam?

— Porra, não. Elas gostam de expressar o que pensam... emoções... sentimentos. Elas querem formar um laço... uma conexão para a vida toda. Por isso insistem em casar, porque é da constituição biológica delas querer um protetor. Um provedor. Elas precisam de estabilidade, de um lar, de um lugar para criar os filhos. Mulheres não têm desejos físicos como nós. Então é justo formarmos as famílias para elas, mas também precisamos de uma válvula de escape para nossos instintos naturais. A traição do homem é diferente da traição da mulher.

Assinto como se estivesse entendendo a filosofia dele, mas sempre que lembro que Sloan está envolvida nisso, meu estômago se revira.

— Então, na sua opinião, as mulheres não têm uma desculpa biológica para transarem com mais de um cara. Mas os homens têm?

Ele concorda.

— Exatamente. Quando um homem trai, é só físico. Somos atraídos pelo quadril de uma mulher, pelas pernas, pela bunda, pelos peitos. Não passa de um ato sexual. Enfiar e tirar o pau. Quando uma *mulher* trai, é só mental. Elas se excitam com emoções. Com sentimentos. Se a mulher fode com um cara, não é porque ela está com tesão. É porque quer que ele a ame. É por isso que traio Sloan. E é por isso que Sloan não pode me trair. Para um homem, traição é diferente do que para uma mulher, e isso é um fato provado pela própria mãe natureza.

Puta merda. Ainda existem pessoas assim. Que Deus nos ajude.
— E Sloan acha isso ok?

Asa ri.

— Essa é a questão, Carter. As mulheres não entendem porque não são como nós. Por isso os homens também recebem a habilidade específica de mentir tão bem.

Eu sorrio, quando tudo o que queria fazer era pular na mesa e acabar com a habilidade dele de procriar, de criar mais vidas que possam acabar assim.

— Então qual papel as amantes têm nisso tudo? — pergunto.

Ele sorri de forma doentia.

— Por isso Deus criou as putas, Carter.

Forço mais um sorriso. Ele tem razão quanto a uma coisa: eu definitivamente sei mentir bem.

— Então as putas são para a natureza, e as mulheres, para proteger.

Asa dá um sorriso presunçoso, como se tivesse me ensinado alguma coisa. Ele levanta seu copo de cerveja.

— Um brinde a isso. — Brindamos e ele toma um gole da cerveja. — Meu pai costumava dizer algo desse tipo.

— Ele ainda está vivo?

Asa assente, mas noto uma súbita tensão no seu queixo.

— Está. Em algum canto.

Nossos pratos chegam, mas nem sei se estou com fome depois dessa lição distorcida de darwinismo.

Definitivamente não estou com fome agora que sei que vou ver Sloan esta noite. *Na porra da festa de noivado dela.*

— Você devia fazer um brinde hoje à noite.

Paro de mastigar.

— Como é?

Asa toma mais um gole da cerveja.

— Hoje — explica ele, colocando o copo de volta na mesa. — Na festa. Você devia fazer um brinde depois que eu anunciar o noivado. Você sabe elaborar uma frase melhor do que qualquer outro imbecil que vai estar lá. Vê se me deixa bem na fita. Sloan vai adorar essa merda.

Forço a comida a descer pela garganta.

— Seria uma honra.

Filho da puta.

VINTE E SEIS
SLOAN

Todos os dias, passo o máximo de tempo possível na rua antes de voltar para casa. Quanto menos tempo passo neste lugar, melhor. Quando as aulas terminaram hoje, por exemplo, fui para a academia e depois para a biblioteca. Só passei pela porta da frente da casa depois das sete da noite. Jon estava sentado no sofá, me olhando com raiva.

Corri até a escada e subi para o quarto o mais rápido que consegui, mas não sem antes reparar nos seus machucados. Não sei o que aconteceu depois que deixei ele e Carter ontem à noite, mas pelo jeito a briga não parou ali, porque ambos os lados do rosto de Jon estão com hematomas.

Certifico-me de trancar a porta. Não sei se Asa está em casa ou não, mas nunca mais vou correr o risco de ficar sozinha com Jon.

Quando estou a salvo, jogo a mochila no chão. Meu olhar logo se fixa na cômoda. Especificamente na *caixa de joias* sobre a cômoda.

Ele comprou uma aliança. Faz promessas quase todos os dias e nunca as cumpre. A única vez que quero que esqueça é a primeira que de fato concretiza.

Que sorte a minha.

Vou até a cômoda e abro a caixa. Não a pego, apenas a abro com os dedos, sem querer realmente olhar para ela.

Eu me retraio no mesmo instante. Óbvio que ele compraria um anel assim para mim, provavelmente o maior da joalheria. Três diamantes enormes preenchem a maior parte do aro de platina, todos envoltos por outros menores.

É feio pra caralho. Será que vou ter mesmo que usar esta coisa?

Não tem como esconder isso. Eu sabia que devia ter contado para Carter mais cedo. Só não sabia como contar para o cara de quem estou começando a gostar que acabei de ficar noiva de outro. De uma pessoa que ele detesta. Mesmo que esse noivado signifique bem pouco para mim.

Escuto risadas do lado de fora, então vou até a janela do quarto. Há coolers por toda parte e Dalton está parado diante da churrasqueira, grelhando hambúrgueres. Várias pessoas estão espalhadas pelo lugar. Talvez umas vinte. Asa deve ter aquecido a piscina porque deu uma esfriada nos últimos dias, mas já têm pessoas dentro.

Asa só aquece a piscina para festas grandes.

— Sloan!

Merda.

Eu me viro para trás ao escutar meu nome e uma batida na porta.

Corro até ela e a destranco, deixando Asa entrar. Ele já está sorrindo antes mesmo de olhar em meus olhos.

— Oi, futura esposa.

Engraçado como o que ele considera um termo carinhoso pode parecer um insulto para mim.

— Oi... futuro marido.

Ele me abraça e beija meu pescoço.

— Espero que tenha dormido bastante ontem, porque hoje à noite não vai dormir nada. — Os lábios dele sobem pelo meu pescoço e param no cantinho da minha boca. — Quer seu anel agora ou mais tarde?

Não conto a ele que já o vi, e que o anel é apenas mais uma prova de que ele não me conhece nem um pouco. Digo que quero agora, porque se disser mais tarde, ele certamente vai fazer uma cena no momento. E isso é a última coisa que eu quero.

Asa vai até a cômoda e pega a caixa. Ele a entrega a mim, mas então a puxa de volta.

— Espera. Preciso fazer isso direito.

Ele encosta um dos joelhos no chão e ergue a caixa, oferecendo a aliança para mim.

— Você me dá a honra de se tornar a senhora Asa Jackson?

Sério? Este só pode ser o pior pedido de casamento da história. Se não contar o de hoje de manhã, logo depois de tentar me esganar.

— Eu já disse que sim, bobo.

Ele sorri e põe a aliança no meu dedo. Eu a observo, segurando-a sob a luz. *Nunca imaginei que o inferno brilharia tanto.*

Asa se levanta e corre até o armário. Ele tira a camisa azul que está usando e começa a escolher outra.

— Devíamos combinar hoje à noite. Camisa preta, vestido preto. — Ele tira uma camisa e joga um vestido para mim. Eu o pego, reprimindo um suspiro de frustração. É um vestido que ele comprou para mim, e mais curto do que qualquer coisa que eu gostaria de usar. — Vou ficar tão aliviado quando tivermos nossa própria casa. Com armários separados.

Cerro os punhos em volta do vestido.

— Nossa própria casa?

Ele ri.

— Você não acha que vou me casar com você e mantê-la nesta casa, né?

— *Me manter?*

Ele veste a camisa preta pela cabeça. Depois começa a rir sozinho enquanto a abotoa até em cima.

— Almocei com Carter hoje — diz ele casualmente, sentando-se na cama.

Almoço? O quê? Nossa aula acabou na hora do almoço. Carter saiu da sala despertando vários sentimentos em mim e foi diretamente almoçar com *Asa*?

Por quê?

Eu me sento na outra ponta da cama e tento soar desinteressada.

— Ah, é?

Asa começa a calçar as meias.

— Ele não é tão ruim. Meio que gosto dele. Posso até convidá-lo para ser padrinho do nosso casamento.

Ele já está planejando o casamento?

Asa calça os sapatos e se levanta, virando-se para o espelho. Passa as mãos pelo cabelo.

— Já pensou em quem vai chamar para ser madrinha? Não tem amigas de verdade, né?

Você dificulta um pouco a minha vida na hora de fazer amigas, Asa.

— A gente ficou noivo hoje de manhã — digo. — E depois tive aula o dia todo. Ainda não tive tempo para pensar nos detalhes do casamento.

— Pode chamar a Jess para ser madrinha.

Concordo com a cabeça, mas por dentro estou gargalhando. Jess me odeia. Não sei por que, mas aquela garota não olha na minha cara há seis meses, por mais que eu tente falar com ela.

— É. Posso chamar a Jess.

Asa abre a porta do quarto e aponta para o vestido que ainda estou apertando com força.

— Toma um banho e se arruma. Quero você linda para o grande anúncio de hoje.

A porta se fecha quando ele sai. Olho para o vestido. Olho para o anel.

Este buraco que estou cavando para mim mesma está ficando cada vez mais fundo. Se não descobrir como sair dele, Asa vai enchê-lo de cimento.

˜

Ele gosta mais do meu cabelo quando está liso. Sei disso porque algumas vezes tentei usá-lo cacheado, e ele me pediu para refazer o penteado. A primeira vez foi bem no começo do namoro, quando ele me apresentou a Jon e a Jess. E a outra foi no nosso primeiro aniversário de namoro, quando fomos jantar num restaurante que eu mesma reservei. O jantar de aniversário sobre o qual precisei lembrá-lo três vezes.

Ele falou que sua mãe tinha cabelo cacheado e que preferia que eu usasse o meu sempre liso.

Não sei nada sobre a família de Asa, exceto que ele não tem uma. E aquele comentário sobre o cabelo da mãe foi o único que fez durante todos os anos que o conheço.

No entanto... aqui estou eu na frente do espelho com o babyliss, fazendo cachos no cabelo. Simplesmente porque sei que Carter gosta. Às vezes, eu o flagro encarando meu cabelo quando faço cachos. Como se desejasse tocar neles, deslizar a mão pelos fios e puxar meu rosto para o seu. E mesmo que ele vá estar do outro lado do cômodo a noite inteira, sem nem olhar na minha direção hoje à noite, cacheio os cabelos. Para ele.

Não para o meu *noivo*.

A música está alta e a casa, cheia de gente. Estou me arrumando no banheiro há uma hora e meia. Óbvio que uma foi só encarando meu reflexo no espelho, me perguntando como cheguei a esse ponto. Mas preciso parar de remoer todas as más decisões que já tomei e dar um jeito de tomar outras melhores.

Vou ver meu irmão domingo. Agora que seus cuidados são particulares, não encontro mais a assistente social para assinar os formulários anuais. Mas acho que vou marcar um horário com ela enquanto estiver lá. Quero saber o que posso fazer para recuperar o auxílio dele sem Asa descobrir.

Alguém bate na porta do banheiro, então ponho o babyliss na bancada e o tiro da tomada. Abro a porta e dou de cara com Asa segurando o batente. Ele me olha de cima a baixo.

— Puta merda — diz, entrando no banheiro. Envolve minha cintura com um dos braços e a outra mão vai até minha coxa, subindo meu vestido com os dedos. — Eu planejando esperar até estar com você na cama hoje à noite, mas não sei se consigo.

Seu hálito cheira a uísque. Acho que ainda nem passou das nove horas, e ele já está quase em coma alcoólico.

Empurro seu peito.

— Bem, vai *ter* que esperar. Acabei de terminar de me arrumar. Gostaria de poder te torturar com esta roupa por pelo menos *algumas* horas.

Ele resmunga e me senta na bancada, pressionando seu corpo entre minhas pernas.

— Sloan, como é que um cara pode ter tanta sorte?

Fecho os olhos enquanto ele beija meu ombro. Como uma garota pode ter tão *pouca* sorte?

Ele agarra minha cintura e me levanta da bancada. Mas não me põe de pé. Ele me pega nos braços e sou forçada a segurar seu pescoço para me equilibrar. Ele me carrega para fora do banheiro e depois pela escada. Antes de chegarmos lá embaixo, ele para e me põe no chão.

— Espera aqui — diz ele, descendo os últimos degraus e desaparecendo na cozinha.

Olho para todo mundo na sala. Tem gente pra cacete. Meus olhos notam Jess, que me encara, e sorrio. Ela desvia o olhar, mas tenho quase certeza de que se retrai antes.

Não tenho ideia do que fiz a ela nem por que ela me odeia tanto. Mas, sinceramente, estou acostumada com pessoas me tratando desse jeito. Parei de me preocupar antes mesmo de chegar ao ensino médio.

Giro a aliança com os dedos, nervosa. Acho que o único aspecto positivo deste anel ser tão grande é que provavelmente posso usá-lo para me defender. Pode ser útil caso algum dia eu fique sozinha com Jon outra vez.

Começo a sentir a ansiedade no meu estômago antes mesmo de notá-lo me encarando. Carter está do outro lado da sala, encostado numa parede, ao lado de Dalton. Seus braços estão cruzados e, conforme havia prometido, não está olhando para mim. Não tecnicamente. Está olhando para minha mão.

Paro de girar o anel e, quando faço isso, seus olhos encontram os meus. Estão estreitos e a mandíbula dele, tensa. Dalton está rindo ao seu lado e falando como se Carter estivesse completamente envolvido em seja lá o que ele está dizendo. Mas como Carter disse mais cedo, ele não consegue enxergar mais nada, só consegue me ver. Sua expressão não se altera. Mesmo quando Asa volta com duas taças de champanhe e coloca uma na minha mão, Carter não desvia o olhar. É quase como se ele estivesse torturando a si mesmo de propósito.

Tento poupá-lo um pouco do sofrimento e desvio o olhar primeiro. Provavelmente não ajuda muito olhar na direção de Asa. Ainda sinto Carter me observando quando Asa ergue a taça.

— Filhos da puta! Desliguem o som! — grita ele.

Alguns segundos depois, a música é interrompida. Todos na sala se voltam para nós, e de repente sinto vontade de subir correndo e me esconder. Tento não olhar para Carter.

Depois de ter a atenção de todos, Asa começa:

— A maioria de vocês já sabe, porque não consegui calar a boca desde que ela disse sim. — Ele levanta minha mão. — Mas ela disse sim!

Gritos coletivos de comemoração e parabéns ecoam pela sala, mas rapidamente param quando fica evidente que Asa não terminou de falar.

— Já faz um bom tempo que amo esta garota. Ela é o meu mundo, cacete. Então já estava na porra da hora de tornarmos isso oficial.

Ele sorri para mim e eu estaria mentindo se dissesse que não existe nada dentro de mim que ainda sente alguma coisinha por ele, mesmo que apenas compaixão a esta altura. Em algum lugar lá no fundo, sei que ele é desse jeito por causa da infância que teve. Um pedacinho de mim ainda não consegue culpá-lo por isso. Mas só porque grande parte do comportamento de Asa provavelmente pode ser justificado por seja lá que tipo de pessoas horríveis o tenham criado, não significa que sou obrigada a me sujeitar a uma vida de infelicidade simplesmente porque ele me ama.

Porque ele me ama. Ele pode me amar com sua visão distorcida de amor, mas *ama*. Isso é óbvio.

Asa aponta para o outro lado da sala.

— Carter! Meu parceiro! Vem aqui ajudar a gente a celebrar esta ocasião monumental com um brinde!

Fecho os olhos. Por que ele está colocando Carter no meio disso? Não consigo olhar. Não consigo.

— Alguém dá uma taça de champanhe pra esse puto! — berra Asa.

Abro os olhos e lentamente percorro a sala até encontrar Carter, que ainda está com a mesma expressão. Só que agora alguém está dando uma taça de champanhe a ele.

E uma cadeira para que ele suba.

Minha vida é uma merda.

Asa me puxa para perto e beija a lateral da minha cabeça enquanto observamos Carter subir na cadeira. A sala está incrivelmente quieta. Ele chamou a atenção de todos de um jeito que nem Asa conseguiu, e isso sem dizer uma só palavra. Parece que todos ali se importam mais com o que Carter tem a dizer do que com o que Asa tinha. Espero que Asa não perceba.

Carter não olha para mim. Ele pisca para Asa e leva a taça de champanhe até a boca. Engole tudo de uma só vez antes de fazer o brinde. Quando a taça se esvazia, ele a estende a Dalton, que está segurando a garrafa. Dalton enche a taça novamente, Carter a leva até o peito e olha diretamente para Asa. Percebo que ele bufa por um instante logo antes de começar.

— É difícil acreditar que chegamos na idade dos noivados. Casamentos. Formação de famílias. Mas é mais difícil ainda acreditar que Asa Jackson saiu na frente de todos nós. — Algumas pessoas riem. — Nunca me vi como o tipo de cara que sossegaria. Mas depois de passar um tempo com Asa e de conhecê-lo melhor, de ver em primeira mão como ele *valoriza* seu relacionamento com Sloan, eu posso ter mudado de ideia. Porque se ele consegue uma garota tão bonita quanto ela, então talvez não seja tarde demais para o restante de nós.

Os convidados começam a erguer as taças, mas Carter balança uma das mãos para que se calem. Sinto Asa ficando tenso do meu lado, mas eu já estou tensa desde que Carter começou a falar.

— Não terminei — diz Carter, percorrendo a multidão com os olhos. — Asa Jackson merece um brinde mais longo que este, seus babacas impacientes.

Mais risadas.

Carter vira sua segunda taça de champanhe e espera Dalton enchê-la pela terceira vez. Minha pulsação está tão acelerada que rezo para Asa não segurar meu punho e sentir.

— Por mais que Sloan seja muito, *muito* bonita — continua Carter, tomando o cuidado de não olhar para mim —, aparência não tem merda nenhuma a ver com amor. Você não encontra o amor na atração que sente por alguém. Você não encontra o amor nas gargalhadas que dá junto com outra pessoa. Você não encontra o amor nem nas coisas que os dois têm em comum. O amor não é, de nenhum jeito, formato ou dimensão, definido nem encontrado no êxtase que traz para duas pessoas.

Ele vira a terceira taça de champanhe e, seguindo a rotina, Dalton a enche pela quarta vez. Tomo um gole da minha taça, pois minha boca e minha garganta ficaram completamente secas.

— Você... — continua Carter, sua voz um pouco mais arrastada e alta. — Você não encontra o amor. O amor *encontra você*. — O olhar de Carter percorre toda a sala até achar o meu. — O amor encontra você no perdão após uma briga. O amor encontra você na empatia que você sente por outra pessoa. O amor encontra você no abraço que vem após uma tragédia. O amor encontra você na celebração depois de derrotar uma doença. O amor encontra você na devastação depois de se *render* a uma doença. — Carter ergue a taça. — A Asa e Sloan. Que o amor encontre os dois em cada tragédia que enfrentarem.

A sala explode em comemoração.

Meu coração explode no peito.

Asa beija minha boca e então some, desaparecendo na multidão de pessoas ansiando por lhe dar um tapinha nas costas, parabenizá-lo e inflar seu ego.

Sou deixada na escada, encarando o cara ainda em pé na cadeira, que retribui meu olhar.

Ele me encara por mais vários segundos, e não consigo desviar o olhar. Então vira a quarta taça de champanhe, seca a boca e desce da cadeira, desaparecendo no meio dos outros.

Ponho a mão na barriga e solto todo o ar que prendia desde que ele começou o discurso.

O amor encontra você nas tragédias.

Com certeza é onde Carter me encontrou. No meio de uma série de tragédias...

Meus olhos examinam a multidão até achar Asa do outro lado da sala, olhando diretamente para mim. A suspeita substituiu o sorriso que passou a tarde toda estampado em seu rosto. Seus olhos estão focados nos meus com a mesma intensidade com que os meus estavam focados nos de Carter.

Não consigo encontrar forças nem para forçar um sorriso.

Asa vira uma dose de alguma coisa e bate o copo na mesa ao seu lado. Kevin o enche de novo e Asa bebe. Depois outro. Seu olhar não desvia de mim nem por um segundo.

VINTE E SETE

ASA

— Mais um.

— Você já tomou cinco, Asa. Mal passou das nove. Vai apagar às dez se continuar assim — alerta Kevin.

Desvio os olhos de Sloan e olho feio para Kevin. Ele cede, servindo o sexto shot, e eu o viro. Quando olho de volta para a escada, ela não está mais lá.

Dou uma olhada na sala, mas não a encontro. Imediatamente abro caminho pela multidão e subo os degraus até nosso quarto.

Quando abro a porta, Sloan está sentada na cama, olhando para a mão. Ela ergue a cabeça para mim e sorri, mas parece forçado. *Tudo tem parecido bem forçado aqui ultimamente.*

— Por que está aqui em cima? — pergunto.

Sloan dá de ombros.

— Não sei. Não gosto de festas.

Antes ela gostava. Assim como costumava dormir nua. De bruços.

Dou dois passos até ficar de frente para ela, olhando-a de cima.

— O que achou do brinde de Carter?

Ela passa a língua pelos lábios e dá de ombros mais uma vez.

— Foi meio difícil de acompanhar. Meio confuso, na verdade.

Concordo com a cabeça, observando sua reação com cuidado.

— Foi, é? Por isso ficou encarando o cara depois que saí de perto?

Ela inclina um pouco a cabeça, um movimento que as pessoas fazem quando estão confusas. Ou talvez quando só estão fingindo estarem confusas.

A única coisa em Sloan de que *não* gosto é que ela é esperta. Mais esperta que a maioria das garotas. Mais esperta até do que vários homens que conheço. Pode até ser uma boa mentirosa, porque ainda não a peguei mentindo nenhuma vez. Levo a mão até seu rosto e levanto seu queixo na minha direção.

— Já perguntei uma vez. Esta vai ser a última, Sloan.

Se eu não a conhecesse bem, diria que está tremendo. Mas podem ser os seis shots na minha corrente sanguínea. Passo os dedos pela maçã do rosto dela. Paro em sua boca e então lentamente a contorno.

— Quer trepar com ele?

Ela enrijece o pescoço e se afasta.

— Não seja ridículo, Asa — diz ela, dispensando minha pergunta.

Balanço a cabeça.

— Não sou burro, Sloan, então não me trate como se eu fosse. Notei como você olhou para ele lá embaixo. E ainda não tenho total certeza de que não foi o nome dele que você gemeu enquanto dormia ontem. Então me responde... quer trepar com ele?

Ela nega com a cabeça.

— Não faça isso de novo, Asa. Você está bêbado. E fica paranoico. — Ela se levanta para me encarar. Minha mão desce até sua cintura. Sloan olha no fundo dos meus olhos. — Não dou a mínima para Carter. Nem o conheço. Não faço ideia do por que você fica falando nele, mas se te incomoda tanto, *manda ele embora*. Não deixe mais ele entrar na nossa casa. Eu não dou a mínima, Asa, e se você se sente tão ameaçado assim, faça algo a respeito. Se eu quisesse outra pessoa, não estaria com esta aliança no dedo. — Ela ergue a mão esquerda e sorri. — Aliás, é lindo — diz ela, admirando o anel. — Fiquei meio sem palavras mais cedo, então me esqueci de dizer como o achei perfeito.

Ou sou um maluco iludido ou ela é a melhor mentirosa que já conheci. Se eu for obrigado a escolher entre as duas hipóteses, fico com a primeira.

Abraço-a pela cintura.

— Vamos lá para baixo. Quero olhar para você a noite toda — peço.

Ela me dá um beijinho na bochecha.

— Vou descer daqui a pouco. Quero ficar olhando para o meu anel por um tempo antes de todas as garotas lá embaixo começarem a pedir para experimentá-lo.

Ela gira o anel no dedo, admirando-o novamente.

Garotas. São tão fáceis de agradar. Eu devia começar a comprar mais dessas porcarias de joias para ela.

Eu a solto e vou até a porta.

— Não demora demais, você tem um monte de shots para tomar se quiser me alcançar.

Abro a porta, mas paro quando ela me chama. Ao olhar para trás, Sloan está sentada de novo na cama.

— Eu te amo — diz ela, seus doces lábios curvando-se em volta daquelas palavras.

Isso me deixa desesperado de vontade de estar dentro dela.

Vou estar. Mais tarde.

— Sei que ama, baby. Seria idiota não amar.

Fecho a porta e desço de novo. Acho que não devia ter dito isso, mas ainda estou meio amargurado pelo jeito como ela me fez sentir quando a flagrei encarando Carter. Quando atravesso a sala, Kevin ainda está em pé na mesa com toda a bebida. Pego um shot da mão dele.

— Mais um — exijo, apontando para a garrafa e virando o copo na minha mão.

Vou precisar do dobro do que já tomei para acalmar o jeito como meu sangue ferve só de pensar em Carter e Sloan.

Por falar em Carter...

Eu o vejo pelo canto do olho assim que ele se inclina e cochicha alguma coisa no ouvido de uma menina baixinha de cabelos escuros. Ela ri e bate no peito dele. Meu olhar segue as mãos dele, que estão na cintura dela, imprensando-a na parede.

Sloan tem razão. Estou paranoico. Se estivesse rolando alguma coisa entre Carter e Sloan, ele estaria me encarando ou procurando por ela. Não deslizando a língua pelo pescoço de uma garota qualquer, como está fazendo neste exato momento.

Bom para ele. Acho que é a primeira vez que o vejo se soltar um pouco. Deve ter sido a meia garrafa de champanhe que virou durante o discurso.

Tomo mais um shot e passo pelos dois a caminho da porta dos fundos. Dou um tapinha nas costas de Carter, mas acho que ele não percebe. As pernas da menina estão em volta da sua cintura. Ela tem pernas bonitas pra caralho.

Filho da puta de sorte.

Roço levemente os dedos por uma das pernas dela ao passar. Carter ainda está com a boca enterrada no pescoço da garota, mas ela olha nos meus olhos quando me sente tocá-la. Dou uma piscadela e ando na direção da porta.

Não dou cinco minutos para ela inventar uma desculpa e me seguir para fora da casa.

Eu devia me sentir mal com isso, por roubar a garota de Carter bem debaixo do nariz dele. Mas o babaca ficou na minha cabeça mais do que o suficiente nas últimas vinte e quatro horas em relação a Sloan. É o mínimo que merece.

VINTE E OITO

CARTER

— Ele já saiu? — sussurro no ouvido dela.

Tillie assente e desenlaça as pernas da minha cintura.

— Já — responde, secando o pescoço. — Sei que você teve que parecer convincente, mas, por favor, nunca mais encoste a língua em mim. Que nojo. — Eu rio. Ela ajeita o cabelo passando os dedos pelos fios. — Agora some. Tenho um trabalho a fazer. Pode ser até mais fácil do que eu tinha imaginado.

Ela coloca a mão no meu peito e me empurra para o lado, saindo pela porta dos fundos em busca do seu novo projeto. *Asa*.

Tillie já ajudou em algumas missões nas quais trabalhei, mas em geral ela é a acompanhante de Dalton. Achei que trazê-la aqui hoje à noite não só viria a calhar para mim, como também para a investigação. Se existe alguém capaz de tirar os olhos de Asa de Sloan por um tempo, esse alguém é Tillie. Não por causa da sua aparência, mas porque ela é um camaleão. Pode se tornar quem for preciso para entender a mente de um cara, e Asa Jackson é o próximo da lista.

Quando ela desaparece do lado de fora, olho pela sala para ter certeza de que ninguém está prestando atenção em mim. Quando percebo que estou livre, vou até a escada.

É óbvio que não foi para ir de fininho até o quarto de Sloan que chamei Tillie. Na verdade, Dalton me mandou ficar longe de Sloan hoje à noite e aguardar até domingo para lhe dar atenção, quando Asa estiver longe de nós dois.

Felizmente, Dalton está lá fora. Assim como Asa.

E Tillie também. Tenho pelo menos dez minutos para ver como Sloan está.

Ela provavelmente ficou confusa com o brinde que fiz lá embaixo. Caramba, nem eu entendi ainda o motivo de Asa ter me pedido para fazer isso, para início de conversa. Ou ele está começando a confiar em mim, ou é uma daquelas situações *mantenha seu inimigo por perto*.

Não perco tempo batendo ao chegar no quarto dela. Abro a porta e a fecho com a mesma rapidez. Em seguida a tranco, só por precaução. Sloan está sentada na cama e, assim que levanta a cabeça e percebe que sou eu, fica de pé.

— Carter — diz ela, secando uma lágrima. — Você não devia estar aqui.

Nossa, ela está linda. Fiquei tão enojado quando vi Asa descendo a escada com ela no colo mais cedo, que me recusei a prestar atenção. No jeito como seus cachos escuros caem em cascata pelos ombros nus, como o vestido justo a abraça da forma que eu queria estar fazendo agora. *Porra*. Sei que fui obrigado a tomar meia garrafa de champanhe para suportar aquele brinde, mas só está começando a fazer efeito agora.

Passo por ela sem tocá-la e vou até a janela, de onde olho para o quintal. Asa está numa espreguiçadeira ao lado da piscina, Tillie está sentada numa cadeira perto dele. Ela está inclinada para a frente, envolvendo-o numa conversa. As mãos dele estão relaxadas atrás da cabeça, e até mesmo daqui percebo que ele está encarando os seios dela.

Dalton está conversando com Jon do outro lado da piscina.

Olho de volta para Sloan, que está em pé atrás de mim, balançando a cabeça.

— Por que você está aqui? Está *louco*?

Confirmo com a cabeça.

— Pelo jeito, sim.

Nervosa, Sloan está abraçando a si mesma e olhando para mim. Meu coração parece prestes a atravessar o peito. Sinto isso às vezes, quando faço coisas idiotas.

— Quer que eu saia?

Ela puxa o lábio inferior e o morde por um instante, refletindo. Então balança a cabeça.

— Ainda não — sussurra.

Eu a alcanço e puxo seu braço direito para longe do peito. Passo os dedos por sua aliança.

— Não posso fazer isso enquanto você estiver com este anel.

Tiro a joia de seu dedo e a jogo na cama.

— Fazer o quê? — sussurra ela, me olhando com uma antecipação considerável.

— Beijar você. — Levo as mãos até seu rosto, passando-as pelas bochechas até chegar na sua nuca. — Vou beijar você até eu ficar sóbrio ou ser pego. O que acontecer primeiro.

Ela sorri apesar da tensão.

— Rápido — diz ela, sem fôlego.

Rápido é a última coisa que vou ser quando se trata dela.

Inclino a cabeça, sentindo seus dedos agarrarem a frente da minha camisa. Mal encosto meus lábios nos seus, passando a boca de forma tão leve quanto uma pena na dela. Nós dois soltamos uma respiração trêmula assim que fazemos contato.

Ela está na ponta dos pés, precisando que eu a beije completamente, que enfim dê o que nós dois queremos. Mas afasto a cabeça e a encaro. Sloan abre os olhos quando percebe que estou fazendo o oposto do que quer.

Encaro sua boca, querendo saboreá-la por mais um segundo antes de devorá-la. Coloco a mão direita no seu rosto, acariciando devagar seu lábio superior com o polegar.

— Por que está demorando tanto?

Fito a boca de Sloan conforme contorno seu lábio superior com o polegar.

— Estou com medo de não conseguirmos mais parar quando começarmos.

Ela desliza as mãos pelo meu pescoço, e sinto arrepios.

— Acho que você devia ter pensado melhor nisso antes de entrar no meu quarto. É meio tarde demais para mudar de ideia agora.

Assinto, puxando-a para mim. Abraço suas costas com uma das mãos e mantenho a outra no seu cabelo.

— É. Definitivamente é tarde demais.

Pressiono os lábios nos dela e minha pulsação acelera. Ela é tão doce que gemo. Sua boca é quente e os lábios, frios, e o jeito como ela me beija de volta faz o quarto ficar mais quente que o inferno. Tento puxá-la para mais perto, beijá-la com mais intensidade, mas não é o bastante. Estamos agarrados, tentando conseguir mais com esse beijo do que sabemos que podemos. Mas os lábios dela, os puxões, os gemidos... Não consigo parar.

Não consigo parar.

Acabamos com as costas de Sloan contra a parede, enquanto colocamos nossas vidas em risco para nos permitir sentir isto. Nosso beijo desacelera, acelera, desacelera de novo.

E para.

Estamos praticamente ofegando quando olho para ela. Sloan retribui meu olhar com a expressão mais trágica de todas. Beijo-a suavemente na boca, depois na bochecha. Encosto a testa na dela para recuperarmos o fôlego.

— É melhor eu ir para casa. Preciso fazer isso antes que minha falta de juízo mate você — sussurro.

Ela concorda, mas, assim que começo a me afastar, ela agarra meus braços com desespero.

— Me leva junto.

Eu não me mexo.

— Por favor — insiste Sloan, com os olhos se enchendo de lágrimas. — Vamos. Agora, antes que eu mude de ideia. Quero sair daqui e nunca mais voltar.

Merda. Ela está mesmo dizendo isso?

— *Por favor*, Carter. — Suas palavras soam desesperadas. — Podemos tirar meu irmão da clínica para Asa não ter como usá-lo contra mim. E onde quer que paremos, vou dar um jeito de dar a ele a atenção médica de que precisa. Só vamos embora.

Meu coração está murchando, assim como a esperança dela está prestes a murchar também. Se ao menos ela soubesse o quanto eu queria poder fazer isso...

Começo a balançar a cabeça, e ela leva as mãos dos meus braços ao meu rosto. Uma lágrima grande cai de um de seus olhos.

— Carter, *por favor*. Você não deve nada a ele. Você pode sair. Nós dois podemos. Agora mesmo.

Fecho os olhos com força e apoio a testa na lateral da cabeça de Sloan. Meus lábios estão próximos da sua orelha quando sussurro:

— Não é tão fácil assim, Sloan.

Se dependesse de Luke — e se Carter não precisasse existir —, já estaríamos do outro lado do estado. Mas se eu tirá-la daqui hoje à noite, se eu simplesmente fugir e abandonar Ryan no meio disso tudo... isso comprometeria a investigação inteira. Tornaria Asa ainda mais perigoso. E eu decepcionaria uma porrada de gente, isso sem falar que estaria desistindo de toda a minha carreira. Eu não teria nem como sustentá-la.

— Eu quero tirar você daqui, Sloan. Só não posso ir embora ainda. Não posso explicar por que e não sei quando vou poder, mas eu vou. Prometo. Juro.

Dou um beijo na lateral da sua cabeça, e Sloan começa a chorar. E, por mais que eu queira abraçá-la até sua tristeza passar, não posso. Cada segundo neste quarto com ela é mais um segundo arriscando sua vida.

Pressiono minha boca na dela uma última vez e então me afasto. Sloan deixa sua cabeça tombar para trás, contra a parede, e está ainda mais triste agora do que quando entrei no quarto.

Ela continua segurando meu punho quando tento ir embora. Ela se recusa a soltar, então levanto seus dedos dos meus punhos, soltando-a. Observo seus braços caírem, moles, ao lado do corpo. Ter que me afastar dela assim é, no mínimo, devastador.

É trágico.

E é onde o amor encontra você... nas tragédias.

VINTE E NOVE
SLOAN

Nunca perdi uma única visita de domingo ao meu irmão. E mesmo que eu tenha ficado na cama desde que Carter foi embora na sexta à noite, fingindo estar doente, de algum jeito consegui sair do fundo do poço hoje.

Asa e todos os amigos dele foram ao cassino. É uma viagem de três horas de carro para o norte, e meu irmão fica a uma hora para o sul. É triste, mas sinto que quanto mais distância eu colocar entre mim e Asa hoje, melhor vou me sentir. Mais facilidade vou ter de respirar.

Pouco antes de sair do quarto, paro na porta. Ergo a mão direita e tiro o anel, deixando-o em cima da cômoda. Vou chegar em casa bem antes de Asa voltar, então ele não vai notar que não o usei hoje.

Mas minha mão vai parecer milhões de quilos mais leve.

Paro na cozinha a fim de preparar alguma coisa para beber na estrada. Quando vou até o freezer para pegar gelo, meus olhos se fixam nas novas palavras rabiscadas no quadro de avisos.

Picles não se sentem culpados quando as pessoas cantam, então por que os lençóis nunca são dobrados às terças-feiras?

Não faço ideia de quando Carter escreveu isso, mas sei que foi para tentar fazer com que eu me sentisse melhor pelo jeito como ele teve que ir embora na sexta. Foi para tentar me fazer rir.

E funciona, porque, quando abro o freezer, estou sorrindo pela primeira vez em dois dias.

Encho o copo de gelo e refrigerante, depois pego uma lata a mais para Stephen. Eles não deixam meu irmão ter refrigerante no quarto por causa das restrições, então sempre levo uma lata escondida aos domingos. Com a permissão do médico, óbvio. Só não conto isso a Stephen.

Pego a bolsa, as chaves e as bebidas e ando na direção da porta quando recebo uma mensagem. Espero até estar dentro do carro para tirar o telefone da bolsa e ler.

Carter: Me pega na esquina da Standard com a Wyatt. Quero ir com você.

Meu rosto esquenta com a mensagem inesperada. Achei que ele estava com Asa e os outros caras hoje. Começo a responder, mas chega mais uma mensagem.

Carter: Outra coisa. Nunca responda as minhas mensagens. E delete as duas.

Faço o que ele pede e saio da entrada da garagem rumo à esquina da Standard com a Wyatt. Fica a apenas duas ruas de casa, e sei que ele quer que eu o busque lá porque é mais seguro do que ele simplesmente parar o carro diante da casa. Mas ainda não faço ideia de como Carter sabia que eu ia a algum lugar hoje.

Fico ansiosa ao procurá-lo. Quando viro na esquina da Standard, ele está exatamente onde prometera que estaria, sentado sozinho no meio-fio, com as mãos enfiadas nos bolsos da calça jeans. Ele sorri ao me ver e isso dói. E é incrível. Quando paro o carro, ele abre a porta e entra.

— O que você está fazendo? — pergunto.

— Indo visitar seu irmão com você.

— Mas... como? Como conseguiu escapar do cassino? E como sabia que horas eu ia sair?

Carter sorri e se inclina para mim, colocando a mão no meu cabelo. Ele encosta os lábios nos meus e responde:

— Dei um jeito. — Ele me beija e volta para seu lado do carro, colocando o cinto. — Se achar arriscado demais eu entrar no prédio com você, não me importo de esperar no carro. Eu só precisava muito de um tempo sozinho com você.

Tento sorrir, mas estar assim tão perto de Carter me faz lembrar da noite de sexta-feira, e em como fui patética ao implorar para que ele me levasse embora.

Eu não estava raciocinando direito. Não posso simplesmente virar as costas e ir embora. Estou no meio da faculdade. Não posso tirar Stephen da clínica e arrastá-lo numa viagem de carro pelo país. Ele está feliz lá, e eu o estaria prejudicando.

Só quero tanto sair dessa... E depois de sentir o que senti quando Carter me beijou, deixei as emoções tomarem conta. E desejei que ele estivesse errado, que pudesse mesmo me salvar.

Carter pega minha mão.

— Sloan, pode me prometer uma coisa?

Olho para ele.

— Depende.

— Estou vendo pela sua expressão que está pensando na noite de sexta. Não vamos falar sobre Asa hoje. Ou sobre o que nós dois sabemos que precisa acontecer. Não quero nem discutir a possibilidade de sermos pegos, ou como sou burro por estar indo com você. Vamos ser apenas Sloan e Luke hoje, ok?

Ergo uma sobrancelha.

— *Luke?* Quem é Luke? Vamos fingir ser outras pessoas?

Ele enrijece a mandíbula e se corrige:

— Quis dizer Carter. Eu usava o nome do meio quando era mais novo. Mania difícil de largar.

Balanço a cabeça e rio.

— Deixo você tão nervoso assim que não lembra nem o próprio nome?

Ele aperta mais minha mão e sorri.

— Para de zombar de mim. E nunca me chame de Luke. Só meu avô me chamava assim e é estranho.

— Ok, mas não vou mentir. Eu meio que gosto de Luke. Luke.

Ele se aproxima e aperta meu joelho.

— Sloan e *Carter*. Vamos ser Sloan e Carter hoje — corrige ele novamente.

— E quem sou eu? — provoco. — Sloan ou Carter?

Ele ri, tira o cinto de segurança e se inclina no banco. Então encosta a boca no meu ouvido e desliza a palma da mão pela minha coxa. Prendo a respiração e agarro com força o volante quando ele sussurra:

— Você vai ser Sloan. Eu vou ser Carter. E quando estivermos voltando para casa hoje à tarde, vamos parar em algum lugar tranquilo e você pode ser Sloan no banco de trás *com* Carter. Acha uma boa?

Solto a respiração enquanto assinto:

— Aham.

TRINTA

CARTER

— Quando foi a última vez que Asa veio visitá-lo? — pergunto.

Sloan desliga o motor e começa a juntar seus pertences.

— Há dois anos. Ele só veio uma vez. Disse que se sentiu desconfortável.

Lógico que ele diria isso.

— Então ninguém acharia estranho se eu entrasse com você?

Sloan balança a cabeça.

— Acho que os funcionários estão tão acostumados a me verem sozinha que só ficariam curiosos por eu finalmente aparecer com alguém. Mas não ficariam desconfiados nem contariam a Asa, considerando que nem o conhecem. — Ela joga a chave e o celular na bolsa e segura o volante. Em seguida, encara o estacionamento. — Isso é muito triste, não é? Eu não ter ninguém? *Literalmente* ninguém. Sempre apenas Stephen e eu contra o mundo todo.

Chego perto dela e coloco uma mecha de cabelo atrás da sua orelha. Quero consolá-la, dizer que ela tem a mim. Mas Sloan está sendo tão sincera agora que não quero contar mais uma mentira. Ela não sabe nem meu nome verdadeiro, e, quanto mais mentiras eu contar em momentos como este, mais difícil vai ser para ela me perdoar quando descobrir a verdade.

E ela *quase* descobriu mais cedo. Juro por Deus, às vezes me pergunto como consegui este emprego. Sou o pior policial infiltrado que já existiu. Sério, deviam me chamar de Pantera Cor-de-Rosa.

Às vezes acho que ela entenderia se eu contasse a verdade. Que talvez pudesse ajudar de algum jeito. Mas eu só a colocaria em mais perigo ainda, e já estou fazendo muito isso.

Talvez com o tempo eu consiga fazê-la ganhar a confiança de Ryan, e ele veja a vantagem de contar tudo a Sloan. Porém, por enquanto é melhor ficar de boca fechada.

Sloan ainda está inexpressiva, encarando a janela, então a puxo para mim e a abraço. Ela retribui e suspira no meu pescoço, e desejo que Asa morra na volta da porcaria do cassino.

Merda. Isso foi demais.

Mas será que Asa não vê como seria melhor para a vida de todos ao redor se ele não existisse?

Óbvio que não. Um narcisista sádico não vê nada além do próprio umbigo.

— Você dá abraços muito bons — diz Sloan.

Eu a abraço mais forte.

— Acho que você apenas não recebeu abraços suficientes na vida.

— Tem isso também — concorda, suspirando.

Eu a seguro por mais um instante, até ela sussurrar no meu pescoço:

— Cinquenta e seis caranguejos comeram cadarços no jantar de Páscoa e depois tossiram um arco-íris pelas narinas.

Eu rio e beijo o topo da sua cabeça.

— Não dá pra comprar manteiga ilegal com uma roda de bicicleta nem com uma corda.

Sinto seu sorriso quando ela se aproxima da minha boca e me beija.

Era tudo que eu queria antes de sairmos deste carro: que ela voltasse a sorrir.

— Você disse que ele não gostou de Asa — comento, ao descermos o corredor na direção do quarto de Stephen. — Se ele não se comunica, como sabe se gosta ou não de alguém?

Sloan me contou mais sobre a condição do irmão enquanto caminhávamos até o quarto dele. Ela listou umas cinco coisas com as quais ele foi diagnosticado, mas não me lembro dos nomes de cada uma, então o mínimo que posso fazer é tentar entendê-las.

— Temos nosso próprio meio de comunicação. Eu praticamente criei meu irmão desde que ele era um bebê de colo. — Sloan vira no corredor e aponta para outro. — Ele está aqui, no fim desse.

Ainda tenho perguntas, então puxo sua mão até pararmos.

— Mas você é só alguns anos mais velha. Como assim o criou?

Ela me olha e dá de ombros.

— Fiz o que era preciso, Carter. Não tinha mais ninguém para fazer.

Acho que nunca conheci alguém como Sloan. Eu a beijo, em parte porque quero beijá-la o máximo de vezes possíveis hoje, e em parte porque ela merece um pouco mais de afeto. De afeto *sem segundas intenções*. Eu não pretendia que o beijo durasse mais que um ou dois segundos, mas não tivemos a oportunidade de nos beijar assim desde nosso primeiro beijo. Fico imediatamente perdido nele, e todo o resto desaparece.

Até alguém atrás de nós pigarrear. A gente se afasta e vê uma enfermeira tentando passar pela porta que estamos bloqueando. Sloan se desculpa e começa a rir, então nos apressamos até o quarto de Stephen.

Ela bate na porta e a empurra. Sigo-a para dentro do quarto, imediatamente impressionado com o lugar. Eu esperava mais uma decoração de asilo ou de quarto de hospital, mas parece um apartamento em miniatura. Há uma pequena sala de estar anexa a um quarto e uma cozinha. Percebo que ainda assim não há fogão nem micro-ondas, o que provavelmente significa que ele precisa de alguém para preparar todas as refeições.

Sloan vai até a sala de estar para cumprimentar o irmão, mas espero na entrada, sem querer interrompê-los.

Stephen está sentado no sofá, assistindo à televisão. Ele olha para Sloan e eu noto imediatamente a semelhança. Os dois têm a mesma cor e textura de cabelo, e os mesmos olhos.

Mas o rosto dele é inexpressivo. Ele volta a atenção para a TV, e meu coração logo se aperta por Sloan. A única pessoa que ela ama no mundo não tem capacidade de expressar seu amor. Não é de admirar que ela pareça tão sozinha. Provavelmente é a pessoa mais solitária que já conheci.

— Stephen, quero que conheça alguém — começa Sloan, apontando na minha direção. — Este é meu amigo Carter. Estudamos juntos.

Stephen olha para mim, mas depois se volta para a TV com a mesma rapidez.

Sloan dá um tapinha no sofá ao lado dela, me pedindo para sentar ao seu lado. Obedeço, observando-a interagir com o irmão. Ela começa a tirar coisas da bolsa. Um cortador de unha, papel, caneta, um refrigerante. Conversa com ele o tempo todo, contando sobre a viagem até lá e dizendo o que achou do novo vizinho que ela viu no quarto ao lado.

— Quer gelo? — pergunta.

Olho para Stephen, mas ele não dá sinal de que quer qualquer coisa. Sloan aponta para a cozinha.

— Carter, pode pegar um copo com gelo para ele? E o canudo azul na gaveta do alto à esquerda?

Assinto e vou até a cozinha pegar o copo de gelo. Noto que Sloan pega uma caneta e começa a escrever alguma coisa. Desliza o papel para Stephen e ele o lê imediatamente, pegando a caneta e se debruçando sobre a folha para escrever uma resposta.

Ele sabe ler e escrever? Ela não mencionou essa parte.

Quando termino de pegar o gelo, volto para a sala de estar e o entrego a Sloan. Ela escreve mais alguma coisa e devolve o papel a Stephen, em seguida servindo o refrigerante no copo. Assim que ela põe o canudo, Stephen pega a bebida da mão de Sloan e começa a engolir. Ele devolve o papel para a irmã, que o passa para mim. Leio o que escreveu primeiro.

Livros feitos de jujubas ficam grudentos demais quando você usa luva de pelinhos.

Leio o que Stephen escreveu depois. Sua caligrafia não é tão legível quanto a dela, mas dá para entender o que diz:

Cestas de lagartos na minha cabeça partem o algodão ao meio para você.

Olho para Sloan, que abre um sorrisinho. Lembro o nosso primeiro dia juntos na aula, quando a vi fazendo isso pela primeira vez. Ela falou que era só um jogo que fazia às vezes. Acho que era a isso que estava se referindo. Sloan joga aos domingos com Stephen.

— Ele consegue ler quase tudo? — pergunto.

Ela balança a cabeça.

— Ele não entende totalmente. Eu o ensinei a ler e a escrever quando éramos mais novos, mas desenvolver raciocínios completos é algo que nunca o vi fazer por escrito. Esse é o jogo favorito dele.

Olho para Stephen e pergunto:

— Posso escrever uma coisa, Stephen?

Olho para a caneta e ele a entrega a mim, mas ainda não me olha. Encosto-a no papel.

Sua irmã é incrível e você tem muita sorte de tê-la.

Dou a folha a Sloan, que lê antes de entregá-la a Stephen. Ela fica vermelha e me cutuca de leve no ombro, passando o papel e a caneta ao irmão.

E é o que fazemos por mais dez páginas. Stephen e Sloan escrevem palavras aleatórias alternadamente, e eu apenas escrevo um monte de elogios sobre ela.

Sua irmã tem um cabelo lindo. Gosto principalmente de quando está cacheado.

Sabia que sua irmã limpa a bagunça de vários caras que não sabem levantar a bunda da cadeira? E provavelmente ninguém nem a agradece. Obrigado, Sloan.

O dedo anelar da sua irmã está lindo e livre hoje.

Gosto da sua irmã. Muito.

Depois de mais ou menos uma hora, uma enfermeira entra e interrompe a brincadeira para levar Stephen à fisioterapia.

— A assistente social veio hoje? — pergunta Sloan.

A enfermeira balança a cabeça.

— Ela não vem aos domingos. Mas quando Stephen terminar a terapia, vou deixar um bilhete para que entre em contato com você amanhã.

Sloan responde que seria ótimo, e vai até o irmão para abraçá-lo. Quando termina de se despedir, sinceramente fico sem saber o que fazer. Não quero fingir que sou especialista em interagir com pessoas como Stephen, mas também não quero fazer nada que não deveria.

— Posso dar um aperto de mão nele?

Sloan balança a cabeça.

— Ele não deixa ninguém tocar nele a não ser eu.

Ela entrelaça os dedos nos meus.

— Foi legal conhecer você, Stephen — digo.

Sloan pega a bolsa e começamos a sair do quarto para a enfermeira poder prepará-lo para a fisioterapia. Quando já estamos quase na porta, sinto um tapinha no meu ombro. Viro o corpo e me deparo com Stephen parado na minha frente, olhando para o chão, balançando o corpo para a frente e para trás. Ele me dá a caneta e uma folha de papel em branco. Aceito o que me oferece, sem saber como dizer que estamos indo embora e não podemos mais brincar.

Encaro Sloan em busca de alguma pista do que fazer, e fico confuso com a expressão dela. Stephen volta para a sala de estar, afastando-se de nós. Olho para a folha em branco e para a caneta.

— Ele quer que você volte — sussurra ela. Quando olho novamente, Sloan está sorrindo e concordando. — Nunca vi isso acontecer, Carter. — Ela tapa a boca com a mão e solta um ruído que poderia ser ao mesmo tempo uma risada e um choro. — Ele gostou de você.

Observo Stephen, que está de costas para nós. Quando volto a atenção para Sloan, ela fica na ponta dos pés e me beija, me puxando para fora do quarto. Dobro o papel e o guardo junto com a caneta no bolso da calça.

Não sei o que eu estava esperando hoje, mas certamente não era isso.

Estou feliz por ter vindo, e não só por causa de Sloan.

TRINTA E UM

ASA

Eu me lembro dessa porra ter sido bem mais divertida no mês passado.

Passo a mão pelo cabelo, apertando a nuca. Estou com fome. Olho para Kevin e Dalton, que estão conversando com uma bartender que parece mais uma garota que Jon levaria para os fundos do prédio do que alguém que qualquer um dos dois entreteria.

O único motivo para Jon provavelmente *não* estar comendo a funcionária nos fundos do prédio agora é o fato de ter saído com duas prostitutas baratas do estacionamento de caminhão do prédio ao lado. Provavelmente as levou ao banheiro masculino. O que me surpreende, considerando que sua cara inchada e com hematomas azulados parece a porra de um mirtilo.

Ele já devia ter voltado, porque tenho certeza de que não dura mais do que dois minutos com uma garota. E eram duas. Isso dá apenas quatro minutos, mas não o vejo há mais de uma hora.

Onde Jon se meteu?

Procuro ao redor e, quando não o encontro por perto, pego minhas fichas. Grito para o outro lado da mesa — *por cima do barulho irritante dos caça-níqueis* — para avisar a Dalton e Kevin que vou procurar Jon. Dalton assente.

Vou até o outro lado do cassino e não o encontro. Viro e passo por uma mesa de blackjack quando meu olhar se fixa em um cara falando arrastado com um crupiê.

— Toda vez que venho nesta merda de cassino vejo os mesmos babacas miseráveis debruçados sobre as mesas, deixando os salários suados para vocês, malditos filhos da puta, e vocês continuam tirando tudo deles. Tirando, tirando, tirando.

O crupiê tira as fichas da frente do cara. Um homem do outro lado da mesa responde:

— E em nove a cada dez vezes, o filho da puta miserável é você.

Eu rio e olho nos olhos do cara que acabou de falar.

Então paro de rir.

Ele desvia o olhar sem qualquer indício de reconhecimento.

O chorão empurra o banco para longe da mesa e se levanta. Ele aponta para o cara que estou encarando e diz:

— Você teve sorte, Paul. Foi só isso. Não vai durar.

Estou cerrando os punhos com tanta força que minhas unhas perfuram minha pele até sair sangue da mão. Dá para sentir o líquido nas palmas.

Não preciso nem ouvir o nome do sujeito para confirmar que é ele. Um filho não esquece o pai.

Não importa quão fácil tenha sido para o pai esquecer o filho.

Viro de costas e limpo o sangue das mãos na calça jeans. Tiro o celular do bolso e faço uma rápida busca no Google. Depois de alguns minutos lendo os resultados e olhando do meu telefone para ele, finalmente encontro o que estava procurando.

O filho da puta ganhou liberdade condicional no ano passado.

Deslizo o celular para o bolso e vou até o lugar vazio de frente para ele. Nunca fiquei tão tenso, mas não é porque ainda tenho medo do que ele vai fazer comigo. Estou tenso porque tenho medo do que *eu* quero fazer *com ele*. Faço uma aposta e tento não encará-lo de um jeito muito óbvio, mas meu pai nem está prestando atenção em mim. Está concentrado no crupiê.

Seu cabelo está tão ralo que ele poderia ser considerado calvo, se não fosse pelos últimos fios aos quais pateticamente se apegou. Passo a mão pelo meu cabelo. Parece cheio como sempre.

Talvez ele tenha perdido cabelo por causa do estresse e não seja algo hereditário. Porra, espero que nada neste homem seja hereditário, ele parece um desperdício de espaço do cacete.

Eu me lembro do meu pai ser muito mais alto. Muito maior. Muito mais intimidador. Estou um pouco desapontado.

Na verdade, estou muito desapontado. Sempre odiei o filho da puta, mas as lembranças que tenho dele me faziam considerá-lo invencível. O que me dava a sensação de que talvez tivesse herdado um pouco disso dele. Mas ver o que meu pai se tornou fere meu orgulho pra caralho.

— Ei, garoto — diz ele, estalando os dedos ossudos. — Tem um cigarro?

Olho nos seus olhos, e ele me encara de volta, tentando filar um cigarro da porra do seu único filho, que ele nem reconhece. Nem um pouco.

— Não fumo essa merda, babaca.

Ele dá uma risadinha e ergue a palma da mão.

— Opa, opa, amigo. Dia ruim?

Ele acha que isso sou eu tendo um dia ruim? Viro uma ficha nos dedos e me debruço sobre a mesa.

— Pode-se dizer que sim.

Ele balança a cabeça e ficamos em silêncio durante a rodada seguinte. Uma mulher mais velha, com peitos mais enrugados que os dedos do meu velho pai, surge ao lado dele e põe o braço ao seu redor.

— Podemos ir — resmunga ela.

Ele a empurra com o cotovelo e responde:

— Eu não. Avisei que ia procurar você quando eu quisesse ir.

Ela geme um pouco mais até ele tirar uma nota de vinte do bolso e mandá-la ir brincar num dos caça-níqueis. Depois que a mulher sai, aceno com a cabeça na sua direção.

— Sua esposa?
Ele ri mais uma vez.
— Não. Porra, não mesmo.
Viro a primeira carta. É um dez de copas.
— Já foi casado? — pergunto.
Ele leva uma das mãos ao pescoço e o estala, mas não me olha.
— Uma vez. Não durou muito.
É, eu sei. Eu estava lá.
— Ela era uma puta? Por isso não está mais casado com ela?
Ele ri e me olha nos olhos de novo.
— Era. É, ela era.
Solto a respiração lentamente, e viro minha segunda carta. Um ás de paus.
Blackjack.
— Eu vou me casar. Mas minha noiva não é uma puta.
Acho que não devo estar fazendo sentido algum para ele, porque inclina a cabeça e estreita um pouco os olhos. Então se debruça sobre a mesa e bate na beirada.
— Deixe eu dar um conselho, filho.
— Não me chame de *filho*.
Ele faz uma pausa e reconheço um pouco do olhar de condescendência que ele costumava me dar. Então continua:
— *Todas* elas são putas. Você é jovem, não se prenda. Aproveite a vida.
— Eu *aproveito* a porra da minha vida. Aproveito pra caralho.
Ele balança a cabeça e balbucia:
— Você é o filho da puta mais nervosinho que já conheci.
Ele tem razão. Sou mesmo.
Nunca estive tão nervosinho quanto agora.
Quero subir na mesa e enfiar minhas cartas pela goela dele, por mais que eu esteja ganhando.

O crupiê anuncia minha vitória, mas me levanto e me afasto antes de fazer alguma estupidez dentro de um prédio cheio de câmeras de segurança e guardas.

— Senhor! — exclama o crupiê. — Não pode deixar suas fichas!

— Fique com as fichas, porra!

Atravesso o cassino o mais rápido que consigo. Finalmente encontro Jon, rodeado pelas duas prostitutas na merda de um jogo de Roda da Fortuna.

— Vai atrás de Dalton e Kevin. Vamos embora.

Vou até a saída e, assim que empurro as portas, me curvo, arfando em buscar de ar.

Não sou como ele.

Não sou *nada pouco* como ele.

Ele é patético. É fraco. É a porra de um *careca*, cacete!

Minhas mãos estão tremendo.

— Ei! — Chamo a atenção de um cara que acabou de sair. — Pode me arranjar um desses?

Ele põe um cigarro na boca para pegar outro no bolso. Depois o entrega para mim e me oferece um isqueiro. Eu o aceito e murmuro um "obrigado", em seguida dou um longo trago. Ainda estou andando de um lado para o outro quando os caras finalmente saem.

Mas não muito atrás deles, eu o vejo outra vez, a prostituta de peitos enrugados pendurada em seu braço. Estão indo para a saída.

— Vamos nessa — diz Jon, quando todos saem.

Balanço a cabeça sem tirar os olhos do meu pai.

— A gente já vai.

Continuo encarando os dois enquanto se aproximam. Assim que abrem a porta e saem do prédio, os olhos do meu pai encontram os meus. Ele nota o cigarro na minha boca quando passa por mim.

— Achei que tinha dito que não fumava.

— Não fumo — retruco, soprando a fumaça na cara dele. — É meu primeiro.

Mais uma vez aquela expressão condescendente. É a mesma expressão que ele me dava quando eu era criança, só que desta vez sem a parte da surra.

Da parte dele, pelo menos.

Eles continuam andando, e, quando estão a um metro e meio de distância, digo:

— Tenha uma tarde maravilhosa, Paul Jackson.

Meu pai para de andar, esperando alguns segundos antes de se virar para trás. Quando finalmente o faz, eu noto. Reconhecimento. Ele inclina a cabeça e diz:

— Eu não te disse meu nome.

Dou de ombros e deixo o cigarro cair no concreto, pisando nele com o calcanhar do sapato.

— Foi mal. Acho que eu devia ter dito *pai*.

Não tenho dúvidas de que é mesmo reconhecimento estampado em seu rosto.

— Asa?

Ele dá um passo para a frente, mas esse foi seu segundo erro. O *primeiro* foi não se lembrar de mim.

Ando a passos largos e avanço nele com ambos os punhos. Aquele patético de merda cai no chão antes mesmo de eu acertar um soco em cheio nele. Sinto um dos caras tentando me tirar de cima dele. A piranha está gritando no meu ouvido, arranhando meu rosto, tentando me afastar.

Dou outro soco nele. Dou um soco por cada ano em que ele me deixou sozinho. Dou um soco por cada vez que chamou minha mãe de puta. Dou um soco por cada conselho de merda que já me deu. Continuo socando-o até minhas mãos estarem cobertas de sangue e eu não conseguir mais ver o rosto do meu pai. Há tanto sangue que tenho certeza de que confundo o concreto com sua cabeça, porque é no concreto que o soco dói mais.

Quando os caras finalmente me tiram de cima dele e começam a me arrastar até o carro, sinto aquela merda molhada no meu rosto. A merda que meu pai dizia ser o que diferenciava homens de mariquinhas.

Sim, estou falando de lágrimas. Eu as sinto e não consigo segurá-las. Nunca me senti tão poderoso e tão fraco em toda a minha vida de bosta.

Não faço ideia de como vou parar no banco do carona, nem de quem me coloca lá, mas estou espancando a porra do painel do carro, socando-o com tanta força que o plástico racha. Kevin está saindo depressa do estacionamento, aposto que tentando escapar da segurança antes que encontrem a porcaria sangrenta que larguei na porta de entrada deles.

Jon se estica até o meu banco e tenta prender meus braços atrás de mim, mas ele é mais burro do que eu pensava se acha que vai conseguir me segurar. Solto meus braços e volto a socar o painel. Vou socá-lo até minhas mãos ficarem dormentes ou até esta merda parar de escorrer da porra dos meus olhos.

Não estou me tornando ele. Não estou me tornando aquele cretino patético, cacete.

Não quero mais me sentir assim.

— Alguém me dá a porra de alguma coisa! — grito.

Sinto como se meus ossos estivessem tentando atravessar a pele. Puxo o cabelo e soco a porra da janela.

— Não consigo respirar!

Kevin abre a janela, mas não adianta.

— Me dá *alguma coisa*! — insisto. Eu me viro para trás e tento agarrar Jon, mas ele se recosta e levanta a porra da perna como se isso fosse protegê-lo de mim. — Agora!

— Está no porta-malas! — grita Jon. — Que merda, Kevin! Para o carro para conseguirmos acalmá-lo!

Eu me sento de frente de novo e soco o painel mais uma vez. Vários socos depois, Jon volta a entrar no carro.

— Me dá dois segundos — pede.

Ele é um mentiroso da porra, porque está mais para dez segundos o tempo que leva para me entregar a agulha. Arranco a tampa com os dentes e a enfio no braço.

Eu me recosto no banco.

— Vai — digo a Kevin.

Fecho os olhos e sinto o carro começar a andar.

Não sou nada pouco parecido com ele.

E as mulheres não são todas putas. Sloan não é uma puta.

— Ela é heroína. Heroína é legal — sussurro.

TRINTA E DOIS
CARTER

— Está com vontade de comer o quê? — pergunto.

Sloan quis que eu dirigisse na volta, então estou procurando um restaurante pelos últimos oito quilômetros.

— Não ligo. Qualquer coisa menos comida grega.

— Não gosta de comida grega?

Ela dá de ombros.

— Gosto. Mas não tem nenhum restaurante grego até a próxima cidade, e estou com fome. Se você quisesse comida grega, eu teria que esperar demais para comer.

Eu rio. Sloan é adorável pra caralho. Eu me estico para pegar sua mão, mas recebo uma mensagem. Não costumo ler enquanto dirijo, ainda mais com Sloan no carro, mas Dalton disse que me avisaria se resolvessem voltar mais cedo.

E, óbvio, a mensagem é dele.

Dalton: Hora de voltar. Asa não está bem.

Ah, merda. Será que meu desejo de que ele morresse foi atendido?

Eu: Sofreram algum acidente de carro?

Dalton: Não. Ele deu uma surra no pai e está tendo a porra de um colapso nervoso.

Dalton: Ele não para de falar em Sloan, é bom ela estar lá quando ele voltar. Nunca vi o cara desse jeito.

Apago as mensagens e ponho o celular de volta no apoio de copo. Seguro firme o volante.

— Desculpe, mas não podemos parar para comer. Dalton disse que Asa surtou e eles estão voltando.

— Surtou?

— É, alguma coisa com o pai dele... Pelo jeito, deu uma surra no pai no cassino.

Sloan olha pela janela.

— O pai dele está vivo?

Olho para ela. Sloan não sabia que o pai de Asa foi condenado por assassinato? Acho que faz sentido ele não ter contado. Não é uma coisa que alguém gostaria que a namorada soubesse.

— Ele não sabe que você está comigo. Não precisamos voltar agora. Estou com fome — insiste ela.

Odeio ter que forçá-la a voltar para casa quando ela precisava ficar longe de lá.

— Dalton disse que Asa faz questão que você esteja lá. Parece estar muito mal.

Ela suspira.

— Não é problema meu. Por que Dalton sabe que você está comigo, aliás? Não confio nele. Nem em Jon. Nem em Kevin.

— Não se preocupa. Confio minha vida a Dalton. — Pego a mão dela e a puxo para o colo. — Vou parar onde deixei meu carro e de noite passo na sua casa. Acho que precisa ter um intervalo entre você chegar e eu aparecer.

Ela concorda, porém não diz mais nada no caminho. Estamos temendo o inevitável, que é dar de cara com um Asa Jackson instável. Ele já é ruim quando está de *bom* humor. Não quero nem pensar em como vai tratar Sloan hoje à noite.

Quando chegamos ao meu carro, observo em volta para ter certeza de que não tem ninguém por perto. Estacionei a alguns quilômetros da casa dela e andei o restante do caminho.

Antes de sair do carro, puxo-a para perto e a beijo. Ela retribui meu beijo e suspira, o que é meio triste. Como se estivesse cansada de se despedir assim.

— Por que parece que toda vez que damos um passo à frente, somos forçados a dar mais dez para trás? — pergunta ela.

Afasto uma mecha de cabelo da sua testa.

— Vamos ter que começar a dar passos mais largos para a frente.

Ela força um sorriso e confessa:

— Odeio que não vou poder falar com você quando estiver lá em casa hoje. Ou tocar em você.

Beijo a testa dela.

— Eu também. Devíamos combinar um sinal para usar, já que não podemos nos falar. Algo discreto, que só a gente perceba.

— Tipo o quê?

Levo a mão até meu rosto e passo o polegar pelo lábio inferior.

— Este é o meu — digo.

Ela enruga o nariz tentando pensar no dela.

— Você podia torcer uma mecha de cabelo em volta do dedo — sugiro. — Gosto quando faz isso.

Ela sorri.

— Está bem. Se me vir fazendo isso, significa que eu queria estar sozinha com você.

Ela pega uma mecha de cabelo e a enrola no dedo.

Eu me inclino e a beijo, então me forço a sair do carro. Espero ela se afastar antes de mandar mais uma mensagem para Dalton.

Eu: Não a deixe sozinha com ele antes de eu chegar lá. Tenho medo do que pode acontecer.

Dalton: Entendido. Não sei direito o que aconteceu com Asa. Ele injetou, apagou por dez minutos, e agora está falando sem parar. Fica falando que quer espaguete e que tem cabelo grosso. Não faz nenhum sentido. Até fez Kevin passar a mão no cabelo dele.

Porra. Ele já é imprevisível normalmente. Isso não é bom.

Eu: Me avisa assim que chegar. Espero uma hora e então vou para a casa.

Dalton: Boa ideia. A propósito, ele disse que você era LSD. O que acha que significa? Por que ele te chamou de LSD?

Eu: Eu sei lá, porra.

Dalton: Ele falou que "Carter causa as piores alucinações e é difícil pra caralho de achar. Ele é LSD".

Eu: Asa está louco pra cacete.

TRINTA E TRÊS

SLOAN

Meu telefone toca assim que passo pela porta da frente. É Asa. *Ótimo.*

Deslizo o polegar pela tela para atender.

— Oi.

— Oi, baby — diz ele. Parece ter acabado de acordar, mas dá para ouvir que continua no carro. — Está em casa?

— Estou. Acabei de entrar. Ainda estão no cassino?

— Não. Voltando.

É, fiquei sabendo.

— Estamos com fome. A gente quer espaguete. Pode fazer?

— Estou cheia de dever de casa. Não estava planejando cozinhar hoje.

Ele suspira e diz:

— É, bom, eu não estava planejando sentir vontade de comer espaguete.

— Parece que temos um dilema — devolvo, desinteressada.

— Faz a porra do espaguete, Sloan. *Por favor.* Estou tendo um dia ruim aqui.

Fecho os olhos e afundo no sofá. Vai ser uma noite longa. É melhor eu fazer com que seja o mais tranquila possível para mim.

— Ok, vou preparar espaguete para você. Quer almôndegas por cima, amor?

— Eu adoraria almôndegas. A gente quer almôndegas, né, pessoal?

Escuto alguns dos caras no carro murmurarem que sim.

Jogo as pernas por cima do braço do sofá e coloco o telefone no viva-voz, apoiando-o no peito.

— Por que está tendo um dia ruim?

Ele fica quieto por um tempo, e então responde:

— Já contei a você sobre meu pai, Sloan?

— Não.

Ele suspira.

— Exatamente. Não tem porra nenhuma para contar.

Caramba. O que esse homem fez com ele? Esfrego a têmpora com os dedos.

— Que horas você chega?

Asa não responde e pergunta:

— Carter está aí?

Eu me sento imediatamente. Culpe a paranoia, mas minha voz fica um pouco mais hesitante. Tento disfarçar quando respondo:

— Não, Asa. Ele está com você.

Há uma breve pausa.

— Não, Sloan. Ele *não* está.

A ligação fica ainda mais silenciosa, e, quando olho para a tela, percebo que ele desligou. Pressiono o aparelho na testa. *O que será que ele sabe?*

❁

Uma hora mais tarde, todos eles entram pela porta da frente. Ainda não terminei de cozinhar o espaguete porque precisei ir ao mercado comprar a porcaria da massa. Asa aparece na cozinha e fico ofegante quando o vejo. Sua camisa está coberta de sangue e sua mão está quase irreconhecível. Imediatamente corro para pegar o kit de primeiros socorros na despensa.

— Vem cá — digo, chamando-o até a pia.

Molho a mão dele, tentando encontrar a origem de tanto sangue, mas parece estar vindo de toda parte. Os punhos de Asa parecem estar em carne viva. Meu estômago se revira, mas me obrigo a terminar de limpar para fazer um curativo e não ter que olhar mais.

— O que foi que você *fez*, Asa?

Ele se encolhe e olha para a própria mão, então dá de ombros.

— Não o bastante.

Passo pomada em toda a mão dele e a enfaixo, mas isso mal vai ajudar. Asa provavelmente precisa levar pontos. Muitos pontos.

Sinto sua mão apertar a minha com força, e meus olhos se fixam nos dele.

— Cadê a porra da aliança?

Merda.

— Está em cima da cômoda. Não queria que sujasse enquanto eu cozinhava.

Ele se levanta e puxa meu braço, me arrastando na direção da escada. Sinto o puxão retesar até meu pescoço.

— Asa, para!

Mas ele não me solta. Ao me arrastar pela sala, Dalton se levanta.

— Asa — chama ele.

Mas Asa não dá atenção. Para não cair, preciso correr para acompanhá-lo enquanto ele sobe dois degraus de cada vez. Asa empurra a porta do quarto e pega o anel na cômoda, levantando minha mão direita.

— Você vai ficar com a porra da aliança no dedo. Por isso comprei, para os outros saberem que não podem mexer com você.

Ele bate meu braço na cômoda e abre a primeira gaveta, imobilizando minha mão embaixo da dele.

— O que você está fazendo? — pergunto, com medo da resposta.

Ele abre a segunda gaveta e remexe o conteúdo.

— Ajudando você a se lembrar de nunca tirá-la — diz ele, pegando um tubo e batendo a gaveta ao fechá-la.

Meus olhos notam o tubo de supercola na sua mão.

A merda que isso vai dar.

Tento puxar a mão de volta, mas ele usa ainda mais força para prender meu punho. Tira a tampa da supercola e começa a passá-la no meu dedo, espalhando-a debaixo do anel.

As lágrimas começam a arder nos meus olhos. Nunca o vi assim e não quero piorar ainda mais as coisas. Paro de lutar e fico o mais imóvel possível, apesar do coração disparado. Carter não está aqui, e sinceramente estou com medo demais para brigar neste instante, porque não sei se algum daqueles caras lá embaixo me defenderia.

Asa joga o tubo de cola na cômoda e ergue minha mão, soprando para secar. Ele fica me encarando durante todo o tempo. Seus olhos estão sombrios. Enormes, sombrios e aterrorizantes.

— Terminou? — sussurro. — Não quero que o espaguete estrague.

Ele sopra minha mão por mais alguns segundos e então se inclina e a beija.

— Pronto. Agora você não vai mais esquecer.

Ele é louco. Louco pra caralho. Acho que eu sempre soube que ele não era uma boa pessoa, mas não fazia ideia de como era louco até olhar nos seus olhos agora há pouco.

Asa me segue para fora do quarto e escada abaixo. Dalton está em pé na frente da escada, e vejo a preocupação no seu rosto.

Ainda assim não confio nele.

Volto para a cozinha e vou direto para o fogão. Tiro o macarrão da panela e começo a derramá-lo na peneira quando um carro para na entrada.

Carter.
Termino de escorrer o macarrão, sem tirar os olhos do anel.
Não está nem reto. Vai ser uma merda tirar a cola, e provavelmente vai levar dias. O mínimo que o babaca podia ter feito era colar direito. Isso vai me deixar totalmente louca.
Não olho para a porta da frente quando se abre. Volto para o fogão e mexo o molho do espaguete, então checo as almôndegas. Asa está na pia, lavando o sangue dos braços, quando Carter entra na cozinha e abre a geladeira.
— O que aconteceu com você? — pergunta ele.
Não entendo o que Asa responde, porque minha pulsação ainda está acelerada em meus ouvidos, mas Carter ri.
— Levaram a grande bolada?
Eu me viro e ando até a pia, vendo Carter de relance.
Asa balança a cabeça e diz:
— Nada. Nada como a bolada que estava agarrada a você na sexta à noite.
Parece que todo o sangue se esvai do meu coração. Não consigo olhar para Carter agora. Não posso. Ou Asa está me testando para ver se reajo àquela declaração, ou Carter não é nada do que achei que fosse.
— Ela era safada, porra. Bom trabalho, cara. Definitivamente fiquei impressionado — acrescenta Asa.
Vou dar uma olhada nas almôndegas, mas é uma desculpa para olhar a cara de Carter. Ele toma um gole da cerveja, sem estabelecer contato visual comigo.
— É só uma amiga — responde ele.
Preciso segurar a porta do forno com toda a força, porque sinto que estou prestes a desabar no chão.
Que garota? Quando? Sexta à noite foi quando Carter entrou no meu quarto e me beijou. Como não fiquei sabendo que ele estava aqui com outra pessoa?

Estou me sentindo mais idiota neste momento do que já me senti namorando Asa. Pelo menos eu sempre soube que Asa era um babaca.

Acreditei de verdade que Carter era diferente.

— "Amiga" meu ovo — insiste Asa. — Você imprensa o Dalton na parede da sala daquele jeito? E o Jon? De onde eu venho, amigos não fazem aquilo com amigos, meu chapa.

Sou forçada a dar a volta na ilha da cozinha, enquanto preparo a comida, só para evitar que qualquer um dos dois note minhas lágrimas. Alguns segundos depois, sinto o braço de Asa envolvendo minha cintura. Ele beija meu pescoço, e eu ligo o foda-se e me viro para beijá-lo na boca. Por mais que o odeie e por mais que tenha vontade de cortar seu pau pelo que acabou de fazer comigo lá em cima, o beijo não é só para ele.

Quero que Carter sinta exatamente o que acabei de sentir. Como se uma ferida enorme se escancarasse no meu peito.

Filho da puta. São todos uns filhos da puta.

Empurro Asa para longe.

— Está atrapalhando minha concentração. Vocês precisam sair da cozinha para eu terminar de cozinhar.

Não sei nem como consigo falar, porque cada palavra que digo parece prestes a se tornar um pranto. Jogo todas as almôndegas no molho, e, quando começo a misturá-las no macarrão, Dalton entra na cozinha.

— Caramba, Asa. Vai tomar a porra de um banho. Vamos perder o apetite se tivermos que ficar olhando para todo esse sangue enquanto comemos.

Uso a distração de Dalton para dar uma olhada em Carter, que está me encarando com os olhos repletos de preocupação. É como se estivesse tentando me dizer um milhão de coisas. Ele ergue uma das mãos e passa o polegar pelo lábio inferior.

Não enrolo meu cabelo no dedo. Esfrego a boca com o dedo do meio e me viro de frente para Asa. Ele joga meu cabelo por cima do ombro.

— Você podia tomar banho comigo. Vai ser meio difícil com uma mão só.

Balanço a cabeça.

— Mais tarde. Preciso terminar de cozinhar.

Asa passa os dedos pelo meu braço, descendo até minha mão e meu anel. Ele dá meia-volta e sai da cozinha. Dalton o segue. Assim que fico sozinha com Carter, ele corre na minha direção. E para quando chega o mais próximo possível de mim sem parecer suspeito. Seguro a bancada na minha frente e não olho para ele.

— Não foi assim, Sloan. Juro. Você precisa acreditar em mim.

Suas palavras saem num sussurro apressado e desesperado.

Não olho para ele quando respondo:

— Você estava *beijando* outra garota?

Lentamente viro a cabeça e olho nos seus olhos. Quase posso jurar que ele está prestes a arriscar ser pego e me puxar para perto.

Carter começa a negar com a cabeça.

— Eu não faria isso com você. Não foi assim.

Suas palavras são lentas e precisas desta vez. Tudo nele me faz querer acreditar no que fala, mas minha experiência com homens me diz para nunca confiar em alguém com um pênis.

Ele olha em volta para ter certeza de que ninguém está nos vendo. Todos os caras na sala estão de costas para nós e de frente para a TV. Carter chega mais perto e aperta meu punho.

— Eu nunca faria nada para magoar você. Nunca. Juro pela vida do seu irmão, Sloan.

E é neste momento que fico *realmente* brava. Ninguém jura pela vida do meu irmão.

Acontece antes que eu me dê conta do que fiz. Dou um tapa tão forte na cara de Carter que todos na sala de estar olham para trás.

Não acredito que bati nele. Não sei nem quem fica mais chocado: eu, ele ou todo mundo que nos encara. Estou mais magoada do que provavelmente já estive na vida, mas ainda sou esperta a ponto de saber que preciso encontrar um motivo para ter batido nele, para que não pareça algo pessoal para todo mundo que está nos observando.

— Não coloque o dedo no molho, seu babaca! Que nojento!

Carter logo percebe o que estou fazendo. Ele força uma risada e esfrega o rosto, mas vejo a decepção nos seus olhos quando se vira para a sala. Não me sinto mal por ele. Meu irmão e eu já tivemos azar suficiente. A última coisa de que precisamos é Carter mentindo e fazendo promessas falsas enquanto jura pela vida de Stephen.

Eu me viro para o fogão e mexo a porcaria do espaguete. Paro para secar as lágrimas com a manga da camisa, e então volto a mexer. Um minuto depois, Dalton aparece ao meu lado. Ele pega uma colher e a enfia no molho, levando-a até a boca para provar. Ele assente e larga a colher na pia, e em seguida se aproxima de mim.

— Ele está falando a verdade, Sloan.

Dalton se afasta, e não consigo mais controlar as lágrimas. Não sei no que acreditar. Em quem confiar. De quem ficar com raiva, quem amar. Vou até a pia e lavo o molho do espaguete das mãos.

Preciso sair desta casa.

Vou até a porta dos fundos e grito por cima do ombro:

— A porra do espaguete de vocês está pronto, seus filhos da puta!

TRINTA E QUATRO

CARTER

Enxáguo o último prato e o coloco na máquina de lavar louça. Asa não desceu para comer. Sloan não entrou mais em casa. Mandei uma mensagem para Dalton há alguns minutos pedindo que ele fosse lá em cima ver como Asa estava antes de eu arriscar sair e conversar com ela.

Passo um pano na bancada e ligo a lava-louças. Escuto Dalton descendo a escada na mesma hora em que recebo uma mensagem dele.

> **Dalton:** Está desmaiado nu na cama. Parece que vai ficar assim por um tempo, mas te aviso se ele descer. Não desliga o telefone.

Checo três vezes as configurações de som e vibração do celular e o guardo no bolso. Então saio da casa para tentar apaziguar as coisas com Sloan.

Ela está no meio da piscina, boiando de costas, olhando para as estrelas. Não se vira para mim ao ouvir a porta dos fundos bater.

Quando começo a me aproximar, noto sua camisa e sua calça jeans jogadas em uma espreguiçadeira.

Puta merda.

Ela está nadando de lingerie.

Talvez seja uma prática normal da casa, mas me sinto num campo minado aqui fora com Sloan não usando um maiô.

Chego à beira da piscina e a observo, mas ainda assim ela não me olha de volta. A água cobre a maior parte do seu rosto, mas, com a luz vindo de dentro da casa, percebo a vermelhidão nos seus olhos.

É tudo meio fodido quando você para e pensa. Ela está chateada por eu supostamente estar ficando com outras garotas, mas ela dorme na cama de outro cara toda noite.

Porra, mais cedo ela o *beijou* daquele jeito só para me irritar.

Mas eu entendo. E não a culpo, porque sei como estava sofrendo. Como está sofrendo.

E esta é a parte mais difícil disso tudo. Não é ter que convencê-la de que realmente sinto alguma coisa por ela. A parte mais difícil é saber que agora ela duvida dos meus sentimentos.

Se eu pudesse contar toda a verdade, as coisas seriam muito mais fáceis. Mas isso seria violar meu trabalho. Seria desobedecer a uma ordem direta de Ryan. E, por mais instável que Asa seja, quanto menos Sloan souber, melhor.

Quando ele mencionou Tillie na cozinha, Sloan ficou completamente pálida. Eu poderia ter matado Asa naquele exato minuto.

Sloan balança os braços e agita as pernas, empurrando o corpo mais para o meio da piscina.

— Ele se esqueceu de desligar o aquecedor da piscina este fim de semana. Está uma delícia. Acho que vou ficar aqui para sempre — diz ela baixinho.

Sua voz está triste. Eu queria poder jogar longe meus sapatos, pular na água e ficar com *ela* para sempre. Não apenas nesta piscina ou nesta casa.

— Qual é o nome dela? — pergunta Sloan, ainda baixinho e ainda encarando o céu noturno.

Aperto a nuca, me perguntando o quanto eu devia revelar.

— Tillie.

Ela ri, mas não por achar engraçado.

— Ela é sua namorada?

Suspiro.

— É só uma amiga. Ela às vezes me faz uns favores.

O corpo de Sloan afunda completamente. Ela mergulha até o fundo. Quando emerge de volta, está me olhando feio. Só quando noto sua expressão percebo o que acabei de insinuar.

— Não *esses* tipos de favores, Sloan.

Ela afasta o cabelo molhado da testa e tento não olhar para nenhuma parte do seu corpo que não o rosto, mas é difícil fazer isso com ela encharcada.

— Que favor Tillie estava fazendo para você na sexta à noite que exigia suas mãos por todo o corpo dela?

Odeio como Sloan está calma, porque sei que está fervendo por dentro. O que significa que pode explodir a qualquer momento. Sinto como se estivesse parado à beira de um vulcão.

— Então me fala. Que favores ela estava fazendo na sexta à noite?

A expressão no seu rosto me implora por honestidade, então é isso que decido oferecer a ela.

— Ela estava me ajudando a convencer Asa de que não estou interessado em transar com você.

Não preciso olhar para seu peito para percebê-la arfar. Mas Sloan tenta esconder. Ela me encara por um instante e mergulha de novo. Nada até a parte rasa, se levanta e sai da piscina. Seu sutiã e calcinha são bege, completamente transparentes, e estão me deixando maluco. Estou com medo de Asa ouvir as batidas do meu coração.

Sloan continua andando em volta da piscina até parar bem na minha frente. Ela está perto demais, mas então chega ainda mais perto. Tão perto que sinto os pingos caindo do seu sutiã no meu peito.

— E você *está*? — sussurra ela. — Você está interessado em me foder, *Carter*?

Ela está agindo diferente agora. Não sei por que enfatizou meu nome, mas isso me faz sentir um aperto no peito. Alguma coisa que não consigo entender está passando na cabeça dela, mas parece algo além de simples ciúme por causa da Tillie. *O que ela está fazendo?* Fico dividido entre a vontade de colocar um cobertor nos seus ombros e a vontade de beijá-la. Ela está me deixando confuso.

Então Sloan repete:

— Você está interessado em me *foder*?

Não sei se ela está irritada comigo ou se me deseja. Tento conter minhas mãos quando elas escorregam até os quadris de Sloan.

— Na verdade, não — respondo, com a voz rouca. — Estou muito mais interessado em fazer amor com você.

Vejo sua garganta se mexer quando engole em seco. Quero tanto beijá-la, mas definitivamente seria meu beijo da morte, porque eu nunca mais pararia.

Ou ela mesma me mataria se eu tentasse. Ainda não consigo identificar se ainda está zangada comigo ou não. Sloan age como se quisesse que eu a tocasse, a beijasse. Mas me olha como se quisesse me jogar na piscina e segurar minha cabeça embaixo d'água.

Ela envolve meus dedos com os seus e arrasta lentamente minha mão pela barriga até chegar ao seu seio.

Engulo em seco e olho para a janela do seu quarto para me certificar de que não estamos sendo observados.

— O que está fazendo, Sloan?

Ela se inclina para a frente e fica na ponta dos pés, até seus seios encostarem em mim e sua boca estar próxima ao meu ouvido. Sinto o calor subindo pelo meu peito por causa da proximidade. Fecho os olhos e passo uma das mãos por suas costas, a ponta dos meus dedos alcançam o elástico da sua calcinha e a puxo para mais perto.

— Você é promovido se tocar nos seios da noiva do seu alvo? — sussurra ela.

Meus olhos se abrem de repente. Fico paralisado com a pergunta. *Ela sabe? Como ela sabe?*

Com cuidado, passo os dedos pelo cabelo dela, puxando sua cabeça para trás a fim de olhar bem para seu rosto. Observo-a como se não tivesse entendido a pergunta. Ela sorri, mas a expressão de traição nos seus olhos é muito mais evidente agora que sua pergunta me tirou do meu feitiço.

— Sei o que você é. Sei o que está fazendo aqui. E agora faz muito sentido que esteja tão interessado em mim.

Sloan se afasta, indo para trás até minhas mãos não a tocarem mais. Está me olhando, irritada. Com certeza com raiva.

— Nunca ouse abrir a boca para falar comigo, ou vou contar para cada um deles que você é um agente disfarçado, *Luke*.

Caralho!

Ela tenta passar por mim, mas paro na sua frente. Quando ela tenta falar novamente cubro sua boca com a mão, meu olhar indo até a porta dos fundos. Ninguém nos viu ainda, mas preciso levá-la a algum lugar mais reservado antes que ela faça algo que resulte em nós dois sendo mortos. Sloan tenta afastar minha mão, cravando os dedos nela. Eu a abraço e a forço a andar até a lateral da casa comigo. Ela fica ainda mais furiosa quando percebe o que estou fazendo, e começa a lutar com toda a energia que tem. Odeio usar qualquer tipo de força contra ela neste momento, mas é para sua segurança. Quando finalmente consigo levá-la para a lateral da casa, sob o escudo protetor das árvores, eu a empurro contra a parede e mantenho a mão sobre sua boca.

— Para, Sloan — peço, olhando-a nos olhos. — *E me escuta*. Fica quieta e me deixa explicar. *Por favor*.

Ela está respirando com dificuldade contra minha mão, agarrando-a com força. Quando enfim para de resistir, começo a retirar devagar a mão da sua boca. Ela está arfando de medo enquanto coloco minha outra mão ao lado da sua cabeça. Nem me dou ao trabalho de mentir para Sloan. Mais do que tudo, preciso que compreenda a verdade.

— Tudo o que disse para você, cada olhar que lancei para você, cada vez que toquei em você... Nunca foi pelo trabalho, Sloan. Nenhuma vez. Você está entendendo?

Ela não responde, apenas me encara com a mesma desconfiança com que olha para o mundo ao seu redor.

Estremeço porque odeio colocá-la nesta posição. Odeio que duvide de mim. Odeio ter dado todos os motivos para isso. E odeio não saber o que devo fazer para que Sloan acredite que o que sinto por ela não tem nada a ver com um uma merda de missão.

Eu a abraço e não tento convencê-la com mais palavras.

Apenas a abraço, porque não aguento saber que ela está se sentindo assim.

Depois de vários segundos paralisada nos meus braços, Sloan relaxa aos poucos. Suas mãos sobem e ela agarra minha camisa, e em seguida se derrete no meu abraço. Pressiona o rosto no meu peito e começa a chorar, então a abraço e a envolvo o mais apertado que consigo.

Fecho os olhos com força e sussurro junto ao seu cabelo:

— Você é tudo o que vejo, Sloan. Além do trabalho, além do que é certo e errado. Você é tudo o que vejo.

Pressiono os lábios na lateral da sua cabeça e não faço nenhuma tentativa de pedir desculpas, nem afirmar que não estou ali disfarçado. Não faço ideia de como ela descobriu tudo, mas nem me importo mais.

— Preciso que você saiba que, qualquer que seja o motivo por eu estar aqui, não tem nada a ver sobre como me sinto por você.

Ela ainda está chorando quando enfim recua para me encarar.

— Prometa que não está me usando para chegar até ele.

Chego e me surpreender por não conseguir escutar meu coração se quebrando com essa afirmação.

— Sloan... — sussurro.

As palavras me fogem porque a dor dela está acabando com minha capacidade de pensar. Tudo o que consigo sentir é culpa. Dou um beijo na sua testa e em seguida ao lado da sua cabeça.

Ela deve conseguir sentir o que está se passando em mim agora, porque suspira como se estivesse aliviada. Relaxa nos meus braços, para que eu saiba que confia em mim. Quando nossos lábios enfim se tocam, e é como se ela estivesse silenciosamente me implorando para beijá-la até suas dúvidas acabarem, então é o que faço.

Eu a beijo com toda a verdade que existe dentro de mim.

Não deveria estar beijando-a, e ela não deveria estar me beijando, mas nós dois já estamos longe de sermos responsáveis neste momento. Eu a pressiono na parede da casa mais uma vez para que ninguém nos veja, porém não tenho forças para me afastar dela. Cada segundo que se passa é um segundo que nunca devia ter existido com minha boca colada à dela, mas não consigo impedir o que está acontecendo. Tudo em que consigo pensar é em ter mais dela.

Quando a imprenso, ela geme contra minha boca, e esse som faz todo o resto desaparecer. A ansiedade, o bom senso. Minha necessidade dela toma conta e, pelo jeito como as mãos de Sloan estão se movendo por baixo da minha camisa, ela sente o mesmo.

Não consigo pensar em mais nada e não me vejo saindo desse estado tão cedo.

Que inferno.

— Meu Deus, Sloan — sussurro, afastando a boca dos seus lábios para poder respirar. Levanto uma das suas pernas até meu quadril. E depois a outra. — Meu carro — sussurro, envolvendo-a em torno de mim e levando-a naquela direção.

Está bem escuro lá fora, e a casa é cercada por árvores, então não preciso me preocupar com a possibilidade de vizinhos nos verem quando entramos no banco de trás. A única coisa que me preocupa é o fato de o noivo dela estar dentro da casa, e que ser pego significaria...

Não quero nem pensar nisso agora. Dalton ainda não me mandou nenhuma mensagem, então temos tempo.

Fecho a porta do carro e estico o braço para o banco da frente, pegando uma camisinha no porta-luvas. Quando caio de volta no banco, Sloan está subindo em mim, sua boca na minha, suas mãos no meu peito.

Descendo pelo meu peito.

Tiro seu sutiã pela cabeça e cubro-a com minha boca ao mesmo tempo que ela tira minha calça jeans.

Depois de colocar a camisinha, agarro seus quadris e a posiciono em cima de mim, enquanto ela puxa a calcinha para o lado. Encosto a cabeça no banco para observar seu rosto quando penetrá-la. Nós nos encaramos, e eu começo a descer Sloan sobre mim, lentamente. Tudo fica bem mais quieto no carro. Meus olhos não desgrudam dos de Sloan enquanto ela me sente. Quando estamos pele com pele e estou completamente dentro dela, soltamos o ar ao mesmo tempo.

Estar finalmente dentro de Sloan é a melhor coisa que já senti.

É a maior sensação de *culpa* que já senti, sabendo que minha falta de força de vontade a está colocando em perigo.

Ela se inclina para mim e abraça meu pescoço.

— Luke — sussurra contra minha boca.

E eu desabo.

Ela me chamou de Luke.

Minha boca encontra a dela novamente e eu a beijo como Sloan merece ser beijada. Com convicção. Com respeito. Com vontade.

Sloan começa a se mover em cima de mim, e ela é tudo o que vejo. Fecho os olhos, mas ela é tudo o que vejo.

TRINTA E CINCO

SLOAN

Eu não fazia ideia de que era possível me sentir assim.

Isso parece muito clichê, até mesmo em pensamento. Mas as mãos dele, a boca, o jeito como me toca... é como se minha reação fosse o motivo da sua existência.

Neste momento, a única coisa na qual estou focada é em como ele move as mãos pelo meu corpo e me toca nos lugares certos, de um jeito que fico com medo de acordar não só Asa, mas a vizinhança inteira. Como se Carter sentisse isso, ele cobre minha boca com a dele, abafando meus gemidos enquanto me imprenso contra ele. Minhas pernas começam a tremer, meus braços, meu corpo inteiro, uma sensação que nunca senti toma conta de mim.

— Luke — gemo contra sua boca.

Amo o nome dele. Amo dizê-lo em voz alta. Amo que posso ver o quanto *ele* ama quando digo seu nome verdadeiro em voz alta.

Por mais fraca que eu esteja neste momento, encontro forças para continuar me movimentando até ser eu quem precisa abafar os gemidos *dele*. Sua boca é incrível. Ele tem gosto de fruta. Um gosto doce.

Nada como o amargor que engulo quando beijo Asa.

Quando paramos de tremer e ainda estou em cima de Luke, ele se inclina sobre mim e passa os lábios leves como uma pena pelo meu ombro.

Não sei como fui de odiá-lo há duas horas na cozinha a sentir mais por ele neste instante do que em todos os dias anteriores juntos.

Saber que ele não é como Asa, que é o completo *oposto* de Asa, é tão... *atraente*.

Luke é bom. Um dos *bonzinhos*. Eles realmente existem.

Tudo se encaixou como uma epifania enquanto eu boiava na piscina. Ele se referir a si mesmo pelo nome errado. Estar fazendo aulas de espanhol vários níveis abaixo da própria habilidade só para convenientemente estar comigo. O jeito como sempre me pedia para confiar nele, mas sem nunca revelar o *por quê*. Usar outra garota como disfarce.

Essa foi a peça final. Entendi essa parte antes mesmo de ele contar a verdade na piscina.

Quando Dalton disse que Carter... ou melhor, *Luke*... estava dizendo a verdade, eu soube que havia mais por trás daquela história. Mais por trás de Tillie. Mais do que ele estar descaradamente beijando outra pessoa debaixo do mesmo teto que eu. Disse a mim mesma que, se ele saísse e negasse ter ficado com ela, eu saberia que era um mentiroso. Que era igualzinho a Asa.

Mas se saísse e me contasse a verdade — que estava usando a garota para diminuir as suspeitas de Asa —, então eu saberia que estava certa. Que era apenas parte do trabalho para ele.

Eu só não sabia qual das duas coisas preferia ouvir. Que ele era como Asa... ou que me usou durante todo esse tempo para *chegar* até Asa.

Assim que ele percebeu que eu havia descoberto tudo, eu achei que era o fim. Achei que ele ficaria com medo de perder o emprego e tentaria fazer algum trato comigo para eu ficar de boca fechada. Porque caras como ele, caras com carreiras, que são bons, bem-sucedidos e gentis, não se apaixonam por garotas como eu.

Ou pelo menos fui criada para acreditar nisso.

Mas eu estava errada, porque ele não está com medo de perder o emprego. Sua única preocupação foi comigo. E a sensação de ser a preocupação principal de alguém se parece pra caramba com a sensação de ser amada.

Quando Luke diz que tudo o que vê sou eu, acredito. Porque tudo o que vejo é ele. E, neste momento, quero absorver cada segundo dele.

Seus braços estão ao meu redor enquanto tentamos recuperar o fôlego. Isso foi uma burrice. Nós dois sabemos disso, mas eu diria que valeu totalmente a pena.

— Por mais que eu queira que você fique aqui para sempre, é melhor voltar lá para dentro — diz ele, dando um beijo no lado da minha cabeça.

Sei que tem razão, mas eu queria não precisar. Lá dentro é o último lugar onde quero estar. Passo os dedos pelo cabelo de Luke e sinto o cheiro fresco de xampu.

— Você tomou banho antes de vir para cá?

Vejo seu sorriso até mesmo naquele breu.

— Então você tomou banho *e* tinha camisinha? Estava esperando se dar bem hoje à noite? — provoco.

Ele encosta a cabeça no apoio do banco e abre um sorriso lento e satisfeito.

— Tomei banho porque gosto de estar bonito para você. Tenho camisinha no carro porque gosto de estar preparado. E ela estava aí há seis meses, caso esteja curiosa.

Eu estava, mas não tenho o direito. Ele sabe o que ainda acontece entre mim e Asa à noite. Se eu pudesse parar, pararia, mas simplesmente não é uma opção agora. Não até eu não estar mais naquela casa.

Mas não falamos sobre isso. Sobre eu ainda estar com Asa e o que aconteceu entre nós dois não ser certo, mesmo que tenha parecido. Porém, sinceramente não ligo de ter acabado de trair Asa. Devia me sentir culpada, mas não me sinto.

Carma não falha, Asa Jackson.
Luke passa o polegar pelo meu braço e desce a alça do meu sutiã. Ele enfia o dedo por baixo dele, esfregando para a frente e para trás.

Estou passando os dedos pelo seu queixo. Ele tem um rosto lindo. Masculino em todos os lugares certos, mas com um toque de feminilidade nos lábios.

— Como descobriu? — pergunta ele.

Eu sorrio.

— Você é tudo o que vejo, Luke. E sou muito inteligente.

Ele assente.

— É, você é mesmo. — Ele aperta as mãos nas minhas costas e me puxa para perto. Antes de os seus lábios tocarem os meus, no entanto, minhas costas batem no banco e ele fica em cima de mim, cobrindo minha boca com a mão.

— Fica quieta — sussurra ele, olhando pela janela.

Meu coração parece prestes a sair pela boca.

Estamos mortos. Estamos mortos.

Estamos. Mortos.

Escuto alguém batendo com força na janela, mas talvez seja só meu coração.

— Abre a porra da porta!

Fecho os olhos, mas sinto a boca de Luke no meu ouvido.

— É só Dalton — sussurra ele. — Fica abaixada.

Só o Dalton? Ele parece confiar em Dalton, então eu assinto e me cubro com os braços quando Luke se senta e abre a porta. Alguma coisa voa até o banco de trás e Luke a pega nos braços.

Dalton se inclina e olha para nós dois.

— Da próxima vez que vocês resolverem fugir para foder, não se esqueçam de levar as roupas junto.

Luke me entrega a camisa e a calça jeans que Dalton acabou de jogar em cima dele. Enfio a camisa pela cabeça rapidamente, com vergonha de ter sido tão descuidada.

— Ele está acordado? — pergunta Luke.

Dalton o olha feio, dizendo tantas coisas com aquele olhar que não entendo nem metade.

— Não. Mas vocês precisam sair daí antes que matem nós dois. — Então ele se vira para mim. — E você precisa voltar lá para dentro antes que Carter faça com que *você* acabe morta. — Ele se levanta e, pouco antes de bater a porta do carro, conclui: — Precisamos conversar antes de você ir para casa, Carter.

É agora que cai a minha ficha de que eles dois fazem parte de seja lá o que for isso. Dalton conversa com Luke como se soubesse mais do que eu sei.

A amizade dos dois começa a fazer mais sentido. Eu me esforço para vestir a calça quando Luke vem me ajudar. Eu devia continuar pensando nele como Carter, ou provavelmente vou dar mole e chamá-lo de Luke perto de Asa.

— Está encrencado? — pergunto.

Abotoo a calça e ajudo a desamarrotar sua camisa. Ele passa a mão na minha nuca.

— Estou *sempre* encrencado, Sloan. — Ele me dá um beijo rápido na boca. — Eu queria poder dizer que sou bom no meu trabalho, mas minhas prioridades estão meio confusas.

Eu rio.

— Eu particularmente acho que suas prioridades durante a última meia hora foram certeiras.

Ele me beija de novo e diz:

— Vai. E toma cuidado.

Eu o beijo de volta com intensidade. Desta vez, quando me afasto, não dói tanto. Porque agora tenho esperança. Esperança de que ele tenha um plano que nos tire desta confusão.

Sorrio durante o banho inteiro, porque, quando abri a porta dos fundos e entrei numa cozinha impecável, não tive dúvidas de que Carter a havia limpado.

Ninguém — e quero dizer ninguém *mesmo* — nunca levantou um dedo para me ajudar nesta casa. Não sei se já ouvi que faxina é o segredo para conquistar uma garota, mas, com base na minha reação, eu diria que funciona para mim. Porque quase chorei quando ouvi a máquina de lavar louça ligada.

Isso é triste. Uma lava-louças cheia e ligada significa mais para mim do que um anel de noivado? Para quem vê de fora, parece que minhas prioridades também estão meio estranhas.

Mas prefiro assim.

Asa está apagado na cama quando entro no quarto. Jogado pela cama inteira, nu.

Ótimo. Vou tentar acordá-lo ou empurrá-lo para seu lado da cama, mas ele é pesado demais para mim.

Vou até seu lado e pego o braço dele, tentando puxá-lo pelo colchão. Asa não se move, mas grunhe em meio aos roncos.

E então... *vomita.*

Em cima do meu maldito edredom.

Fecho os olhos e tento manter a calma. É óbvio que Asa arruinaria esta noite ótima.

Vomita sem parar em meio aos acessos de gemidos, enchendo o quarto de um cheiro ácido. Corro até a escrivaninha para pegar a lata de lixo, e então me debruço sobre ele e levanto sua cabeça para que vomite ali.

Asa vomita mais duas vezes e, depois de alguns minutos quieto, finalmente abre os olhos. Quando me vê, a expressão aterrorizante de mais cedo não está mais lá, substituída por uma inocência infantil.

— Obrigado, baby — murmura.

Coloco a lata de lixo de volta no chão e ponho a mão na sua cabeça.

— Asa, preciso que tente se levantar. Tenho que tirar o edredom da cama.

Ele rola para longe do vômito e põe um travesseiro em cima do peito, dormindo de novo quase imediatamente.

— Asa.

Dou uma sacudida em seu corpo, mas ele apagou de novo.

Eu me levanto e olho pelo quarto, pensando em como vou fazer isso sem ter que descer e pedir ajuda.

É impossível levantar Asa sozinha, e não vou dormir lá embaixo no sofá. Não com Jon aqui. Rezo para Dalton ou Carter ainda estarem presentes, porque deixar Jon ou Kevin saberem que Asa está apagado não vai me ajudar em nada.

Para meu alívio, os dois estão em pé na porta, prontos para irem embora, quando chego lá embaixo. Carter fica em alerta quando me vê.

— Preciso que alguém me ajude a levantar Asa para eu trocar o edredom. Ele vomitou tudo.

— Boa sorte — balbucia Jon, do sofá.

Carter olha feio para o rapaz e imediatamente anda até a escada. Vejo o olhar de reprovação no rosto de Dalton, mas ele vai atrás do amigo.

Quando chegamos ao quarto, o fedor está tão insuportável que sou forçada a cobrir o nariz para não ter ânsia de vômito.

— Puta merda — murmura Dalton.

Ele vai até uma das janelas e a abre. Ficamos olhando para Asa, e sinto um pouco de vergonha por ele estar nu. Mas como o conheço bem, sei que não se importaria. E mesmo se ligasse, não é culpa de ninguém ele estar nesta posição.

Carter se abaixa e tenta sacudi-lo até ele acordar.

— Asa. Acorda.

Asa grunhe, mas ainda não acorda.

— O que ele tomou? — pergunta Carter, olhando para Dalton, que dá de ombros.

— Não faço ideia. Eu o vi engolindo algumas pílulas a caminho do cassino. E heroína na volta.

Carter não hesita e se debruça sobre a cama, passando os braços por baixo de Asa. Então fica de pé, tirando-o da cama.

Imediatamente pego o edredom e o enrolo. Não vou nem tentar lavar. Jogo no corredor e troco os lençóis, só por precaução.

— De que lado ele dorme? — pergunta Carter, ainda o segurando nos braços.

Aponto para o lado de Asa e Carter o arrasta até ali. Dalton ajuda a colocá-lo de volta e eu tiro outro cobertor do armário para cobri-lo.

Quando estou terminando de cobrir Asa, ele abre os olhos e olha para mim. Depois passa a mão pelo rosto, se encolhendo.

— Que cheiro é este? — resmunga.

— Você vomitou na cama.

Ele faz uma careta.

— Você limpou?

Assinto e sussurro:

— Sim, troquei os lençóis. Volte a dormir.

Ele não fecha os olhos. Ergue a mão e agarra uma mecha do meu cabelo.

— Você cuida tão bem de mim, Sloan.

Eu o encaro por um segundo — encaro esta versão vulnerável dele. E, de alguma maneira, mesmo com Carter no quarto, sinto pena de Asa.

Não tenho como *não* sentir.

Asa não é desse jeito porque *escolheu* ser. Sinto que ele é assim porque nunca teve um exemplo de como ser diferente.

É por isso que ele sempre vai ter minha compaixão. Mas nunca meu coração, e, provavelmente, nunca meu perdão.

Mesmo assim, não posso deixar de sentir compaixão por ele.

Começo a me levantar, mas ele agarra meu pulso, me puxando de volta. Eu me ajoelho ao lado da cama e Asa segura minha mão. Seus olhos estão fechados quando ele sussurra:

— Uma vez, quando eu tinha cinco anos... vomitei na cama. Meu pai me fez dormir em cima. Disse que ia me ensinar a nunca mais fazer isso. — Ele solta uma risadinha, mas aperta ainda mais os olhos. — Acho que o filho da puta estava errado quanto a isso também.

Ai, meu Deus.

Ponho a mão no peito, sentindo pena do menininho que há dentro dele.

Eu me viro para Carter e Dalton, que olham para Asa com tanta pena quanto eu. Quando me volto novamente para Asa, ele está se virando de bruços, enfiando o rosto no travesseiro.

Ele agarra o travesseiro e pressiona o rosto com tanta força que tenho certeza de que está tentando se sufocar. Seus ombros começam a sacudir.

— Asa — sussurro, passando uma das mãos por sua cabeça.

Ele está arrasado de tanto soluçar. É o tipo de choro tão profundo e desolador que não tem nem som.

Completamente silencioso.

Nunca vi Asa chorar. Nem sabia que ele era capaz de produzir lágrimas de verdade.

Ele não vai se lembrar de nada disso amanhã. Não vai saber se o deixei aqui sozinho ou se subi na cama e o segurei nos braços. Continuo acariciando sua cabeça e olho para Carter. Dalton não está mais no quarto. Somos só nós três agora.

Carter se aproxima de mim e vejo a compaixão nos seus olhos. Ele ergue a mão e a passa no meu rosto, então se inclina e beija minha testa.

Mantém os lábios ali por vários segundos e então anda até a porta. Quando chega lá, se vira e me olha por um instante. Ergue a mão e lentamente passa o polegar pelo lábio inferior. Meu coração é dele, mas fico onde estou, reconfortando Asa.

Levanto a mão e puxo uma mecha do cabelo, torcendo-o em volta do dedo. Carter quase abre um sorriso, então me olha por mais alguns segundos, fechando a porta em seguida.

Subo na cama, me cubro e abraço Asa, consolando suas lágrimas até ter certeza de que ele finalmente dormiu.

Mas pouco antes de eu adormecer também, escuto-o cochichar:

— É bom você nunca me deixar, Sloan.

TRINTA E SEIS

ASA

A primeira coisa que vejo quando abro a geladeira é um prato de espaguete. *Graças a Deus.*

— Viu, pai? — murmuro sozinho. — Ela é um anjo, porra.

Coloco o espaguete no micro-ondas e vou até a pia jogar um pouco de água no rosto. Sinto como se tivesse dormido com a cabeça na merda da privada a noite toda. Porra, se considerar o fedor que estava no quarto hoje de manhã, provavelmente dormi mesmo.

Eu me inclino na bancada, esperando o macarrão esquentar. Observo o prato girar dentro do micro-ondas.

Será que eu o matei?

Duvido. Já faz quase um dia inteiro desde que saímos daquele cassino. Se ele tivesse morrido, a polícia já estaria aqui. Se sobreviveu, tenho quase certeza de que não prestaria queixa. Sabe que merece o que recebeu.

O micro-ondas apita.

Tiro o espaguete e pego um garfo, enfiando um pouco da comida na boca. Quase consigo engolir, mas então tenho que procurar a lata de lixo. Vomito duas vezes, enxáguo a boca, então me forço a tentar mais uma garfada.

Vou suportar esta abstinência como um filho da puta, porque não vou acabar como aquele cara.

Como mais um pouco e engulo com a bile.

Força, Asa.

A porta da frente se abre e Sloan entra. Olho para o relógio e vejo que mal passa das duas. Ela nunca volta da aula tão cedo.

Ou não me notou em pé na cozinha, ou está naquela época do mês em que fica irritadinha, porque corre direto para a escada e sobe para o quarto.

Menos de um minuto depois, eu a escuto fazendo uma zona. Coisas caindo no chão. Seus pés indo de um lado para outro. Encaro o teto, me perguntando que porra ela está aprontando. Minha cabeça dói demais para eu subir e verificar. Mas não preciso, porque alguns segundos depois ela desce furiosa.

Quando entra na cozinha, meu pau incha. Sloan está zangada pra caralho e mais gostosa ainda. Sorrio enquanto ela marcha na minha direção.

Antes que eu consiga dizer uma só palavra, Sloan está cara a cara comigo. Ela põe um dedo no meu peito.

— Cadê os papéis, Asa?

Papéis?

De que merda ela está falando?

— De que merda você está falando?

O peito dela sobe e desce depressa, e, caso Sloan se aproximasse mais alguns centímetros, eu o sentiria.

— O arquivo do meu irmão! Cadê, Asa?

Ah. *Aqueles* papéis.

Coloco cuidadosamente o prato de espaguete sobre a bancada e cruzo os braços.

— Não sei do que você está falando, Sloan.

Ela inspira fundo, expira ainda mais fundo e dá meia-volta. Põe as mãos nos quadris, tentando permanecer calma.

Eu sabia que ela ficaria puta se descobrisse o que fiz. Mesmo assim, nunca pensei muito no assunto e em como me safaria.

— Dois anos — diz Sloan, cerrando os dentes.

Ela se volta para mim e seus olhos estão cheios de lágrimas.

Ah, merda. Eu não queria fazê-la chorar.

— Por dois anos, achei que você estava pagando pelo tratamento dele. Você me mostrou os documentos, Asa. A carta enviada pelo estado. Os canhotos dos cheques. — Sloan começa a andar de um lado para outro. — A assistente social achou que eu era uma idiota quando perguntei se o auxílio de Stephen podia ser renovado. Sabe o que ela me disse, Asa?

Ela me encara novamente.

Dou de ombros.

Sloan dá um passo à frente, cruzando os braços.

— Ela disse: *o auxílio nunca foi cancelado, Sloan. Os cuidados de Stephen nunca foram particulares.*

Lágrimas escorrem pelo seu rosto. Pela primeira vez desde que entrou aqui, começo a ficar meio desconfortável por talvez ter levado a mentira um pouco longe demais. Nunca a vi com tanta raiva.

Ela não pode me deixar.

— Sloan. — Dou um passo à frente e ponho as mãos nos seus ombros. — Baby, escuta. Tive que fazer o possível para ter você de volta. Você me *deixou*. Desculpa se você ficou chateada. — Levo as mãos ao seu rosto. — Mas você não devia ficar brava. Foi preciso muito esforço e dinheiro da minha parte. Você devia é ficar lisonjeada por ser tão importante para mim.

Ela põe as mãos nas minhas e me empurra para longe.

— Seu filho da puta de *merda*! — grita. — Você forjou um arquivo inteiro para sustentar suas mentiras, Asa! Cartas mensais do governo! *Quem* faz uma merda dessas?

Ela nem imagina quanto dinheiro precisei pagar para o cretino que manda aquelas cartas, senão estaria me agradecendo agora.

Sloan aponta para mim.

— Você me encurralou. Esse tempo todo me fez acreditar que não havia saída.

Engulo de volta a raiva. Dou um passo na sua direção. *Será que ouvi isso mesmo?*

— Eu *encurralei* você?

Ela seca as lágrimas e assente, baixando a voz.

— Sim, Asa. Você me encurralou. Fui a porra da sua prisioneira pelos últimos dois anos, achando que meu irmão estava prestes a ter que voltar para minha mãe imprestável. Tudo porque você *sabia* que, se não tivesse aquilo para me chantagear, eu teria largado você.

Ela está dizendo isso tudo da boca para fora. Está com raiva. Sloan nunca me deixaria. Sim, menti para ela. Sim, paguei uma bolada para parecer que o auxílio do seu irmão havia sido cancelado. Mas foi uma solução temporária. Ela teria voltado de joelhos para mim mais cedo ou mais tarde se não fosse aquilo. Só dei um empurrão.

— É isso que você acha? Que tem sido uma prisioneira aqui? Eu não dou um lugar para você dormir? Não compro sua comida? Não dou coisas legais para você? Não deixo você fazer faculdade? Não deixo você dirigir meus carros? — Eu a faço recuar até ficar imprensada contra a parede, presa entre minhas mãos. — Não ouse ficar aqui, na *minha* casa, e insinuar que não teve toda oportunidade do mundo para sair por aquela porta. — Tiro as mãos da parede e aponto para a sala. — Vai. Se não me ama mais, dá o *fora*!

Ela nunca iria embora. Sei disso porque, se Sloan realmente fizesse isso, significaria que esteve se aproveitando do meu dinheiro nos últimos dois anos. Que me usou como um meio de sustentar a porra de desperdício de espaço do irmão dela. Se fosse esse o caso, ela seria uma puta por definição.

E não vou me casar com uma merda de puta.

Sloan olha para a porta e de volta para mim. Balança a cabeça, e juro que chega a sorrir.

— Adeus, Asa. Tenha uma vida boa.

Ela começa a caminhar na direção da porta.

— Eu tenho uma vida boa. Tenho uma vida boa pra caralho! Deixo Sloan chegar à porta da frente antes de ir atrás. Ela ainda nem pisou na grama quando a pego pela cintura, tapando sua boca com a mão. Eu a viro e a levo de volta para a porra da casa pela qual é tão ingrata. Arrasto Sloan direto para o quarto e abro a porta com um chute. Então a jogo na cama e observo enquanto tenta se soltar e escapar de mim.

Que bonitinha.

Eu a agarro pelo cabelo e a jogo de volta na cama. Ela grita, mas dou um fim no barulho com a mão. Subo em cima dela, sem tirar a mão da sua boca e prendo seus pulsos com a outra. Não tenho muito o que fazer com suas pernas enquanto ela se esforça ao máximo para me chutar; mas tenho mais força em um só dedo do que ela tem no corpo inteiro. Parece mais que está me fazendo cócegas do que tentando me machucar.

— Escuta aqui, gata — sussurro, encarando-a de cima. — Se você tentar insinuar que não me ama, vou ficar bem chateado. Chateado pra *cacete*. Porque isso significaria que você está fingindo pra mim desde o dia em que entrou de novo pela minha porta. Significaria que esteve fingindo cada orgasmo, cada beijo, cada palavra que já me disse, simplesmente por um cheque todo mês. E se essa fosse a verdade, isso faria de você uma puta, Sloan. Sabe o que homens como eu fazem com putas?

Os olhos dela se arregalam de medo. Espero que isso signifique que ela está me ouvindo. Não está mais tentando me chutar para longe, então é um bom sinal.

— Foi uma pergunta, gata. Você *sabe* o que homens como eu fazem com *putas*?

Uma lágrima escorre do seu olho, e ela balança a cabeça. Sinto sua respiração em minha mão; Sloan está respirando com dificuldade.

Aproximo a boca do seu ouvido.

— Então, por favor, não me obriga a mostrar.

Ficamos naquela posição por mais alguns instantes, ao mesmo tempo que me certifico de que minhas palavras surtem efeito. Eu me afasto um pouco e olho para ela de cima. Sua expressão não mudou, mas Sloan está chorando tanto que tem catarro saindo do nariz. Escorreu até a porra da minha mão. Tiro-a da sua boca e limpo na cama. Então pego a manga da minha camisa e limpo o rosto de Sloan.

Os lábios dela tremem. Não sei como nunca notei, mas isso é atraente pra caralho. Eu a beijo com delicadeza, fechando os olhos enquanto os lábios dela tremem nos meus.

— Você me ama? — sussurro com cautela junto à sua boca. — Ou é uma puta?

Ela respira tremulamente.

— Eu te amo — responde ela. — Desculpe. Só estava chateada, Asa. Não gosto quando você mente para mim.

Pressiono a testa na lateral de sua cabeça e expiro. De certa forma, ela tem razão. Eu provavelmente não devia ter mentido sobre seu irmão. Mas se ela estivesse no meu lugar, teria feito o mesmo.

— Nunca mais fique brava assim comigo, Sloan. — Eu me afasto e tiro uma mecha de cabelo do seu rosto. Está suada e grudando nas minhas mãos. Passo os dedos por ela, ajeitando-a em meio ao restante do seu cabelo. — Não gosto do que isso faz comigo. Do que me deixa com vontade de fazer com *você*.

— Também não gosto.

Seus olhos estão repletos de arrependimento, mas não me sinto mal. É culpa dela mesma ter vindo para cima de mim como veio. Pelo menos isso está resolvido, então. Estava ficando entediante manter aquela mentira por tanto tempo, e eu estava começando a ficar descuidado.

Solto os punhos dela e levo a mão até seu rosto, passando as juntas dos dedos pela sua bochecha.

— Vamos nos beijar e fazer as pazes agora?

Ela assente. Quando a beijo, suspiro de alívio. Porque, por uma fração de segundo, quando Sloan estava indo até a porta da frente, achei que talvez estivesse falando sério quanto a ir embora. Achei que talvez nunca mais fosse ficar assim com ela.

Fico aliviado por ser uma ameaça de boca para fora. Não sei o que eu faria se descobrisse que ela não me ama de verdade. Ela é a única que me ama.

TRINTA E SETE

SLOAN

Fecho os olhos e deixo a água espirrar no rosto.
No que eu estava pensando?
Por que achei que seria uma boa ideia confrontá-lo sozinha? Sem nem avisar ao Carter o que eu ia fazer? Foi muita burrice.
Mas, em minha defesa, é difícil ser racional quando se está cega de raiva.
Depois que saí da consulta médica hoje de manhã, recebi o telefonema da assistente social. Eu estava dirigindo para a faculdade, mas, quando ela contou que os cuidados com meu irmão não eram particulares, perdi a cabeça. *Completamente.* Dei meia-volta com o carro e fui até a clínica do meu irmão para encontrá-la. Quando saí, estava irada como nunca na vida.
A única coisa na qual eu conseguia pensar era em Asa e em como eu queria matá-lo. A raiva realmente cega uma pessoa. Quando entrei na cozinha para confrontá-lo, não estava nem aí se ele iria me machucar ou não. Só queria saber se era verdade, se Asa realmente estava me mandando cartas falsificadas do governo. Não quis acreditar, porque isso significaria que ele é definitivamente louco. A pessoa capaz de inventar uma mentira daquelas e mantê-la por dois anos *só pode* ser insana.
Eu me lembro do dia em que ele trouxe minha correspondência após terminarmos pela primeira vez. A carta sobre o auxílio estava no topo da pilha. Depois de ler aquilo, fiquei devastada. O canalha até me tranquilizou, disse que, se um dia eu precisasse de qualquer coisa, me ajudaria em um piscar de olhos. Ainda falou

que "é isso que se faz pelas pessoas que amamos, Sloan. A gente as ajuda".

Isso foi na época em que eu acreditava que ele me amava e que seu gesto era de coração. *Agora acho que foi mais por causa de uma obsessão psicótica.*

Eu não tinha mais para onde ir e, graças ao que eu achava que ia acontecer com Stephen, acabei sendo forçada a pedir ajuda a Asa. Foi minha última opção, com certeza. Caramba, naquele dia até liguei para o número de telefone na carta para saber se tinha mais opções. Agora sei que obviamente era um número falso com um dos amigos de Asa do outro lado da linha, mas na época não percebi.

A água quente se mistura com as lágrimas que escorrem pelo meu rosto.

Como pude cair nessa por tanto tempo? Todas as peças estão começando a se encaixar, até mesmo o motivo de Asa só me deixar usar o carro dele para visitar Stephen aos domingos.

A assistente social não trabalha aos domingos. Eu não teria como encontrá-la e perguntar sobre o auxílio do meu irmão.

Ainda não consegui me conformar com tudo isso e já tem horas desde que descobri. Tento me convencer de que demorei tanto para perceber a verdade porque eu não tinha motivos para pensar que Asa faria algo desse tipo. Mas eu tinha *todos os motivos do mundo.*

É isso que Asa faz.

Ele é um mentiroso. Um traidor. E sabota as pessoas. Arma para elas.

Estou tão brava comigo mesma que esfrego o corpo com mais força ainda, querendo tirar o cheiro dele de mim. Estou esfregando o pescoço quando as cortinas do chuveiro se abrem de repente. Ofego e me mexo para ficar de costas para a parede e lutar contra quem quer que seja, caso necessário.

Asa está parado na minha frente, completamente vestido, de calça jeans azul-escura e uma camiseta branca bem-passada. Faz com que as tatuagens nos seus braços pareçam mais vivas, no entanto mais furiosas. Sua expressão não é mais de raiva. Ele parece confuso.

E está olhando para minha cara e não para meus seios.

— Você acha estranho ninguém mais vir aqui? — pergunta ele.

Sempre tem gente por aqui, então fico sem saber como responder a isso. É uma pegadinha? Seus pensamentos estão cada vez mais imprevisíveis. Eu bufo e me volto para a água, enxaguando o condicionador do cabelo.

— Não entendi o que quis dizer, Asa. Vários amigos vêm visitar você.

Olho para Asa depois de ter terminado de tirar o condicionador do cabelo. Ele está olhando para baixo, observando a água indo pelo ralo.

— Antes tinha muita gente aqui, o dia inteiro, todo dia, toda noite. Agora só tem as pessoas que moram e alguns gatos pingados, a não ser que eu dê uma festa.

É porque você é imprevisível e assusta as pessoas.

— Talvez elas estejam ocupadas — sugiro.

Ele volta a olhar nos meus olhos. Os seus ainda estão confusos. Um pouco desapontados. Não sei muito sobre drogas, ou qual é a sensação que fica quando a onda passa, mas a paranoia pode ser um sintoma da abstinência. Espero que sim, porque, do contrário, não sei bem o que pensar desta versão de Asa.

— É — concorda ele. — Talvez só estejam ocupadas. Ou não e só queiram que eu *pense* que estão. Porque todo mundo *finge* pra caralho por aqui.

Suas palavras são severas, mas sua voz é calma, ainda com uma pontada de confusão. Rezo para que ele não esteja falando de Carter quando diz que todo mundo finge. Ou de mim. Preciso avisar Carter. Tem alguma coisa errada com ele hoje. Nunca tive tanto medo de morrer como na hora em que Asa me puxou de volta para dentro de casa. Estou tentada a não contar para Carter o que aconteceu porque sei que ele vai ficar chateado por eu ter confrontado Asa sozinha.

— A gente devia recompensar os poucos amigos leais que ainda tenho. Vamos dar um jantar hoje. Você cozinha?

Concordo com a cabeça.

— Para quantas pessoas?

Ele nem hesita na resposta:

— Eu, você, Jon, Dalton, Kevin e Carter. Quero a comida pronta às sete. Vou mandar uma mensagem para eles agora.

Asa fecha a cortina do chuveiro.

O que aconteceu com ele?

Bufo mais uma vez e pego a esponja. Estou esfregando a sola dos pés quando ele abre mais uma vez a cortina. Eu o encaro, e Asa ainda está, para minha surpresa, olhando para meu rosto e nada mais. Abre e fecha a boca, então para por dois segundos antes de perguntar:

— Está brava comigo?

É outra pegadinha?

Eu te odeio com todas as minhas forças, Asa.

Avalio sua expressão e respondo:

— Não estou muito feliz com você.

Ele suspira, depois assente como se não me culpasse. Agora realmente sei que aconteceu alguma coisa com ele.

— Eu não devia ter mentido para você sobre o auxílio do seu irmão. Às vezes acho que eu podia tratar você melhor.

Engulo em seco o nó na garganta.

— Então por que não trata?

Os olhos dele se estreitam com uma ligeira inclinação de cabeça, como se estivesse de fato pensando no meu caso.

— Eu não sei como.

Ele fecha a cortina. A porta do banheiro bate.

Ponho a mão na barriga, porque acho que estou prestes a vomitar. Tudo o que Asa faz me deixa muito nervosa. Depois dessa conversa estranha, meu nervosismo só aumentou.

Graças a Deus Asa vai convidar todo mundo para vir aqui hoje à noite, porque eu realmente não quero ficar sozinha com ele. Preciso que Carter esteja aqui.

Estou quase desligando a água quando a porta do banheiro se abre de novo. Segundos depois, a cortina é puxada, desta vez do lado oposto. Minha mão fica paralisada sobre a torneira quando o escuto entrar no chuveiro.

Não, não, não. Por favor, não me obriga a transar com você.
Respiro calmamente, esperando que ele só esteja aguardando sua vez de tomar banho.

Alguns segundos se passam, mas não o sinto se aproximar de mim. Ele não diz nada. Meu coração está tão acelerado que fico tonta.

Eu me empertigo e lentamente me viro para trás. A camiseta branca dele está ensopada, e ele ainda está de calça jeans. Está apoiado na parede do chuveiro, descalço, olhando para o chão.

Espero um instante para descobrir o que ele quer. Quando não se mexe nem fala qualquer coisa — *e continua encarando o nada* —, finalmente resolvo perguntar, deixando o medo evidente na minha voz.

— O que está fazendo, Asa?

Minha pergunta o tira do transe. Asa ergue o olhar para mim. Ele me encara por cerca de cinco agonizantes e longos segundos, então olha para o chuveiro e de volta para suas roupas. Ele passa as mãos nelas como se não tivesse ideia de por que estão molhadas. Então balança a cabeça e confessa:

— Não faço a mínima ideia.

Meus joelhos ficam bambos. Nem desligo o chuveiro. Saio do banho o mais rápido possível e pego uma toalha. Nem me dou o trabalho de me vestir antes de abrir a porta e correr para o quarto. Só preciso ficar o mais longe possível de Asa até Carter chegar e eu saber que estou um pouco mais segura.

Assim que piso no corredor, alguma coisa à direita chama minha atenção. Olho e me deparo com Jon prestes a entrar no quarto ao fim do corredor. Ele está com a mão na porta e me encara, os olhos percorrendo meu corpo coberto apenas pela toalha.

Quando noto o sorriso nojento se abrindo no seu rosto, percorro os nove centímetros até a porta do meu quarto.

— Nem pense nisso, seu *merda*.

Bato a porta e me tranco para fora do alcance de cada um desses babacas loucos. Pego o celular e mando uma mensagem para Carter.

Eu: Ele está enlouquecendo de vez. Por favor, chegue cedo.

Apago a mensagem em seguida e tento escutar o barulho da água do chuveiro sendo fechada.

Mas isso não acontece.

Depois de me vestir e ficar pronta para ir ao mercado, resolvo ver como Asa está. Abro a porta do banheiro e vejo que ele não está mais em pé. Está sentado na banheira, ainda vestido, com a água caindo nele. Seus olhos estão arregalados, e a água escorre por cima das pálpebras.

Seguro a maçaneta e dou um curto passo para trás.

— Estou indo ao mercado, Asa. O que você quer que eu prepare para hoje à noite?

Ele não mexe a cabeça, mas seus olhos percorrem o banheiro até encontrarem os meus.

— Bolo de carne.

— Ok. Quer mais alguma coisa de lá?

Ele me fita por alguns segundos e então sorri.

— Traz uma sobremesa para a comemoração.

Comemoração? Minha garganta de repente começa a coçar e fica difícil engolir.

— Ok — respondo debilmente. — O que vamos comemorar?

Ele desvia o olhar e o volta para a frente.

— Você vai ver.

TRINTA E OITO
CARTER

Não faço ideia de por que Asa nos convidou para jantar. Temos ido àquela casa quase todas as noites; esta não seria diferente. Eu tinha esperanças de Sloan estar sendo paranoica com aquela mensagem sobre ele estar enlouquecendo, mas estou meio preocupado porque ela pode estar certa.

Sinto o cheiro da comida antes mesmo de abrir a porta da frente. Quando entro e olho ao redor, percebo que Dalton é o único que ainda não chegou. Jon e Asa ocupam as duas poltronas e Kevin está no sofá.

Asa está debruçado para a frente com os cotovelos apoiados nos joelhos, o controle remoto na mão, passando pelos canais de notícias. Ele se vira quando me escuta fechar a porta.

Aceno com a cabeça, e ele se volta para a TV.

— Você acompanha as notícias, Carter?

Olho na direção da cozinha e vejo Sloan parada no bar, limpando-o com um pedaço de pano. Consigo vê-la de onde estou, mas Asa, não.

— Às vezes — respondo.

Sloan olha para mim e retorce uma mecha de cabelo com o dedo. Passo o polegar pelo meu lábio inferior. Ela ergue a outra mão e enrola o cabelo com mais três dedos. E depois cinco. E depois com os dez. Então começa a fingir que está arrancando o cabelo com as mãos, girando em todas as direções, sinalizando que está enlouquecendo.

Quero sorrir para ela, mas me forço a entrar na sala e me sentar ao lado de Kevin.

— Por que queria saber se vejo as notícias? — pergunto a Asa. Ele muda de canal.

— Não ouvi falar do meu pai. Só queria ter certeza de que ele sobreviveu e que não vou ser preso por assassinato.

Ele diz isso tão casualmente, como se a possibilidade de ser preso por assassinato fosse algo corriqueiro. Assinto, no entanto não conto que seu pai sobreviveu. Ele nem se machucou tanto, na verdade. O cassino chamou uma ambulância, mas, além do nariz e da mandíbula quebrados, não sofreu ferimentos sérios. O cara nem quis prestar queixa. Dalton me contou tudo depois de descobrir, hoje mesmo.

Ele também me contou que o cara era um viciado, diagnosticado como esquizofrênico e paranoico, além de uma porrada de outros problemas. Odeio dizer isso, mas lá no fundo sinto um pouco de pena de Asa. Não tem como saber pelo que ele passou durante a infância com um pai desses. Mas dá para ter pena de alguém e ainda assim querer que esse alguém morra.

Guardo a informação sobre o estado do pai dele só para mim. Acho bom Asa se preocupar com a repercussão. Preocupação não é algo que ele sinta com muita frequência.

Asa suspira após passar por todos os canais de notícias duas vezes e não encontrar nada. Ele se levanta e joga o controle para Jon.

— Não esqueçam de lavar as mãos. Minha noiva trabalhou à beça para fazer este jantar e não quero um bando de merdas sentados à minha mesa com as mãos imundas.

Ele anda até a escada e corre para o quarto. A porta se fecha e olho para Kevin, que está encarando a escada vazia.

— Ele está estranho pra caralho — comenta.

Jon começa a pular de um canal para outro e acrescenta:

— E isso é novidade?

Nenhum dos dois se dá o trabalho de ir até a cozinha lavar as mãos, então aproveito a oportunidade para ir até lá. Sloan está tirando um bolo de carne do forno quando passo por ela.

— Oi, Sloan — digo casualmente.

Ela me olha, mas não sorri. Só me lança um olhar que diz que precisamos conversar. Mas não temos como fazer isso agora. Abro a torneira e ela coloca o bolo de carne na bancada ao lado. Ela encaixa uma faca entre a comida e a assadeira e começa a soltá-la.

— Fiz uma besteira hoje — sussurra.

Diminuo a pressão da água para ouvi-la melhor.

— Descobri que Asa estava mentindo sobre o auxílio do meu irmão. E tive que confrontá-lo. Disse que ia embora. Ele ficou furioso.

— Sloan — respondo baixinho. *Por que ela fez isso?* — Você está bem?

Ela dá de ombros.

— Agora estou. Mas tem algo de errado com ele, Carter. Estou assustada. Ele ficou sentado na banheira com roupa e tudo por meia hora. A seguir, quando voltei do mercado, olhei pela janela e ele estava sentado numa das espreguiçadeiras, observando a piscina. A seguir começou a bater na própria testa. Bateu trinta e seis vezes. Eu contei.

Cacete.

Sloan olha para mim e odeio que esteja tão assustada. Eu devia levá-la embora agora. Pegar sua mão, puxá-la para fora enquanto Asa está no andar de cima e dar o fora daqui com ela.

— Agora ele fica repetindo que tem uma surpresa para mim. Está falando como se este jantar fosse alguma comemoração — cochicha ela. — Estou com medo de descobrir o que vamos comemorar.

Escutamos os passos de Asa no andar de cima, como se ele estivesse se preparando para descer. Sloan pega a assadeira e vai até a mesa.

Os outros também devem ter ouvido, porque imediatamente aparecem na frente da pia, preparando-se para lavar as mãos como ele tinha mandado.

Ajudamos Sloan a levar o restante do jantar para a mesa, assim que Dalton chega. São só 18h55, mas ele vê Asa descendo e se desculpa por ter se atrasado.

— Não está atrasado, chegou bem na hora.

Sento em uma cadeira, e acabo de frente para Asa. Na diagonal de Sloan. Todos estão estranhamente silenciosos enquanto passam as comidas, servindo-as nos pratos. Depois que cada um se serve, Asa pega o garfo e diz:

— Devemos fazer uma prece?

Ninguém responde. Apenas o encaramos, tentando decidir se está brincando ou se alguém precisa começar a rezar antes de Asa surtar.

Ele cai na gargalhada e diz:

— Seus burros de merda.

Então enfia uma garfada de purê de batata na boca e engole.

— É a segunda noite seguida que jantamos aqui. O que houve? É isso que acontece quando se é domesticado? — pergunta Jon.

Asa estreita os olhos na direção dele e engole mais purê junto com um gole da cerveja.

— Cadê a Jess hoje?

Jon dá de ombros.

— Não a vejo há alguns dias. Acho que terminamos.

Asa dá uma risadinha e em seguida olha para mim.

— E a Tillie?

Passo o polegar pelo lábio inferior.

— Trabalhando. Pode ser que ela dê um pulo aqui amanhã à noite.

Asa lambe os lábios, tomando mais um gole da cerveja.

— Seria legal — diz ele. Então se volta para Dalton. — Por que você nunca trouxe nenhuma garota para cá?

Dalton responde com a boca cheia de carne:

— Ela mora em Nashville.

Asa aprova e continua:

— Qual o nome dela?

— Steph. É cantora. Foi por causa dela que quase me atrasei, na verdade. Ela assinou um contrato para gravar um CD hoje e me ligou para contar tudo.

Ele parece orgulhoso quando fala dela.

Isso quase me fez rir, porque não existe nenhuma Steph. Ele acabou de inventar essa merda toda em cima da hora, e Asa engole como um copo de leite morno.

— Que maneiro — comenta Asa.

Ele gosta de Dalton. Percebo pelo jeito como o olha, sem nenhum resquício de suspeita. Não é como olha para mim.

— Tem alguma coisa errada com a porra da sua boca, Carter?

Olho para ele e ergo as sobrancelhas.

— Está esfregando tanto esse lábio que vai ficar em carne viva.

Nem percebi que ainda estava fazendo isso. Tiro a mão da boca.

— Tudo bem — respondo, dando uma mordida no bolo de carne.

A última coisa que quero é provocá-lo. Não com ele agindo como ultimamente.

Asa dá uma garfada e apoia as mãos na mesa.

— Então. Tenho uma surpresinha.

Ele sorri e olha para Sloan, que, noto, engole em seco.

— O que é? — pergunta ela, com cautela.

Asa abre a boca para falar, mas é interrompido por alguém batendo com força na porta da frente. Vejo a irritação transbordando dos seus olhos quando ele se vira e olha para a porta da sala. A segunda batida alta vem logo em seguida.

Ele faz barulho ao largar os talheres na mesa e olha para nós.

— Quem está esperando alguém? No meio da porra do jantar?

Ninguém responde.

Ele empurra a cadeira para trás e joga o guardanapo ao lado do prato. Quando se vira para entrar na sala, Sloan olha para mim. Parece assustada, mas também aliviada pela grande surpresa ter sido interrompida. Eu me viro para Dalton e ele ergue uma sobrancelha.

Observamos Asa espiar pelo olho mágico. Ele encara a porta por vários segundos e encosta a testa ali.

— Porra. — Ele se vira e volta correndo para a cozinha, agarrando Sloan pelo braço para puxá-la da cadeira, então segura os ombros dela e diz: — Sobe para o quarto e tranca a porta. Não abra em hipótese alguma.

Deslizo a cadeira para trás e me levanto. Dalton faz o mesmo. Olhamos um para o outro e então para Asa.

— Quem está batendo? — pergunta Jon, levantando-se também.

Acho que nenhum de nós nunca viu Asa tão preocupado.

Ele olha para o alto da escada e depois ao redor da cozinha, como se tentasse descobrir uma maneira de fugir.

— É a porra do FBI, Jon. É a merda da *porra* do FBI.

O quê?

Imediatamente me viro para Dalton, mas ele balança a cabeça demonstrando que estava tão alheio quanto eu. Também o noto cerrando os punhos.

— Merda! — exclama ele.

Tenho certeza de que a reação de Dalton era esperada por Asa. Mas só eu sei o quanto ele está puto. O FBI está prestes a entrar na casa e arruinar nossa investigação.

Mais batidas à porta.

Asa passa as mãos pelo cabelo.

— Merda! *Merda!*

Percebo que ele olha para a porta dos fundos. Já o vejo planejando uma maneira de fugir. Resolvo falar para atrair sua atenção.

— Se estão aqui para prender alguém, a casa já está cercada, Asa. Podem ter vindo só para fazer algumas perguntas sobre seu pai. Apenas abre a porta e aja normalmente. Vamos ficar sentados aqui como se não tivéssemos nada a esconder.

Dalton concorda com a cabeça.

— Ele tem razão, Asa. Se todo mundo sair correndo, aí, sim, vão ter motivo para achar que você está escondendo alguma coisa.

Asa assente, mas Jon balança a cabeça de um lado para o outro.

— Foda-se. A gente tem merda espalhada pela casa toda. Se abrirmos a porta, vai ser o fim. Para todo mundo aqui.

Os olhos de Asa estão arregalados enquanto ele pensa no que fazer. Todos olhamos novamente para a porta assim que as batidas recomeçam.

Vejo as veias saltadas no pescoço de Dalton e sei que ele está com medo de que todo nosso trabalho tenha sido em vão. A investigação inteira não vai significar merda nenhuma, e ainda vai parar nas mãos de outras pessoas.

Já vimos isso acontecer algumas vezes — uma investigação ser assumida por uma organização de alto escalão. Mas Dalton se dedicou tanto a isso que não vai aguentar ver tudo indo pelo ralo.

— Vai para o quarto, Sloan — ordena Asa. — Não precisa estar aqui quando eu abrir aquela porta.

Sloan olha para mim com uma expressão de preocupação total. Quer saber se deve seguir as instruções de Asa, se deve sair da sala.

Mais batidas.

Aceno delicadamente com a cabeça para que faça o que Asa mandou. Pelo menos Sloan vai estar de fora de seja lá o que vai acontecer.

Mas Asa começa a andar a passos largos na direção de Sloan. Ele para na frente dela.

— Por que está olhando para *ele*? — grita, gesticulando para mim. — Por que fica olhando para ele, porra?

Merda. Começo a dar a volta na mesa, mas Dalton segura meu braço. Asa agarra o pescoço de Sloan e a empurra na direção da escada.

— Sobe a porra da escada!

Ela nem olha para trás antes de subir correndo.

Asa me encara. Dalton pode não estar feliz com a aparição do FBI, mas eu estou aliviado. Provavelmente Asa vai ser preso por qualquer que seja o motivo de eles estarem aqui. O que significa que é minha chance de sobreviver a hoje à noite, porque o jeito como ele está me olhando agora me diz o contrário.

Ele sabe. Percebeu pela forma como Sloan me olhou que tem alguma coisa acontecendo entre nós dois. Mas com as batidas na porta e a iminente possibilidade de ser preso, felizmente deixa isso para depois.

Ele aponta para nós quatro.

— Sentem aí, porra. Comam. Vou abrir a merda da porta. — Todos voltam a seus lugares. Asa corre até a cozinha e abre um dos armários, tirando algo de lá. Ele sai com uma arma e a desliza para o cós da calça. Quando passa pela mesa, diz: — Se eu descobrir que algum de vocês é responsável por isso, *todo mundo* morre. — Asa se vira para a porta, e, pouco antes de abrir, ele encosta a testa nela como se fizesse uma prece rápida. Quando a abre, sorri. — Como posso ajudá-los, senhores?

Escuto uma voz perguntar:

— Asa Jackson?

Asa assente, mas a porta se abre e vários homens o cercam, derrubando-o no chão.

Quando Jon vê o que está acontecendo, dispara para a porta dos fundos, mas, quando a abre, três homens entram na casa. Jon é imediatamente contido e jogado no chão da cozinha.

Só neste momento me dou conta de que o FBI não faz a mínima ideia de que Dalton e eu estamos disfarçados. Nem estou com meu distintivo para provar. Vão simplesmente achar que estamos do lado de Asa.

Os segundos seguintes são um caos completo.

Mais homens entram, armas são apontadas para nossas cabeças, somos deitados de barriga para baixo, rostos colados no chão, mãos sendo algemadas nas costas.

Estou deitado ao lado de Dalton. Antes de o levantarem, ele sussurra:

— Fique calmo. Espere até ficar sozinho para dizer alguma coisa.

Acato, mas um dos agentes nos vê conversando. Dalton é puxado pelos braços por um deles.

Ouço alguém lendo os Direitos de Miranda para Asa e dois homens me puxam do chão. Estão disparando ordens, nos separando em diferentes partes da casa. Sou levado para um quarto vazio perto da cozinha.

Só consigo pensar em Sloan e em como ela deve estar surtando agora.

A porta bate atrás de mim e sou jogado na cadeira da escrivaninha. Há dois homens no quarto comigo. Um é mais alto que eu, de cabelo louro-escuro e barba. O outro é mais baixo, atarracado, de cabelo ruivo e um bigode mais ruivo ainda. O ruivo fala primeiro.

— Sou o agente Bowers. Este é o agente Thompson. Vamos fazer algumas perguntas e agradeceríamos se cooperasse.

Concordo com a cabeça. O agente Bowers se aproxima de mim e pergunta:

— Você mora aqui?

Nego com a cabeça.

— Não.

Começo a contar a eles o que estou fazendo aqui e como estão cometendo a porra de um erro, mas o agente alto me interrompe e pergunta:

— Como se chama?

— Carter — respondo.

Não digo *Luke* ainda, porque nem sei se Asa vai ser preso mesmo. A última coisa de que preciso é do FBI estragando a porra do meu disfarce.

— *Carter?* — repete o agente Bowers. — Só tem um nome? Então você é tipo a Madonna? A Cher? — Ele se inclina na minha direção, me encarando. — Qual é a porra do seu sobrenome, espertinho?

Torço as mãos às costas na tentativa de aliviar a pressão que aperta meus punhos. Minha cabeça lateja, em parte por causa dos últimos minutos e em parte porque estou puto por eles estarem prestes a acabar com tudo e levarem todo o crédito. É óbvio, podem estar aqui para prender Asa. E, sim, fico aliviado por Sloan estar em segurança agora. Mas saber que os últimos meses inteiros não serviram para nada e que coloquei Sloan em perigo mais de uma vez *realmente* me irrita.

Faz-se um silêncio e ouço Asa gritar "Vai se foder!" em outro cômodo.

O agente Thompson chuta minha cadeira, chamando minha atenção de volta para ele.

— Qual é seu sobrenome, filho?

Mal sabe ele que sei como se deve conduzir uma investigação, e esses babacas já quebraram pelo menos três regras. Mas o FBI, e até a polícia, não é exatamente conhecido por seguir as regras em situações específicas como esta. Motivo pelo qual confio em pouquíssimas pessoas.

Abro a boca para responder, mas sou interrompido pelo grito de Sloan no andar de cima. Imediatamente me levanto, mas os dois me empurram de volta na cadeira.

— Ou me prende ou me deixa ir, porra! — grito.

Preciso chegar até Sloan. Ela provavelmente está apavorada, sem saber o que está acontecendo. Preciso ver como ela está antes de perder a cabeça, mas os dois não me deixam sair do quarto.

— Estou do lado de vocês — afirmo, tentando manter a voz calma, quando minha vontade é gritar. — Se tirarem minhas algemas, posso provar e voltar a fazer a porra do meu trabalho!

O agente me encara por um instante, olha de volta para o agente Bowers e ri. Ele aponta para mim.

— Ouviu isso? Ele é da polícia — pergunta.

O agente Bowers também ri e, com sarcasmo, diz:

— Foi mal. Está livre.

Ele aponta na direção da porta.

Eu podia passar sem o sarcasmo. Também sei que acabei de foder com meu disfarce, mas não vou ficar nem mais um minuto aqui com estes babacas. Mais tarde me preocupo com a reação de Dalton.

— Vão encontrar meu distintivo embaixo do banco do carona do meu carro. É o Charger preto.

O agente Thompson estreita os olhos e me olha como se de fato estivesse considerando a hipótese de eu não estar mentindo. Ele olha para o agente Bowers e inclina a cabeça para a porta, silenciosamente pedindo que ele vá verificar.

Ainda estou ouvindo Asa no outro cômodo, gritando com seja lá quem o está interrogando. Agora ele está exigindo um advogado. Não acho que vá ajudá-lo a esta altura.

O agente Thompson não me pergunta mais nada quando ficamos sozinhos. Uso a oportunidade para falar de Sloan.

— Tem uma garota num quarto lá em cima. Pode verificar se ela está bem quando seu parceiro voltar?

O agente Thompson assente.

— Sim, podemos fazer isso. Tem mais alguém na casa sobre quem precisamos saber?

Balanço a cabeça. Já me arrependi de ter me exposto, então a última coisa que vou fazer é expor Ryan. Ele pode fazer isso sozinho quando achar melhor. Provavelmente vai esperar Asa ser detido.

Odeio que não foi a nossa investigação que terminou com o esquema de Asa, mas estou aliviado por isso estar finalmente chegando ao fim. Pelo bem de Sloan. Ryan, entretanto, com certeza está soltando fogo pelas narinas neste momento.

Um minuto depois, a porta do quarto se abre. Ergo a cabeça para ver se o agente Bowers encontrou o envelope com meu distintivo. Primeiro vejo o envelope aberto, mas, assim que noto quem o está segurando, meu alívio se torna uma mistura de confusão e terror.

Mas que merda está acontecendo?

Asa me encara.

Que porra é essa?

Ele olha para o envelope e o bate duas vezes na palma. Olha para o agente Thompson e diz:

— Eu gostaria de ter um pouco de privacidade com meu amigo, por favor.

O agente Thompson assente e começa a sair da sala. Antes que possa passar pela porta, Asa aponta para sua jaqueta azul do FBI, as três grandes letras amarelas nas costas.

— Parece tão *real*, né? — comenta ele, e então olha de volta para mim. — Comprei na loja de fantasias no centro da cidade.

— Ele ri e fecha a porta. — Os *atores* toscos foram um pouco mais caros que as jaquetas.

Não.

Porra.

Porra.

Não.

Caí feito um patinho.

Sinto a bile subindo pela garganta. Sinto o sangue escorrendo pelos meus punhos enquanto tento com todas as forças me livrar das algemas.

Asa joga o envelope com meu distintivo no colchão, depois leva a mão para o cós da calça e saca a arma. Ele se senta na beira da cama, os lábios comprimidos de tanta raiva.

— Gostou da minha surpresa? *Luke.*

Olho fixo para ele... De repente me dou conta de que acabei de cometer o maior erro da minha carreira. O maior erro da minha vida.

E só consigo pensar em Sloan.

Fecho os olhos com força e tudo o que vejo é Sloan.

TRINTA E NOVE

ASA

— Já viu o filme *Caçadores de emoções?* — pergunto.

Luke está me encarando. Ele respira pesadamente, as narinas se inflam. *Estou adorando essa porra.*

Ele não me responde. É engraçado ter aberto a boca tão depressa para se gabar sobre ser da polícia, mas mal se esforçar para conversar comigo.

— Não estou falando do remake de merda, Luke. Estou falando do filme original, com o Keanu Reeves e o Patrick Swayze. Ah, e aquele cara do Red Hot Chili Peppers. O vocalista?

Olho para Luke para ver se sabe o nome do cara, mas ele não fala nada. Apenas me encara. Não sei por que fico esperando. Eu me inclino na cama e continuo:

— Tem uma parte em que o Keanu Reeves e a equipe dele invadem uma boca de fumo. Mas o que eles não sabem é que um dos caras que mora lá é um policial disfarçado. E por causa da impaciência e falta de planejamento, acabam estragando a porra da investigação inteira do coitado. Meses e meses de trabalho pesado. Lembra dessa parte?

Naturalmente, ele não responde. Fica só mexendo nas algemas às suas costas na tentativa de se soltar.

— Acho que eu tinha uns dez anos quando vi esse filme pela primeira vez, mas não consegui parar de pensar nessa parte. Fiquei obcecado. Sempre me perguntei o que teria acontecido se a equipe de Keanu estivesse só *fingindo* ser do FBI. Imaginei como teria sido a cena se o babaca disfarçado tivesse confessado quem era, só para depois descobrir que Keanu não era do FBI coisa nenhuma. Ele estava só fingindo para pegar o traidor. Isso sim seria reviravolta.

Carter olha para a porta como se alguém fosse entrar e salvá-lo. Detesto dizer isto a ele, mas não vai rolar.

— Enfim — continuo, me levantando —, achei que valia a pena tentar. Ver se algum de vocês era burro o bastante para tentar me trair, e, se fosse, talvez, se também tinha algum burro o bastante para cair na reviravolta. — Inclino a cabeça e sorrio para ele. — Você deve estar se sentindo *muito* burro agora.

A mandíbula dele se contrai. A minha também, porque não faço ideia de como chamá-lo agora e isso está me deixando puto. Carter? Luke? *Morto?*

Isso. Vou chamá-lo de *morto*.

— Burro pra *caralho* — repito, rindo. — Por que revelou quem era tão depressa? Não sou nenhum policial, mas imagino que sair do disfarce não seja algo que vocês façam muito.

Ando de um lado para o outro, tentando entender tudo. Por que alguém teria tanta pressa em sair de uma situação se isso comprometesse sua identidade? É como se fosse uma questão de vida ou morte. Como se, caso não se apressasse para socorrer alguém, fosse tarde demais.

Lentamente me sento de volta na cama.

— A não ser... — Olho para ele. — A não ser que tenha revelado seu disfarce porque é o tipo de cara que deixa as emoções falarem mais alto do que a razão. Como é que chamam esse tipo de cara? Tenho certeza de que conversamos sobre isso durante um almoço esses dias. — Olho para o teto fingindo pensar. — Ah, é. *Mariquinha.*

Ele não ri da piada.

Isso provavelmente é uma coisa boa, porque eu poderia ter ficado mais puto ainda se ele tivesse rido.

Olho para a porta e percebo que não lembro se a tranquei. Eu me levanto e vou conferir, então me viro de volta e encaro Luke.

— Mas a verdadeira pergunta aqui é *por que* você estaria tão emotivo numa hora dessas, quando devia estar protegendo seu disfarce a todo custo... O que podia ser tão mais importante que seu treinamento e bom senso?

Dou cinco passos na direção dele, até não dar para chegar mais perto. Ele mantém contato visual comigo o tempo todo, erguendo o queixo para continuar me encarando.

— Ah, é. Isso. Estava preocupado demais com a porra da minha *noiva* para fazer a bosta do seu trabalho direito!

Bato a arma na lateral da sua cabeça, que se vira para o lado. Tenho certeza de que o golpe foi forte o suficiente para quebrar um ou dois dentes, mas ele age como se não estivesse abalado. Ele me olha nos olhos mais uma vez, parecendo até mais calmo do que antes de eu bater.

Filho da puta.

Odeio ainda gostar desse lado dele. O lado caladão e introspectivo, que não se borra de medo. É impressionante.

Pena que a única coisa que o faz se borrar de medo seja Sloan. Há quanto tempo será que esse merda tem feito lavagem cerebral nela? Usando-a para sua investigação? Ele certamente vem colocando-a aos poucos contra mim desde o dia em que os dois se conheceram.

Achei que o incidente no cassino tinha sido ruim. Achei que descontar no meu pai havia sido o meu momento de maior fúria. Mas eu estava errado. *Cara, como eu estava errado.*

Ver Sloan olhar para ele em busca de instruções mais cedo foi com certeza o momento em que fiquei mais furioso na vida. *Na vida*. Nunca quis tanto matar alguém quanto quis matar Carter naquele momento. Mas aquilo teria arruinado minha surpresa, então precisei ser paciente.

Levanto a arma devagar, aponto-a para a lateral da cabeça do sujeito e imagino como será quando eu finalmente apertar o gatilho. Ver a porra dos miolos dele se espalhar pelo chão todo. Eu me pergunto qual vai ser o tamanho do estrago na cabeça dele. Será que vai continuar reconhecível? Quando eu trouxer Sloan aqui para olhar para ele pela última vez, será que vai saber que é Carter mesmo? Ou a cabeça dele toda vai explodir?

Eu me forço a afastar a arma, porque, por mais curioso que eu esteja para ver como Carter vai ficar quando eu o matar, ainda tenho algumas perguntas que precisam de respostas.

Eu me agacho na frente dele e apoio meus braços nas suas coxas.

— Você trepou com ela?

Sei que nesse caso é uma pergunta retórica, porque ele seria burro se respondesse. Mas Carter já provou não ser o mais inteligente da turma hoje.

— Onde estavam quando comeu a Sloan pela primeira vez? Na minha cama? Ela gozou?

Ele comprime os lábios, lambendo-os. Mas ainda assim não responde. Seu silêncio está realmente começando a me irritar. Eu me levanto e vou até a porta, verificando mais uma vez se está trancada. Nem sei por que a quero trancada, afinal os caras já estão com a casa sob controle. Um deles recebeu ordens de subir direto e vigiar Sloan. Quatro outros estão divididos entre Jon e Kevin, apesar de eu não estar preocupado com nenhum deles. São burros demais para serem policiais, mas gosto da ideia de deixá-los cagando nas calças por mais uns dez minutos.

Ainda não tenho certeza quanto a Dalton. Mas ele está na sala com duas armas apontadas para a cabeça, então acho que vou me preocupar com ele depois que terminar com Carter.

— Quer saber como foi a primeira vez que trepei com ela? — pergunto.

Desde o segundo em que entrei aqui, essa é a primeira vez que ele reage a uma de minhas perguntas. Carter mal balança a cabeça de um lado para o outro, duas vezes. É tão sutil que nem sei se ele percebeu. *Realmente* não deve querer saber como foi a primeira vez que a fodi.

— *Bom, que pena. Vou contar tudo mesmo assim.*

Eu me sento na cama, mas desta vez me encosto na cabeceira. Cruzo os tornozelos e ponho a arma em cima da minha coxa.

— Sloan tinha dezoito anos. Inocente. Intocada. A coitada cuidava do irmão há tanto tempo que nem tinha tido a chance de ser criança. De sair, se divertir, trepar por aí. Você acredita se eu te contar que fui o primeiro cara que ela beijou?

Ele está olhando para a frente agora, recusando-se a olhar para mim. Vejo as veias no seu pescoço saltarem. Sorrio e resolvo detalhar ainda mais minha história porque gosto de observá-lo se contorcer.

— Sloan era tímida, mas não era inexperiente. Vou explicar. Ela era inexperiente porque não confiava com facilidade. Cresceu com uma mãe patética, nem conheceu o pai. Então, quando entrei na jogada, ela não sabia o que pensar. Não tinha nenhum ex-namorado para comparar comigo, eu não precisava ser melhor do que ninguém. Ninguém para superar. Eu só sabia que, se fosse melhor do que os pais dela, Sloan acharia que tinha sido abençoada. E eu fui, Carter. Fui bom pra caralho para ela.

"Felizmente, Sloan não era o tipo de garota que queria ir com calma. No nosso primeiro encontro, eu a beijei antes mesmo de chegarmos ao restaurante. Pressionei Sloan contra uma parede de tijolos em um beco qualquer e ela gostou tanto que parecia querer se afogar na porra da minha saliva."

Puta merda. Meu pau acabou de ficar duro só de me lembrar disso.

— Eu já tinha ido àquele restaurante, então sabia a hora perfeita da noite para levá-la sem que estivesse lotado. E conhecia a mesa perfeita para pedir e termos privacidade. Ela não conseguia tirar as mãos de mim quando nos sentamos. Era como se eu tivesse libertado essa necessidade nela que eu nem sabia que as garotas sentiam. E me fez ter vontade de jogá-la na mesa, levantar seu vestido, e comê-la bem ali em cima dos aperitivos.

"Nunca vou me esquecer daquele vestido. Era um vestidinho branco bonito, com alças finas e flores amarelas. Era como seda nas minhas mãos, e eu não conseguia parar de tocar nele. Ela usou sandálias brancas para ressaltar as unhas dos pés pintadas de cor-de-rosa, e em algum momento do jantar as tirou. Você curte pés, Luke?"

Ele está me encarando. Não sei em que momento aconteceu, no entanto não parece mais tão calmo quanto estava depois de eu bater nele.

Eu tinha razão. Este é o único assunto que o faz ceder. Sorrio e continuo:

— Enquanto a gente comia, não parei de jogar meu charme pra ela. Disse como era bonita, como era especial, que o que estava fazendo pelo irmão era a coisa mais bondosa que eu já tinha visto. E o tempo todo em que eu falava exatamente o que ela precisava ouvir, minha mão subia devagar pela sua coxa. Quando trouxeram o cardápio de sobremesas, eu já tinha enfiado a mão dentro da calcinha. O garçom mal se virou e meu dedo entrou nela. — Expiro com força, tentando controlar minha pulsação. Nem consigo *pensar* naquilo sem ficar excitado. — Vai ser difícil descrever o que aconteceu depois, porque só estando lá para entender. Mas vou tentar.

Eu me sento na cama e passo a arma pela minha bochecha.

— A boceta dela... *puta que pariu*. Foi a coisa mais quente, molhada e apertada que já toquei. Eu queria engatinhar para baixo da mesa e enterrar minha boca nela. E Sloan reagia *tão* bem.

"O primeiríssimo orgasmo de Sloan aconteceu nos fundos daquele restaurante indiano. Lindo pra caralho."

Suspiro ao lembrar, e então rio quando me dou conta de que nem cheguei na parte boa ainda.

— Eu precisava ter tudo dela, então a levei de carro para minha casa. Mas óbvio que depois de nos beijarmos durante meia hora, ela me pediu para esperar. Ela disse que estávamos indo *rápido demais*. Mas eu precisava foder com ela, Luke. Eu não conseguia *respirar*. Então fiz algo que você provavelmente faz com as garotas e fiquei deitado de conchinha por duas horas infernais. Esperei até o meio da noite, e então comecei a beijá-la.

"Ela acordou e minha cabeça estava entre suas pernas, e não demorou para estar implorando. Na *primeira* noite, Luke. Ela tinha acabado de ter um primeiro encontro oficial. Acabado de dar o primeiro beijo. De ter o primeiro orgasmo. E foi a porra de um milagre, eu estava fodendo ela."

Ele parece prestes a passar mal, então eu continuo.

— Ela gritou quando aconteceu. Até acho que chegou a chorar um pouco, porque eu não conseguia pegar leve. Não *conseguia*. As marcas na parede por causa dos baques da cabeceira da cama ainda estão lá, aliás. Posso mostrar antes de matar você.

Eu me levanto e dou um passo na direção dele.

— Depois de dois anos, ainda penso naquela noite. Em como foi a sensação de ser a primeira pessoa dentro dela. A primeira pessoa a fazê-la gozar. A primeira pessoa a fazê-la gritar. E toda vez que olho para ela, eu a amo um pouco mais, sabendo que o que rolou entre a gente vai ser para sempre sagrado. Que terei todas as primeiras e todas as últimas vezes. Que ela nunca permitiria que outro homem a beijasse. Tocasse. *Arruinasse* para mim.

Ando calmamente e acabo com a distância entre Luke, e eu me agacho na frente dele de novo.

— Se eu descobrir que você tirou isso de mim, ela vai se tornar imprestável, Luke. Me dá licença enquanto vou lá em cima buscá-la. Acho que nós três precisamos ter uma conversa séria.

Mando dois dos merdas na casa ficarem de olho em Luke e corro para o andar de cima a fim de buscar Sloan.

QUARENTA
SLOAN

A primeira coisa que fiz depois de subir correndo até meu quarto foi procurar meu celular na mesinha de cabeceira. Não estava lá. Procurei no chão, na cama, *embaixo* da cama.

Então lembrei que Asa passou aqui em cima antes do jantar.

O filho da puta escondeu o telefone.

Assim que ouvi os gritos no andar de baixo, a briga, as coisas se quebrando... corri para me esconder no closet. Menos de dez segundos depois, alguém bateu à porta. Fui tomada por alívio quando ouvi as palavras "FBI, abra a porta!".

Engatinhei para fora do armário e fiz o que mandaram, mas imediatamente percebi que tinha alguma coisa errada. O agente me empurrou de volta para dentro do quarto e bateu a porta, apontando uma arma para mim. Ele me mandou ficar na cama e não me deixou falar nem me mexer.

Já faz um tempo que estou assim. Tempo demais. Às vezes consigo identificar a voz de Dalton. Às vezes a de Jon ou de Kevin.

Mas não a de Asa.

Nem a de Luke.

Meu estômago se revira só de pensar que Asa pode ter algo a ver com isso. Não seria a primeira mentira ridiculamente elaborada dele. Está se tornando seu forte.

— Estou presa? — pergunto ao agente.

Ele continua na frente da porta, mas não me responde.

— Se não vou ser presa, gostaria de descer.

Ele balança a cabeça.

Foda-se esse cara.

Eu me levanto e tento passar por ele, mas o cara agarra meu braço e me joga de volta na cama. Tenho certeza de que tem alguma coisa estranha na situação toda. Eu me levanto num pulo e tento de novo.

— Socorro! — grito, torcendo para chamar a atenção de alguém.

Ele tapa minha boca com a mão e me empurra para a parede.

— Sugiro que cale sua boca e se sente de volta na cama.

Piso no pé dele, sabendo que só estou piorando as coisas para mim. Mas estou cansada de não revidar. Ele agarra meus ombros e me empurra com tanta força na parede que bato a cabeça. Eu estremeço e tento pôr a mão no ferimento, mas ele segura meus punhos e os imprensa na parede.

— Você até que é corajosa — diz ele, sorrindo como se aquilo o excitasse.

De onde saiu esse cara? Do mesmo útero que Jon?

— Socorro! — grito novamente.

Desta vez ele balança a cabeça e diz:

— Não sabe ficar de boca fechada?

Ele pressiona seus lábios nos meus. Eu *odeio* homens pra caralho. Eu *odeio*! *Odeio*!

Meus olhos estão arregalados, e tento manter a boca bem fechada para conter a força da língua dele. Estou olhando por cima do ombro do cara, lutando para me soltar, quando a porta do quarto se abre.

Fico ao mesmo tempo horrorizada e aliviada ao ver que é Asa.

O que está acontecendo?

Os olhos dele percorrem rapidamente o quarto até me ver, e ver o cara ainda tentando enfiar a língua na minha boca. A mão dele está subindo por baixo da minha camisa. Então me dou conta de como vivo num mundo de merda e rezo para Asa vir me salvar, mas também fico com medo da possibilidade de ficar a sós com ele.

Asa não leva nem dois segundos para processar o que está acontecendo. Os olhos dele brilham de raiva.

— Porra, dei um trabalho para você, babaca! — grita ele, aproximando-se a passos largos. Quando o cara me larga e começa a se virar para trás, Asa levanta a arma e a encosta na testa do cara. — *Um* trabalho, porra!

Zumbido.

Não escuto mais nada além de um zumbido. A ardência de um líquido nos meus olhos, no meu rosto. Cubro os ouvidos com as mãos e fecho os olhos com força.

Não, isso não acabou de acontecer.

Não, não, não.

Escuto o cara cair no chão e preciso dar um passo para o lado para tirar meu pé esquerdo de baixo dele.

— Não, Asa. Não, não, não — repito, minhas mãos ainda tapando os ouvidos, meus olhos ainda fechados.

— Ele provavelmente achou que você era uma puta, Sloan — diz ele, agarrando meu braço. — Dá para culpar o cara?

Asa me puxa com força para a frente e tropeço no sujeito caído no chão. Asa não larga meu braço enquanto me põe de pé novamente e me arrasta até a porta.

Meus olhos ainda estão fechados. Acho que posso estar gritando, porque minha garganta arde, mas não sei se sou eu ou o zumbido nos meus ouvidos. De repente ele me levanta do chão e me coloca sobre seu ombro.

Enquanto Asa me carrega pela escada, os últimos dez segundos se repetem sem parar na minha cabeça.

Isso não está acontecendo.

Momentos depois, ele me deita numa cama. Ainda estou com muito medo para abrir os olhos. Vários segundos se passam e sinto meu pulmão se esforçando para respirar. Ofego em meio às lágrimas, e é quando escuto a voz de Asa acima de mim.

— Sloan, olha para mim.

Abro lentamente os olhos e o vejo. Está ajoelhado ao lado da cama, tocando meu rosto e alisando meu cabelo. Há respingos de sangue no seu rosto, seu pescoço.

Olho nos seus olhos e vejo que suas pupilas tomaram conta deles. Duas enormes íris pretas me encaram de volta, o que faz meu corpo já trêmulo se arrepiar todo.

— Sloan — sussurra ele, ainda passando a mão pelo meu cabelo. Tento olhar ao redor do quarto, mas Asa agarra meu queixo e me força a encará-lo. — Gata, tenho notícias bem chatas.

Acho que meu coração não vai aguentar seja lá o que ele está prestes a dizer. Fico com medo de vomitar se abrir a boca para responder.

— Eu sei de você e do Luke.

Meu coração dispara ao ouvir aquele nome. Luto contra a enxurrada de lágrimas que tenta voltar. *Ele o chamou de Luke.*

Como sabe que o nome dele é Luke?

Junto todas as minhas forças para me fazer de desentendida.

— Quem é Luke?

Os olhos dele examinam meu rosto. As pupilas se contraem e se dilatam novamente. Um lento sorriso se espalha pelo seu rosto, e ele pressiona os lábios na minha testa.

— Foi o que pensei — sussurra ele, se afastando de mim. — Não é culpa sua, Sloan. Ele fez lavagem cerebral em você. Tentou botar você contra mim. Mas o nome dele nem é *Carter*, gata. É Luke. Pode perguntar.

Ele põe a mão nas minhas costas e me levanta até me colocar sentada na cama.

De repente estou cara a cara com meu pior pesadelo.

Luke está sentado numa cadeira, as mãos algemadas atrás das costas. A agonia no seu rosto diz tudo sobre o que ele está pensando.

Não.

Asa me observa, à espera da minha reação. Tento me controlar, esconder o medo, o sofrimento, a agonia. Mas saber que nós dois estamos nas mãos dele neste momento deixa pouca força para fingimentos.

Não reaja. Não reaja. Não reaja.

Repito essas palavras mentalmente enquanto Luke me diz a mesma coisa com o olhar.

É isso que Asa quer. Uma reação. Faço o possível para não ter a reação que ele espera. Ele está de pé agora, então olho para cima com a expressão mais inocente que consigo fazer.

— Asa, do que você está falando? Por que o Carter está algemado?

Ele me olha de cima como se estivesse decepcionado. Como se estivesse esperando eu falar que sabia que Luke estava disfarçado, ou pelo menos que eu estava dormindo com ele. Asa dá um sorriso irônico.

— Ainda acha que sou burro, Sloan? — Seu olhar lentamente se volta para Luke. — Então acho que não tem problema se eu fizer isso, né?

Ele levanta a arma e anda na direção de Luke, exatamente como fez um segundo antes de atirar no cara lá em cima.

Imediatamente pulo, agarro sua arma e grito:

— Não! Asa, não!

Ele nem precisa que eu confesse, minha reação por si só já é o suficiente para saber a verdade. Asa não atira. A mão segurando a arma volta e me bate com tanta força que caio de volta na cama.

Minha cabeça começa a latejar na hora. Asa está focado em mim, a raiva evidente.

Ele sobe em mim, agarra meus punhos e pressiona a testa na lateral da minha cabeça.

— Sloan, não — diz ele, com uma voz emocionada. — Não, *não*, gata. — Asa levanta a cabeça, os olhos cheios de mágoa. — Ele entrou em você? Você deixou ele *entrar* em você?

Estou chorando demais para admitir. Estou chorando demais para negar.

O rosto inteiro de Asa se transforma em uma careta, como se ele achasse aquela a pior coisa que pudesse estar acontecendo neste momento. *Ele acabou de atirar num cara lá em cima e está mais chateado porque eu o traí?*

Viro a cabeça para o lado e fecho os olhos com força.

É isso.

É assim que vou morrer.

Asa enfia a cabeça entre meu pescoço e meu ombro e murmura:

— Não lembro se tranquei a porta.

Quando ele sai de cima de mim, tento processar o que acabou de dizer, mas foi tão aleatório e meus batimentos estão tão acelerados para compreender meus pensamentos que nem sei o que achar. Enquanto Asa anda até a porta, viro a cabeça e olho para Luke. As mãos dele estão algemadas nas costas da cadeira. Mas ele se levanta depressa e desliza os braços pelo encosto para se sentar de novo, desta vez com os braços encostados nas costas, sem a barreira da cadeira. Tudo acontece tão depressa que levo um segundo para entender que ele não está realmente algemado à cadeira.

Asa não deve ter percebido, ou nunca teria se virado de costas para ele.

Meu olhar vai para a porta que Asa está trancando. Olho de novo para Luke, que balança a cabeça, me avisando para ficar calma. Ele não pode levar o polegar até o lábio, mas está mordendo a boca, deslizando os dentes por ali.

Enrolo uma mecha do cabelo, assim que Asa apoia as costas na porta do quarto. Ele encosta a arma no seu rosto e olha diretamente para Luke.

— Já contei a primeira vez que *eu* comi a Sloan — diz ele. — Agora é a sua vez.

QUARENTA E UM
ASA

Vários anos antes

Meu pai está parado na janela, em alerta para caso os homens apareçam.

Ele está sempre os esperando. Já me disse que, se descobrirem onde moramos, vão atirar nele. E depois vão atirar na minha mãe e em mim. Disse que depois de atirarem na gente, provavelmente nem vão avisar a polícia. Vão nos deixar aqui, então nossos corpos vão apodrecer dentro desta casa e os ratos e as baratas vão comer o que restar.

— Asa! — grita ele da janela, apontando para a porta da frente.
— Vai conferir a porta de novo!

Eu já olhei duas vezes, mas ele nunca acredita quando digo que está trancada. Só fala *isso* toda vez que olha pela janela.

Não sei por que uns dias meu pai acha que os homens estão vindo atrás dele e outros simplesmente não liga. Desço do sofá e engatinho até a porta. Consigo andar, então eu poderia muito bem caminhar até lá, mas às vezes tenho medo de os homens estarem do lado de fora e atirarem em mim, por isso engatinho quando passo diante da janela grande.

Verifico a porta.

— Está trancada.

Meu pai me olha e sorri.

— Obrigado, filho.

Odeio quando meu pai me chama de *filho*. Ele só me chama assim quando está com medo dos homens que vão atirar nele e depois na minha mãe e em mim. Quando meu pai está com medo, é muito legal comigo e me obriga a ajudá-lo com algumas coisas, como empurrar o sofá até a porta e tirar da tomada tudo que use eletricidade. Já o ajudei bastante hoje, mas ele continua me chamando de filho. Prefiro quando não me chama de nada e só fica sentado na poltrona o dia inteiro.

Engatinho de volta ao sofá, mas, antes de alcançá-lo, sinto meu pai apertar meu braço.

— Eles estão aqui, Asa! — sussurra ele, me pondo de pé e acrescentando: — Você tem que se esconder!

Meu coração bate depressa e obedeço.

Meu pai anda sentindo muito medo, mas os homens nunca apareceram. Olho pela janela grande enquanto ele me puxa pela sala, mas não vejo ninguém. Não vejo os homens.

Meu pai me puxa pela porta dos fundos e me faz descer os degraus. Ele se ajoelha e segura meus ombros.

— Asa, se esconde embaixo da casa e fica lá até eu ir buscar você.

Balanço a cabeça.

— Eu não quero.

É bem escuro lá embaixo, e uma vez vi um escorpião.

— Você não tem escolha! — sussurra. — Não sai de lá até eu ir buscar você, senão eles vão matar todos nós!

Ele me empurra na direção da abertura que leva para a parte de baixo da casa. Caio de joelhos e minhas mãos afundam na lama. Não olho para trás. Engatinho até o mais longe que consigo para que os homens não possam me ver.

Ergo os joelhos até o peito e tento não fazer barulho enquanto choro para os homens não me ouvirem.

※

Fiquei com muito frio e fome e chorei até o sol nascer de novo. Mas meu papai disse para eu não me mexer, então não me mexi. Ainda não me mexi. Espero que ele não fique zangado, mas fiz xixi na calça enquanto dormia. Não faço xixi na calça enquanto durmo desde antes do meu último aniversário. Se os homens ainda não tiverem matado meu pai, ele vai ficar muito bravo por isso.

Escuto eles andando dentro da casa. Não sei se mataram meu pai. Minha mãe estava no quarto onde passa a maior parte do tempo, então devem ter matado ela também, se a tiverem encontrado.

Mas não me mataram, porque fiz exatamente o que meu pai mandou. Fiquei aqui e não vou sair até ele vir me buscar.

Ou até os homens irem embora.

※

Fiquei com muito frio e fome e chorei até escurecer. Mas mesmo assim não me mexi. Meu pai disse para eu não sair, então obedeci. Só que minhas pernas nem parecem mais fazer parte do meu corpo. Meus olhos ficam fechando. Não estou mais com tanta sede porque tinha um pouco de água escorrendo de um cano ao meu lado e coloquei a boca embaixo para beber um pouco.

Acho que os homens mataram minha mãe e meu pai, porque agora está bem silencioso na minha casa. Não escutei mais eles andando desde que o sol nasceu, então já devem ter ido embora.

Sei que meu pai disse para eu não me mexer, mas, se ele ainda estivesse vivo, já teria vindo me buscar.

E ele não veio.

Engatinho para fora. Está bem escuro agora, então isso quer dizer que fiquei embaixo da casa durante mais de um dia inteiro. Acho que os homens não matariam minha mãe e meu pai e ficariam na casa por mais de um dia, então já devem ter saído. É seguro entrar.

Quando tento me levantar, caio de volta no chão. Minhas pernas estão dormentes e meus dedos doem. Subo engatinhando a escada dos fundos e percebo que minhas roupas estão sujas de lama. Fico com medo de sujar o chão. Tento limpar um pouco no tapete, mas a lama se espalha ainda mais pela minha roupa.

Seguro a maçaneta e me forço a levantar. Não consigo sentir direito as pernas, mas agora já estão melhor. Quando abro a porta e entro em casa, vejo o corpo do meu pai. Está na poltrona reclinável da sala.

Prendo a respiração. Nunca vi um cadáver e não queria ver um agora, mas sei que preciso ter certeza de que é meu pai e não um dos homens. Ando na ponta dos pés até a sala e estou com tanto medo que meu coração parece estar na garganta.

Quando chego à poltrona dele, respiro fundo e dou a volta para olhar melhor. Fico meio surpreso ao notar que mortos não são tão diferentes dos vivos.

Achei que ele estaria cheio de sangue, ou que estaria de outra cor — como um fantasma. Mas está igual.

Levanto o dedo para tocar em sua bochecha. Ouvi dizer que gente morta é mais gelada que gente viva, então pressiono a ponta do dedo na bochecha do meu pai para sentir sua pele.

Ele leva a mão até meu pulso e o aperta. Seus olhos se abrem, e levo um susto tão grande que grito.

Os olhos do meu pai ficam muito bravos quando ele vê minhas roupas.

— Onde você estava, garoto? Está imundo!

Achei que ele estivesse morto.

Ele não está morto.

— Estava debaixo da casa, onde você mandou eu me esconder ontem. Você falou que ia me buscar.

Ele aperta meu punho com força, se inclina para a frente e vocifera:

— Nunca mais ouse me acordar da porra do meu sono, seu maldito! Agora vai para o chuveiro, está cheirando a esgoto, cacete!

Meu pai me empurra para longe. Dou um passo para trás, ainda confuso por ele estar vivo.

Achei que os homens tinham vindo. Achei que tinham matado meu pai.

Ele aperta meu pescoço e me empurra até eu sair tropeçando da sala. Ele falou que ia me buscar, mas acho que nem se lembrou de que eu estava embaixo da casa.

Sinto os olhos ficarem quentes, então saio correndo. Não posso chorar na frente do meu pai, ou ele vai ficar muito bravo.

Atravesso o corredor para o banheiro, mas na verdade eu só queria comer alguma coisa. Nunca senti tanta fome. Quando passo pelo quarto onde minha mãe fica quase o dia inteiro, encontro a porta aberta. Ela está dormindo na cama, então eu entro e pergunto se posso comer alguma coisa. Balanço seu corpo e tento acordá-la, mas ela apenas resmunga e rola para o lado.

— Me deixa dormir, Asa.

Não gosto de como ela dorme tanto. Mamãe diz que não consegue dormir muito bem, então toma um monte de remédios que a ajudam a dormir melhor. Diz que os brancos são para a noite, mas às vezes toma enquanto ainda está sol. Já vi ela fazer isso.

Ela tem umas pílulas amarelas também, e fala que são as *especiais*. Diz que as guarda para dias em que quer ir para outro lugar na sua cabeça.

Olho para seu vidrinho de remédios e me pergunto se ela perceberia se eu roubasse uma das amarelas. Porque eu quero ir para outro lugar na minha cabeça. Não quero mais que minha cabeça esteja dentro desta casa.

Pego o vidro de pílulas amarelas e tento várias vezes, mas não consigo abrir. Não sou muito bom em ler porque ainda estou na primeira série, mas finalmente entendo que na tampa está escrito que preciso empurrar para baixo e depois girar.

Quando faço isso, consigo abrir. Olho para minha mãe, mas ela ainda está virada para o outro lado. Eu pego rapidamente uma das pílulas amarelas, ponho na boca e mastigo. Faço careta porque é a coisa mais nojenta que já comi. É muito amarga e deixa minha boca seca. Tomo um gole da água da minha mãe para terminar de engolir.

Espero que ela esteja certa. Espero que esse comprimido me leve para outro lugar em minha cabeça, porque estou ficando bem cansado de ser desta família.

Tampo o vidrinho de volta e saio de fininho do quarto da minha mãe. Quando chego ao banheiro para tomar banho, minhas pernas parecem não ser minhas de novo.

Meus braços também. Meus braços parecem estar flutuando.

Olho no espelho depois de ligar o chuveiro, porque parece que meu cabelo está crescendo. Só que não está mais comprido. Continua igual. *Mas sinto que está crescendo.*

Meus dedos dos pés começam a formigar, e minhas pernas. Tenho a impressão de que vou cair, então me sento depressa na banheira. Eu me esqueço de tirar as roupas, mas tudo bem, porque estão muito sujas. Acho que minhas roupas também precisam de água.

Fico pensando em quanto tempo devo ter passado embaixo da casa. Provavelmente perdi um dia de aula. Não gosto muito da escola, mas eu queria ter ido hoje para ver o que a mãe do Brady preparou para o almoço dele.

Brady se senta ao meu lado na mesa do almoço e leva uma merendeira todo dia. Uma vez a mãe dele colocou um pedaço de bolo de coco. Ele não gosta de bolo de coco, então disse que eu podia comer. Estava muito bom. Depois voltei para casa e contei à minha mãe como estava bom, mas até hoje ela não comprou bolo de coco para mim.

Às vezes a mãe de Brady escreve bilhetinhos e põe dentro da merendeira. Ele lê para a gente e ri porque acha que são bobos. Mas eu nunca rio. Não acho os bilhetinhos bobos.

Uma vez vi um dos bilhetes que ele jogou no lixo e peguei. Estava escrito: "Querido Brady, eu te amo! Tenha um ótimo dia na escola!"

Rasguei a parte do papel com o nome dele e guardei o restante do papel. Fingi que minha mãe tinha escrito aquilo para mim e às vezes eu o lia. Mas isso foi há muito tempo, e um dia desses eu perdi o bilhete. Por isso queria ter ido para a escola hoje, porque, se Brady tivesse outro bilhete da mãe dele, eu ia roubá-lo e fingir de novo que era para mim.

Como seria ter alguém dizendo isso para mim?

Eu te amo!

Ninguém nunca disse que me amava.

Eu fico tonto. Parece que minha cabeça está flutuando no teto e meus olhos estão vendo meu corpo de cima, sentado na banheira. Será que é por isso que minha mãe toma as pílulas amarelas? Por que faz as partes importantes dela flutuarem até o alto, onde ninguém pode alcançá-la?

Fecho os olhos e sussurro "Eu te amo" enquanto flutuo. Um dia vou encontrar alguém e vou fazer essa pessoa gostar de mim o bastante para me dizer essas palavras. Quero que seja uma garota. Uma garota *bonita*. Uma que meu pai não chame de puta.

Seria legal. Talvez ela me ame a ponto de fazer um bolo de coco para mim. Eu gosto muito de bolo de coco.

Se um dia eu encontrar uma garota que diga essas palavras e ainda faça um bolo de coco para mim, vou ficar com ela. Não vou jogá-la fora, como Brady faz com os bilhetes da mãe.

Vou guardar para sempre, e nunca vou deixar que me abandone. Vou fazer com que diga que me ama todo santo dia.

Eu te amo, Asa, ela vai me prometer. *Nunca vou te deixar.*

Agora

Nunca matei ninguém. Não até alguns minutos atrás, quando atirei no cara no segundo andar por ter tentado pegar o que não era dele.

Ainda não sei bem como me sinto.

Acho que devia estar preocupado, porque um assassinato sempre tem repercussão. Também devia estar puto, porque, assim que atirei no cara e trouxe Sloan para o quarto, os outros babacas que estavam aqui saíram correndo feito ratos.

Acho que estão com medo de que eu atire neles também.

Talvez eu esteja um pouco preocupado com a repercussão e toda essa merda. Em geral, quando uma arma é disparada, alguém chama a polícia. O que significa que devem estar a caminho daqui agora, graças a algum vizinho intrometido.

E estou falando da polícia *de verdade*. Não desse trapo sentado na minha frente.

Estou decepcionado por isso não estar acontecendo como planejei. Atirei em *um* cara em autodefesa e o restante simplesmente desiste do trabalho e foge? Isso quer dizer que Jon, Kevin e Dalton não estão mais sendo detidos pelos atores. O que significa que pelo menos um deles está prestes a bater nesta porta, perguntando por que armei tudo isso.

O que significa que... *estou na merda.* Ficando sem opções. Acho que a única que ainda me resta, na verdade, é atirar na merda da cara presunçosa de Luke e tirar Sloan daqui enquanto ainda posso. Ela vai ficar meio traumatizada, óbvio. Mas podemos fazer terapia ou algo assim quando nos acalmarmos de novo. Ela vai precisar, principalmente depois da lavagem cerebral que sofreu.

É meio triste só me restar uma opção e mais ou menos um minuto para colocar tudo em prática, porque eu realmente queria ouvir Luke me contar como foi que ele comeu Sloan.

Não porque eu ficaria excitado. *Não sou mórbido, porra.*

Queria ouvir porque preciso visualizar. Preciso saber o que Luke falou para Sloan cair na dele. Preciso saber se teve que convencê-la como eu. Preciso saber se ela fez os mesmos sons que faz quando está comigo. Quero saber em que posição ele a comeu. Ele estava em cima? Ou ela? Ele estava por trás?

Só preciso saber para me certificar de não fazer nem dizer as mesmas coisas que ele quando eu fizer amor com Sloan de novo. Preciso me certificar de nunca comê-la nas mesmas posições que *ele* a comeu.

Mas estou sem tempo, pois tem alguém batendo na porta e Luke ainda não abriu a boca.

— Asa!

É Dalton.

Ainda não sei o que pensar de Dalton. Gosto muito do cara. Ele é cocaína, e todo mundo gosta de cocaína. Porém, todo mundo sabe que cocaína é uma das drogas mais falsificadas que existem. Uma cambada de impostores. Traficantes vendendo aspirina triturada nas esquinas para viciados em crack quase mortos que nem percebem a diferença.

Dalton pode até *não* ser cocaína. Talvez seja a porra de um vidro de *Advil*, triturado e despejado num saquinho.

— Asa, abre a porta! — grita Dalton.

Ponho a mão na maçaneta e me certifico de que a porta continua trancada.

— Cadê todo mundo? — grito para ele. — Está quieto aí fora!

— Abre a porta e a gente conversa.

Ele está bem do outro lado.

Eu rio e repito:

— *Cadê* todo mundo, Dalton? Cadê o Jon e o Kevin?

— Eles vazaram. Ficaram paranoicos e foram embora.

Óbvio que vazaram. Melhores amigos da porra. *Cuzões.*

Olho para Sloan, que está sentada na cama com os joelhos junto ao peito. Ela olha para mim, com os olhos arregalados.

Luke também me observa. Não importa para onde eu ande ou o que eu esteja fazendo, os olhos dele estão sempre fixos em mim. Isso acontece desde o dia em que o conheci. Desde o dia em que *Dalton* o apresentou a mim.

Inclino a cabeça até minha boca estar na fresta da porta.

— Por que você ainda está aqui, Dalton? Está esperando o reforço chegar?

Ele não responde tão rápido desta vez. Depois de uma pausa, diz:

— Estou aqui porque meu amigo está aí dentro. Se deixá-lo sair, vamos embora.

Não acredito que caí nessa porra. Meses praticamente morando com esses babacas e eles estavam aqui só para me derrubar.

Meio que parece minha infância de novo.

Pelo menos Sloan me ama.

Pelo menos.

Percorro o quarto com o olhar até parar nela.

— Lembra quando eu estava no chuveiro mais cedo e você perguntou se eu queria alguma coisa do mercado?

Ela assente muito de leve.

— Eu disse que queria sobremesa para comemorar. Você comprou?

Ela assente de novo e sussurra:

— Sua preferida. Bolo de coco.

Viu? Ela me ama, porra.

— Dalton — digo, exigindo a atenção dele.

Não que ele tenha parado de prestar atenção.

Eu provavelmente devia mudar de lugar. Ele está bem do outro lado da porta, não duvido de que o cretino atire em mim através dela.

Encosto na parede e confiro mais uma vez se a porta está trancada.

— Me faz um favor? Traz o bolo de coco pra gente.

Mais uma vez Dalton espera para responder.

— Você quer *bolo*? — pergunta ele, confuso. — Você quer a porra do *bolo*?

Por que isso soa tão absurdo?

— Sim, eu quero bolo! Traz a porra do bolo de coco, babaca!

Escuto os passos de Dalton cada vez mais distantes conforme ele vai até a cozinha. Luke me encara como se eu tivesse enlouquecido.

— Algum problema?

Ele balança a cabeça e abre a boca para falar. *Finalmente.*

— Existem remédios que podem ajudar você, Asa.

Remédios?

— De que merda está falando?

Luke olha para Sloan e então de volta para mim. Odeio quando ele olha para ela. Isso me dá vontade de arrancar os olhos dele e engolir como se fossem os comprimidos amarelos da minha mãe.

— Você verificou a tranca da porta quinze vezes nos últimos cinco minutos — responde ele. — Não é um comportamento normal. Mas pode ser controlado. Assim como o comportamento do seu pai podia ter sido.

Sou obrigado a interromper este bosta.

— Fala do meu pai mais uma vez, Luke. Eu *desafio* você.

Ele olha para a arma apontada na sua direção, mas por algum motivo nem assim cala a porra da boca.

— Você sabia que ele foi diagnosticado com esquizofrenia paranoide quando tinha só vinte e sete anos? Li no arquivo dele. Seu pai nunca tomou os remédios, Asa, nem uma vez. As coisas que se passam dentro da sua cabeça podem parar. Tudo isso pode parar. Você não precisa ser como ele.

Ando a passos largos pelo quarto e aperto a porra da arma na cabeça de Luke.

— Eu *não* sou como ele! Não tenho *nada* a ver com ele!

Antes que eu puxe o gatilho, Dalton bate à porta.

— Como eu entrego o bolo? — berra ele.

Merda. Boa pergunta.

Começo a andar até a porta, mas a ansiedade pelo bolo de coco é interrompida quando escuto sirenes. O som está distante... talvez a quatro ou cinco ruas.

Ainda tenho tempo. Se tivesse a porcaria de uma janela no quarto, eu poderia pegar Sloan, atirar em Luke e pular pela janela antes de eles chegarem.

Mas a porra do Dalton está no caminho.

Se ele está do outro lado da porta segurando um bolo, significa que está provavelmente... bem... *aqui.*

Miro e, assim que disparo, uma coisa dura bate nas minhas costas. Caio para a frente, meus joelhos batem no chão, e a arma voa da minha mão. Olho para trás e Luke está em cima de mim, recuando a perna para chutar meu rosto. Rolo para o lado e dou uma rasteira nele, derrubando-o. Ele cai de costas.

Luke começa a tentar passar as pernas pelos braços para que suas mãos algemadas fiquem na frente do corpo. Eu me sento e tento pegar a arma, mas Sloan pula da cama e avança pelo chão. Nossas mãos alcançam a arma ao mesmo tempo, mas as minhas são mais experientes e sabem onde segurá-la melhor. Suas mãos rastejam pelas minhas até ela se dar conta de que a arma está firmemente encaixada na minha palma. Empurro-a para longe, mandando-a de volta para o canto.

Ela bate na parede e corre o mais longe possível de mim. Quando aponto a arma novamente para Luke, vejo que de algum jeito o filho da puta conseguiu colocar as mãos para a frente. Ele está se levantando, então me adianto e aperto a porra do gatilho. Observo a pele da coxa de Luke explodir em mil pedacinhos.

Caralho, isso deve ter doído.

Ele está de joelhos.

Suas costas batem na parede. Luke está se encolhendo, apertando o ferimento com as mãos. Dalton começa a bater na porta.

— Asa, abre a porra da porta ou eu vou atirar na maçaneta! Três… dois…

— Se abrir a porta, mato os dois! — grito.

Dalton não chega no um.

Olho para Sloan e vejo que ela está encolhida na parede, tapando os ouvidos com as mãos, lágrimas jorrando dos olhos. Encara Luke, e parece prestes a surtar de vez. Preciso tirá-la daqui antes disso. Mas as sirenes estão mais próximas. Provavelmente aqui na rua.

Merda.

Pense, Asa. Pense.
Bato a arma na minha própria testa três vezes. Não posso perdê-la. Não posso. Se eu for preso, não vou ter como protegê-la. Não vou poder tocar nela. Sloan vai cair nas mentiras de outra pessoa. Talvez até nas de *Luke* de novo.
Ela é a única pessoa que já me amou. Não posso perdê-la. Não posso.
Engatinho até Sloan e pego suas mãos, mas ela se afasta de mim. Preciso apontar a arma para a cabeça dela para que fique quieta. Encosto a testa na lateral da sua cabeça.
— Diz que me ama, Sloan — peço. Ela está tremendo tanto que não consegue nem falar. — *Por favor*, gata. Preciso ouvir você dizer.
Ela tenta falar três vezes, mas só consegue gaguejar. Nunca vi seus lábios tremerem tanto. Sloan finalmente consegue formar uma frase:
— Se você deixar o Luke ir, eu digo.
Aperto a arma em uma das mãos. Então agarro o pescoço de Sloan com a outra e o aperto com força. Ela está tentando *negociar* por ele, cacete?
Solto o ar pelas narinas. Minha mandíbula está tensa demais para deixar o ar sair pela boca. Quando me acalmo o suficiente para falar, cerro os dentes e sussurro:
— Você me ama, certo? Você não ama ele. Você *me* ama.
Afasto a cabeça e vejo seu olhar perplexo. Ela ergue o queixo e diz:
— Vou responder depois que deixá-lo sair. Ele precisa de um médico, Asa.
Um médico? Ele não precisa de um *médico*. Precisa da porra de um milagre.
— Não preciso que responda — digo. — Acho que, se eu matar Luke de uma vez, vou descobrir se você o ama pela sua reação.

Sloan arregala os olhos e imediatamente começa a balançar a cabeça.

— Não amo — dispara ela. — Por favor, não mata ele. Vai piorar as coisas para você. Eu amo *você*, Asa. Por favor, não mate mais ninguém.

Estou encarando-a, olhando de um olho para o outro. É difícil ver a verdade ali, porque só noto sua preocupação por Luke estampada por toda a sua cara.

— Não se preocupe, Sloan. Ele deve estar usando um colete à prova de balas.

Viro a cabeça e levanto a arma, mirando-a no peito de Luke. Disparo. O impacto lança o corpo dele na parede. Suas mãos sobem até o peito assim que o sangue começa a jorrar por entre os dedos. Luke cai imóvel de lado.

— Ih, foi mal. Eu estava enganado.

Sloan está gritando. Gritando a porra do *nome* dele, gritando *não*, gritando *o que você fez*, gritando o *nome* dele de novo, *gritando, gritando, gritando.*

Berrando.

Está cheia de *lágrimas*, porra.

Por *ele*.

Agarro-a pelos braços e a levanto, jogando-a de volta na cama. Subo em cima de Sloan enquanto ela cobre a cabeça e grita ainda mais alto, as lágrimas jorrando dos seus olhos.

— Por que você está gritando, Sloan? *POR QUÊ?*

Ouço a voz do meu pai repetindo *puta, puta, puta*. Bato na minha testa para ver se para.

Para, para, para.

Ela não ama Luke. Ela *me* ama. Para sempre.

— Você não ama ele, Sloan — berro, meu rosto se retorcendo de dor. — *Não* ama, ele fez lavagem cerebral em você.

Seguro o rosto dela e beijo sua boca. Ela tenta se afastar de mim, tenta lutar contra mim.

— Sim, eu amo! — grita ela. — Eu amo Luke, eu odeio você. Eu amo Luke, eu odeio você pra *caralho*!

Ela vai se arrepender disso. Vai se arrepender mais do que já se arrependeu em toda a sua merda de vida imprestável. Se acha que está triste agora, vendo esse filho da mãe morrer, espera só até *me* ver morrer. Porque todo caralho de pessoa que está nesta casa vai morrer, inclusive eu, antes que eu vá para a prisão por causa desse merda.

Ela mal conhecia o cara. E me ama há *dois anos, porra*! Minha morte a deixaria *devastada*. Ela vai chorar tanto que não vai ter nem ar para dizer que odeia alguém.

Vadia, vadia, vadia.

Bato na minha testa de novo. Ela não está mais gritando. Apenas soluça descontroladamente.

— Você vai se arrepender disso, Sloan. Acha que está chorando muito agora? Quando eu morrer, você vai *morrer* junto de tanto sofrimento. *Você. Vai. Morrer. De. Tanto. Sofrimento.*

Ela balança a cabeça de um lado para o outro, soluçando em meio às palavras:

— É *tarde demais* para me matar, Asa. Você me matou há muito tempo.

Ela está delirando.

Está delirando completamente.

Eu rio, sabendo que isso vai chateá-la. Rio sabendo como ela vai se arrepender do que acabou de me dizer. Eu queria estar lá para ver a reação de Sloan quando ela finalmente se der conta do significado que tenho para ela. Do quanto fiz por ela. De como vai ser sua vida sem mim.

Pressiono a boca nos lábios trêmulos de Sloan.

E então encosto a arma na minha cabeça e aperto a porra do...

QUARENTA E DOIS
LUKE

Sabe o que dizem sobre como é morrer?

Não. Você *não sabe* o que dizem porque ninguém *diz*. As pessoas que morrem não continuam aqui para contar o que sentiram no momento da partida. As pessoas que vivem nunca morreram, para início de conversa, então não sabem descrever.

Mas estou passando por isso agora. Então me deixe contar enquanto ainda posso.

Há um instante — uma fração de segundo logo antes de fechar os olhos pela última vez — em que você realmente aceita a morte.

Sente o coração batendo mais devagar, preparando-se para parar.

Sente o cérebro desligando, os circuitos sendo interrompidos.

Sente os olhos se fechando, não importa o quanto tente mantê-los abertos. E então se dá conta de que, seja lá o que estava observando antes de fechar os olhos, vai ser a última coisa que verá.

Eu vejo Sloan. Ela é tudo o que vejo.

Eu a vejo gritando.

Vejo Asa a levantando e jogando-a na cama.

Vejo-a tentando se desvencilhar dele.

Vejo-a desistindo.

E é por isso que me recuso a fechar os olhos.

Olho para baixo e noto o sangue jorrando do meu peito, a vida se esvaindo de mim para o chão. Já cometi erros suficientes para deixar Sloan na posição em que está agora. Eu me recuso a morrer sem corrigir alguns deles.

Preciso reunir toda a força que ainda há em mim, mas estico os braços até pegar a arma no meu tornozelo. Minhas mãos estão encharcadas de sangue, então é difícil segurá-la com firmeza, mas finalmente consigo. Posso não ser o melhor da minha profissão em diversas áreas, mas tenho uma mira do caralho.

Assim que levanto a arma, Asa aponta a dele para a própria cabeça.

Sem chance de ele se safar assim tão fácil.

Eu me recuso a fechar os olhos ao colocar o dedo no gatilho e apertar. Vejo a bala penetrar o punho de Asa, jogando sua arma longe.

Eu me recuso a fechar os olhos quando o som de mais três tiros enche meus ouvidos, desta vez vindos da porta do quarto.

Eu me recuso a fechar os olhos enquanto observo Ryan abrir a porta com um chute e entrar correndo, seguido por diversos homens.

Eu me recuso a fechar os olhos até Asa estar no chão — a diversos metros de Sloan — sendo algemado.

Eu me recuso a fechar os olhos até encontrar os de Sloan.

Ela desceu da cama, atravessou o quarto e está de joelhos, pressionando meu peito com as mãos. É tudo o que pode fazer para evitar que o restante de vida se esvaia.

Não tenho energia suficiente para dizer a ela que é tarde demais.

Fecho os olhos pela última vez.

Mas, tudo bem, porque ela é tudo o que vejo.

Ela é a última coisa que vou ver.

QUARENTA E TRÊS
SLOAN

A sensação não é nenhuma novidade para mim. Já tive que viver depois que alguém que eu amava morreu. Uma morte horrorosa, desesperadora, desoladora.

Foi um mês antes de eu fazer treze anos.

Eu tinha irmãos gêmeos, Stephen e Drew. Basicamente cuidei deles desde sempre. Os dois tinham vários problemas de saúde, mas minha mãe costumava ficar na rua a noite toda, independentemente das necessidades deles. Tinha fases em que ela conseguia ser a mãe que precisava ser. Levava os dois ao médico para pegar os remédios dos quais precisavam para convencer o governo de que era uma mãe decente. Mas então deixava a maioria dos cuidados diários por minha conta enquanto saía, festejava e fazia sei lá o que mais até amanhecer.

Na noite que Drew morreu, meus irmãos estavam comigo. Não me lembro de todos os detalhes porque tento não pensar muito sobre aquele dia, mas sei que o escutei cair no quarto. Ele tinha convulsões com frequência, e eu sabia que seguramente era só mais uma, então corri para ajudá-lo.

Quando abri a porta, Drew estava no chão, o corpo todo se sacudindo. Eu me ajoelhei e o segurei o mais imóvel que conseguia, mas, desde que os dois haviam completado dez anos, tinha ficado cada vez mais difícil ajudá-los, porque Stephen e ele já eram maiores que eu. Dei o meu melhor, segurando a cabeça dele até aquilo acabar.

Foi só quando a convulsão parou totalmente que notei o sangue. Estava nas minhas mãos e roupas. Comecei a entrar em pânico quando vi o corte na lateral da cabeça. Havia sangue por toda parte.

Quando Drew caiu por causa da convulsão, bateu na dobradiça da porta. Não tínhamos telefone, então tive que deixá-lo sozinho no quarto enquanto corria até a casa dos vizinhos e ligava para a emergência.

Quando voltei, ele não estava mais respirando. Não sei se chegou a respirar mais alguma vez depois que o deixei. Na hora, eu não sabia que ele tinha morrido por causa da batida na cabeça, mas agora percebo que ele provavelmente já estava morto antes mesmo de eu discar o número da emergência.

Após aquela noite, eu mudei. Antes, ainda tinha alguma expectativa de uma vida melhor. Achava que ninguém podia ser amaldiçoado na infância com pais tão terríveis, para depois ter uma adolescência e idade adulta tão terríveis quanto. Até aquele ponto, achava que talvez a vida de todo mundo tivesse um equilíbrio entre coisas boas e ruins, e a única diferença era que a boa e a má sorte eram dadas a cada pessoa em momentos diferentes. Eu tinha esperança de ter recebido toda a minha má sorte nos primeiros anos de vida, e pensava que as coisas só podiam ficar mais fáceis.

Mas aquela noite mudou meu modo de pensar.

Drew podia ter caído em qualquer lugar no quarto, não naquele. Na verdade, o médico disse que o local do ferimento foi tão infeliz, que, se ele tivesse caído a menos seis centímetros para a esquerda ou para a direita, ele teria ficado bem.

Seis centímetros. Foi tudo o que separou Drew da vida.

O impacto na sua têmpora o matou quase de imediato.

Fiquei obcecada por aqueles seis centímetros durante meses. Muito mais tempo do que minha mãe levou para parar de fingir que estava triste pela morte dele.

Fiquei obcecada com aquilo porque eu sabia que, se ele tivesse caído seis centímetros para a esquerda ou para a direita, sua sobrevivência teria sido chamada de "milagre".

Mas o que aconteceu com Drew foi o oposto de um milagre. Foi um acidente trágico.

Um acidente trágico que me fez parar de acreditar em milagres. Aos treze anos, qualquer coisa rotulada como "milagre" me tirava do sério.

Esse é um dos maiores motivos para eu nunca ter participado muito das redes sociais. A quantidade de "milagres" que aparecia no meu feed do Facebook me fazia revirar tanto os olhos que eles quase caíam do meu rosto. Tantas pessoas "curadas" do câncer, graças às preces de todos os amigos do Facebook. *"É benigno! Aleluia! Deus é tão bom para mim!"*

Várias vezes quis entrar na tela do meu computador e agarrar aquelas pessoas pelos ombros e gritar "Ei! Adivinha só? *Você não é especial!*".

Muita gente morre de câncer. Qual foi o milagre *delas*? Os amigos do Facebook não rezaram o bastante? Por que a quimioterapia delas não deu certo? Porque não postaram pedidos públicos o bastante nas redes sociais? Por que não receberam seus milagres? Deus considera menos a vida das pessoas que morreram do que as que ele poupou?

Não.

Às vezes um câncer é curado… às vezes não. Às vezes as pessoas batem a cabeça e morrem, mas na maior parte do tempo batem a cabeça e sobrevivem. E toda vez que você ouve que alguém foi a exceção… é só isso que ela foi. *Uma exceção.*

Porque as pessoas nunca pensam que, para ser a exceção, muitas mortes infelizes tiveram que acontecer para que aquela sobrevivência em particular fosse considerada "fora da curva".

Talvez a morte de Drew tenha me tornado cética em relação à ideia de milagres, mas, na minha cabeça, ou você sobrevive ou não. A jornada entre a primeira respiração até a morte não tem nada a ver com milagres, com o quanto você reza, nem com coincidências ou intervenção divina.

Às vezes a jornada de uma pessoa entre a primeira respiração até a morte não é parte de um plano maior. Às vezes a única coisa que separa a última respiração da morte são meros seis centímetros.

É por isso que, quando o médico entrou na sala de espera para me atualizar sobre o estado de Luke, tive que me sentar ao ouvi-lo dizer:

— Se a bala tivesse entrado apenas mais seis centímetros para a esquerda ou para a direita, Luke teria morrido na hora. Agora só nos resta rezar por um milagre.

Não contei ao médico que não acredito em milagres.

Luke vai sobreviver... *ou não vai.*

༄

— Você devia ir buscar um café — comenta Ryan. — Esticar as pernas.

Luke saiu da cirurgia há mais de oito horas. Ele perdeu muito sangue e precisou de uma transfusão, e desde então me recusei a sair do seu lado.

Balanço a cabeça.

— Só vou sair daqui quando ele acordar.

Ryan suspira, mas sabe que não tem como me fazer mudar de ideia. Ele vai até a porta e diz:

— Então vou trazer um café para você.

Eu o observo sair do quarto. Ryan está no hospital há tanto tempo quanto eu, apesar de eu saber que ele certamente tem coisas do trabalho que deveria estar fazendo. Dando depoimentos sobre o que aconteceu ontem à noite. *Ouvindo* depoimentos. Lidando com um assassinato, uma prisão, uma tentativa de assassinato.

Não os vi tirar Asa do quarto ontem à noite porque estava preocupada demais com Luke para me importar com o que aconteceria com ele. Mas o ouvi. Durante todo o tempo em que eu pressionava as mãos no peito de Luke, esperando os paramédicos chegarem, Asa gritava atrás de mim: "Deixa ele *morrer*, Sloan! Ele não te ama! Eu te amo! *Eu!*"

Não me virei nem uma vez para dar um sinal de que sabia que ele estava lá ou que estava falando. Continuei tentando ajudar Luke enquanto tiravam Asa do quarto. A última coisa que o ouvi dizer foi: "É a porra do *meu bolo*! Deixem eu levar a porra do meu *bolo de coco*!"

Não sei o que vai acontecer com Asa. Tenho certeza de que vai ter um julgamento, mas para ser honesta não quero depor. Tenho medo de que, se depuser, ele se safe mais fácil do que deveria. Porque eu teria que ser sincera. Precisaria contar tudo o que testemunhei do seu comportamento, especialmente as mudanças drásticas das últimas semanas. É evidente para qualquer um que conheça Asa que ele está desenvolvendo sintomas de esquizofrenia, a mesma doença hereditária do pai. Mas, se for o caso, é provável que ele seja sentenciado a uma unidade psiquiátrica de alta segurança, não a uma prisão.

E por mais que eu queira que Asa receba ajuda por seja lá o que está acontecendo com ele, também quero que pague. Quero que pague por cada coisinha que fez e quero que pague para sempre. *Na prisão*. Onde vai apodrecer com homens provavelmente duas vezes piores, que ele jamais poderia pensar em ser.

Algumas pessoas podem achar isso maldade. Eu chamo de carma.

Agarro os braços da cadeira e sussurro para ninguém:

— Estou de saco cheio de pensar em você, Asa Jackson.

E estou mesmo. Ele já ocupou espaço demais na minha vida e agora só quero focar no futuro. Em Stephen. *Em Luke.*

Tubos, fios e agulhas saem dele, mas de algum jeito ainda encontro um espaço na cama onde posso me aninhar. Subo na cama com Luke e passo o braço sobre seu corpo, deito a cabeça no seu ombro e então fecho os olhos.

Algum tempo depois, a voz de Ryan me acorda.

— Café.

Abro os olhos e o vejo sentado na cadeira ao lado da cama, estendendo um copo de café para mim. Deve ser o quinto desde que Luke saiu da cirurgia, mas tenho certeza de que tomaria mais um milhão se fosse preciso.

Ryan se recosta na cadeira e toma um gole do seu café, em seguida o segura entre as mãos e se debruça para a frente.

— Ele já te contou como nos conhecemos? — pergunta.

Balanço a cabeça.

Ryan abre um sorriso nostálgico.

— A gente tinha sido convocado para outro trabalho junto, há um tempo. Luke saiu do disfarce na segunda noite — conta Ryan, balançando a cabeça. — Fiquei bravo com ele, mas entendi por que ele tinha feito aquilo. Não posso dar todos os detalhes, mas, se não tivesse revelado quem era do jeito que fez, um garoto teria perdido a vida. Luke não conseguiria viver consigo mesmo se isso acontecesse. Naquele momento, eu soube que ele tinha o pior tipo de coração para esse trabalho. Porém, por mais puto que eu estivesse com ele, respeitei pra caralho o que fez. Ele se importou mais com a vida de um moleque que nem conhecia do que com a própria carreira. E isso não é um defeito, Sloan. É um traço de caráter. Tenho certeza de que é isso que chamam de compaixão — completa ele, com uma piscadela.

A história de Ryan me faz sorrir pela primeira vez em séculos.

— Essa é a coisa mais sexy em Luke. A compaixão — sussurro.

Ryan dá de ombros.

— Não sei, não... Ele tem uma bunda linda.

Eu rio. Não tenho como saber... Luke estava sentado quando tive a única chance de vê-la.

Ponho o café na mesinha de cabeceira, me inclino e dou um selinho nele. Aproveitei para beijá-lo toda vez que tive a oportunidade, só para o caso de não ter mais chances.

Quando afasto os lábios dos de Luke e começo a apoiar a cabeça no travesseiro, escuto um som baixo vindo da sua garganta. Ryan pula da cadeira ao mesmo tempo que ergo a cabeça.

— Ele fez um barulho? — pergunta Ryan, a voz cheia de descrença.

— Acho que sim — sussurro.

Ryan balança os braços na direção de Luke.

— Dá outro beijo nele! Acho que ele acordou por causa disso!

E eu beijo. Beijo-o de leve na boca, e não há como confundir o barulho que Luke faz desta vez. Com certeza está acordando.

Ficamos encarando-o por um tempo enquanto suas pálpebras se mexem, abrindo e fechando diversas vezes.

— Luke? Consegue me ouvir? — pergunta Ryan.

Por fim, ele se força a abrir os olhos, mas não olha direto para Ryan. Em vez disso, percorre lentamente o olhar pelo quarto até me encontrar, enroscada ao seu lado. Ele me encara por um instante, e então sussurra com a voz fraca:

— Fivelas de cinto caleidoscópicas veem duendes quando a névoa cai.

Meus olhos se enchem de água e preciso engolir o choro.

— Puta merda — exclama Ryan. — Ele não está fazendo sentido nenhum. Isso não é bom. Vou chamar o médico.

E então sai correndo do quarto antes que eu possa explicar que Luke está perfeitamente bem.

Ergo a mão até o rosto dele, toco seus lábios e sussurro:

— Baguetes deprimidas ficaram no play comendo tigelas de cereal até as lesmas murcharem.

Minha voz falha de tanto alívio, de felicidade, de gratidão. Meus lábios encontram os de Luke, e, mesmo sabendo que isso não é bom para ele e que provavelmente está com muita dor, eu o abraço onde consigo e o beijo em todos os lugares a que tenho acesso no seu rosto e pescoço. Eu me enrolo em volta dele, tomando o cuidado de manter os braços e as mãos longe dos ferimentos. Depois me deito quietinha ao seu lado enquanto as lágrimas escorrem pelo meu rosto.

— Sloan — diz ele, a voz grave. — Não me lembro do que aconteceu depois que estraguei tudo. Você me salvou?

Eu rio e me apoio no cotovelo.

— Não exatamente. Você tirou a arma de Asa da mão dele com um tiro, eu corri até você e fiquei pressionando seu ferimento até os paramédicos chegarem. Eu diria que um salvou o outro.

Ele tenta forçar um sorriso.

— Eu avisei que não era muito bom no meu trabalho.

Sorrio, assentindo de leve.

— Não é tarde demais para pedir demissão, sabe? Você podia voltar para a escola e virar professor de espanhol.

Ele estremece de dor ao rir.

— Não é uma má ideia, Sloan.

Luke se esforça para se aproximar e me beijar, mas isso exige demais dele. Ele está a apenas seis centímetros de distância.

Meros seis centímetros entre respiração e vida.

Quando preencho o espaço de seis centímetros e o beijo, sei que estou fechando um capítulo. Um capítulo muito sombrio que há mais de dois anos espero que acabe.

E este beijo é apenas o começo de um livro novo. Um livro em que talvez milagres não sejam tão impossíveis assim.

QUARENTA E QUATRO
ASA

Eu me sento e abro os olhos. Não que eu estivesse dormindo. Ninguém consegue dormir neste lugar maldito. Cerro os punhos e me pergunto por que me lembrei disso só agora. Ela não gemeu *arder*. Ela gemeu o nome dele, *Carter*!

— Puta do caralho!

QUARENTA E CINCO

SLOAN

Dou batidinhas à porta do quarto de hospital, contudo ninguém responde. Quando a abro e espio lá dentro, vejo que Luke está dormindo. O volume da TV está baixo, mas audível. Olho para o sofá e Ryan está deitado de lado, com um boné cobrindo os olhos. Também dorme.

Seguro a porta enquanto se fecha, sem querer acordar nenhum dos dois, mas Ryan me escuta e se senta. Ele estica os braços para o alto e boceja, levantando-se em seguida.

— Oi. Vai ficar aqui por um tempo? — diz ele.

— Provavelmente vou passar a noite. Vai descansar um pouco — sussurro.

Ele olha para Luke.

— O médico passou mais cedo. Disse que Luke vai poder ir para casa amanhã, mas precisa que alguém fique com ele por um tempo. Vai ter que ficar de cama. Eu me ofereceria, mas tenho certeza de que ele prefere que você faça isso.

Ponho a bolsa no sofá.

— Sem problemas. Posso ficar com ele, se estiver tudo bem para Luke.

— Por mim está perfeitamente bem — diz Luke da cama.

Olho para ele, que está sorrindo de um jeito preguiçoso para mim.

Ryan ri e avisa:

— Vou passar aqui amanhã de manhã, depois da reunião com Young.

Luke assente e então olha para mim.

— Vem aqui.

Vou até ele e Ryan sai do quarto. Como todas as vezes em que o visitei, Luke desliza para o lado e abre espaço para que eu me deite.

Coloco as pernas em cima das dele e meu braço no seu peito, apoiando a cabeça em seu ombro.

— Como seu irmão está? — pergunta ele.

— Bem. Muito bem. Você vai ter que ir visitá-lo comigo em breve se estiver disposto. Ele ficou olhando para a porta como se você fosse aparecer, então sei que ficou decepcionado por eu não ter te levado comigo.

Sinto a leve risada no peito de Luke.

— Tentei sair de fininho para ir hoje, mas alguém estava sendo superprotetor.

Balanço a cabeça.

— Você levou um tiro no peito, Luke. Quase morreu. Não vou arriscar. — Levanto a cabeça do seu ombro. — Falando em arriscar, o que exatamente o médico disse sobre sua alta amanhã? Cama? Nenhuma atividade que exija esforço?

Ele passa a mão pelo meu cabelo e sorri.

— E se eu dissesse que envolve bastante cama *e* atividades que exigem esforço?

— Eu diria que você é um mentiroso.

Ele faz uma careta.

— De quatro a seis semanas. Disse que meu coração precisa pegar leve. Sabe como isso vai ser difícil com você cuidando de mim?

Passo os dedos pelo seu peito, sentindo as ataduras por baixo da camisola do hospital.

— Quatro a seis semanas não são nada quando temos para sempre.

Ele dá um risinho.

— Pra você é fácil. Homens pensam em sexo a cada sete segundos.

— Isso é mito. Aprendi em biologia que na verdade são só trinta e quatro vezes por dia.

Luke me encara por alguns segundos e responde:

— Ainda são quase mil vezes para me segurar durante as próximas quatro semanas.

Balanço a cabeça, sorrindo.

— Vou tentar facilitar para você, então. Não vou tomar banho nem pentear o cabelo nem passar maquiagem durante o próximo mês.

— Não vai adiantar. Pode até piorar.

Baixo a cabeça e beijo seu pescoço.

— Se vai ser tão difícil, podemos contratar um enfermeiro para cuidar de você em vez de mim — provoco.

Luke me abraça com mais força e boceja.

— Ninguém além de você vai cuidar de mim — sussurra ele.

A julgar pela voz dele, percebo que os analgésicos estão começando a fazer efeito, então não respondo. Ficamos deitados por um tempo, até eu ter quase certeza de que Luke dormiu. Mas então ele pergunta:

— Sloan? Onde você está morando?

Eu estava esperando por essa pergunta. Ele está no hospital há duas semanas e, toda vez que começa a falar sobre minha situação, digo que conversamos mais tarde.

Tenho a sensação de que ele não vai me deixar mudar de assunto desta vez.

— Num hotel.

Ele se enrijece de imediato, segurando meu queixo e erguendo-o na sua direção.

— Está brincando?

Dou de ombros.

— Tudo bem, Luke. Daqui a pouco encontro um apartamento.

— Qual hotel?

— Um na Stratton.

Ele enrijece a mandíbula.

— Você vai sair de lá hoje mesmo. Não devia ficar lá sozinha, não é um bairro seguro. — Ele tenta se ajeitar até ficar sentado, subindo a parte superior da cama. — Por que não me contou?

— Você quase morreu, Luke. A última coisa de que precisa agora é se estressar com minha situação mais do que já fez.

Ele apoia a cabeça no travesseiro, esfregando o rosto com as mãos. Depois se vira para mim.

— Você vai ficar comigo. Preciso de ajuda, de qualquer forma. Não faz sentido ficar pagando um hotel.

— Não vou morar com você. Vou na sua casa cuidar de você por quanto tempo precisar, mas mal nos conhecemos. Isso é demais, rápido demais.

Luke baixa o queixo e me encara com seriedade.

— Você vai ficar comigo, Sloan. Não estou pedindo que seja para sempre. Mas até eu estar recuperado e você ter seu próprio apartamento, não vai voltar para aquele hotel.

É mesmo um hotel assustador, mas o único pelo qual posso pagar. Depois que Asa foi preso, peguei meu dinheiro escondido e algumas peças de roupa e nunca mais pisei naquela casa.

Então concordo.

— Duas semanas, no máximo. Depois vou arranjar meu próprio canto.

Ele suspira, aliviado por eu não estar discutindo. Mas não faço ideia de como vou pagar por um apartamento daqui a duas semanas, sinceramente. Preciso arranjar um trabalho e um carro. Tive que pegar o carro de Luke emprestado para visitar Stephen hoje, assim como estive fazendo para ir às aulas, mas não posso continuar desse jeito.

Sinto a mão de Luke deslizar pelo meu cabelo e envolver minha nuca. Quando nos olhamos, há uma suavidade nele que não estava presente há alguns segundos.

— Para de pensar demais — diz ele, baixinho. — Você não está mais nessa sozinha. Ok?

Suspiro.

— Ok — sussurro.

É a primeira vez na vida em que sinto que meus fardos não são só meus. Nunca conheci alguém que me trouxesse mais alívio do que estresse. Até conhecer Luke.

O amor não deve ser mais um peso. Deve fazer você se sentir leve como o ar.

Asa fazia tudo na minha vida parecer pesado.

Luke me faz sentir como se estivesse flutuando.

Acho que essa é a diferença entre ser amada do jeito certo e do jeito errado. Ou você se sente amarrada a uma âncora... ou sente que está voando.

◈

— Quer mais alguma coisa? — pergunto a ele.

É a primeira vez que visito a casa de Luke, e fico chocada ao ver como é normal. É uma casa num bairro a uma hora de onde eu morava com Asa. É até mais perto de onde meu irmão está.

Luke diz que é alugada. Afinal, ele nunca sabe onde vai ser o próximo trabalho, então ainda não se sentiu pronto para se comprometer a comprar uma casa.

— Estou bem. Para de se preocupar. Eu te aviso se precisar de alguma coisa, ok? — diz ele.

Eu assinto. Olho ao redor do quarto, sem saber muito bem o que fazer. Ele provavelmente quer dormir um pouco. Mas é estranho porque não é a minha casa.

— Quer vir para a cama comigo e ver um filme? — pergunta Luke, levantando o cobertor.

— Seria perfeito.

Subo na cama e me aconchego nele igualzinho fazia no hospital todo dia. Ele liga a TV e começa a trocar de canal.

— Obrigado, Sloan — diz ele, depois de mais ou menos um minuto.

Olho para seu rosto.

— Pelo quê?

Seus olhos examinam meu rosto com atenção.

— Por tudo. Por cuidar de mim. Por ser forte como é, apesar de ter passado por tanta coisa.

Sei que o médico o mandou não fazer esforço, mas acho que ele não sabia que Luke é capaz de dizer coisas tão sedutoras. Beijo sua boca, porque é uma sensação maravilhosa ter alguém agradecendo a você. E elogiando. Poxa, só de alguém ser bom comigo já é algo tão novo que derreto toda vez que ele abre a boca.

A mão de Luke segura minha nuca e ele me beija com mais força.

Isso não é bom. Luke tem razão. Quatro semanas assim e ainda esperam que a gente se segure? Caramba. Estamos ferrados.

Mas então somos salvos por uma batida à porta.

— Vou atender — diz Luke, e então levanta a coberta.

Eu a puxo de volta sobre ele.

— Não vai, não. Vai descansar. Eu vou atender a porta.

Ele pega minha mão enquanto estou me levantando da cama.

— Confere o olho mágico antes. Se for Ryan, ele vai coçar o pescoço para indicar que é seguro. Se ele não fizer isso, não abra a porta.

Eu paro, imaginando por que os códigos silenciosos deles são necessários. Mas não pergunto nada. Vou ter que me acostumar com essas merdas de trabalhar disfarçado. Espero que Luke tenha falado sério quando disse que ia mudar de profissão.

Quando chego à porta da frente e confiro o olho mágico, não dá outra: Ryan está coçando o pescoço. Mas tem alguém com ele. Uma garota.

— Tem uma garota com ele! — sussurro depois de correr até o quarto.

— De cabelo comprido e loiro?

Confirmo com a cabeça.

— Tudo bem. É só a Tillie.

Tillie. Ótimo.

Volto para a sala e digito a senha do alarme para abrir a porta.

— Oi — cumprimenta Ryan ao entrar, seguido por Tillie.

Ela sorri para mim, mas já estou me sentindo intimidada pela sua presença. É alguns centímetros mais alta que eu, está usando uma calça justa preta e uma camisa branca de gola enfiada dentro da calça. Os dois botões de cima estão abertos, revelando um colar trançado de prata brilhante. Nunca vi a simplicidade cair tão bem em alguém.

— Tillie, esta é a Sloan. Sloan, Tillie.

Ela estende a mão para me cumprimentar e quase dói de tão firme que é seu aperto. Sou incapaz de esquecer o fato de que ela beijou Luke. Mesmo que tenha sido apenas trabalho, saber disso ainda faz meu estômago revirar. Mas tento não me importar demais. Eu entendo.

Como se estivesse lendo meus pensamentos, ela diz:

— Desculpa por ter beijado Luke na sua casa. Foi necessário, mas nunca mais vai acontecer. Pode acreditar. Foi quase tão ruim quanto a vez em que tive que beijar este aqui durante um disfarce — comenta ela, apontando para Ryan.

Ele revira os olhos.

— Tillie, Tillie, Tillie. Isso faz mais de um ano e você ainda não conseguiu parar de pensar na minha língua dentro da sua boca.

Ela assente.

— Pesadelos são difíceis de superar.

Eu rio. Gosto dela de cara. Fecho a porta e aponto para o quarto.

— Luke está no quarto dele — digo aos dois.

Ryan olha na direção do quarto e depois de volta para mim. Alguma coisa na expressão dele me preocupa, mas ele tenta esconder com um sorriso forçado.

— Se importa se conversarmos com Luke sozinhos? — pergunta.

Dobro um dos braços na frente da barriga e seguro o outro. Olho de Tillie para ele.

— Tem a ver com Asa?

Percebo que Tillie olha depressa para Ryan, seus olhos revelando que Asa é exatamente o assunto que eles têm para discutir.

— Eu quero saber — solto. — Se não me deixarem ouvir a conversa, vou ficar escutando do outro lado da porta.

Ryan não ri. Ele aperta mais os lábios e apenas assente.

— Justo.

Os dois se viram na direção do quarto de Luke e sou forçada a inspirar fundo para me acalmar.

Isso parece preocupante.

QUARENTA E SEIS
LUKE

Observo Tillie e Ryan entrarem no quarto, mas meus olhos estão fixos em Sloan. Ela está na sala, com os olhos fechados, parecendo enjoada.

— O que você disse pra ela? — pergunto a Ryan.

Assim que digo isso, ela bufa, abre os olhos, endireita as costas e entra no quarto também.

Ryan balança a cabeça.

— Nada. Ela insistiu em ficar aqui para ouvir o que vim contar.

Agora Sloan está no quarto, apoiada na porta, observando Ryan e Tillie se aproximarem do sofá. A última coisa que quero é Sloan envolvida. Se eu pudesse escolher, ela nunca precisaria escutar o nome de Asa outra vez. Mas sei que ainda temos um longo caminho pela frente e muitas audiências. Possivelmente depoimentos no tribunal, inclusive. Então até Asa ser condenado e preso de vez, não vou poder protegê-la de tudo isso. Dou um tapinha no espaço ao meu lado na cama e a encorajo a se sentar comigo.

Ela vem. Assim que Sloan se senta e nós dois estamos encostados na cabeceira, olho para Ryan.

— O que quer me contar?

Ele balança a cabeça e se inclina para a frente, entrelaçando as mãos.

— Nem sei por onde começar — diz, me olhando nos olhos. — Encontrei Young hoje.

— E?

— Não foi bom. Nem sei como suavizar isso, então vou simplesmente explicar de um jeito que vocês dois entendam.

Sloan pega minha mão e sinto que já está tremendo. Aperto a mão dela para tranquilizá-la. Ryan costuma dramatizar as situações, e eu queria que Sloan soubesse disso para não ficar assim tão preocupada.

— Asa está alegando que atirou no cara no quarto por autodefesa.

Sloan bufa.

— Não foi por autodefesa! Eu estava lá! — exclama ela.

Ryan assente de leve.

— Não para a defesa *dele*. Ele alega que estava defendendo *você*. Que ouviu você gritando e, quando entrou no quarto, o cara estava te atacando e segurando uma arma. Ele diz que não tinha escolha, a não ser impedir antes que o cara te matasse.

Sloan está balançando a cabeça.

— Não foi... — Ela olha para mim. — Luke, ele não precisava ter matado o cara.

Eu sabia que Asa ia começar com essa merda. Passo o braço pelos ombros de Sloan e volto minha atenção para Ryan.

— O que isso significa exatamente? — pergunto. — Que quando o caso for julgado, a defesa dele não vai se sustentar contra o depoimento de Sloan?

Ryan expira rapidamente.

— É o que estamos esperando. Se for julgado.

— *Se*? — pergunta Sloan, dizendo o que eu estava pensando.

— A questão é que... — começa Tillie — é um caso sólido de legítima defesa. O cara estava portando uma arma não registrada. Sloan estava gritando. O cara a estava atacando. Mesmo com o depoimento dela, a defesa de Asa tem sustentação. E a arma que ele usou é legal, registrada no nome dele. O que não era o caso da vítima. Além disso, Asa está alegando que não conhecia os homens que invadiram a casa. E a polícia não encontrou nenhum dos que fugiram. Apenas a vítima foi encontrada até agora, e ela não tem laços comprovados com Asa.

Esfrego as mãos no rosto. Escuto a respiração de Sloan acelerar conforme ela começa a entender o que Ryan e Tillie estão tentando dizer.

— Mas e quanto a nós três? — pergunto a Ryan. — É nossa palavra contra a dele. Sabemos que Asa orquestrou a farsa toda. Ele admitiu em voz alta.

Ryan concorda com a cabeça.

— Ele admitiu para você, Luke. Eu não o ouvi dizer isso, então não vou poder testemunhar contra Asa. Eu não estava no quarto com vocês. E ele...

Ryan para.

— Ele está alegando que vocês dois armaram pra cima *dele* — completa Tillie, ao se aproximar.

Eu me empertigo.

— Está de sacanagem comigo? Que júri vai acreditar nessa merda?

Isso é ridículo. Ryan e Tillie estão aqui dizendo essas merdas absurdas e deixando Sloan chateada. Eu não devia ter deixado Ryan falar sobre esse assunto comigo na frente dela.

— Sei que parece loucura — diz ele. — Todos nós sabemos que Asa é culpado. Mas para um júri... Como acha que vão interpretar o fato de que a noiva de Asa está dormindo com o policial disfarçado que ela sabia que estava tentando prendê-lo? Como acha que o júri vai interpretar isso quando for a palavra da noiva de Asa e do policial disfarçado contra a dele?

Sloan afasta a mão da minha e cobre o rosto. Meu peito está começando a doer.

— Você sabia que eu estava interessado nela, Ryan. Se eu soubesse que colocaria o caso em risco...

Eu ia dizer que não teria feito, mas fico quieto. Porque eu *teria*. Eu *fiz*. Fui atrás dela, sem me importar com as consequências, e agora isso nos colocou na merda de um beco sem saída.

— Dependendo do juiz — continua Tillie —, pode ser que descarte o caso antes mesmo de ir a julgamento. A maioria dos casos de legítima defesa são considerados homicídio justificado se existe uma testemunha que corrobore a versão da defesa.

— Mas não há ninguém para corroborar essa história — observo.

Ryan e Tillie olham para Sloan. Ryan acena com a cabeça na direção dela.

— A história de Sloan provavelmente vai corroborar a alegação de autodefesa dele.

— Como? — indaga ela, perplexa.

Ryan se levanta e dá a volta na cama, apoiando-se na parede mais próxima de Sloan.

— A vítima estava atacando você? — pergunta.

Ela assente.

— Ele estava com uma arma?

Sloan assente de novo.

— Ele estava se passando por policial?

Mais uma confirmação.

— Você gritou pedindo ajuda?

Dessa vez ela não assente. Uma lágrima escorre pelo seu rosto.

— Duas vezes — sussurra.

— E como se sentiu quando Asa entrou no quarto? — questionou Ryan. — Um júri vai perguntar essas coisas a você sob juramento.

Ela solta um soluço do fundo do peito.

— Aliviada — sussurra ela, em meio às lágrimas. — Apavorada. E aliviada.

Ryan aquiesce.

— É o suficiente para sustentar as alegações dele, Sloan. Ele salvou você de um ataque. Isso não é assassinato aos olhos de um júri, não importa que a gente saiba como Asa é mau. O caráter dele não vai estar em julgamento. Apenas aquela ação.

— Mas... — Sloan seca as lágrimas. — Asa não precisava ter atirado. Podia ter impedido o homem sem matá-lo.

Ryan concorda.

— Eu sei que podia. Todos nós sabemos. Mas o júri não conhece Asa como nós conhecemos. E vão dissecar você enquanto estiver no banco, Sloan. Vão fazer Asa parecer a vítima, porque você é noiva dele e mesmo assim estava tendo um caso com o policial disfarçado que trabalhava num caso contra ele. E você sabia disso. Esse fato traz empatia com o caso de Asa, e seu depoimento contra ele vai perder toda a credibilidade aos olhos do júri.

Sloan se levanta, secando novamente os olhos.

— E o caso de *vocês* contra Asa? Não vai sustentar minhas alegações? Isso não vai ter influência nas acusações de assassinato?

Ryan olha para mim. Ele expira e volta para o sofá onde estava.

— Este é mais um motivo para estarmos aqui. Young não quer seguir em frente com as acusações da nossa investigação. Nenhum dos nossos relatórios foi concluído porque a investigação ainda estava em andamento. Young tem medo de que, se prestar queixa e isso for a julgamento, o departamento seja destroçado pela imprensa. Não vai pegar bem um dos nossos policiais estar tendo um caso com a noiva do alvo principal. E ainda tem o fato de que revelamos nossas identidades a agentes falsos. Estão com medo de que as chances de arruinarmos a reputação do nosso departamento sejam maiores do que as de Asa ser acusado de alguma coisa. Young está pedindo o encerramento do caso sem prestar queixa. Disse que não vale o risco.

— Ai, meu Deus — diz Sloan, sentando-se de volta na cama, e então apoia os cotovelos nos joelhos e segura a cabeça com as mãos. — Isso é tudo culpa minha.

Estico o braço e puxo a mão dela.

— Sloan, não é culpa sua. É minha. Eu é que estava trabalhando. — Olho para Ryan. — E o fato de que ele tentou me matar? Atirou no meu peito e não foi para se defender. Vai ser indiciado por isso, certo?

Ryan engole em seco.

— Você só pode estar de sacanagem — sussurro, apoiando a cabeça na cabeceira da cama.

— Ele está alegando legítima defesa nisso também. Vocês atiraram um no outro. Sloan era a única testemunha. Só posso depor sobre o que ouvi do outro lado da porta.

— Ele quase me matou, Ryan!

Ryan e Tillie se entreolham. Ela pigarreia e diz:

— A questão, Luke, é que... com a merda gigante que rolou naquele dia, se o promotor acusar Asa de qualquer outra coisa você também pode ser acusado. E os dois vão a julgamento.

— Eu vou ser acusado? Do que vão me acusar?

— Depende do juiz. Agressão, tentativa de assassinato. E sem o departamento levando o caso ao tribunal... vai parecer que você e Asa tiveram uma briga num quarto. A repercussão de um triângulo amoroso que saiu do controle.

Escuto Sloan chorando.

Nem consigo forçar mais uma pergunta; minha cabeça está um turbilhão.

— Estão me dizendo que não só aquele filho da puta louco tem chance de se safar depois de tudo o que fez... como também estou sendo acusado?

Ryan admite devagar.

— A não ser que... a gente faça algum acordo judicial. Os advogados dele estão pressionando para isso. Querem que a gente concorde em retirar as acusações em troca de informações sobre Jon e Kevin e algumas outras pessoas da investigação. Como eu disse, Luke, tudo depende do juiz. E do promotor, óbvio. Isso é bom, porque o promotor gosta de você. Não acho que vai empurrar acusações para você. Mas se a gente insistir em prestar queixa contra Asa, os advogados dele vão insistir de volta. Você precisa pensar muito bem nisso tudo.

Não consigo acreditar no que estou ouvindo.

— E quanto a todo o restante que ele fez? — pergunta Sloan.
— Todas as vezes que se forçou para cima de mim? Não posso prestar queixa contra ele por isso?

Tillie assente.

— Ele estuprou você?

Sloan olha para mim e depois de volta para Tillie. Ela dá de ombros.

— Nem sei — resmunga ela, baixinho. — Em várias ocasiões eu... eu tinha pavor de que ele fosse me machucar então... eu deixava.

Tillie se levanta e anda até a cama, sentando-se ao lado de Sloan.

— Você já disse não para ele? Alguma vez pediu que parasse e ele se recusou?

Sloan reflete por um instante e depois nega com a cabeça.

— Eu tinha muito medo de dizer não.

Tillie inclina a cabeça para o lado em solidariedade e aperta a mão de Sloan.

— Você vai precisar testemunhar no tribunal. Tenho certeza de que Asa vai alegar que não sabia que você não queria transar com ele. Duvido que Asa admita ter feito qualquer coisa de errado, mas, se quiser ir por esse caminho, nós vamos te apoiar.

— Agradeço por isso, mas todos nós sabemos que tudo isso não passa de perda de tempo se não tivermos provas.

Sloan coloca a cabeça nas mãos novamente. Então cai em cima do meu peito. Eu a abraço e beijo sua testa, vendo o quanto ela está se sentindo derrotada.

— Sinto muito — diz Tillie. — Várias coisas podiam ter sido feitas de maneira diferente para conseguir uma investigação consistente contra ele. Várias coisas que agora nos impedem de ir atrás de Asa como queríamos.

— Você quer dizer várias coisas que eu estraguei — interrompo.

Ryan se levanta.

— Não seja tão duro consigo mesmo, Luke. Eu encorajei vários desses erros. Às vezes os casos são curtos e simples. Às vezes conseguimos tudo de que precisamos antes do fim de uma investigação. Infelizmente não foi o caso deste. Essa operação foi uma bagunça do início ao fim, e não temos muito com o que trabalhar a esta altura.

— Mas e as buscas feitas na casa?

— Não encontraram nada na casa de Asa depois de Jon e Kevin sumirem com qualquer coisa que nos permitisse acusá-lo. Só encontraram dinheiro vivo sem origem explicada e alguns remédios receitados. Não é o bastante para irmos atrás dele... não sem que Asa e os advogados dele atirem de volta em nós. Às vezes a briga simplesmente não vale a pena.

Sinto Sloan ficando tensa. Ela se levanta e olha feio para Ryan.

— Não vale a pena? Ele assassinou uma pessoa! E teria matado Luke se não fosse por seis merdas de centímetros! Agora está dizendo que ele provavelmente vai ficar livre? Que vai conseguir me achar? Achar Luke? Porque ele não vai desistir, Ryan! Ele não vai desistir até Luke estar morto e você *sabe* disso!

— Sloan — digo, puxando-a de volta para mim. — Para. Não sabemos ainda se ele vai ser condenado por alguma coisa ou não.

Ela chora junto ao meu peito e eu a abraço enquanto Ryan nos encara de cima, o arrependimento e a piedade evidentes na sua expressão.

— Sinto muito, Sloan. De verdade — diz ele.

Ryan olha para mim e seus olhos me dizem a mesma coisa. Aceno com a cabeça, deixando-o ciente de que entendo. Não é culpa dele. Não é culpa de ninguém além de mim.

Ryan e Tillie andam até a porta. Puxo Sloan para mim e a abraço mais forte, tentando aliviar seu medo. Mas seu corpo inteiro treme. Não sabia que Sloan tinha tanto medo de Asa.

— Vai ficar tudo bem, Sloan. Você não está sozinha desta vez. Estou aqui e não vou deixar que ele machuque você. Juro.

Eu a abraço até ela dormir de pura exaustão nos meus braços.

QUARENTA E SETE
ASA

— **V**ocê tem alguma pergunta? — questiona meu advogado.

O nome dele é Paul. O mesmo do meu pai. Quase o recusei quando descobri, mas ele tem a melhor reputação do estado. Não vou culpá-lo por ter o mesmo nome da segunda pessoa que mais odeio no mundo.

A primeira é Luke.

— Não. Entramos no tribunal. Alego legítima defesa, e o juiz decide se vai a julgamento ou não.

Paul concorda.

— Exatamente.

Eu me levanto e sinto as algemas apertarem meus punhos. Odeio o fato de que Sloan vai me ver com esta coisa. Pareço meio fraco e odeio que ela me veja de um jeito diferente do que sempre viu. Pelo menos me deixaram usar um terno hoje, não preciso andar por aí naquele macacão laranja ridículo. Laranja não é a minha cor, e sei que este terno é o favorito de Sloan.

— Vamos nessa — digo a Paul. — Vai ser mais fácil que tirar doce de criança.

Paul assente depressa e se levanta. Percebo que ele não gosta da minha autoconfiança. Não gostou desde que nos conhecemos. Também não sei se gosta de *mim*, mas não dou a mínima para o que pensa. Se me livrar das acusações, vai ser minha pessoa favorita no mundo inteiro.

Bem... *segunda* favorita. Até agora Sloan continua em primeiro lugar.

É óbvio que ela fez um monte de merda que me deixou puto, mas sei que foi tudo por causa de Luke e das mentiras que ele contou. Aposto que agora já passou tempo suficiente com o cara e longe de mim para ter voltado ao normal.

Sigo Paul para fora da sala e logo sou cercado por quatro agentes. Dois na frente e dois atrás de mim. Um quinto guarda abre a porta para o tribunal, e, assim que entramos, procuro por ela.

Eu o vejo antes. O filho da mãe presunçoso, sentado na segunda fileira, ao lado de Dalton, seu amiguinho puxa-saco. Ou Ryan. Seja lá qual for a porra do nome dele.

Mas Sloan não está sentada ao lado dele. Está na ponta da última fileira, sozinha. Sorrio para ela, que desvia o olhar assim que encontra meus olhos.

Só tem dois motivos para ela não estar sentada ao lado de Luke. Ou já descobriu como ele é um merda e não quer nada com ele, ou os dois foram aconselhados a não se sentarem juntos, por causa da pequena indiscrição deles pelas minhas costas.

Escolho a primeira opção.

Eu me sento no meu lugar, mas mantenho os olhos fixos em Sloan. Fazer isso significa ficar de lado na cadeira, e não de frente para o juiz. Mas tudo bem. Não vou parar de encará-la até ela olhar nos meus olhos novamente.

— Todos de pé para o honorável juiz Isaac — exige um guarda.

Eu me levanto, mas não paro de encarar Sloan. Ouço portas se abrindo e passos, mas não vou olhar para o merda do juiz até Sloan olhar para mim. Ela está de vestido novo. Preto. Parece que está indo a uma porra de funeral. O cabelo está preso num coque. Está com uma aparência sofisticada. Sexy pra caralho. Meu pau incha na calça e eu queria poder pedir uma pausa para ir ao banheiro e arrastá-la até um corredor, levantar seu vestido até a cintura e enfiar minha cara entre suas pernas.

— Podem se sentar.

Eu me sento.

Puta merda, está calor aqui.

Escuto o juiz começar a falar enquanto Paul desliza um pedaço de papel para mim. Olho para baixo por tempo suficiente para ler.

Você precisa olhar para a frente por respeito ao juiz.

Rio baixinho e pego a caneta.

Foda-se o juiz e foda-se você, Paul, escrevo. Deslizo o bilhete de volta para ele e volto a encarar Sloan.

Ela está me olhando agora. Os olhos estão fixos nos meus e os lábios, comprimidos, como se estivesse nervosa. Gosto disso. Amo, na verdade. Ela está sentindo alguma coisa ao olhar para mim, e percebo que não é em Luke que está pensando.

Eu te amo, mexo os lábios sem fazer som.

Sloan fita minha boca e sorrio. Então aquele puto idiota — *aquele ridículo filho da puta com cara de cu* — se levanta e vai até o fundo da sala, bem onde ela está sentada. Anda até a ponta do banco e fica plantado ali, sentado ao lado dela. Põe o braço em volta da porra da minha noiva, e ela fecha os olhos com força, apoiando o rosto no ombro dele, como se estivesse aliviada por ele ter ido para perto. Meus olhos encontram os dele — *o filho da puta de merda e suas lavagens cerebrais* —, então Luke se inclina para a frente, bloqueando minha visão de Sloan. Ele me encara intensamente, como se me desafiasse a me virar para a frente.

Quero matá-lo. Por alguns segundos penso em jeitos de fazer isso.

Pegar a arma do segurança e atirar.

Correr até o fundo da sala e quebrar a porra do pescoço dele.

Pegar a caneta que acabei de usar para responder ao bilhete de Paul e enfiar bem na carótida.

Mas não faço nada disso. Eu me controlo, porque tenho certeza de que esse caso vai ser a meu favor e vou sair sob fiança até a próxima audiência.

O assassinato dele pode esperar.

É algo que precisa ser planejado com mais precisão e de preferência sem um juiz me olhando.

Resolvo me virar para a frente. Não porque Luke me desafiou a fazer isso com a merda da expressão na cara dele, mas porque preciso convencer o juiz de que ele está tomando a decisão certa quando descartar o caso como legítima defesa.

Tento acompanhar os dois advogados enquanto se levantam e falam. Tento acompanhar a resposta do juiz a cada um. Sorrio quando o juiz olha para mim. Mas, por dentro, meu sangue ferve. Ferve porque eu sei que Luke está ali atrás, sentado ao lado dela, abraçando-a. Isso significa que provavelmente ela esteve com ele a noite toda, e eu fui obrigado a foder minha própria mão, sozinho na cela. Também significa que ele com certeza esteve dentro dela. Seus dedos, seu pau, a porra da sua língua. Provando e pegando o que é meu. O que era para ser *só* meu.

Meu coração está martelando quando o juiz desce o martelo.

— Esta sessão está suspensa.

Inspiro lentamente pelo nariz. Expiro ao olhar para Paul.

— O que aconteceu?

Ele faz uma cara que diz que devo manter a voz baixa. Meu olhar se fixa no fundo da sala, de onde escuto o choro de Sloan. Luke está ajudando-a a se levantar, mas os braços de Sloan estão em volta dele e ela está chorando. Soluçando.

Está chateada. Não pode ser uma notícia boa para mim. Ela está chateada por mim.

— Vai a julgamento? Você disse que não ia a julgamento, porra!

Paul balança sua cabecinha estreita.

— O juiz decidiu não levar a julgamento. O que significa que sua alegação de legítima defesa foi aceita. Você vai ter que voltar para a cela, mas só até eu pagar sua fiança pelas outras acusações pendentes. Pode demorar quatro ou cinco horas, mas venho buscar você assim que a fiança sair.

Olho de volta para Sloan, observando Luke ajudá-la a sair da sala. *Por que ela está chorando, então? Se as acusações contra mim foram descartadas, por que ela está chorando?*

— Quanto tempo você acha que leva para alguém se recuperar depois de ter sofrido a porra de uma lavagem cerebral?

Paul olha para mim.

— Do que está falando, Asa?

— Tipo, de quanta terapia você acha que alguém precisa para superar uma lavagem cerebral? Algumas semanas? Meses? Mais de um ano?

Paul me encara por um instante, então balança a cabeça.

— Vejo você em algumas horas, Asa.

Ele se levanta, então me levanto também. Os mesmos quatro guardas me acompanham para fora da sala.

Eu devia estar extasiado por este caso ter acabado de ir para o lixo. O próximo deve ser ainda mais fácil, porque Paul disse que o departamento de Luke não está prestando queixa. Então, desde que eu faça um acordo judicial, receba tratamento psiquiátrico e dê as informações que querem sobre Jon e Kevin, muito provavelmente não vou ser acusado por ter atirado na porra do peito de Luke.

Isso diz muita coisa sobre nosso sistema judicial. Cometo uma tentativa de homicídio e fico livre porque sou um dedo-duro e alego ter um transtorno mental?

Eu amo os Estados Unidos pra caralho.

Mas quase parece que todos meus esforços foram em vão. Desde que comecei a suspeitar de que alguém estava fazendo lavagem cerebral em Sloan, fui criando essa farsa elaborada e não estou recebendo crédito por isso. Tive que negar ter qualquer coisa a ver com a falsa batida policial, o que foi bem difícil para meu ego. Tenho orgulho pra caralho do que fiz e quero me gabar para o mundo que foi perfeito.

Para não falar na esquizofrenia. *Só porque você toma banho de roupa e verifica a tranca da porta algumas vezes, as pessoas acham que você está ficando ruim da cabeça.* Tive que fingir que é hereditário. Eu me conheço e sabia que, se descobrisse que minhas suspeitas eram verdadeiras e que Sloan estava trepando com alguém, provavelmente eu ia surtar e matar o cara. Mas não posso matar alguém e correr o risco de ser julgado como um adulto mentalmente capaz. Precisei ter um plano B para não apodrecer na merda da prisão como meu pai fez durante a maior parte da vida. Então meu plano B foi fingir ser maluco. Pesquisei alguns sintomas e convenci as pessoas a minha volta de que estava perdendo o juízo.

Talvez não tenha sido em vão. Pelo menos posso alegar "esquizofrenia" sempre que eu precisar. O que talvez eu tenha que fazer um dia, considerando que Luke ainda está respirando.

Quando volto para minha cela, caio na cama assim que as grades se fecham com estrondo. Não consigo segurar um sorriso.

Tudo está dando maravilhosamente certo. Sloan vai levar um tempo para pensar melhor e mudar de ideia, mas sei que isso vai acontecer. Ainda mais quando Luke estiver fora da jogada de vez. Vou ter que, de algum jeito, ignorar o fato de que ele esteve dentro dela. Posso foder Sloan até parecer que ele nunca esteve lá. Só vou ter que comê-la em cada posição até não pensar mais nele ao olhar para Sloan.

— Por que está tão animadinho? — pergunta uma voz.

Viro a cabeça e olho para meu colega de cela. Não lembro seu nome. Ele já me fez um milhão de perguntas desde que me jogaram aqui dentro, mas é a primeira vez que respondo.

— Estou prestes a ser um homem livre — digo, olhando para o teto com a porra de um sorriso enorme no rosto. — O que significa que finalmente vou me casar com minha noiva. Num casamento de verdade. Com um bolo de coco de três andares.

Não consigo não rir ao pensar nisso.

Estou voltando para buscar você, Sloan. Quer você queira quer não.
Você prometeu me amar.
Para sempre.
E agora você vai, porra.

QUARENTA E OITO

SLOAN

Levo a xícara de café à boca. Minhas mãos tremem tanto que pequenas ondas pretas do líquido parecem bater nas laterais da xícara.

Olho para o relógio na parede. *Três da manhã.*

Faz dois dias que o caso de Asa foi encerrado. Ele saiu sob fiança naquela tarde. Luke e eu fomos enviados para um apartamento na cidade, por proteção até a próxima audiência.

É um bom apartamento, mas, quando se está com medo demais para pisar do lado de fora ou até mesmo para olhar pela janela, parece mais uma prisão. Luke me garantiu diversas vezes que Asa não tem como nos encontrar aqui. Mas o que provavelmente não entende é que, mesmo que Asa fique trancafiado numa prisão pelo resto da vida, vou passar a vida olhando para trás. Se o próprio Asa não puder machucar a mim ou a Luke, eu não duvido de que contrate uma pessoa para fazê-lo.

Olho para trás quando escuto a porta do quarto se abrir. Luke sai do quarto, esfregando os olhos. Está sem camisa e usando uma calça de moletom preta que mal cobre os quadris. Os curativos do seu ferimento cobrem parte do peito. Ele está descalço, arrastando os pés pelo chão de madeira ao vir na minha direção.

Luke para nas costas do sofá e eu inclino a cabeça para ele, que se abaixa e beija minha testa de cabeça para baixo.

— Você está bem?

Dou de ombros.

— Não consigo dormir. De novo.

Seus olhos dizem que ele entende. Luke levanta uma das mãos, afastando uma mecha de cabelo da minha testa.

— Sloan — começa ele, baixinho —, você não precisa se preocupar aqui. Ele não tem como nos encontrar. Estamos seguros até o próximo julgamento, eu juro.

Concordo, mas as palavras dele não me consolam muito. Nunca vou confiar em Asa, não importa o quanto eu devesse me sentir segura.

Ele dá a volta no sofá e se senta, então me puxa para seu colo até estarmos frente a frente. Luke passa as mãos pelas minhas costas e pergunta:

— O que posso fazer para ajudar você a dormir?

Eu sorrio. Gosto dos métodos de distração de Luke.

— Você recebeu alta só duas semanas atrás. Ainda faltam mais duas.

Suas mãos seguram minha bunda por baixo da camiseta grande dele que estou usando. Luke desliza os dedos pela beirada da minha calcinha, o que me causa arrepios e força Asa a sair da minha cabeça por alguns segundos.

— Eu não estava pensando em transar com você — explica ele. — Estava pensando mesmo é no que posso fazer *por* você.

Uma das suas mãos escorrega até minha barriga e depois até meu seio. O polegar toca meu mamilo ao mesmo tempo que sua língua desliza pela minha boca. Ele me beija intensamente, mas para assim que começo a ficar tonta.

— Vou tomar cuidado — promete ele. — Minhas mãos e minha boca vão fazer todo o trabalho, mas garanto que o restante do meu corpo vai pegar leve, ok?

Sei que eu devia me preocupar com a recuperação dele, mas realmente fico mais calma toda vez que Luke me toca. Ou menos nervosa.

Estou precisando disso.

— Ok — sussurro.

Ele sorri e tira minha camiseta. Então me empurra até me colocar deitada de costas no sofá e ficar em cima de mim. Seus lábios se arrastam pela minha boca, pelo pescoço, pelos seios. Sua respiração aquece cada parte de mim enquanto suas mãos deslizam para dentro da minha calcinha. Abro os olhos assim que Luke enfia os dedos em mim. Gemo, e fica cada vez mais difícil manter os olhos abertos; mas ele gosta do contato visual.

Eu também. É uma novidade para mim.

Antes, com Asa, eu sempre fechava os olhos com força porque nunca queria olhar para ele.

Com Luke, tenho medo de perder alguma parte. Não quero perder o jeito como ele me olha, como reage aos meus gemidos. *Amo* contato visual.

Só precisamos nos encarar por dois minutos, porque é o tempo que demora para que o toque dele me leve ao limite. Assim que começo a tremer embaixo de Luke, ele toma minha boca com a sua, engolindo seu nome, que escapa dos meus lábios. Ele me beija até o fim e então se abaixa, pressionando seu corpo contra o meu. Sinto através do moletom que ele está ficando duro e isso cria outra necessidade em mim.

— Acho que já estou melhor — diz ele, roçando os quadris em mim.

Sua voz sai grave, carente, e seria muito fácil simplesmente abaixar a calça dele e deixá-lo me preencher. Mas eu me sentiria péssima se alguma coisa ruim acontecesse por termos sido impacientes demais para esperar o tempo recomendado. Pode ser que o coração dele ainda não esteja forte o bastante para isso.

— E se fizermos um acordo? Mais uma semana e aí vamos com bastante calma.

Luke resmunga no meu pescoço, mas se afasta.

— Mais uma semana.

Ele se senta ao meu lado, me puxando para perto. Estou de frente para Luke, com as mãos no seu peito. Contorno seu curativo com os dedos.

— Como será que vai ficar com cicatriz? — sussurro.

Ele põe a mão no meu cabelo e passa os dedos por ele até chegar nas minhas costas, depois nos meus braços.

— Não sei. Só espero que você a beije muito.

Eu rio.

— Não se preocupe. Quando estivermos liberados, você vai ter dificuldade em manter minha boca longe. Gosto demais do seu corpo. — Olho para ele. — Eu sou superficial nesse nível. Provavelmente ainda mais superficial do que você — brinco.

Ele balança a cabeça, sorrindo.

— Não. A primeira coisa que me atraiu em você foi sua bunda.

— Achei que tinha sido a baba no meu queixo quando me acordou na aula naquele primeiro dia.

Ele assente.

— É, tem razão. Com certeza foi a baba.

Eu rio. Adoro o fato de que ele consegue me fazer rir em tempos como esses. Nossos lábios se encontram e nos beijamos por cinco minutos inteiros. Até ele começar a pressionar o corpo contra o meu novamente. Estou me sentindo péssima por ele estar sendo tão torturado, mas de jeito nenhum vou deixá-lo descumprir as ordens do médico. Preciso que esteja o mais saudável possível, o mais *rápido* possível. Então o afasto e tento mudar para um assunto que o ajude a se recuperar. Decido voltar o assunto para a família dele. Luke finalmente se abriu sobre eles no hospital. Gosto quando ele fala da família porque são sempre coisas boas. Fico imaginando como é a sensação de ter uma mãe que está do seu lado.

— Acha que vai ver sua mãe em breve? — pergunto.

Odeio estarmos escondidos, porque significa que ele não pode vê-la até a próxima audiência terminar e Asa estar atrás das grades, como esperamos. Óbvio que existe uma possibilidade de ele ficar livre, mas não falamos sobre isso.

— Vamos vê-la quando tudo isso terminar. Ela vai amar você.

Sorrio, imaginando como vai ser enfim conhecê-la. Começo a pensar em Stephen, minha única família, e meu sorriso some.

Luke percebe, porque passa as pontas dos dedos pelo meu rosto.

— O que foi?

Tento fingir que não é nada para não preocupá-lo.

— Só estou pensando em Stephen. Espero que ele esteja em segurança enquanto tudo isso está acontecendo. Odeio não poder visitá-lo.

Luke pega minhas mãos e entrelaça os dedos nos meus.

— Ele está seguro, Sloan. Tem segurança vinte e quatro horas por dia. Não precisa se preocupar com ele, me certifiquei disso.

Odeio o fato de Asa ter nos colocado nesta situação, e não posso nem visitar meu irmão. Luke não pode visitar sua mãe. Não podemos sair do apartamento. E precisamos de seguranças para as pessoas que amamos.

Não é certo.

Odeio Asa Jackson. Odeio tê-lo conhecido.

— Quero que Asa pague por tudo o que fez, Luke. — Nem consigo olhar nos olhos dele quando estou sentindo tanto ódio. — Quero que ele sofra das piores formas possíveis. E isso faz eu me sentir uma pessoa horrível.

Ele encosta os lábios na minha testa de forma suave e gentil.

— Asa merece passar o resto da vida na prisão, Sloan. Você não devia se sentir culpada por querer isso.

— Não, não esse tipo de vingança. A prisão não o afetaria como afeta a maioria das pessoas. Quero que ele *realmente* sofra.

Que saiba que não sinto por ele essa coisa psicótica e obsessiva em nenhum grau. Quero que veja o quanto amo você só para que sofra tanto quanto ele fez todo mundo sofrer. Quero que seja forçado a ver que amo você e que escolheria você em vez dele. Isso o afetaria de verdade.

Noto que Luke reflete ao olhar para mim.

— Se isso faz de você uma pessoa má, então nós dois somos maus. Porque eu daria qualquer coisa para que ele sofresse assim.

As palavras dele me fazem sorrir, mesmo que eu ainda me sinta mal por querer vingança. Acho que, quando você é levada ao limite, a vingança se torna a única coisa capaz de ajudar a seguir em frente. Isso não é saudável. Sei disso e tenho certeza de que Luke também. Mas saber a diferença entre certo e errado não muda a forma como eu me sinto. Só faz com que eu me sinta mais culpada por me sentir desse jeito.

Eu me aninho nele, mas na mesma hora nós dois ficamos tensos. Endireito o corpo, escutando o som vindo da porta.

Batidas.

Batidas altas bem no meio da porta. Fico apavorada.

Luke está de pé agora. Nem o vi pulando do sofá. Ele joga minha camiseta para mim. Então atravessa a sala e pega sua arma na bancada.

Mais batidas na porta.

Luke gesticula para que eu me levante e vá para o lado dele. Eu obedeço.

— Quem sabe que a gente está aqui? — pergunto.

— Só o Ryan — responde ele, indo até a porta. Eu o sigo. Ele se inclina para a frente e confere o olho mágico. Então desencosta a cabeça da porta e se apoia na parede ao lado. — É ele.

— Graças a Deus — sussurro.

Luke não se mexe. Sua arma continua engatilhada e seus olhos estão fixos nos meus.

— O que foi?

Luke inspira rapidamente e então solta o ar.

— Ele não está coçando o pescoço.

QUARENTA E NOVE

LUKE

A expressão de Sloan desmorona. Ela conhece o sinal não verbal que eu e Ryan usamos para quando tudo está bem. E percebeu que agora não está tudo bem.

Espio pelo olho mágico de novo, na esperança de não ter notado o sinal. Mas ele continua sem coçar o pescoço. E são quatro da manhã. Por que estaria aqui?

— Abre a porta, Luke — diz Ryan. — Sei que você está aí dentro.

Ryan está olhando diretamente para o olho mágico. Mas o conheço bem o bastante para saber que espera que eu não abra a porta. Se Asa estiver por trás disso, por que Ryan o traria até aqui?

Confiro mais uma vez o olho mágico e percebo Ryan olhando para a esquerda, como se escutasse alguém lhe dando ordens. Ele respira fundo e encara a porta mais uma vez.

— Ele pegou a Tillie. Se você não abrir a porta, ele vai deixar que a matem. Ele é a única pessoa que sabe onde ela está.

— Merda — sussurro, encostando a cabeça na parede. — Porra.

Não acredito que Ryan colocaria Sloan nesta situação. Não acredito que ele o trouxe até aqui. Tem que haver mais alguma coisa por trás. Ryan colocaria a própria vida em risco antes da de outra pessoa. Viro para Sloan e vejo que as lágrimas já estão escorrendo pelo seu rosto. Os olhos dela estão arregalados de medo. Olho novamente pela porta, bem assim que Asa aparece no campo de visão, apontando uma arma para a cabeça de Ryan.

— Não esquece de dizer com quem mais estou — diz Asa, alto o bastante para que o escutemos pela porta.

Ryan fecha os olhos, arrependido.

— Luke, ele botou alguém na porta da casa da minha irmãzinha. Sinto muito, Luke. Sinto mesmo — afirma ele.

Fecho os olhos. A irmãzinha de Ryan é a única coisa que ele protegeria mais do que qualquer pessoa no mundo. Agora faz sentido. E o fato de Asa ter sido esperto o bastante para conseguir aquilo me faz temer pela vida de Sloan. Pego o telefone para ligar para a emergência.

— Se chamar a polícia e me prenderem, as duas morrem — avisa Asa. — Tillie. A irmã de Ryan. E Ryan. Meus caras têm ordens estritas. Vou dar três segundos para vocês abrirem a porta.

Sloan está chorando muito, balançando a cabeça e me implorando para não abrir a porta. Dou dois passos até ficar bem na frente dela. Passo o polegar pelo meu lábio inferior e sussurro:

— Sinto muito, Sloan.

Então seguro o braço dela e a puxo para mim, depois encosto a arma na sua cabeça e abro a porta.

Asa vê Sloan primeiro. Em seguida, seus olhos disparam para a arma que estou apontando para a cabeça dela.

— Filho da puta — xinga ele.

Andamos de costas até a sala de estar enquanto Asa entra, apontando a arma para a cabeça de Ryan.

— Parece que temos um impasse.

Dou de ombros.

— Na verdade, não. O que você tem meu é descartável. O que tenho seu não é.

Sloan treme tanto que quase morro por ter que fazer isso com ela. Mas ela sabe que é a única barganha que tenho. Asa não gostaria de vê-la morta, então espero que ela entenda que esta pode ser nossa única saída.

É um risco, mas estamos sem opção.

Asa me olha sério.

— Larga ela, Luke. Eu solto Ryan, Sloan e eu vamos embora, e as coisas podem voltar a ser como deveriam.

Nunca vou deixá-la ir para os braços de Asa novamente. Mesmo que ele tenha que me matar antes disso.

— Asa — falo, afastando-a dele. — Lembra a última vez que estivemos trancados num quarto juntos? Você estava bem curioso sobre os detalhes da minha primeira vez com a Sloan.

Ele engole com força.

— Ainda está interessado em ouvir?

Asa inclina a arma num gesto ameaçador, empurrando-a por baixo do queixo de Ryan, forçando-o a levantar a cabeça.

Faço o mesmo com Sloan. Isso a faz chorar ainda mais. Continuo, esperando que isso o desestabilize.

— A primeira vez em que a beijei foi no seu quarto — revelo. — Bem ao lado da sua cama.

— Cala a porra dessa boca suja, Luke — berra Asa. — Vou explodir o cérebro dele em mil pedaços, vai voar pelo apartamento todo.

— Se fizer isso, você também vai saber exatamente como é a cabeça de Sloan por dentro.

Ele se encolhe. Está caindo na minha.

— Acha que eu ligo se ela morrer? — pergunto. — Há milhões de outras garotas exatamente como ela, Asa. Sloan não significa porra nenhuma para mim. Ela me ajudou a me aproximar de você, e era só isso que me importava.

Asa baixa a cabeça e estreita os olhos para mim.

— Acha que acredito nisso? Sei que quer ficar com Sloan só para você, ou não estaria com ela aqui. Agora diga o que vai ser preciso para que me entregue ela. Viva.

— Não posso fazer isso ainda. Você tem razão, não quero desistir de Sloan. Só consegui comê-la uma vez. Ela me deve uma ou duas boas fodas.

Asa estala o pescoço. Percebo que ele está se concentrando cada vez mais em mim e menos em Ryan. Eu o provoco mais um pouco, torcendo para dizer algo que faça com que ele perca o que sobrou da sua concentração.

— Quer saber como foi a primeira vez em que a comi ou não? Última chance.

Asa balança a cabeça.

— Eu gostaria que você me devolvesse Sloan para que possamos seguir com nossa vida.

— Você estava desmaiado na sua cama. — Consigo sentir as lágrimas de Sloan, e meu coração já está arrependido de cada segundo em que a coloco nesta situação, mas não tenho escolha. — Ela tinha acabado de descobrir que eu era um agente disfarçado e fiquei tenso de que ela fosse contar para você. Mas eu devia saber. Em vez de ir correndo te salvar, ela se entregou a mim no banco de trás do meu carro.

O rosto de Asa fica pálido. Forço um sorriso.

— Ela adorou Asa. Adorou saber que eu estava ali para acabar com você.

Faço Sloan dar um passo à frente, chegando um pouquinho mais perto de Asa, cutucando um pouco mais a ferida.

— Como isso faz você se sentir? Saber que ela ficou mais excitada ao saber que eu era um policial disfarçado para desmascarar você do que quando achava que eu era só mais um dos seus traficantes?

Asa está inflando as narinas de raiva. Ele encara Sloan, cheio de ódio nos olhos.

— Isso é verdade, gata?

Sloan tem razão. Ela é a única coisa que pode acabar com ele. Só espero que se lembre disso agora. Vejo seu peito subir e descer com força, de medo, mas ela enfim fala em um sussurro:

— É verdade, Asa. E foi o melhor orgasmo da minha *vida*.

Por uma fração de segundo, consigo ver as palavras de Sloan estraçalharem o coração de Asa. Rasgarem toda a alma dele ao meio. Ele relaxa a testa e solta o ar depressa, recusando-se a acreditar nas palavras que ela acabou de dizer.

Aquela fração de segundo é tudo o que levo para apontar a arma na direção dele. Aperto o gatilho, atingindo o braço de Asa que segura a arma. Assim que a bala o atinge, Ryan se solta e pega a arma dele, atirando uma vez em cada perna de Asa para se certificar de que ele não vai sair do lugar.

Sloan me abraça, um dos meus braços apertando-a com força enquanto o outro está apontado para a cabeça de Asa. Meu dedo está no gatilho, e preciso de todas as minhas forças para não atirar. Para não acabar com a porra da vida imprestável dele para sempre.

Ryan percebe minha vontade pela expressão em meu rosto.

— Não faz isso, Luke.

Asa cai no chão e Ryan se joga em cima dele, algemando os braços dele às costas.

— Cadê a Tillie? — exige Ryan.

Asa o encara. Ele tem três ferimentos de bala no corpo — nenhum necessariamente grave —, mas seu rosto está solene, como se nem sequer sentisse dor física.

— E eu sei lá, caralho.

Ryan se abaixa e dá uma coronhada no rosto de Asa. Sangue espirra na parede. Ele pega o telefone de Asa do bolso e diz:

— Você vai ligar para eles e cancelar! Agora mesmo! Vai libertar Tillie e minha irmã, seu monte de merda!

Asa o encara, gargalhando.

— Sua irmã foi pura sorte. Eu a encontrei na internet. Procurei o endereço. Nem tenho ninguém na casa dela, seu otário. Aquela foto que mostrei foi tirada ontem à noite.

Ryan o encara de um jeito longo e duro. Ele pega o próprio telefone e liga para um número.

— Você está bem?

Ele para e então pergunta:

— Tillie, você está bem, porra? Não é uma piada! Onde você está?

Ryan fecha os olhos, e depois de um segundo bate novamente a arma na cabeça de Asa.

— Seu merda patético!

Ele desliga o telefone e liga para a irmã.

— Oi. Estou mandando a polícia até sua casa. Não se desespere, só preciso ter certeza de que você está bem.

Quando Ryan desliga o telefone de novo, ele diz:

— Sinto muito, Luke. Eu não tinha como saber se ele estava mentindo ou não. Eu não podia arriscar.

— Eu teria feito o mesmo.

Ryan verifica se as algemas de Asa estão realmente presas na grade da lareira e então anda até a porta.

— Vou ligar para a delegacia e mandar buscarem esse coitado de merda. Vou subir com eles. Fique com a arma apontada para Asa até chegarmos.

Assim que a porta bate, puxo Sloan para mim, apertando-a e abraçando-a com força. Odeio que ela tenha precisado passar por tudo aquilo para chegarmos até aqui. Deve perceber como me sinto pela maneira como a estou segurando nos braços, porque beija meu pescoço.

— Está tudo bem. Eu sei que você estava fazendo o que era preciso — ela me tranquiliza.

— Sai de perto dela — grunhe Asa.

Olhamos para ele. Está algemado à grade, com a calça jeans coberta do sangue que escorre das suas pernas. Mas ele ainda não parece se importar de ter levado três tiros. Está encarando Sloan com ódio. Eu a seguro com mais firmeza para que ela se sinta protegida. Só consigo pensar nela e em como estou aliviado por este merda estar indo definitivamente para a cadeia agora.

Sloan vai se sentir mais segura, *mas ainda não vai se sentir vingada.*

CINQUENTA

ASA

Filho da puta idiota. As mãos dele alisam Sloan, a boca no cabelo dela. Meu estômago parece estar sendo golpeado por um machado. Toda vez que ele toca nela, sinto gosto de vômito.

— Tira as mãos dela — exijo.

Sloan me encara. Anda casualmente até a porta e a tranca, então volta para Luke e apoia as costas no peito dele. Põe os braços dele ao redor da sua cintura.

— Não quero que ele tire as mãos de mim — diz ela.

Está ficando difícil pra caralho controlar minha respiração. Sloan está agindo como se realmente *amasse* o cara. Nunca odiei tanto alguém. Se eu tivesse que começar a frequentar a igreja só para acreditar num inferno onde Luke pudesse apodrecer, eu não faltaria a porra de uma missa.

Os olhos de Luke estão fixos nos meus, e ele beija novamente o cabelo dela. Sinto ânsia de vômito.

— Sloan — digo com a voz desesperada. — Gata, *para*. Não deixa ele tocar você assim, você não gosta.

Estou puxando meu punho com tanta força, tentando quebrar esta porra de grade, que as algemas cortam minha pele e eu começo a sangrar.

Ela joga a cabeça para trás até apoiá-la no ombro de Luke, mas continua me olhando de cima.

— Eu odeio você.

Balanço a cabeça.

— Para, Sloan. Não fala assim comigo, gata. Você não está falando sério.

— Toda vez que penso na minha primeira vez com você, eu vomito. Minha garganta arde pra caralho toda vez que penso em como você tirou algo tão especial de mim e tratou como se fosse seu para fazer o que quisesse.

Isso é culpa do Luke. Ele fez uma lavagem cerebral nela para que ela acreditasse que não me ama.

Sinto uma coisa no rosto. Uma merda molhada. São lágrimas. Vou matar esse filho da mãe tão devagar que ele vai me implorar para acabar logo.

— Eu odeio você, Asa. Odeio você pra caralho. Quando você transava comigo, eu chorava. Quando você vinha para a cama à noite, eu rezava para que não tocasse em mim. Quando você me beijava, eu me perguntava se o gosto da morte era melhor que o seu.

Ela aperta a mão de Luke como se estivesse agradecendo a ele. Ou talvez dizendo sem palavras que o ama. O que ele fez com ela? Sloan olha por cima do ombro para ele, em busca de apoio.

Não consigo respirar.

Meu peito dói.

Ela abraça o pescoço de Luke.

— Eu te amo — mente ela.

Bato a cabeça na grade ao escutar aquelas palavras de Sloan, direcionadas a alguém que não sou eu.

— Também te amo, gata — responde ele, e Sloan morde o ombro de Luke.

Bato a cabeça de novo.

E de novo.

— Vou te amar para sempre, Luke. *Só* você — diz ela, arrancando meu coração do peito.

Quero morrer.
Quero morrer agora.
— Me mata — sussurro. — Me mata logo, porra.
Escuto sirenes.
Puta que pariu! A última coisa que quero é viver com estas cenas na cabeça dentro da porra de uma prisão.
— Vadia filha da puta — murmuro, mas então grito: — Sua vadia filha da puta! Me mata logo!
Sloan beija Luke mais uma vez, e então se vira e anda na minha direção. Ela se inclina. Eu esticaria o braço e a estrangularia, mas acho que perdi sangue demais para mexê-lo agora.
— Ninguém vai matar você, Asa. Pelo resto da sua vida, toda vez que você fechar os olhos naquela cela, quero que imagine a vida que vou estar vivendo com Luke. Quero que me imagine transando com Luke. Casando com Luke. Tendo os filhos de Luke.
Sloan se aproxima mais até eu sentir o cheiro dele. Está sussurrando quando me olha com frieza e diz:
— E todo ano, no dia vinte de abril, minha linda família vai celebrar seu aniversário com um grande, enorme e delicioso bolo de coco, seu canalha patético da porra.
Luke destranca a porta segundos antes de ela ser empurrada.
Armas são sacadas.
Apontadas para mim.
Mas tudo o que vejo é Sloan.
A vadia está sorrindo, porra, e ela é tudo o que vejo.

CINQUENTA E UM

LUKE

Destranco a porta do nosso apartamento e espero Sloan destravar os ferrolhos.

Todos os cinco.

Odeio ter que ser paranoico. Odeio ligar para ela de hora em hora só para perguntar se está tudo bem, mesmo sabendo que está sendo vigiada por um segurança que fica estacionado do outro lado da rua o dia inteiro, sete dias por semana. Odeio sermos forçados a nos esconder, mesmo com Asa sendo monitorado em prisão domiciliar até o julgamento, que vai, sem dúvida, colocá-lo atrás das grades por um tempo.

Não sei como os últimos dois meses afetaram Sloan. Tentei convencê-la a ir a um terapeuta, mas ela insiste que está bem. Ou diz que *vai* estar, depois que Asa for para trás das grades.

Não existe nenhum jeito de alguém tirar uma tornozeleira eletrônica sem a polícia saber, então isso é uma pequena garantia que temos. Se Asa fizer alguma burrice e resolver sair de casa, vamos saber em noventa segundos. Mas não é com Asa que estou preocupado, é com as pessoas que trabalhariam para ele.

O sistema judiciário deste país é uma merda, para dizer o mínimo. Parece que é Sloan quem está sendo punida, simplesmente porque pessoas como Asa são consideradas inocentes até que se prove o contrário num tribunal de justiça. Fico repetindo para mim mesmo que temos sorte por ele ter sido colocado em prisão domiciliar. O juiz poderia ter permitido que ele saísse sob fiança e ficasse em liberdade até o julgamento.

Pelo menos tivemos isso a nosso favor.
Não estava tão ruim até alguns dias atrás, porque ele vinha se recuperando dos ferimentos à bala no hospital. Mas agora que sabemos que Asa está bem e em casa, com os visitantes livres para entrar e sair o quanto quiserem, não nos sentimos mais tão seguros. Ontem instalei mais quatro ferrolhos na porta por precaução.

Estamos a duas horas dele e ninguém de fora do departamento sabe onde estamos. Levo mais de uma hora todo dia para dirigir de volta para casa porque faço vários desvios no caminho, só para ter certeza de que não estou sendo seguido. É exaustivo. Mas vou fazer o que for preciso para manter Sloan em segurança, exceto passar pela porta de Asa e colocar uma bala na testa dele.

Escuto os ferrolhos sendo destrancados. Assim que Sloan começa a abrir, entro depressa e logo fecho a porta. Sloan sorri e fica na ponta dos pés para me beijar. Abraço sua cintura e beijo-a de volta ao girar para alcançar os ferrolhos e trancá-los. Tento não deixar o movimento muito evidente, porque, quanto mais eu me preocupo, mais *ela* se preocupa.

Sloan se afasta enquanto estou trancando o último. Vejo a preocupação no rosto dela, então tento fazê-la pensar em outro assunto.

— O cheiro está bom — digo, olhando para a cozinha. — O que está fazendo?

Sloan é uma cozinheira incrível. Melhor até do que minha mãe, mas nunca vou confessar isso a ela.

Sloan sorri e pega minha mão, me puxando até a cozinha.

— Para ser sincera, eu não sei. É sopa, mas misturei tudo que parecia combinar. — Ela levanta a tampa e enfia uma colher na panela, levando-a até minha boca. — Prova.

Eu tomo a sopa.

— Puta merda. Está deliciosa.

Sloan sorri e tampa a panela de volta.

— Quero deixar cozinhando mais um pouco, então você ainda não pode comer.

Tiro as chaves e o celular do bolso e os largo na bancada. Então pego Sloan nos braços.

— Posso esperar — digo, levando-a até o quarto. Eu a coloco cuidadosamente na cama e engatinho por cima dela. — Você teve um bom dia? — pergunto, dando um beijo no seu pescoço.

Ela confirma com a cabeça.

— Tive uma ideia hoje. Mas pode ser boba, não sei.

Eu me deito de lado e olho para ela.

— Qual?

Coloco a mão em sua barriga e levanto um pouco a camisa para tocar sua pele. Não me canso dela. Não me lembro de nenhuma vez na vida ter estado com uma garota que eu não conseguisse parar de tocar. Mesmo quando só estamos deitados aqui tendo uma simples conversa, percorro os dedos pela barriga ou pelos braços dela, ou toco nos seus lábios. Sloan parece gostar, porque também faz isso comigo e eu *definitivamente* não me importo.

— Você sabe que eu sei cozinhar praticamente qualquer coisa, né?

Confirmo com a cabeça. Ela sabe mesmo.

— Pensei em juntar algumas das minhas melhores receitas e fazer um livro.

— Sloan, é uma ótima ideia.

Ela balança a cabeça.

— Ainda não terminei. — Ela se apoia nos cotovelos. — Existe um monte de livros de receitas no mercado, então quero algo que se destaque. Quero algo diferente dos outros. Por isso pensei em mencionar que aprendi a cozinhar tão bem porque fui praticamente forçada por Asa a cozinhar toda noite. Imaginei um título engraçado, do tipo "Receitas que aprendi a fazer enquanto morava com meu ex-namorado idiota e controlador". Eu poderia doar metade do lucro das vendas para vítimas de violência doméstica.

Sinceramente não sei o que pensar. Parte de mim quer rir, porque ela tem razão, um título como esse chamaria atenção de um jeito estranho. Mas parte de mim não gosta de Asa ser o motivo para ela cozinhar tão bem. Porque ele era controlador e não dava escolha a Sloan. Isso me lembra da primeira vez em que a levei para almoçar e ela agiu como se nunca tivesse ido a um restaurante.

— Você achou uma bobagem — diz ela, finalmente se deitando de volta no travesseiro.

Balanço a cabeça.

— Não, Sloan. Não achei. — Seguro seu rosto com a mão para forçá-la a olhar para mim. — É um título chamativo. Faria as pessoas olharem duas vezes, com certeza. Mas eu odeio que seja tão... *realista*. Para mim seria engraçado se fosse uma piada, mas não é. É realmente o motivo para você cozinhar tão bem, e eu odeio pra caralho aquele filho da puta.

Ela força um sorriso.

— Graças a você, minha vida não é mais assim.

Constantemente preciso lembrá-la de que não a salvei.

— Graças a *você* sua vida não é mais assim.

Ela sorri de novo, mas, desde que entrei em casa, seus sorrisos parecem forçados. Tem algo maior a incomodando e não sei o que é. Pode ser só o estresse de ficar trancada num apartamento o dia todo.

— Você está bem, Sloan?

Ela espera tempo demais para assentir, o que me faz ter certeza de que não está.

— O que foi?

Sloan se senta na cama e começa a se levantar.

— Estou bem, Luke. Preciso mexer a sopa.

Seguro o braço dela para impedi-la. Sloan fica na beira da cama, mas não se vira para me olhar.

— Sloan.

Ela suspira com força. Solto seu braço e me junto a ela na beira da cama.

— Sloan, ele não pode sair de casa, se é isso que está preocupando você. Vamos descobrir se ele tentar. Para não mencionar o segurança lá fora. Você está segura.

Sloan balança a cabeça, deixando nítido que não é por isso que está chateada. Ela não está chorando, mas noto pelo ligeiro tremor em seu lábio que está prestes a começar.

— É seu irmão? Podemos visitá-lo neste fim de semana. Vamos com escolta para ter certeza de que estamos seguros, e ele ainda tem seguranças do lado de fora do quarto.

Ponho uma mecha de cabelo para trás da sua orelha, querendo que saiba que estou aqui. Que está segura. Que seu irmão está seguro.

Sloan baixa ainda mais a cabeça e começa a se curvar, agarrando os próprios braços com as mãos.

— Acho que estou grávida.

≈

Ela não quis ficar no banheiro enquanto esperávamos os dois minutos pelo resultado. Fiquei lá dentro, encarando a pia. Esperando.

Assim que Sloan me contou sua suspeita, parecia que eu havia falhado com ela. Como se tudo o que eu houvesse feito para protegê-la tivesse sido à toa. Ela ficou sentada na cama, com lágrimas escorrendo pelas bochechas, a cabeça baixa e a voz quase um sussurro, e não havia nada que eu pudesse dizer para acabar com o medo dela. Não podia dizer para não se preocupar, porque isso definitivamente é um motivo para se preocupar. Sabemos fazer as contas. Ela esteve com Asa e eu nos últimos dois meses. As chances de o bebê ser meu são menores do que de ser dele; então, se eu dissesse que Sloan não precisa se preocupar, estaria mentindo.

A última coisa de que Sloan precisa agora é o estresse de carregar um pedaço daquele homem dentro dela. Algo que a ligaria a ele pelo resto da vida. A última coisa de que precisa é do estresse de cuidar de um bebê, não importa de *quem* seja o filho. Os próximos meses são cruciais para a segurança dela. Sloan vai ficar trancada neste apartamento, esperando o julgamento de Asa. Sem falar que, quando o julgamento começar — se estiver grávida —, vai ter que testemunhar perto de dar à luz.

Inspiro devagar e olho para o resultado do teste. É do tipo que não mostra uma linha. Mostra as palavras "negativo" ou "positivo". Fui à farmácia assim que ela me contou. A última coisa que quero é que Sloan fique em dúvida. Quanto mais cedo souber, mais depressa pode decidir o que fazer.

Eu espero, passando as mãos pelo cabelo, andando de um lado para o outro naquele banheiro apertado. Estou olhando para o outro lado quando o despertador do telefone toca, indicando que o tempo de espera acabou.

Expiro para me acalmar. Quando me viro e leio a palavra *positivo*, cerro os punhos, pronto para socar a parede. A porta. Qualquer coisa. Em vez disso, dou um soco no ar e xingo baixinho, porque sei que vou ter que sair daqui e destruir o coração daquela garota.

Não sei se consigo.

Considero ficar aqui por mais alguns minutos, só até a raiva passar. Mas sei que Sloan está lá fora, com medo e provavelmente ainda mais nervosa do que eu. Abro a porta, mas ela não está no quarto. Vou até a sala e a vejo na cozinha, mexendo a sopa novamente. Já está cozinhando há mais de uma hora, então sei que está só passando o tempo. Ela me escuta, porém não se vira para me olhar. Entro na cozinha, e Sloan ainda não ergue a cabeça. Continua mexendo a sopa, à espera da notícia.

Não consigo. Abro a boca três vezes, mas não consigo achar as merdas das palavras. Agarro a nuca e observo Sloan por um instante, à espera de que ela olhe para mim. Quando continua se recusando a me olhar e eu sigo sem conseguir falar, diminuo a distância entre nós. Eu a abraço por trás e a puxo para meu peito. Ela para de mexer a sopa e agarra meus braços. Sinto todo o seu corpo começar a tremer enquanto ela soluça baixinho. Meu silêncio é a confirmação de que ela precisava. Tudo o que posso fazer é abraçá-la com força e beijar seu cabelo.

— Eu te amo, Sloan — sussurro.

Ela se vira, afunda o rosto no meu peito e chora. Fecho os olhos e a abraço.

Não é assim que devia ser. Não é *assim* que alguém devia se sentir ao descobrir que vai ser mãe. E me sinto parcialmente responsável por sua tristeza.

Sei que vamos ter tempo para conversar sobre isso tudo, mais tarde. Vamos ter tempo para discutir todas as opções, mas neste momento foco apenas em Sloan, porque nem faço ideia de como deve estar sendo absurdamente difícil para ela.

— Sinto muito, Luke — diz ela no meu peito.

Eu a abraço mais forte, confuso com seu pedido de desculpas.

— Por que está dizendo isso? Você não tem pelo que se desculpar.

Ela ergue a cabeça, balançando-a, sem olhar para mim.

— Você não precisa se estressar com isso. Está fazendo o possível para nos manter em segurança e agora acabei de piorar tudo. — Ela se afasta de mim e pega a maldita colher para voltar a mexer a sopa. — Não vou fazer você passar por isso. Não vou fazer você me ver grávida de um bebê que nem sabe se é seu ou não. Não é justo com você. — Ela larga a colher e pega um guardanapo, secando as pálpebras. Depois se vira e olha para mim, com uma expressão de completa vergonha. — Sinto muito. Eu posso... — Ela engole em seco, como se as palavras seguintes fossem difíceis demais para dizer em voz alta. — Posso ligar amanhã para ver o que preciso fazer... para abortar.

Fico apenas olhando para ela, tentando absorver tudo aquilo. Ela está pedindo desculpas para *mim*?

Acha que sou *eu* quem vai se estressar com isso?

Dou um passo à frente e deslizo as mãos pelo cabelo dela, levantando seu olhar para o meu. Mais uma lágrima escorre pelo seu rosto, então a seco com o polegar.

— Se tivéssemos como descobrir que esse bebê é meu, você gostaria de tê-lo?

Ela se encolhe e depois dá de ombros. Então assente.

— Óbvio que sim, Luke. O momento é péssimo, mas não é culpa do bebê.

Por mais que eu queira abraçá-la de novo agora, continuo segurando seu rosto.

— E se você tivesse certeza de que o bebê é de Asa, gostaria de tê-lo?

Ela não responde por um tempo. Mas então balança a cabeça.

— Eu não faria isso com você, Luke. Não seria justo.

— Não estou falando de *mim* — digo, com a voz firme. — Estou falando de *você*. Se você soubesse que essa criança é do Asa, gostaria de tê-la?

Mais uma lágrima escorre por sua bochecha.

— É um bebê, Luke — diz ela baixinho. — Um bebê inocente. Mas como disse, eu não faria isso com você.

Puxo-a para mim, beijo a lateral da sua cabeça e a abraço por alguns instantes. Quando encontro as palavras que quero dizer, me afasto e a forço a olhar para mim de novo.

— Estou apaixonado por você, Sloan. *Loucamente* apaixonado. E esse bebê crescendo dentro da sua barriga é *metade* você. Sabe como eu me sentiria sortudo se você me deixasse amar algo que é um pedaço de você? — Levo a mão até sua barriga e a deixo ali. — Este bebê é meu, Sloan. É seu. É nosso. E se você decidir criá-lo, então vou ser o melhor pai do mundo. Eu prometo.

Ela leva as mãos ao rosto e começa a chorar. Chora mais do que já a vi chorar em qualquer situação. Eu a pego no colo e a levo para o quarto, deitando-a na cama. Puxo-a para perto de mim e espero suas lágrimas diminuírem. Depois de um tempo, o quarto fica em silêncio outra vez.

Ela está deitada com a cabeça no meu peito, o braço em volta de mim.

— Luke? — Ela levanta a cabeça e olha para mim. — Você é o melhor ser humano que existe. E eu amo tanto, *tanto* você.

Eu beijo uma vez. Duas vezes. Então vou até sua barriga, levanto sua camisa e beijo sua pele. E sorrio, porque ela está me dando uma coisa que eu nunca nem soube que queria. E por mais que eu torça para que o bebê seja meu e não de Asa, pelo bem de Sloan, realmente não importa. Não vai importar, porque o bebê é parte da pessoa que amo mais que tudo. Não sou muito sortudo?

Escorrego até ficar bem perto dela e beijo sua bochecha. Ela não está mais chorando. Afasto as mechas de cabelo grudadas na sua testa.

— Sloan, você sabia que colunas de concreto se dissolvem em donuts toda vez que um relógio cai da cabeça de uma tartaruga?

Ela solta uma risada.

— Bem, uma vitória não é uma vitória se o quarto vazio fica cheio de meias sujas quando o panetone de Natal fica velho.

Nosso bebê vai ter os pais mais estranhos do planeta.

CINQUENTA E DOIS
ASA

Recentemente foi noticiado o caso de um cara qualquer que estuprou uma garota. Ele pegou alguns meses de cadeia porque era branco, ou porque era condecorado, ou um pouco dos dois.

O país inteiro surtou com o caso. Todo mundo só comentava a sentença leniente que ele recebeu. Isso inundou os noticiários durante semanas. Não sei todos os detalhes da história, mas não é como se o cara fosse um estuprador em série. Tenho certeza de que foi seu primeiro ou segundo crime, mas todo mundo agiu como se ele fosse o filho da puta do Hitler.

Não que o idiota de merda não merecesse o tempo que pegou de cadeia, ou até uma sentença mais longa. Não estou defendendo ninguém. Só estou meio irritado por meu caso não ter recebido nem um maldito segundo de cobertura nos noticiários nacionais. Eu *assassinei* a porra de um cara e não fui punido. Comandei o maior esquema de tráfico em campi desde a *invenção* das faculdades e não fui punido. Mesmo depois de ter ficado com uma arma apontada para Ryan, o juiz me deixou aguardar o julgamento em liberdade.

Prisão domiciliar. Por seis gloriosos meses.

É uma piada. Os Estados Unidos e os hipócritas racistas de merda que o governam são uma piada, e caras como eu só se beneficiam. Eu teria vergonha deste país se não o amasse tanto pela falta de repercussão.

E já que estamos falando de caras brancos fazendo sexo não consensual com meninas sem ter repercussão... eu não tenho dedos suficientes nas mãos para contar quantas vezes estive dentro de uma garota sem permissão. Caramba, nem consigo contar quantas vezes estive dentro de Jess sem que ela quisesse. Sinceramente, é o único motivo pelo qual eu me dava o trabalho com ela. Eu gostava de como Jess me odiava.

Não entendo como consegui me safar dessa merda toda sem ninguém criar caso. Sou mais bonito que a maioria dos caras que recebe cobertura nacional da mídia. Também não sou um covarde... o que a maioria deles parece ser. Qual é a desses feios e covardes ganhando tanto tempo assim na TV?

É porque não venho de família rica?

Deve ser. Cresci órfão com pais de merda. A mídia sabe que as pessoas não engolem histórias como a minha, simplesmente porque não tenho pais ricos e privilegiados ao meu lado me apoiando.

Tinha que ser. Minha grande chance de notoriedade, e meus pais continuam estragando as coisas para mim.

Paul, meu advogado babaca, diz que é bom a mídia ter preferido não divulgar minha história. Que quando a imprensa se mete na merda, de alguma forma distorcem tudo, e o juiz se sente mais inclinado a dar uma sentença mais rígida. *Para fazer de você um exemplo.* Faz sentido, eu acho, mas não sei se Paul compreende o efeito que causo nas pessoas. Sou carismático pra cacete. A mídia me amaria. E Sloan seria forçada a acompanhar a história porque estaria em todos os canais de notícias toda vez que ligasse a TV.

Merda, fiz de novo. Deixei pensamentos sobre ela entrarem na minha cabeça. Tenho tentado escutar meu psiquiatra... tentado não pensar nela. Toda vez que penso em Sloan, eu me sinto como um velho obeso com colesterol alto, morrendo de ataque cardíaco. É como se alguém estivesse esmagando meu coração, como meus joelhos tocando o chão.

Engasgo com nervosismo ao lembrar o que ela fez comigo.

Minha Sloan.

É tudo culpa minha. Eu devia saber que não podia amar alguma coisa tanto quanto a amava. Mas não consegui me segurar. Foi como se ela tivesse sido feita para mim. Como se tivesse vindo para a Terra com o intuito de compensar toda a merda que aturei durante a infância. Por um tempo, achei que ela era o pedido de desculpas de Deus para mim. Como se Ele a tivesse feito descer do céu e dito: "Aqui, Asa. Criei esse raio de luz para compensar toda a escuridão que seus pais jogaram na sua vida. Ela é meu presente para você, filho. Com ela, sua dor vai desaparecer."

E desapareceu. Por mais de dois anos eu tive meu paraíso toda vez que queria. Sloan era como Eva antes que a porra da serpente a corrompesse. Era doce e inocente. Imaculada. Meu anjinho particular em forma humana.

Até Luke.

Luke é como o Satã para minha Eva. A serpente. Tentando-a com sua maçã, introduzindo-a no pecado. Corrompendo-a.

Quando penso em Sloan — o que acontece a cada segundo de cada dia de merda —, penso na Sloan antes de Luke. Na Sloan que amei. Na Sloan que se acendia como uma árvore de Natal toda vez que eu dava o mínimo de atenção a ela. Na Sloan que fazia bolo de coco e espaguete com almôndegas para mim só porque sabia que me faria sorrir. Na Sloan que dormia na minha cama toda noite, esperando que eu a acordasse fazendo amor com ela. Na Sloan que expressava seu amor por mim cuidando da minha casa como fazem as mulheres boas. Mulheres que não são putas. Eu adorava pra caralho vê-la limpar tudo. Ela nunca reclamava de todos aqueles porcos que não respeitavam minha casa. Simplesmente limpava a bagunça deles, porque sabia que eu amava uma casa apresentável.

Sinto saudade dela. Sinto saudade do quanto costumava me amar. Sinto falta de quando era inocente... meu anjo... meu pedido de desculpas de Deus.

Mas agora, depois de ter caído na conversa daquela maldita serpente, quero que ela morra. Quero que os dois morram. Se Sloan morrer, não preciso pensar em como ela não é mais a mesma pessoa por quem me apaixonei. Se ela morrer, não vou precisar imaginar os sons que ela faz ao ser comida por Luke. Se ela morrer, vou conseguir superar o ódio que sinto pela versão pós-*Luke* de Sloan que tomou conta de todas as partes dela que um dia eu amei.

Já me perguntei se, caso eu mate Luke — se ele estiver fora da jogada —, ela poderia voltar a ser a Sloan que sei que ainda existe. Às vezes penso em dar uma última chance a ela. Talvez se eu matasse Luke primeiro e desse tempo para ela se reajustar comigo, eu poderia aprender a amá-la do mesmo jeito que a amava.

Mas isso é uma ilusão. Ele esteve dentro dela. Não só do corpo, mas da cabeça. Luke a fez pensar que ele é melhor que eu, que pode oferecer mais que eu. Não sei bem se quero perdoá-la por ser burra pra caralho assim.

O brilho dela se apagou. Sloan se tornou um brinquedo chato. Usado por muitas crianças.

É uma pena.

Mas não vai demorar. Já descobri o ponto fraco dos dois. É só uma questão de como.

Eu me deito de volta no sofá e fecho os olhos. Enfio as mãos dentro da cueca, me perguntando quando vou parar de ter que pensar em Sloan para gozar. Mesmo a odiando tanto, ela é a única coisa em que penso que me deixa de pau duro.

Penso na Sloan de antes do Luke. Penso na primeira noite que a beijei, naquele beco. Penso no fato de os meus lábios terem sido os primeiros a tocar os dela. Penso em como ela era intocada e inocente. No jeito que ficou fascinada por mim. No jeito como ela me olhava, como se nunca conseguisse se cansar. Como se eu fosse Deus em pessoa.

Sinto falta da Sloan por quem me apaixonei.
Bem na hora em que estou ficando duro, alguém bate à porta.
— Porra.
Resmungo e tiro as mãos de dentro da calça. Esse cara tem o pior timing do mundo. Eu me levanto, imaginando se algum dia o peso da tornozeleira não vai ser tão estranho assim. Já estou quase enlouquecendo. Não vejo a hora de dar início ao meu plano genial.

Confiro o olho mágico e destranco a porta para deixar Anthony entrar. Ele já sabe que não deve falar muita coisa em voz alta. Não sou idiota, sei que aqueles filhos da puta provavelmente colocaram escutas na minha casa.

— Oi, cara — digo, pegando a mochila dele.
— Oi — responde ele, olhando ao redor feito um paranoico de merda. — Achei o bolo de coco que você estava querendo.

Bolo de coco é um código para computador. *Padaria* é um código para Sloan.

Eu me recuso a usar um dos dois computadores que ficaram na minha casa. Quando a promotoria está tentando ganhar um caso contra alguém, não deixam os computadores da pessoa intocados na casa, mas os confiscam. O fato de ambos os meus computadores ainda estarem aqui prova que querem que eu pesquise coisas, porque estão me vigiando.

Só para irritá-los, passei a usar o computador todo dia para pesquisar coisas do tipo *Como encontrar a redenção através de Jesus Cristo*.

Até clico em *podcasts* religiosos e deixo-os tocando para acharem que realmente estou mudando para melhor. Porra, fui tão longe que até criei uma conta no Pinterest. Isso aí. *Asa Jackson tem uma conta no Pinterest.* Salvei receitas e frases motivacionais durante três horas seguidas só para confundi-los.

Que mundo ridículo do caralho.

Eu me sento na mesa de jantar e abro a mochila. Demorei um mês para finalmente achar um cara que não fosse me dedurar. Tenho informações demais sobre ele. O sujeito pegaria prisão perpétua se me dedurasse. Além disso, Anthony é desesperado por dinheiro fácil e provavelmente concordaria em matar Sloan e Luke por menos do que paguei por esse laptop. O único problema dele é que demorou tempo pra cacete para localizar aqueles dois. Mas deu um jeito de achar um cara que encontrou o endereço. Não fiz muitas perguntas, porque, quanto menos eu souber sobre os métodos dele, melhor, caso isso volte para me atormentar. Mas tenho quase certeza de que tem algum filho da puta corrupto no departamento de Luke que abriu a boca por ainda menos do que Anthony cobra de mim.

Esse é o problema dos seres humanos. *Todos* nós fazemos coisas desprezíveis por dinheiro.

— Achou a padaria? — pergunto.

Ele assente.

Puta merda.

Ele achou a porra da padaria.

— Fui lá e vi com meus próprios olhos. — Ele dá um sorrisinho. — Você estava certo. É uma padaria boa pra caralho.

Ignoro a sensação de que meu intestino está entalado na minha garganta por ele estar me dizendo que viu Sloan, e foco no fato de que ele acabou de dizer que ela é gostosa. *Quem esse filho da puta acha que é?*

— O que há de tão especial nessa padaria, aliás? — pergunta ele, recostando-se na cadeira.

O cara quer saber por que dei de lambuja dez mil por um computador e o endereço dela. Mais cinco mil foram prometidos se ele conseguisse imagens das câmeras de segurança, provando que ela realmente está morando no tal endereço.

— É uma padaria única, Anthony — explico, tirando o laptop da mochila. Anthony escreveu todas as instruções sobre como acessar as imagens que conseguiu para mim. Na mochila há também um aparelho de wi-fi cadastrado no nome dele para não o rastrearem até mim. — E os cupcakes da padaria? Você trouxe?

Cupcakes é o código para as gravações. Parecemos dois idiotas com essa conversa toda sobre doces, e é por isso que mudo tudo sempre que ele vem. Semana passada eram séries de TV.

Ele sorri de novo.

— Sim, estão na sacola — responde, tirando mais folhas de papel da mochila.

Ele desdobra uma e aponta para um e-mail e uma senha, indicando onde vou encontrar as gravações.

Minha pulsação está acelerada e tento manter a calma, mas pelo jeito meu coração está numa rodinha punk.

Quero que Anthony dê o fora logo para que eu possa assistir à gravação. Preciso ver isso. Faz três meses que pus os olhos nela pela última vez. Preciso vê-la, porra.

Eu me levanto e atravesso o corredor para pegar o dinheiro que devo a ele. Eu o jogo sobre a mesa e aponto para a porta para ele saber que não é mais necessário hoje. Anthony enfia o envelope no bolso de trás da calça.

— Precisa de mais alguma coisa? Posso passar aqui amanhã.

Balanço a cabeça.

— Não. Eu te aviso quando o bolo tiver acabado.

Ele sorri e vai até a porta.

Instalo o wi-fi e entro na conta. Há um e-mail com os links para o Dropbox. É de Anthony.

Gravei umas oito horas ontem e editei para a parte da aparição do casal. Consegui uns minutos de um cara indo

embora e voltando. Na metade da filmagem, vai ver a garota saindo para jogar o lixo fora. O final da filmagem mostra os dois. Vou gravar mais na próxima semana. Se quiser, podemos instalar uma live *que você possa acessar deste computador. Leva dois segundos.*
É só me avisar.

Respondo o e-mail antes mesmo de baixar a gravação.

Óbvio que quero a live, porra. Por que só está me contando que dá para fazer isso agora?

Clico em enviar e depois faço o download do arquivo. Demora quase cinco minutos para baixar o vídeo do Dropbox. Quando termina, eu me levanto e tranco a porta. Não quero que ninguém me interrompa.

Também preparo alguma coisa para beber porque minha boca está seca. Sinto vontade de vomitar só de pensar em vê-la pela primeira vez em três meses.

Eu me sento de volta e aperto o play. O vídeo tem treze minutos de duração. Três minutos são apenas Anthony mirando a câmera para a porta do apartamento deles. O ângulo é de cima, como se estivesse filmando do segundo andar do prédio.

Eu sabia que, seja lá onde Luke e Sloan estivessem ficando, ele estaria paranoico. Provavelmente contratou um segurança para garantir que ninguém está vigiando o apartamento enquanto não está lá. Fiz Anthony alugar um apartamento com vista para a porta deles para que pudesse conseguir boas imagens sem ficar tão evidente, o que aconteceria se estivesse sentado num carro estacionado ali perto.

Na marca de três minutos e trinta e um segundos, a porta do apartamento se abre. Luke sai, olha para a esquerda e depois para a direita. Gosto que ele esteja paranoico. Gosto do fato de que, toda vez que abre a porta do apartamento, está pensando em mim. Perguntando-se se estou por perto, pronto para me vingar.

O filme é interrompido e então recomeça.

E é quando vejo. A porta da frente volta a se abrir.

Vejo seu braço quando ela tira do apartamento um saco de lixo e o deixa ao lado da porta. Mal tenho um vislumbre dos seus cabelos quando ela bate a porta de volta. Parecia que estava tentando se esconder. Como se tivesse medo de estar sendo vigiada. Está com medo de ficar lá sozinha.

O filho da puta do *Luke* a deixa sozinha, provavelmente durante várias horas por dia. Não dou a mínima se ele precisa trabalhar para pagar as contas. Se eu estivesse com Sloan, iria até o inferno para achar um jeito de protegê-la. Se eu soubesse que havia um cara por aí que representasse perigo para ela, nunca a perderia de vista.

Essa é minha primeira pista de que ele não a ama como eu amo.

Como eu *amava*.

Não a amo mais.

Ou amo?

Merda.

Volto a filmagem mais de vinte vezes, observando aquele braço deixar o lixo do lado de fora. Vendo o cabelo voando pelos seus ombros quando ela bate a porta. Meu coração se acelera toda vez que a vejo e para toda vez que a porta se fecha.

Puta merda. Eu amo. *Eu ainda amo Sloan.*

Eu a amo pra caralho e está me matando saber que ela está sozinha naquele apartamento, com medo demais até para abrir completamente a porta. Aquele filho da mãe idiota deixa minha Sloan sozinha e assustada enquanto eu fico trancado nesta casa idiota de merda sem poder protegê-la, graças a ele.

— Estou vendo você, gata — sussurro para a tela do computador. — Não precisa ter medo.

Depois de mais alguns replays, finalmente deixo o vídeo avançar. Pula para algumas horas mais tarde. O carro de Luke para na frente do prédio. Ele sai e abre o porta-malas. Então começa a pegar as compras.

Que bonitinho. O filho da puta foi ao mercado para sua familiazinha de mentira.

Ele leva tudo até a porta e usa sua chave para destrancá-la. Tenta empurrar, mas ainda está trancada por dentro.

Garota esperta. Nunca confie numa fechadura só.

Sloan abre a porta para deixá-lo entrar. Luke desaparece lá dentro e Sloan sai e anda — *não, ela sai praticamente saltitando* — até o carro. Está sorrindo. Pega mais sacolas de compras no porta-malas enquanto Luke volta a sair de casa, levantando as mãos. Parece que está pedindo para ela parar, avisando que vai pegar as compras. Aponta para ela, na direção da sua barriga, e diz alguma coisa que a faz rir. Sloan põe as mãos na barriga e, nesse momento, eu consigo ver.

Vejo aquela *porra*.

Congelo a imagem.

Encaro as mãos dela alisando a barriga. Olho para o sorriso no seu rosto enquanto ela encara as próprias mãos. Quase não dá para notar por baixo da camiseta. Quase.

— Puta merda.

Estou paralisado. Contando dias, meses, tentando entender.

— Puta merda.

Não sei muito sobre o ciclo da vida. A única vez que engravidei uma garota, eu a forcei a fazer um aborto porque ela não era Sloan. Mas se tem uma coisa da qual tenho certeza... é que levam pelo menos alguns meses para alguém do tamanho de Sloan começar a exibir uma barriga.

Alguns meses atrás... era *eu* dentro dela. Era *eu* fazendo amor com ela à noite.

Luke transou com ela *uma vez* durante aquele tempo todo.

Eu a comia todos os dias.

— Puta merda — repito mais uma vez.

Não consigo evitar. Abro um sorriso enorme. Eu me levanto, precisando de um momento para respirar. Para me recompor. Pela primeira vez na vida, me sinto prestes a desmaiar.

— Puta merda — digo mais uma vez, encarando o laptop, a tela pausada na minha Sloan. — Vou ser pai.

Eu me sento novamente e passo os dedos pelo cabelo. Encaro a tela por tanto tempo que ela começa a ficar desfocada.

Estou chorando, porra?

Esfrego os olhos e não dá outra, estou com lágrimas nas mãos.

Não consigo parar de sorrir. Dou zoom na barriga dela e toco na tela. Ponho a mão bem em cima das dela, em cima da sua barriga.

— Papai te ama — sussurro para nosso bebê. — Papai está indo te buscar.

Espero que a criança seja esperta que nem eu. Não sei se herdei minha inteligência da minha mãe ou do meu pai, porque, se quer saber minha opinião, os dois são uns babacas ignorantes que de algum jeito conseguiram fazer só uma coisa direito nos anos que passaram nesta Terra: me conceber.

Não conheci meus avós, mas às vezes gosto de imaginar que meu avô por parte de pai, *que sua alma descanse em paz*, era como eu. Dizem que certas coisas pulam gerações, então provavelmente eu pareço muito mais com ele. Ajo muito como ele. E, como eu, ele deve estar desapontado pra caralho pelo seu filho — *meu pai* — ter virado um tremendo otário.

Mas é possível que ele tenha orgulho de mim, e deve ser um dos poucos humanos que, mortos ou vivos, entendem que sou a porra de um *gênio*.

Vou explicar.

Tornozeleiras eletrônicas. São impossíveis de vencer. Se você tenta cortá-las, é pego de imediato. Os sensores de fibra óptica dentro enviam um sinal assim que alguém interfere nelas, e a polícia aparece na sua porta em segundos.

A bateria não pode acabar, senão a polícia é notificada. Não dá para simplesmente tirá-la pelo pé, porque pés não se dobram como pulsos e Deus não levou tornozeleiras eletrônicas em consideração quando criou o esqueleto humano, *aquele canalha egoísta.* Você não pode sair do perímetro ao qual está confinado, senão a polícia é notificada. Caramba, você não pode nem ficar bêbado. A maioria delas vem com sensores que testam periodicamente os níveis de álcool na sua pele. Não que eu fique chateado com isso. Nunca fui de precisar de álcool. Gosto de beber, mas posso ficar sem. A não ser que você seja um nerd da tecnologia que saiba mais que os nerds que inventaram a porra da tornozeleira eletrônica, não tem como se livrar de uma sem colocar a polícia imediatamente no seu encalço.

O que é uma droga, porque, conhecendo Luke, ele mesmo a instalou para ser avisado assim que eu sair de casa ou mexer no dispositivo. Não tenho como ir daqui até a casa deles sem dar tempo de sobra de avisar aos dois. E, sim, eu poderia mandar alguém ao apartamento deles para fazer o trabalho por mim, mas aí qual seria a graça? Qual seria a graça de ver uma bala parar o coração de Luke se eu não estiver na frente dele, sentindo o cheiro da pólvora? Qual seria a graça de fazer Sloan perceber que fez uma escolha de vida patética se não sou eu provando as lágrimas que ela vai derramar enquanto implora por misericórdia?

Mas o lado bom é que sou bom em planejar. Planejo tudo. Imagino todos os cenários possíveis e penso em todas as soluções antes que os eventos realmente aconteçam. Porque sou a porra de um gênio. *Assim como o bom e velho vovô.*

Eu me lembro de que uma vez, quando eu era criança, achei que fosse morrer. Havia entrado de fininho no quarto da minha mãe e roubado alguns comprimidos. Porra, eu era tão pequeno que ainda nem sabia ler. Não tinha a mínima ideia do que eu estava tomando, só sabia que queria sentir o que ela sentia. Queria saber qual era a sensação que ela amava mais do que ao próprio filho.

Acordei algumas horas depois de tomá-los e meus tornozelos pareciam bolas de beisebol. Minhas pernas estavam inchadas. Na época achei que era porque estava morrendo e meu sangue estava se concentrando nos meus pés. Mas agora sei que foi por causa do remédio. Antidepressivos e analgésicos bloqueiam os canais de cálcio. Todos causam edema severo, o que estava acontecendo comigo. Mas na época não sabia.

O frouxo do Paul me disse que havia uma chance de eu pegar prisão domiciliar enquanto aguardava o julgamento. A maioria dos réus na minha situação receberia uma oferta de fiança qualquer para andar livremente por aí, mas, com meu histórico, ele tinha quase certeza de que eu ficaria confinado em casa até darem o veredito no julgamento. É uma das poucas coisas pelas quais sou grato ao frouxo do Paul. Pelo aviso com antecedência. Isso me deu uma semana inteira para comprar e consumir o máximo desses comprimidos para garantir uns bons cinco centímetros a mais em cada tornozelo. Não foi difícil, considerando que eu já estava num hospital graças aos dois babacas que acharam que seria uma boa ideia *atirar* em mim. Cretinos.

Desde que a tornozeleira eletrônica foi colocada, precisei continuar tomando os remédios para que o oficial da condicional não suspeitasse de nada durante as visitas de acompanhamento. Aquele idiota nunca nem sequer desconfiou de que meus tornozelos e minhas canelas estavam do tamanho de troncos de árvore. O nome dele é Stewart. *Quem na vida real se chama Stewart?* Ele só acha que eu tenho "ossos largos". A cada visita, eu me divirto com a burrice dele. Também meio que gosto do cara, porque ele se sente mal por mim. Acha que sou um cara legal porque rio das piadas ridículas dele e converso sobre Jesus. Stewart ama Jesus pra caralho. Até pedi para Anthony me trazer um crucifixo. Antes da visita de Stewart hoje de manhã, eu o pendurei na parede da sala, acima da TV de tela plana diante da qual passo horas e horas vendo filmes pornô. Que ironia, não? Quando Stewart viu Jesus na cruz, fez algum comentário. Falei que era do meu avô. Disse que ele havia sido pastor da Igreja Batista e que me ajuda ter aquele objeto e saber que vovô está olhando por mim.

É mentira, óbvio. Duvido que meu avô tenha pisado alguma vez numa igreja. E se ele realmente teve um crucifixo, devia usar para bater nas pessoas.

Mas Stewart curtiu aquilo. Disse que tem um quase idêntico, mas não tão grande. Também verificou minha tornozeleira, disse que estava tudo ótimo e que me veria em uma semana. Ofereci uma fatia de bolo de coco antes de ele ir embora.

Agora estou aqui, olhando para o frasco de hidroclorotiazida nas minhas mãos. Preciso ser cauteloso com ela, porque tomar demais poderia baixar minha pressão. Mas preciso tomar o bastante para me livrar do edema. O bastante para criar um espaço grande entre o dispositivo de monitoramento e meu tornozelo, e conseguir colocá-lo e tirá-lo do punho de Anthony.

É aí que entra minha genialidade. Se uma pessoa pudesse de fato tirar uma tornozeleira eletrônica sem interferir nas fibras ópticas, as chances de alguém descobrir seriam bem pequenas. As tornozeleiras são monitoradas periodicamente ao longo do dia. Programadas com temporizadores e essas merdas. Então a mudança do meu pé para o punho de Anthony vai passar despercebida, desde que o equipamento em si não seja danificado. Eles acham que as tornozeleiras são à prova de fraudes porque pessoas de inteligência média não conseguem tirá-las.

São os gênios como eu que deviam preocupá-los. Agora só preciso acreditar que Anthony não vai sair da porra da minha casa nem beber até eu dizer a ele que acabou. Então vou colocar a tornozeleira de volta e vai parecer que nunca saí de casa.

Enquanto isso, ainda tenho que bolar mais alguns planos. Abro o pote e engulo quatro cápsulas do remédio. Pego o laptop e começo a procurar por obstetras ao mesmo tempo que dou telefonemas durante duas horas seguidas. Quando finalmente descubro a qual Sloan está indo, já mijei quatro vezes. A tornozeleira já está começando a parecer mais larga. Eu achava que ia demorar alguns dias, mas pode ser que funcione já amanhã de manhã.

A pessoa que atende o telefone me deixa esperando enquanto procura o arquivo que presumo ser um acordo de confidencialidade.

— Senhor? — chama ela.

— Oi.

— Qual é seu nome mesmo?

— Luke. Sou o pai.

Rá! Eu rio internamente por todas as piadas de Star Wars *que aquele babaca deve ter aturado a vida toda.*

— Pode confirmar seu endereço e sua data de nascimento?

Confirmo as duas coisas. Porque sei as duas. Porque sou um *gênio*. Assim que minha "identidade" é confirmada, ela pergunta:

— E o que estava querendo saber?

— A data prevista de nascimento. Estou fazendo um vídeo para anunciar a gravidez para nossa família e não quero perguntar a Sloan porque ela vai ficar brava por eu ter esquecido. Então eu esperava que você me desse a informação só para ela não me colocar para dormir no sofá.

A mulher ri. *Ela gosta que eu seja um homem tão amoroso e carinhoso, animado com o nascimento do meu filho.*

— Parece que a concepção foi em março. A data prevista é... no dia do Natal! Não sei como você se esqueceu disso, papai — diz ela com uma risada.

Rio também.

— Isso mesmo. No Natal. Nosso próprio milagrezinho. Obrigado por verificar.

— Sem problemas!

Desligo o telefone e consulto um calendário. Sloan ainda estava morando comigo em março.

Mas Luke também estava por perto em março. *Pra caralho.*

Não sei quando a lavagem cerebral começou, ou quando ela se entregou para aquele otário. Mas meu corpo todo se enrijece ao pensar. Não acredito que ele transou com Sloan. *Minha Sloan.*

Não acredito que ela *deixou*. Não faço ideia se os dois usaram camisinha.

Eu me levanto, morrendo de raiva novamente. Pego a cadeira na qual estava sentado e a jogo pela sala, vendo-a se estilhaçar ao bater na porta. Corro pelo cômodo e arranco a porra do crucifixo da parede. Eu o bato na TV, quebrando a tela.

Isso foi bom. Sloan estava comigo quando comprei a TV. Foi bom quebrar aquela porra. Procuro mais alguma coisa para quebrar. Um espelho. Corro até ele e o atinjo com o crucifixo três vezes, até o vidro estar em pedacinhos no chão.

Segurando o crucifixo, ando pelo corredor até o banheiro. Eu me olho no espelho, me perguntando se o bebê dentro dela é meu. Saber que existe uma chance de ele nascer parecido com Luke já me faz odiá-lo. Bato o crucifixo repetidas vezes no espelho.

Piranha maldita!

Subo a escada e faço o mesmo com o espelho do segundo andar.

Nem quero essa porra de bebê. Está dentro dela desde março, e não tenho como saber quantas vezes Luke a fodeu desde então. Mesmo se for *meu* bebê, ele já o arruinou. Com certeza fetos têm ouvidos, e, toda vez que Luke fala perto de Sloan, o bebê deve achar que a porra da voz nojenta de Luke é a voz do seu pai.

Enquanto meu bebê estiver crescendo dentro de Sloan, Luke não vai estar por perto para corromper meu filho.

Entro em cada cômodo para pegar mais coisas para meu pequeno Jesus na cruz destruir. Lâmpadas? Estilhaçadas. Vasos? Quebrados. Jesus na cruz está numa missão.

Maldita piranha.

Maldito bebê.

Maldito *Luke*.

Cada maldita coisa boa que tive na vida foi destruída por aquele homem. Meu império. O amor da minha vida. Meu possível filho. Tudo que já significou alguma coisa para mim agora não significa absolutamente nada por causa dele.

Assim que volto para a cozinha, abro o pote e engulo mais um comprimido. Quanto mais cedo eu conseguir tirar a tornozeleira, mais cedo vou poder destruir o que Luke está corrompendo aos poucos.

Vou ser pai quando estiver pronto para ser pai, e vou ser pai de uma criança que não tem uma única maldita parte daquele monte de merda patético.

Aquela coisa crescendo dentro de Sloan não foi feita de amor. Mesmo se for minha, não foi criada de forma inocente. Ela estava permitindo que outro homem a corrompesse enquanto eu fazia amor com ela à noite. Se eu soubesse disso, meu pau nunca teria entrado nela. Eu teria acabado com a raça dela antes que tomasse todas as decisões estúpidas que tomou. Sloan não teria a porra de um útero capaz de gerar uma vida se eu soubesse o que andava fazendo pelas minhas costas.

Agora preciso dar um fim nisso. Olho para o protetor de tela do meu laptop. É um print do momento em que Sloan pôs as mãos na barriga e sorriu para a porra daquela abominação. Pego uma nova cadeira e me sento para mudar a proteção de tela. Encontro uma foto de quando Sloan ainda era doce. Configuro como meu papel de parede e fico olhando para aquela imagem, me perguntando como ela deixou aquilo acontecer. Como a puta ainda tem a audácia de sorrir se nem ao menos sabe de quem é o bebê dentro dela?

— Puta de merda. — Olho para o crucifixo na minha mão. — Jesus na cruz, quer dar um passeiozinho de carro comigo amanhã? Conheço uma garota com sérios pecados para confessar.

CINQUENTA E TRÊS

SLOAN

Nas últimas duas semanas, preparei e fotografei vinte e sete refeições. Talvez seja porque estou tentando não pensar no fato de que não posso sair do apartamento, mas a ideia do livro de receitas é a única coisa na minha cabeça.

Quando não estou pensando na gravidez, lógico. O que é um segundo sim, um não.

Não sei o que eu faria sem Luke. Parte de mim acha que ele é bom demais para ser verdade. Que homens como ele não existem e que isso é alguma ilusão minha. Vivo num medo constante de ele só ter sido trazido para minha vida para eu ter que passar pela dor de perdê-lo. Odeio esses pensamentos e tento impedi-los, mas não adianta. São constantes. Tenho mais medo de perdê-lo do que tenho da morte.

Mas toda tarde, quando Luke chega em casa, me abraça e pergunta como "nós" estamos, reforça completamente a ideia de que o bebê é dele. Não importa quem seja o responsável biológico pela concepção, Luke o ama porque está dentro de mim. Isso basta para ele. E, de algum jeito, ele me faz acreditar que basta para mim. Quando estou com Luke, sinto amor-próprio. Sinto todas as coisas que Asa arrancou de mim.

Não sei se sou boa em perdoar como Luke parece ser. Ele não me fez sentir vergonha nem por um segundo. E continua me relembrando de como tem sorte, mesmo eu sabendo que é o contrário. Luke sempre redireciona meus pensamentos quando começo a me preocupar com a possibilidade de Asa descobrir sobre a gravidez, ou quando me preocupo com o julgamento que está por vir. Mas quando ele não está aqui, tipo agora, a única coisa capaz de mudar meus pensamentos é o livro de receitas.

Esta noite estou fazendo lasanha. Não estou me prendendo a determinado tipo de comida. Estou incluindo todas as minhas favoritas. Até mesmo algumas das preferidas de Asa, como aquela merda de bolo de coco. Gosto de pensar que as receitas favoritas dele vão fazer parte de um livro que vai contra tudo o que ele é como pessoa. Sinto como se fosse uma pequena vingança. Dois dólares da venda de cada livro ajudarão mulheres que sofreram nas mãos de homens como Asa.

Então, sim, estou incluindo a porra do bolo de coco idiota, o espaguete com almôndega ridículo e até o shake de proteína ridículo pelo qual ele me acordava para preparar de madrugada. Por mais que eu tenha odiado todas as vezes que ele exigiu que eu cozinhasse, pelo menos algo de bom vai vir disso. Meu livro de receitas é como um enorme dedo do meio para Asa Jackson.

É uma boa ideia, na verdade. Acho que vou incorporar uma pequena ilustração de dedo do meio em todas as páginas. Um emoji fofinho de dedo do meio.

Quando termino de colocar em camadas a massa e o molho, ajeito a assadeira para fotografar mais. Depois de algumas fotos, ponho a assadeira no forno.

— Que cheiro bom é este?

Agarro a bancada ao ouvir a voz dele.

Bem atrás de mim.

Não. *Não, não, não.*

Não é possível. A porta está trancada. Todas as janelas estão trancadas por dentro. *Estou sonhando, estou sonhando, estou sonhando.*

Sinto que deslizo devagar até o chão da cozinha, pois meus joelhos começam a falhar. Estou entrando em choque. Estou sentindo, estou sentindo, *não, não, não.*

Estou no chão. Passo os dedos pelo cabelo e tapo os ouvidos com as mãos trêmulas. Tento encobrir o som da voz dele. Se eu não escutar, ele não está aqui. Ele não está aqui. *Não está aqui.*

— Meu Deus, Sloan. — Ele está mais próximo agora. — Achei que ficaria um pouco mais animada por me ver.

Fecho os olhos com força, mas ouço ele se sentando na bancada ao meu lado. Abro os olhos e vejo os pés de Asa balançando perto do chão, as pernas bem na minha frente. Ele não está de tornozeleira e quer que eu veja isso. Sei como funciona sua mente doentia.

Como isso pode estar acontecendo?

Cadê meu celular?

Estou enjoada. Eu me forço a respirar para não desmaiar de tanto medo.

— Lasanha, hein? — Ele joga alguma coisa na bancada. — Nunca gostei muito da sua lasanha. Você sempre colocou molho de tomate demais.

Estou chorando. Eu me arrasto para longe, sem encontrar forças para me levantar. Continuo me arrastando, sabendo que não vou chegar a lugar algum, mas esperando que de alguma forma consiga.

— Aonde você está indo, gata?

Tento me levantar, mas, assim que começo, ele pula da bancada e me segura por trás.

— Vamos ter uma conversinha — diz ele, me levantando com facilidade do chão.

Grito de medo e ele de imediato tapa minha boca com a mão.

— Vou precisar que fique quietinha enquanto a gente bate um papo.

Asa me carrega pela sala até chegar ao meu quarto.

Ainda não olhei para ele.

Não vou olhar.

Eu me recuso a olhar.

Luke. Por favor, Luke. Venha para casa, venha para casa, venha para casa.

Asa me joga na cama e imediatamente começo a engatinhar para o outro lado, mas ele agarra meu tornozelo e me puxa de volta. Estou de bruços. Tento chutar a mão dele. Agarro um cobertor, um travesseiro, qualquer coisa que minhas mãos consigam tocar, mas minha força não é suficiente para me defender. No que parece ser em câmera lenta, ele me vira de costas e prende minhas mãos com os joelhos enquanto se senta em cima de mim, pressionando minha barriga. E então percebo que ele sabe. Não é algo que eu consiga esconder a esta altura.

Por isso Asa está aqui.

Sinto os dedos deles nas minhas pálpebras, me forçando a abri-las. Quando olho para o rosto dele, está sorrindo.

— Oi, linda. É falta de educação não olhar alguém nos olhos quando a pessoa está tentando ter uma conversa séria.

Ele é louco. E não há nada que eu possa fazer para me proteger. Nada que eu possa fazer para proteger meu bebê.

Apesar de Asa estar me prendendo na cama, à sua mercê, de algum jeito tenho pensamentos lúcidos. Neste instante, neste segundo, estou me perguntando como minha vida pode significar tanto para mim. Como a ideia de morrer me dá tanto medo, sendo que apenas alguns meses atrás eu sinceramente não estaria nem aí. Eu costumava rezar para Asa me matar logo e acabar com meu sofrimento. Mas era quando eu não tinha pelo que viver.

Agora tenho tudo pelo que viver.

Tudo.

As lágrimas escorrem dos meus olhos até chegarem ao meu cabelo. Ele as observa descendo pelo meu rosto e se inclina para mim, colando sua bochecha na minha. Asa aproxima a boca da minha têmpora e sinto sua língua lamber algumas lágrimas. Quando ele afasta a cabeça, seu sorriso sumiu.

— Achei que o gosto delas seria diferente — sussurra ele.

Começo a chorar até soluçar. Minha pulsação está tão acelerada que parece ser uma batida só. Ou talvez todos os batimentos tenham parado. Fecho os olhos novamente.

— Acabe logo com isso, Asa. Por favor.

Um pouco da pressão em cima de mim diminui, como se ele estivesse se ajeitando. Então o sinto levantar minha blusa e colocar a mão na minha barriga.

— Parabéns. É meu? — pergunta ele.

Mantenho os olhos fechados e me recuso a responder. Asa passa vários segundos passando a mão na minha barriga. Sinto-o se aproximar outra vez, sua boca chegando perto do meu ouvido.

— Está se perguntando como eu entrei no seu apartamento?

Eu estava, mas agora estou me perguntando como posso arrancá-lo daqui.

— Lembra que hoje de manhã seu bom amigo Luke deixou o cara da manutenção entrar para trocar o filtro do ar-condicionado?

O cara da manutenção? O quê?! Não, isso é impossível. Luke pediu para ver o RG dele. Verificou a identidade com o gerente. Conhecemos todo mundo que mora aqui, e aquele homem trabalha no prédio há mais de dois anos.

— Ele me fez um pequeno favor e destrancou a janela enquanto Luke estava de costas. Sabe por quanto? Dois mil. Sem perguntar nada. Sabia que você estava aqui, sabia que estava grávida e sabia que eu tinha planejado alguma coisa terrível porque por qual outro motivo eu pagaria dois mil dólares para ele destrancar uma janela? Nem se *importou*, Sloan. Dois mil era tudo o que ele queria e deu o fora, sem fazer nenhuma pergunta.

Estou enojada.
Enojada.
Seres humanos são horríveis.

Se aquele homem soubesse do que Asa é capaz, nunca teria feito aquilo. Nunca teria destrancado a janela. Provavelmente achou que Asa queria entrar para roubar a TV.

Eu poderia estar chorando ainda mais agora, decepcionada porque a humanidade não consegue ter o mínimo de moral.

— Seu amiguinho de vigia lá fora nem me viu, porque infelizmente Luke acha que você não vale a grana para contratar vigilância para cada ponto de entrada deste apartamento. Ele acha mesmo que sou tão burro a ponto de tentar entrar pela porra da porta da frente?

Quanto mais Asa fala, menos escuto. De algum jeito, meu medo está me anestesiando. Não sinto mais meu corpo. Não sinto Asa em cima de mim. Não consigo escutar minha própria voz ao repetir "Não" sem parar.

Lentamente paro de sentir, apenas para me proteger.

CINQUENTA E QUATRO

ASA

Dessa vez foi diferente.

Continuo ofegante, me recuperando do momento não planejado entre nós dois. Caio em cima dela.

Era melhor quando eu sabia que era o único que tinha estado dentro de Sloan. Ter certeza de que Luke sabe como é ser parte de Sloan me fez ter vontade de pôr as mãos em volta do pescoço dela e apertar até arrancar as duas vidas de dentro do seu corpo. Acho que teria feito isso se Sloan tivesse revidado, mas não foi o que aconteceu.

Ela sente minha falta. Qualquer outra mulher no mundo teria feito de tudo para me tirar de cima, mas não Sloan. Ela sabe aonde pertence. Embaixo de mim. Em volta de mim.

Eu me deito ao seu lado e me apoio no cotovelo. Ela continua de olhos fechados.

Odeio o fato de que ela é tão bonita quanto era quando inocente. O mesmo cabelo escuro e brilhante, longo o suficiente para cobrir os seios. Os mesmos lábios doces e macios que costumavam pertencer só a mim e ao meu corpo. Deslizo o dedo até sua barriga, pelo pequeno montinho. Suspiro ao olhar para ela. Sinto saudades pra caralho. Odeio Sloan pra caralho, mas sinto sua falta.

— Olha para mim, Sloan.

Ela obedece devagar. Sloan abre os olhos repletos de lágrimas e inclina a cabeça para me olhar nos olhos.

— Sinto sua falta, gata. — Esfrego a mão na sua barriga enquanto falo. Tento falar com delicadeza. Talvez se Sloan se lembrasse de como éramos bons juntos, possamos voltar a ter aquilo. — Sabe como está solitário lá na nossa casa, Sloan? É solitário sem você lá. Estou *odiando*.

Ela fecha os olhos de novo.

Beijo suavemente sua boca.

— Achei que eu tinha superado você — digo, pensando em ontem, na crise de fúria que tive com o Jesus na cruz. — Eu odiei você, Sloan. Mas não gosto de odiar você, gata.

Ela inspira demoradamente, e nossas bocas estão tão perto que ela rouba um pouco do meu ar. Dou mais a ela. Pressiono minha boca na sua e a beijo, preenchendo-a com minha língua. Ela se recusa a me beijar de volta.

— Sloan — sussurro, deslizando os lábios pelos dela. — Gata, preciso que você me beije de volta. Preciso saber se ainda significo alguma coisa para você.

Continuo paciente, tocando-a, observando-a. Ela finalmente abre os olhos.

E então ela lembra. Levanta a cabeça, abrindo os lábios para mim.

Ela se lembra do quanto fiz por ela.

Ela se lembra de como eu a amei. Como a amei *profundamente*. Quando sua língua desliza pela minha, sinto vontade de chorar pra cacete.

— Gata, senti tanta saudade — repito.

Mas então me calo, porque ela está me beijando como costumava me beijar antes de ter sido corrompida. Está me beijando como me beijou naquela primeira noite no beco, quando minha boca foi a primeira a beijá-la.

Ela está se movendo, levantando os braços, acariciando meu pescoço. Eu precisava tanto disso. Valeu a pena o risco de tirar a tornozeleira eletrônica. Valeu *muito* a pena. Sei que vim aqui com outras intenções, mas porque eu estava com raiva. Luke me faz sentir tanto ódio, que confundi o que eu sinto por ele com o que sinto por Sloan. Achei que ela era má, mas não é.

Ela é uma vítima.

É simplesmente a vítima de Luke, e só precisava que eu a lembrasse de como é diferente ser abraçada por mim. Precisava me sentir dentro dela para lembrar que está sofrendo uma lavagem cerebral. Mas ela não me esqueceu.

Ela se lembra.

— Asa — sussurra ela, cheia de desejo. — Asa, sinto muito.

Eu me afasto, chocado por conseguir falar alguma coisa quando preciso tanto dela que mal consigo respirar.

— Tudo bem — digo, afastando os fios de cabelo grudados na sua testa. — Tudo bem. Vamos superar isso. Ele fez você me odiar, e por um momento fez eu te odiar também. Mas nós não somos assim, Sloan. Você não me odeia.

Ela nega com a cabeça.

— Não, Asa. Eu não odeio você.

Vejo a culpa estampada no seu rosto. Sinto o arrependimento nas suas palavras e nas lágrimas que ainda estão caindo.

Sloan força um sorriso, mas é difícil para ela porque isso está muito intenso. Estar com ela assim, sentindo o quanto ela sente a minha falta. É a sensação mais intensa que eu já tive. Quase faz os últimos meses terem valido a pena.

Isso é o paraíso. *Esse* é o pedido de desculpas de Deus.

— Eu te perdoo — sussurro.

Mas não sei se estou perdoando Sloan ou Deus. Talvez eu esteja perdoando os dois, porque isso vale todo o perdão do mundo. Fazer as pazes com ela é tão incrível que eu poderia até considerar perdoar Luke.

Ok, isso não é verdade. Nunca vou perdoar aquele merda ambulante. Mas vou me preocupar com ele mais tarde. Neste momento, estou preocupado com o amor da minha vida.

— Não me deixe de novo, Sloan — peço baixinho, segurando-a junto a mim. Sou incapaz de descrever a sensação. Achei que a amava antes, mas não se compara a este momento, à intensidade correndo por minhas veias. Meu coração bate por ela. Ela é o motivo pelo qual meu coração bate para começo de conversa, e não sei se eu havia percebido isso antes. — Nunca mais ouse me deixar. Se quebrar sua promessa, não sei se vou conseguir perdoar você como perdoei agora.

Talvez isso pareça diferente porque amo mais do que só Sloan agora. Amo o que está crescendo na sua barriga. Ela está carregando nosso bebê, o que significa que agora há mais para amar. Tem Sloan e tem o pequeno pedaço de céu que fizemos juntos crescendo dentro dela. E *foda-se* Luke. Ele não seria capaz de criar uma vida que vai nascer na porra do *dia* de Natal.

Sei que fiz este bebê com ela porque não me sentiria assim se a criança fosse de Luke. Esta sensação é Deus me deixando ciente de que parte de mim está dentro de Sloan, e que preciso fazer o possível para proteger os dois de Luke.

Ajeito a posição para encostar a bochecha na barriga de Sloan. Coloco a palma da mão aberta sobre sua pele e fecho os olhos com força, mas ainda assim as lágrimas vêm. Não acredito que estou chorando agora. *Mas que merda é essa?* Descobrir que é pai imediatamente transforma homens em mariquinhas?

Eu a aperto com força e beijo meu bebê. Beijo repetidas vezes. Sua barriga é tão linda, e sei que a vida que fizemos juntos vai ser tão linda quanto Sloan. Ela passa os dedos pelo meu cabelo.

— Você vai ser papai, Asa.

Essas palavras ficam tatuadas na minha alma. Eu rio e continuo com a porra do choro, e logo fico em cima dela de novo, beijando-a. Não consigo me satisfazer.

— Você é tão linda, gata. Tão linda. Se eu soubesse como ficaria linda grávida, teria mexido no seu anticoncepcional antes.

Sinto-a ficar paralisada por um segundo e isso me faz rir. Afasto a cabeça e olho de cima para Sloan, que abre um sorriso meio amarelo.

— O quê? — pergunta ela. Sua voz falha um pouco.

Eu rio e a beijo de novo.

— Não pode ficar brava comigo, Sloan. — Ponho a mão na sua barriga outra vez e olho para ela. — Fiz isso por nós dois. Para você não me deixar. — Por algum motivo, ela está chorando. Mas também estou. São lágrimas boas. — Passamos pelo inferno, mas olha só para a gente. Vamos ter um bebê. — Eu a beijo. Mantenho os lábios apertados de leve nos dela. — Você não vai me deixar de novo, Sloan. Não com meu bebê dentro de você. Certo?

Ela nega com a cabeça.

— Não vou, Asa. Prometo. Nunca vou deixar você.

— Fala de novo.

— Nunca vou deixar você.

— De novo.

— Eu prometo. Nunca vou deixar você.

CINQUENTA E CINCO
SLOAN

Houve um momento. Foi uma fração de segundo, quase rápida demais para notar. Foi bem quando Asa me olhou de cima, implorando para eu beijá-lo de volta. Foi um momento de desespero. *E tirei vantagem dele.*

Digo o que ele precisa ouvir. Toco-o como ele precisa ser tocado. Faço os sons que me treinei para fazer para ele. Falo as mentiras que me treinei para falar.

Fingi estar apaixonada por ele durante dois anos. *O que é mais um dia? Vou lutar contra Asa com a única arma que é mais forte do que ele. Vou lutar contra ele com amor.*

Repito as palavras mais uma vez:

— Eu prometo que nunca vou deixar você, Asa.

Isso parece confortá-lo, mas não quero que ele se sinta confortável neste quarto a ponto de achar que pode se forçar novamente para cima de mim. Preciso distraí-lo com conversa, então digo:

— E agora? — Acaricio gentilmente seu rosto com os dedos, que de algum jeito pararam de tremer. — Como saímos desta confusão? Não posso perder você de novo.

Ele pega minha mão e a beija.

— Nós nos vestimos e saímos pela porta, Sloan. Simples assim. E depois vamos para algum lugar... qualquer lugar. Vamos para bem longe daqui.

Concordo com a cabeça, absorvendo tudo que ele acabou de dizer.

Asa pode ser burro como uma porta, mas também pode ser uma das pessoas mais espertas que já conheci. Sempre tentei estar um passo à frente dele. Desta vez não é diferente. Cada movimento que faz de agora em diante é um teste. Examino minuciosamente suas palavras e as reviro na mente.

Ele sabe que não podemos sair pela porta. Sabe sobre a vigilância. Por isso entrou pela janela. Está testando minha lealdade.

Balanço a cabeça.

— Asa, você não pode sair pela porta da frente — digo, me forçando a parecer preocupada. — Luke colocou gente me vigiando. Se a pessoa lá fora vir você comigo, vai ligar para ele.

Asa sorri.

Era um teste.

Ele se aproxima e beija minha testa.

— Vamos sair pela janela, então.

— Preciso arrumar minhas coisas primeiro.

Começo a me levantar, mas ele me puxa de volta.

— Eu arrumo para você. Não saia da porra da cama.

Ele se levanta e olha ao redor do quarto. Noto as veias no seu pescoço saltarem quando ele vê os pertences de Luke. Tento distraí-lo da própria raiva.

— Tem uma mala na última prateleira do closet.

Aponto para o closet e vejo os olhos dele examinando a distância da cama até a sala. Ele anda até lá e bate a porta ao passar. Sua maneira de me avisar que é bom eu nem tentar fugir.

Presto atenção na minha postura na cama e percebo que pareço pronta para me levantar num pulo a qualquer momento. Não estou sendo convincente o bastante.

Eu me deito de volta no travesseiro e tento parecer relaxada. Ele sai do closet e me olha, sorrindo. Gostou de eu não ter tentado fugir. Está baixando a guarda.

— Linda pra caralho, amor — diz ele, jogando a mala na cama. — O que quer que eu coloque?

Ele dá uma olhada no quarto. Seus olhos se fixam na cômoda, na foto de Luke comigo. Mandei imprimir uma semana atrás e coloquei num porta-retratos. Asa engole em seco.

— Me dá um segundo — diz ele, andando na direção da porta do quarto.

— Aonde você está indo? — pergunto, me sentando na cama. Ele abre a porta e vai para a sala.

— Deixei o Jesus na cruz perto da janela. Preciso d'Ele.

Mas que porra é essa?

Asa volta antes que eu consiga processar o que falou, e está segurando alguma coisa.

— Isso é um crucifixo?

Mas o que significa isso?

Ele sorri e assente, então ergue o crucifixo acima da cabeça e o desce novamente, bem em cima da fotografia emoldurada na cômoda. Eu me encolho com o primeiro golpe, mas ele bate a cruz no porta-retratos repetidas vezes, até deixá-lo em uma dúzia de pedacinhos.

Estou *apavorada*. Mas me forço a rir. Não sei como. Cada parte de mim quer gritar de pavor, mas sei que é a última coisa que preciso fazer. Estou interpretando um papel, e minha personagem precisa rir para Asa, porque ele tem que saber que não sinto nada por aquela foto.

Asa olha para mim e admira meu sorriso novamente. Ele sorri de orelha a orelha, então aponto para a mesinha de cabeceira.

— Tem uma ali também.

Ele vê o outro porta-retratos e atravessa o quarto. Balança o crucifixo como se fosse um bastão, derrubando a foto e jogando-a na parede. Mesmo sabendo que ele ia fazer aquilo, estremeço. Eu me encolho ao notar quanto ódio ele sente por Luke.

Durante todo o tempo, estava rezando em silêncio para Luke milagrosamente voltar para casa mais cedo. Mas agora estou rezando para ele não aparecer, porque não sei se algum homem derrotaria a pessoa que Asa é neste momento. Está completamente irracional. Sem nenhum pingo de compaixão, de empatia. Está delirando. É perigoso. E prefiro tirá-lo deste apartamento e ser forçada a acompanhá-lo a estar com ele aqui quando Luke voltar para casa.

Asa olha mais uma vez ao redor do quarto. Como não vê mais nada que o deixe furioso, joga o crucifixo na cama.

— Que horas o Luke chega?

Ele sabe que horas Luke chega em casa.

Eu poderia mentir e dizer que ele pode chegar a qualquer momento, mas, se Asa descobriu nosso endereço, então é provável que saiba cada passo nosso. Luke chega às seis todo dia.

— Às seis — respondo.

Asa assente, tira o celular do bolso e confere a hora.

— Vai ser uma longa espera. O que quer fazer durante as próximas horas?

Espera aí... O quê?

— Vamos *esperar* ele chegar?

Asa se senta na cama ao meu lado.

— Claro que vamos, Sloan. Não vim até aqui para pegar minha mulher de volta e não me vingar do canalha que a roubou de mim.

De algum jeito, ele consegue dizer aquilo com um sorriso no rosto.

Mais uma vez reprimo o medo.

— Podemos comer a lasanha. Se eu não tirar do forno nos próximos dois minutos, vai ficar intragável.

Asa se inclina para mim e dá um beijo na minha boca, fazendo um estalo alto.

— Que ideia genial, gata. — Ele desce da cama e me pega no colo. — Estou faminto.

Ele larga minha mão e vai até o banheiro. Deixa a porta aberta e me observa o tempo todo em que está de pé em frente ao vaso sanitário. Visto a roupa de volta, tentando impedir que minhas mãos tremam de forma muito evidente. Ele dá descarga e volta para o quarto, andando até a sala.

— Eu estava brincando mais cedo — comenta ele. — Não odeio sua lasanha. Eu me sinto muito mal por ter dito aquilo, mas eu estava muito chateado com você.

— Eu sei, querido. Sempre falamos coisas que não queremos de verdade quando estamos com raiva.

Entro na cozinha. A lasanha ficou no forno por muito mais tempo do que eu pretendia, mas acho que ainda não queimou. Só não vai render fotos muito bonitas para o livro de receitas.

Rio ao pensar nisso.

Sério? Minha vida está pela porra de um fio e estou pensando num livro de receitas idiota?

Quando entro na cozinha, Asa não está muito atrás. Tenho certeza de que está no meu pé porque ainda não se convenceu de que não estou indo pegar uma faca. Ele é esperto, porque, se não estivesse um passo atrás de mim, é o que eu provavelmente ia fazer. Pego as caixas vazias de ingredientes espalhadas pela bancada e as jogo no lixo, mas, assim que o faço, noto que a lixeira está sem o saco plástico.

É porque tirei o saco da lixeira.

Olho para o saco de lixo com um nó no alto, ao lado da lixeira vazia.

Olho para a lixeira vazia.

Minha pulsação começa a disparar e faço o possível para esconder isso.

Esqueci a porra do lixo!

Calma, calma, calma. Pego uma luva e abro a porta do forno. Ponho a assadeira da lasanha em cima do fogão. Asa chega por trás de mim e abre um armário para pegar pratos. Ele beija o topo da minha cabeça, pega uma espátula e corta a lasanha, se recusando a colocar uma faca nesta situação. Enquanto ele corta a lasanha, fico encarando a lixeira vazia.

Eu não tirei o lixo de casa.

CINQUENTA E SEIS
___

LUKE

Olho para o celular mais uma vez.

— Você não está escutando — reclama Ryan, chamando minha atenção de volta para ele.

— Estou escutando.

Deixo o telefone na mesa com a tela para cima. Fico olhando para o aparelho e fingindo prestar atenção em Ryan, mas ele tem razão. Não estou escutando nada.

— Que porra é essa, Luke? — Ele estala os dedos. — Qual é o seu problema?

Balanço a cabeça.

— Nada, é só... — Nem quero dizer aquilo em voz alta porque vou parecer um idiota. As medidas que Sloan e eu tomamos para nos sentirmos seguros são ridículas, até para meus padrões. — Já se passaram cinco minutos.

Ryan se encosta no apoio da cadeira e toma um gole da sua bebida. Estamos numa pizzaria qualquer a apenas alguns quilômetros do apartamento, discutindo o assunto que sempre discutimos quando nos encontramos: o caso de Asa. Ele vai ser julgado daqui a alguns meses, e prefiro morrer a não fazer nada para a situação ficar a mais clara e resolvida possível. Quanto mais longa a sentença que Asa receber e por quanto mais crimes for condenado, melhor Sloan vai ficar.

— Cinco minutos desde o quê?

— Meio-dia. *Seis minutos*, agora.

Olho para o celular. São 12h06 e Sloan ainda não tirou o lixo.

Ryan se inclina para a frente.

— Por favor, explica, por que você está começando a me deixar puto por não estar prestando atenção na nossa conversa.

— O cara que vigia meu apartamento durante o dia, Thomas, ele sempre me manda uma mensagem logo depois do meio-dia para me avisar que Sloan tirou o lixo. Ela sempre o deixa do lado de fora da porta ao meio-dia, para eu saber que está tudo bem.

Pego o celular e começo a escrever para Thomas.

— Por que não liga e pergunta se ela está bem? — diz Ryan, como se fosse a resposta mais óbvia.

— Isso é uma proteção extra. Se acontecer alguma coisa e alguém estiver com ela, podem forçá-la a atender o telefone e fingir que está tudo bem. Fazemos outras coisas além de telefonemas, por segurança a mais.

Ryan me encara por um tempo depois que envio a mensagem. Sei que acha que estou sendo paranoico demais, mas não pode me culpar. Asa é psicótico e imprevisível. Não sei se alguém ficaria seguro o bastante em relação a ele.

— Na verdade, isso é genial — comenta Ryan.

— Eu sei — respondo, me preparando para digitar o número de Sloan. — Foi ideia dela. E até hoje ela não deixou de fazer nenhum dia. Põe o lixo para fora no horário exato.

Levo o aparelho até a orelha e espero chamar. Ela nunca deixou de atender o telefone.

Espero.

Ela não atende. Quando cai na caixa postal, recebo uma mensagem do vigia.

Thomas: Esperando. Ela ainda não tirou o lixo.

Sinto um frio na barriga. Ryan percebe. Ele se levanta ao mesmo tempo que eu.

— Vou pedir reforços — diz ele, jogando algumas notas na mesa.

Saio pela porta antes de poder responder. Estou no meu carro, xingando o trânsito, buzinando e fazendo o possível para chegar logo lá.

Quatro minutos.

Excruciantes quatro minutos.

É o tempo que vou levar para chegar.

Disco um número.

— Sim? — atende ele.

— Ela já tirou o lixo?

Estou tentando manter a calma, mas não consigo.

— Ainda não, cara.

Dou um soco no volante.

— Alguém entrou pela porta hoje? — grito, por mais que eu tente manter a calma.

— Não. Não desde que você saiu hoje de manhã.

— Vá até os fundos! — berro. — Olha as janelas!

Ele não diz nada.

— Agora! Vá dar uma olhada nas janelas enquanto falo com você!

Ele pigarreia.

— Você me contratou como vigia. Não tenho nem uma arma, cara. De jeito nenhum vou lá atrás se você está tão preocupado assim.

Agarro o celular com mais força e grito:

— Você está *de sacanagem comigo?*

A linha cai.

— Filho da puta de merda!

Piso no acelerador e ultrapasso um sinal vermelho. Faltam duas quadras agora. Estou quase no cruzamento quando acontece.

Meu corpo inteiro se sacode com o impacto. Vi o caminhão pelo canto do olho, depois não vi mais. Meu *airbag* é ativado. Meu carro começa a rodar. Sei que tudo está acontecendo mais rápido do que consigo compreender, mas a impressão que tenho é de que a batida acontece em câmera lenta.

Ela se arrasta. Se arrasta por malditas horas.

Quando meu carro finalmente para, o sangue já está escorrendo até meu olho. Escuto buzinas e pessoas gritarem. Tento tirar o cinto de segurança, mas não consigo mexer o braço direito. Está quebrado.

Tiro o cinto com o braço esquerdo, depois encosto o ombro na porta e a empurro.

Seco o sangue da minha testa.

— Senhor! — grita um homem atrás de mim. — Senhor, você precisa ficar no carro!

Alguém segura meu ombro e tenta me impedir.

— Sai de cima de mim! — grito.

Tento me recompor para entender para qual direção estou olhando. Noto a lojinha de conveniência à minha direita. Eu me viro para a esquerda e empurro a multidão que começa a se amontoar em volta do carro. As pessoas estão gritando para eu parar, mas só consigo correr.

Duas quadras.

Posso fazer isso em menos de um minuto.

Durante todo o tempo em que corro até o apartamento, imagino razões para Sloan não estar atendendo o telefone. Rezo para eu estar errado, para estar exagerando. Mas conheço Sloan. Tem alguma coisa errada. Ela não deixaria de atender o telefone.

Não deixaria de tirar o lixo ao meio-dia.

Tem alguma coisa errada.

Quando finalmente chego ao prédio, não estou num veículo, então o sensor da porra do portão não abre. Procuro alguma porta, mas, quando acho, está trancada. Dou vários passos para trás, então pulo o portão, de algum jeito conseguindo me apoiar no braço que está bom e subir. Não caio de pé. Caio em cima da porra do ombro direito, e a dor percorre meu corpo com tanta intensidade que me tira o fôlego. Sou forçado a parar por um segundo para pegar ar. E logo depois já estou de pé.

Vejo Thomas, o cara da segurança. Está em pé ao lado do seu carro. Quando ele me vê, arregala os olhos e ergue as mãos.

— Foi mal, cara, eu estava indo dar uma olhada na Sloan.

Ele se afasta e não consigo evitar: dou um soco no seu pescoço com a mão boa. Continuo andando enquanto o deixo caído na porta do carro.

— Seu babaca! — grito por cima do ombro.

Corro na direção do apartamento e passo direto pela porta da frente, dando a volta no prédio e indo até a parede da sala e do quarto. Sigo depressa até a janela da sala e preciso de toda minha força para não gritar o nome de Sloan quando reparo no fecho da janela.

Está destrancada.

Imediatamente deduzo como tudo aconteceu. O cara da manutenção. A culpa é minha, porra. Eu devia ter estado um passo à frente de Asa. Mas não paro para pensar por muito tempo. Eu me encosto na parede ao lado da janela e tento escutar.

Enfio a mão na lateral da calça e saco a arma. Fecho os olhos e inspiro.

Escuto vozes.

Escuto a voz de Sloan. Sinto vontade de chorar ao perceber que não cheguei tarde demais, porém deixo isso para depois. No momento, me aproximo mais um centímetro da janela e tento espiar lá dentro. Não consigo ver quase nada por causa das cortinas.

Merda.

Minha pulsação está a mil. Ouço sirenes ao longe e não tenho a menor ideia se estão vindo para cá porque Ryan chamou, ou se estão indo até o local do acidente que acabei de causar no cruzamento. De qualquer jeito, se eu não fizer nada nos próximos cinco segundos, seja lá quem estiver dentro desse apartamento vai escutá-las.

E vai ser forçado a agir.

Eu me ajoelho e seguro a arma na mão esquerda enquanto abro levemente a janela com a direita. Espio lá dentro e vejo Sloan. Também vejo mais alguém. Ele está de costas para a janela. Rindo.

Está rindo, porra, e imediatamente sei que é ele mesmo. Asa está lá com Sloan. Ainda não a machucou. Ela está em pé na cozinha.

Se Asa ouvir as sirenes, *vai* machucá-la. Vai entrar em pânico e fazer alguma estupidez. Não sei como ela o manteve tão calmo assim, mas não fico surpreso. Sloan é esperta pra caralho.

Levanto mais dois dedos da janela. Por meio segundo, Sloan me encara nos olhos.

Meio segundo.
Um olhar.

Ela deixa o garfo cair e sei que foi de propósito. Assim que faz isso, exclama:

— Merda!

Sloan se abaixa para pegá-lo. Levanto a janela mais um pouco enquanto Asa começa a empurrar o banco para trás. Ele dá a volta na bancada por algum motivo. Para ver se ela não está tentando armar alguma coisa? Ergo a arma, quase sem conseguir posicionar o dedo direito no gatilho.

Asa pega o garfo e o joga na pia, entregando um limpo a Sloan. Assim que o aceita, ela se joga no chão e grita:

— Agora!

Antes que Asa comece a entender o que está acontecendo, puxo o gatilho. Não espero para ver onde o acertei. Levanto toda a janela e entro no apartamento, correndo pela sala até alcançar Sloan. Ela engatinha em volta da bancada, vindo na minha direção.

— De novo! — grita ela, em desespero. — Atire nele de novo!

Asa está deitado no chão, com a mão no pescoço. Sangue jorra por entre seus dedos, escorrendo pelo braço. Seu peito está subindo e descendo com dificuldade enquanto ele se esforça para respirar. Aponto a arma para ele.

Asa arregala os olhos e olha ao redor, procurando por Sloan.

Ela está atrás de mim, agarrando as costas da minha camisa, com medo. O olhar dele recai sobre ela.

— Puta maldita — balbucia. — Eu menti. Odeio a porra da sua lasanha.

Puxo o gatilho.

Sloan grita e enfia o rosto nas minhas costas.

Eu me viro e a puxo para mim. Ela está chorando e me agarra com toda a força que tem.

Não consigo mais ficar de pé.

Agarro a bancada e caio com ela. Puxo Sloan para o meu colo, e ela se enrosca em mim. Tento ignorar a dor que sinto no braço ao segurá-la. Enterro o rosto no seu cabelo e sinto seu cheiro.

— Você está bem?

Ela está soluçando, mas consegue assentir.

— Está ferida? — Tento examiná-la, mas ela parece bem. Coloco a mão em sua barriga, fecho os olhos e solto o ar. — Eu sinto muito mesmo, Sloan.

Tenho a sensação de ter falhado. Fiz tudo o que pude para protegê-la, mas, de algum jeito, Asa conseguiu chegar a ela.

Sloan abraça meu pescoço com força, e sinto que está balançando a cabeça.

— Obrigada. — Ela está me abraçando com muita força. — Obrigada, obrigada, obrigada, Luke.

As sirenes estão do outro lado da porta agora.

Alguém está batendo.

Ryan entra pela janela e avalia a situação; então vai até a porta da frente e a destranca. Vários policiais uniformizados entram, gritando ordens uns para os outros. Um deles tenta se dirigir a Sloan e a mim, mas Ryan o puxa para o lado.

— Deixem eles quietos um minuto. Caramba.

E eles nos deixam. Por vários minutos. Permaneço abraçado com ela até os médicos entrarem. Enquanto verificam os batimentos cardíacos de Asa. Quando um deles anuncia a hora da morte dele.

Continuo abraçando-a quando Ryan se senta no chão ao nosso lado.

— Vi seu carro — diz ele, referindo-se ao acidente. — Você está bem?

Confirmo que sim.

— Alguém se machucou? — pergunto.

Ele balança a cabeça e responde:

— Só você, pelo visto.

Sloan se afasta e olha para mim de perto pela primeira vez, notando minhas feridas por causa da batida.

— Ai, meu Deus, Luke. — Ela põe a mão na minha cabeça. — Ele está ferido! Alguém ajuda!

Ela sai do meu colo e um médico corre até nós. Ele examina minha cabeça por um breve segundo.

— Precisamos levá-lo ao hospital.

Ryan ajuda o médico a me levantar do chão. Dou a mão a Sloan ao passar por ela, que a segura com ambas as mãos. Ela está na minha frente, andando de costas e me olhando, frenética.

— Você está bem? O que aconteceu?

Dou uma piscadela.

— Só uma batidinha de carro. Não dá pra se afogar em água mineral se o navio do cruzeiro está cheio de tacos de salmão.

Sloan sorri e aperta minha mão.

Ryan resmunga e olha para um dos médicos.

— Precisa checar se Luke não sofreu uma concussão. Ele fez isso da última vez em que se machucou. Começou a dizer um monte de coisas aleatórias que não faziam sentido.

Eles me colocam na ambulância, mas ainda estou segurando a mão de Sloan, então ela entra no veículo para se sentar ao meu lado. Percebo que ainda está preocupada, mas também sinto um alívio vindo dela que nunca esteve presente antes. Aperto a sua mão.

— Acabou, Sloan. Ele não pode mais machucar você.

EPÍLOGO

Passaram-se sete meses desde a morte de Asa, mas Sloan ainda não fala sobre o que rolou com Asa nas últimas horas que passou presa no apartamento com ele. Por mais que eu queira que ela consiga desabafar e me contar algum dia, não vou pressioná-la. Sei do que Asa era capaz e não gosto nem de imaginar o que ela teve que aguentar. Sloan tem feito terapia, o que parece ajudar muito, então isso é tudo que posso exigir dela. Só quero que continue fazendo qualquer coisa que a ajude a passar por essa situação no ritmo que for necessário.

No dia em que recebi alta, um funeral havia sido marcado para Asa. Sloan e eu estávamos no apartamento arrumando alguns pertences quando Ryan ligou para me contar. Repassei a informação para ela, mas eu sabia que não iria ao funeral depois de tudo pelo que Asa a fez passar.

Mais tarde, naquela mesma manhã, Sloan me disse que queria ir ao funeral. Lógico que tentei convencê-la a não comparecer. Fiquei até um pouco chateado por ela querer se sujeitar a uma coisa dessas, mas precisei lembrar a mim mesmo que ela o conhecia melhor do que ninguém. Mesmo tendo pavor de Asa, Sloan foi uma das poucas pessoas que significou alguma coisa para ele. Por mais fodido que fosse o jeito dele de expressar isso.

Quando chegamos, éramos os únicos presentes.

Tentei imaginar como deve ter sido para ele. Não ter nenhuma família, e os poucos amigos que tinha não serem de verdade. Asa não teve ninguém nem para preparar o funeral, então foi o serviço mínimo. Não havia mais nenhuma pessoa do passado de

Asa lá. Só um pastor da funerária, eu, Sloan e outro funcionário da funerária. Nem sei se teriam feito alguma prece se nós dois não tivéssemos aparecido.

Não quero dizer que aquilo me ajudou a entendê-lo melhor, porque ele mesmo foi o motivo para ninguém ter aparecido no funeral. No entanto, senti mais pena dele naquele momento do que nunca. O problema é que Asa prejudicou todos que cruzaram seu caminho durante toda sua vida, e ele foi o único culpado por isso.

Sloan não chorou no funeral. Foi um enterro simples, que só durou dez minutos. O pastor fez um sermão rápido e uma prece, e então perguntou se um de nós queria dizer alguma coisa. Neguei com a cabeça, porque sinceramente eu só estava lá por causa de Sloan. Mas Sloan assentiu. Ficou ao meu lado, de mãos dadas comigo, e olhou para o caixão. Expirou devagar antes de começar.

— Asa... Você tinha muito potencial. Mas passou cada dia da sua vida esperando que o mundo retribuísse os anos de merda que teve na infância. Foi aí que você errou. Este mundo não nos deve nada. Aceitamos o que recebemos e aproveitamos da melhor forma. Mas você pegou o que recebeu, cagou em cima e ainda esperou mais.

Não havia flores, então ela se abaixou e pegou um dente-de--leão, colocando-o em cima do caixão. Depois, num sussurro baixinho, continuou:

— Toda criança merece amor, Asa. Sinto muito por você nunca ter sido amado. Mas por isso eu te perdoo. Nós dois te perdoamos.

Ela ficou em silêncio por algum tempo. Não sei se estava fazendo uma prece silenciosa por ele ou se estava se despedindo, mas aguardei até que estivesse pronta. Sloan pegou minha mão, dando meia-volta e indo embora comigo ao seu lado.

Naquele momento, fiquei feliz por termos decidido ir. Acho que ela precisava ter estado lá mais do que eu pensava.

⁂

Desde aquele dia, há sete meses, pensei muito naquele momento. Achei que tinha entendido o que ela falou no enterro de Asa. Mas agora, diante do berço do meu filho, admirando-o dormir pacificamente, acho que acabei de me dar conta do que Sloan quis dizer com "*Nós dois te perdoamos*".

Na época, achei que estava falando de nós dois. Ela e eu. Que nós dois perdoávamos Asa pelo que nos havia feito passar. Mas agora entendo que Sloan não estava se referindo a mim naquele dia. Estava se referindo a nosso filho. Quando ela falou *nós*, estava falando dela e do nosso filho.

Sloan estava dizendo que os dois lhe perdoavam, porque, mesmo estando grávida de poucos meses na época, acho que sempre soube que as probabilidades de Asa ser o pai biológico do nosso filho são altíssimas. Acho inclusive que foi por esse motivo que precisava ir ao funeral. Sloan não queria um encerramento para ela. Precisava de um encerramento para a criança que Asa nunca conheceria.

Só conversamos uma vez sobre o fato de que nosso filho, Dalton, pode não ser biologicamente meu. Foi duas semanas depois do nascimento. Sloan havia comprado um teste de paternidade porque achava que eu me incomodava por não saber se Dalton era meu ou de Asa. Tinha medo de eu ficar me remoendo por não ter certeza sobre ser o pai ou não, e ela não queria ficar entre mim e a verdade.

O teste de paternidade ficou no armário do banheiro desde aquele dia. Ainda não o abri. Ela não me perguntou nada. E agora, ao observar meu garotinho dormir, sinto que já sei a resposta.

Não importa quem é o pai desse bebê, porque Sloan é a mãe.
Uma vez, houve um momento, quando Asa me apresentou oficialmente a Sloan. Ela estava na cozinha, balançando-se de um lado para o outro, lavando a louça. Sloan pensou estar sozinha e foi completamente hipnotizante. Havia uma paz no seu rosto que eu logo descobriria que era muito rara.

Vejo aquela mesma paz no rosto de Dalton quando ele dorme. Nosso filho parece com ela, os mesmos cabelo e olhos. E tem a personalidade dela. Isso é tudo que importa para mim. Queria que Sloan acreditasse nisso. Queria que soubesse que, quer aqueles resultados provem que este bebê é biologicamente meu ou de Asa, isso não muda nada. Não amo esta criança porque tenho a responsabilidade biológica de amá-la. Amo esta criança porque sou humano e não consigo não amar. Amo porque Sloan ajudou a trazê-lo ao mundo. Amo porque sou pai desta criança.

Eu me inclino sobre o berço e passo a mão na cabeça dele.

— O que você está fazendo?

Olho para trás e vejo que Sloan está apoiada na entrada do quarto. Ela sorri para mim com a cabeça encostada no batente da porta.

Puxo o cobertor de Dalton um pouco para cima, me viro e ando até Sloan. Pego a mão dela e fecho a porta do quarto. Sloan entrelaça os dedos nos meus e me segue até o quarto e depois até o banheiro.

Ela continua atrás de mim, segurando minha mão, quando abro o armário e tiro de lá o teste de paternidade. Quando olho para ela, noto um medo silencioso nos seus olhos. Dou um beijo nela para espantar o medo e então pego o teste de paternidade e o jogo na lixeira.

Ela está com lágrimas nos olhos e, por mais que tente esconder, um sorriso se forma no canto da sua boca. Eu a abraço e, por vários segundos, ficamos nos encarando em silêncio. Ela está olhando para mim e eu estou olhando para ela de cima. Neste momento, nós dois sabemos tudo o que precisamos saber.

Não importa como as pessoas da minha família surgiram. O que importa é que agora esta é minha família. Somos uma família. Eu, ela e nosso filho.

AGRADECIMENTOS

Faz anos desde que lancei este livro, então peço desculpas pelo meu medo de esquecer de mencionar alguém e escolher não mencionar nenhum nome nestes agradecimentos. Mas já se passaram muitas noites e eu escrevi muitos livros desde então, por isso OBRIGADA a todos que me incentivaram enquanto eu trabalhava em *Tarde demais*.

Não faço ideia do porquê não ter tido antes uma página de agradecimentos. Que péssimo da minha parte não ter feito uma assim que finalizei o livro, mas, se você fez parte do grupo original de leitores, vai saber que nunca houve mesmo um final oficial. Depois de mais ou menos vinte e sete epílogos, eu devo ter desistido de saber onde parar e ter agradecido às pessoas que me acompanhavam na aventura.

Mas aqui estamos, tantos anos depois, e, mesmo que eu não consiga me lembrar do nome de todos vocês, me lembro do grupo em que este livro surgiu, e foi MUITO divertido. Sem dúvida uma das melhores experiências de escrita que já tive. A expectativa por um capítulo novo, a empolgação ao receber uma notificação, a raiva pós-leitura — foi divertido demais. Vocês que participaram do grupo de *Tarde demais* estiveram presentes quase que desde o começo da minha carreira como escritora. Vocês me incentivaram, choraram e se empolgaram comigo, e me apoiaram. Eu não poderia ser mais grata.

A todos os membros do Colleen Hoover CoHorts Facebook Group, recentes e veteranos, obrigada por amar ler. Por causa do hobby de vocês, tenho uma carreira. Por causa de vocês, sou feliz.

A minhas agentes Jane Dystel, Lauren Abramo, Miriam Goderich e ao restante da equipe da DG&B, obrigada por tudo o que fazem!

A Karen Kosztolnyk e Rachel Kelly, obrigada pela paciência enquanto eu revisava o manuscrito, e obrigada ao restante da equipe da Grand Central Publishing por lutarem para que este livro chegasse aos leitores e às livrarias pela primeira vez!

A minha incrível equipe da Hoover Ink, Stephanie Cohen, Erika Ramirez e Claudia Lemieux, obrigada do fundo do meu coração por sempre colocar minha felicidade como prioridade.

Obrigada a Susan Rossman por tudo que faz pelo Book Bonanza.

Um IMENSO obrigada a minha mãe, meu marido, meus filhos e minhas irmãs e meu irmão (AGORA EU TENHO UM IRMÃO) por serem meus melhores amigos.

E a vocês, queridos leitores, muito obrigado pelo apoio de sempre. Eu espero de verdade que vocês tenham gostado desta história e não vejo a hora de escrever muitas outras para vocês! Eu os valorizo mais do que possam imaginar.

Com todo o coração,
Colleen Hoover

Este livro foi composto na tipografia Adobe Garamond
Pro, em corpo 11/15, e impresso em
papel off-white no Sistema Cameron da
Divisão Gráfica da Distribuidora Record.